Roger Hobbs

KILLING GAMES

GOLDMANN
Lesen erleben

Roger Hobbs

KILLING GAMES

Thriller

Ins Deutsche übertragen
von Rainer Schmidt

GOLDMANN

Die Originalausgabe erschien 2015 unter dem Titel
»Vanishing Games« bei Alfred A. Knopf, New York.

Dieses Buch ist auch als E-Book erhältlich.

MIX
Papier aus verantwortungsvollen Quellen
FSC® C083411

Verlagsgruppe Random House FSC® N001967

1. Auflage April 2016

Neumarkter Str. 28, 81673 München
Umschlaggestaltung: UNO Werbeagentur, München
Umschlagmotiv: arcangel/Johnny JetstreamImages
Satz: Buch-Werkstatt GmbH, Bad Aibling
Druck und Bindung: CPI books GmbH, Leck
Printed in Germany
ISBN 978-3-442-20514-1
www.goldmann-verlag.de

Besuchen Sie den Goldmann Verlag im Netz

Für Nat und Gary

PROLOG

Südchinesisches Meer

Ein paar Stunden, bevor der Morgen zu seinem letzten Auftrag anbrach, legte Sabo Park sich bäuchlings neben das Gewehr in den Bug seines Fischerbootes, schob sich in eine bequeme Schussposition und nahm die Kappe vom Objektiv seines Nachtsicht-Zielfernrohrs. Er kontrollierte kurz die Visiervorrichtung, zog dann ein Paar weiße Ohrhörer hervor, setzte sie ein und drückte auf den PLAY-Button an seinem iPod. Das einzige Stück auf der Playlist war Nina Simones *Sinnerman,* und es dauerte zehn Minuten und zwanzig Sekunden.

Wenn es zu Ende wäre, würde Sabo so viele Leute umbringen, wie er konnte.

Es ging um Folgendes: Im Südchinesischen Meer trieben sich mehr Schmuggler herum als irgendwo sonst in der Welt. Es verbindet Häfen in China, den Philippinen, Malaysia, Taiwan und Vietnam miteinander. Durch diese kleine Pfütze läuft mehr Ladung als anderswo in der Region. Das meiste ist natürlich legal, aber nicht alles. Jedes illegale Produkt, das den Verkauf lohnt, kommt hier durch. Menschenhändler in Kambodscha stopfen alte Frachtcontainer mit Kindern voll, stellen zwei Kanister Kaloriendrinks und einen Fäkalieneimer hinein und verschiffen sie *en gros* nach China, um sie dort als Sklaven zu verkaufen. In Vietnam schicken die Kartelle ganze Flotten los, bis oben hin beladen mit Dope aus dem Goldenen Dreieck. Jeden Tag verlassen Schnellboote mit gefälschten Luxusgütern den Hafen von Hongkong, und Fischereischiffe bringen illegal gejagtes Walfleisch nach Norden zu den hungrigen Japanern. Russland liefert Waffen, aus Thailand kommt Meth, aus Korea Falschgeld und aus Shanghai schwarz gebrannter Alkohol. Das Südchinesische Meer ist, wie man es auch sehen mag, das Epizentrum des illegalen Schiffsverkehrs dieser Welt.

Und wo es illegalen Schiffsverkehr gibt, da gibt es auch Piraten.

Wer an Piraten denkt, hat normalerweise nicht einen Mann wie Sabo Park vor Augen. Moderne Piraten sind somalische Kids mit Kalaschnikows, zugedröhnt mit Khat, und keine dürren Koreaner mit einem Hang zur Seekrankheit. Sabo sah eher aus wie ein Fashion Model, nicht wie ein abgehärteter Verbrecher. Er war fast zwei Meter groß und trug eine Windjacke von Hugo Boss, ein blaues Eton-Hemd mit Nadelstreifen, eine enge Jeans und ein Paar Zwölfhundert-Dollar-Designerstiefel, die noch niemals Schlamm gesehen hatten. Er hatte eine Rolex Daytona und einen iPod mit vierzehnkarätiger Goldauflage. Nur die Skimaske aus dicker Baumwolle und die Latexhandschuhe verrieten, was er wirklich war.

Sabo Park war ein bewaffneter Räuber.

Aber heute Nacht würde er nicht irgendetwas X-Beliebiges stehlen. Er hatte es auf etwas abgesehen, das klein genug war, um in seine hohle Hand zu passen, und wertvoll genug, um einen ganzen Container mit Heroin aus dem Goldenen Dreieck zu kaufen. Im Laufe der Jahre hatten Tausende Männer wie er um ein solches Objekt gekämpft und waren dafür gestorben. Was Sabo stehlen wollte, war dem Gewicht nach eine der wertvollsten Substanzen der Welt.

Heute Nacht würde Sabo einen blauen Saphir stehlen.

Man muss wissen, dass mehr als die Hälfte aller blauen Saphire auf der Welt zu irgendeinem Zeitpunkt geschmuggelt werden, denn die besten kommen aus einem kleinen Land namens Burma. Genauer gesagt, aus der Stadt Mogok in der Region

Mandalay. Das Problem ist, Burma gibt es nicht mehr. Das Land nennt sich jetzt Myanmar, und ein paar Jahrzehnte lang wurde es von einer Militärjunta regiert, die es in Grund und Boden gewirtschaftet hat. Noch immer schickten die Bosse des Landes Leute in die Gruben, um Saphire zu fördern, aber jeder Stein, den sie herausholten, sollte auf direktem Weg an einen staatlich anerkannten Edelsteinhändler geliefert werden, der den Verkaufspreis um ein paar tausend Prozent heraufsetzte und den Gewinn an das Regime weiterreichte. Für manche Leute war diese Preiserhöhung inakzeptabel. Auch heute, da Myanmar sich mit winzigen Schritten auf eine demokratische Verfassung zubewegt, gibt es diese Preiserhöhung noch. Und so gibt es auch die Schmuggler. Eine Menge Schmuggler sogar. Und schlimmer noch, die unabhängigen Drogenarmeen, die den Norden beherrschen, steigen jetzt auch in dieses Geschäft ein, um neben den Profiten aus dem Rauschgifthandel weitere Finanzmittel für ihren endlosen Bürgerkrieg einzunehmen. Steine im Wert von mehr als einer Milliarde Dollar verlassen jedes Jahr illegal das Land, Jahr für Jahr, regelmäßig wie ein Uhrwerk.

Es gibt zwei große Schmuggelrouten – die billige und die gute. Erstere ist für minderwertige Steine, und sie ist länger. Als Erstes muss ein Minenarbeiter den Stein vor der Nase seines militärischen Aufsehers hinausbringen. Das kann schon ziemlich schwierig sein. Die Arbeiter sind oft Kinder, manchmal gerade sieben Jahre alt. Achtzehn Stunden am Tag, in sengender Hitze oder eisiger Kälte, durchsieben sie Kies und Cholerawasser mit bloßen Händen nach den winzigen farbigen Steinen, von denen jeder einzelne mehr wert ist als ihr ganzes Dorf. Wenn sie einen finden, müssen sie ihn verstecken, denn sonst wird er ihnen weggenommen. Man sollte annehmen, es gibt viele Möglichkeiten, einen Stein zu verstecken, aber die Aufseher kennen sie fast alle. Es gibt nur eine Methode, die wirklich funktioniert. Bevor jemand etwas bemerkt, muss der Minenarbeiter den schlammigen Steinbrocken in den Mund stecken und das Mistding in einem Stück verschlucken. Keine einfache Sache. Ein Saphir hat einen Härtegrad von 9 auf der Mohs-Skala, und damit ist er kaum weicher als ein Diamant. Wenn der Stein eine scharfe Kante von nur einem Millimeter hat, kann es genauso gefährlich sein wie das Verschlucken einer Rasierklinge. Und das Kind kann ihn nicht einfach später wieder ausspucken. Nein. Dieser Stein muss überall durch. Speiseröhre, Magen, Eingeweide, Dickdarm. Und wenn er schließlich wieder zum Vorschein kommt, muss der Minenarbeiter ihn aus seinem blutigen Kot wühlen, abwaschen und zum Markt bringen.

Dort prüft ein dicker Chinese mit einer Juwelierslupe den Stein und gibt dem Kind ein bisschen Geld. Viel wird es nicht sein, denn der kleine Minenarbeiter ist im Grunde ein Sklave, aber auch ein bisschen Geld kann in den Minen eine große Hilfe sein. Wenn der chinesische Zwischenhändler eine gewisse Anzahl Steine zusammenhat, übergibt er sie an einen thailändischen Drogenhändler im Austausch gegen Heroin. In Myanmar ist Heroin besser als Bargeld. Der Heroinhändler packt die Steine in sein Auto und fährt nach Mae Sai, einer Kleinstadt an der Grenze zu Thailand und Laos. Dort tauscht er die Saphire bei einem Grenzschmuggler gegen eine größere Menge Heroin, und der bringt die Steine, in Reissäcken versteckt, auf einem großen Transportlaster hinüber nach Thailand. Ein Kinderspiel. In Thailand werden die Saphire an seriöse Juwelenhändler verkauft. Der Verkäufer erklärt, sie stammten aus heimischen Minen in Thailand oder Laos, und da sie von minderer Qualität sind, ist diese Lüge plausibel. Die Händler mischen die geschmuggelten mit legalen Steinen und verkaufen sie *en gros* an Einzelhändler auf der ganzen Welt. Alles Weitere liegt auf der Hand. Zurück auf Los, ein neues Spiel beginnt.

Aber diese Route ist kaum bedeutend. Geld ist hier nicht zu verdienen. Die echten Player interessieren sich nicht für kleine Einkaräter mit milchigem Kern und ohne Farbe. Richtiges Geld bringt der Schmuggel der großen Saphire von Weltklasse – zehn Karat oder mehr, fehlerfrei, klar und von leuchtender Farbe und perfektem Ton. Der Anfang ist der gleiche: Minenarbeiter, Chinese, Heroin. Aber dann kommen die großen Schmugglerringe ins Spiel. Statt in ein Grenzstädtchen wie Mae Sai oder Mae Hong Son zu fahren, kaufen sie die Steine für ein bisschen Kleingeld in Mandalay, verstecken sie im Benzintank oder anderswo in ihrem Fahrzeug und fahren ein paar hundert Kilometer weit in die Hafenstadt Rangun. Zum Teufel – wenn die Ladung umfangreich genug ist, bemühen sie sich gar nicht mehr um Unauffälligkeit. Sie laden die Saphire auf einen gepanzerten, mit einer bewaffneten Einheit gesicherten Konvoi und schießen auf alles, was sich ihnen in den Weg stellt. In Rangun werden die Steine auf einen kleinen Fischkutter oder ein anderes unauffälliges Boot verladen und in internationale Gewässer gebracht. Das ist natürlich der gefährlichste Teil. Die Schmuggler müssen nicht nur an der burmesischen Küstenwache vorbei, die nicht leicht zu bestechen ist, sondern sie müssen auch noch mehr als tausend Kilometer weit um die Spitze von Malaysia herum und durch die piratenverseuchten Gewässer vor Thailand und Vietnam bis in das monsungeplagte Südchinesische Meer fahren. Erst dann erreichen sie Hongkong – die Stadt, in der man alles kaufen kann. Es ist eine gefährliche Reise, aber wenn das Schiff wohlbehalten ankommt, bringt schon eine kleine Handvoll dieser Steine auf dem internationalen Juwelenmarkt ein stattliches Vermögen ein. Wenn man ein Faible für Edelsteine hat, ist das der richtige Ort.

In Hongkong gibt es mehr Juwelengeschäfte pro Quadratmeile als an irgendeinem anderen Ort auf der Welt. New York und Antwerpen sind mickrig dagegen. Kowloon ist das Schlaraffenland der polierten Steine. Die Profite, die hier erzielt werden, sind obszön, und nach oben gibt es keine Grenze. Allen voran für Saphire, so blau wie der Pazifik und so klar wie Glas. Die Händler führen ungeschliffene Rubine, so groß wie ein Hoden und so strahlend wie ein Stern am Abendhimmel. Wer will, kann hier eine diamantenbesetzte Uhr oder ein platinbeschichtetes Handy kaufen. Bei Edelsteinen sind vier Eigenschaften wichtig: der Schliff, das Gewicht in Karat, die Farbe und die Reinheit. Bei einem fünfminütigen Spaziergang auf der Canton Road in Hongkong findet man diese Eigenschaften in allen denkbaren Kombinationen in den Schaufensterauslagen. Ein erfolgreicher Schmuggeltrip kann eine Investition von zwanzigtausend Dollar in einen Millionen-Dollar-Gewinn verwandeln. Ein einzelner Saphir bringt bis zu fünfzehntausend Dollar pro Karat ein, und ein Stein kann fünfzig Karat wiegen. Rechnen Sie selbst. Das ist ein Riesenbatzen Geld.

Und Sabo Park interessierte sich nur fürs große Geld.

Er suchte den Horizont durch sein Zielfernrohr ab, das die ruhige See hellgrün leuchten ließ. In weniger als zehn Minuten würde eine mit Saphiren beladene Schmugglerjacht in Sicht kommen, und er würde da sein, um sie zu kapern. Noch war das Boot nicht in Sicht, aber Sabo wusste, wo es war. Seine Lichter leuchteten über den Horizont wie die eines Autos, das im Nebel über eine Anhöhe herankam. Sabo klopfte am Abzugbügel mit dem Finger den Takt zu seiner Musik.

Noch acht Minuten.

Sabo hob die Hand und gab seiner Crew ein Zeichen. Kein Pirat hatte jemals allein gearbeitet, und er war keine Ausnahme. Für einen Job wie diesen brauchte man zwei Leute und einen Dritten, der nicht mit an Bord war. Diese Person war der Jugmarker – derjenige, der alles plante. In diesem Fall war es eine Frau. Sie hatte die gesamte Recherche übernommen und ihnen gesagt, wann sie wo sein sollten. Ein Jugmarker erledigt den Job selten persönlich. In diesem Fall saß die Frau dreihundert Kilometer weit entfernt mit ihrem Satellitentelefon in ihrer Limousine und wartete. Sie würde den doppelten Anteil erhalten.

Der Mann hinter der Plexiglasscheibe auf der Brücke war Captain. Mangels einer besseren Bezeichnung war er bei diesem Job der Wheelman. Seine Aufgabe war es, ihre Flucht zu planen. Captain war sein einziger Name. Alle nannten ihn so. Er war ein stämmiger, älterer Gentleman und stammte aus Ost-Russland. Sein Gesicht war runzlig wie eine Dörrpflaume. Sabo hatte während der ganzen Bootsfahrt ein flaues Gefühl im Magen, aber Captain hatte Salzwasser in den Adern. Er war einer der besten illegal operierenden Seeleute der Welt. Zu Beginn seiner Laufbahn hatte er in den achtziger Jahren Flüchtlinge von Shanghai nach Jindo transportiert, aber als diese Route ausgetrocknet war, hatte er sich auf den malaysischen Heroinschmuggel verlegt. Von Bangkok nach Singapur in achtzehn Stunden – die härteste Schmuggelroute in Asien. Zehn Jahre lang hatte er Schnellboote mit dem Stoff gefahren, bis er nach einer Verhaftung auf höherer Ebene plötzlich ohne einen Penny dagestanden hatte. Er war ein geduldiger, freundlicher Mann. Ein Leben in der Kriminalität entsprach nicht seinem Naturell. Niemals ließ er jemanden im Stich, selbst wenn er deshalb eine Fracht verpasste. Er betrachtete sich als Opfer der Armut und der Umstände, und wahrscheinlich hatte er damit recht. Es gibt keine alten Piraten, nur alte Männer.

Unten im Laderaum wartete der Pointman, der das eigentliche Kapern übernehmen würde. Sie nannten ihn Jim Holmes, und er war ein Kiwi, dem die Rückkehr in seine Heimat Neuseeland versperrt war, weil ihn dort eine Haftstrafe von fünfundzwanzig Jahren wegen Bankraubs erwartete. Er hatte eine Hautfarbe wie ein Wattebausch und die Nerven eines kleinen Nagetiers, und er zitterte buchstäblich vor lauter Angst, aber um fair zu sein, muss man sagen, er hatte auch allen Grund dazu. Seine Aufgabe war die einfachste und zugleich die gefährlichste. Wenn Sabo mit dem Schießen fertig wäre, würde Holmes auf die Schmugglerjacht springen, während sie noch Fahrt machte, sie durchsuchen und das Versteck der Saphire ausfindig machen. Doch wer konnte schon wissen, was sich sonst noch an Bord verbarg. Ein raffiniert versteckter Schmuggler mit einer Knarre oder eine einzige mit einer Sprengfalle versehene Luke – und schon war er mausetot. Er zitterte in den Gummistiefeln und hielt die Augen fest geschlossen, und er hielt die 12er Schrotflinte umklammert, als könnte sie ihm aus den Händen rutschen.

Und dann war da noch Sabo Park. Schlank, dunkeläugig, ein Gesicht, das nicht lächelte. Sein langes schwarzes Haar reichte bis auf die Schultern und verdeckte teilweise das Tattoo eines britischen Pfund-Zeichens an seinem Nacken. Zwei lange, tiefe Narben zogen sich über seine Wangenknochen und erweckten den Eindruck einer beständigen Grimasse. Er zeigte keine Angst, nicht weil er besonders abgehärtet oder stark war, sondern weil er diese Regung noch nie im Leben empfunden hatte. Sein Herzschlag war gleichmäßig wie das Ticken einer Schweizer Uhr, und sein Kopf wippte im Takt der Musik.

Sabo war ein Buttonman.

Ein professioneller Killer.

Und das war die ganze Crew. Nur drei Mann. Es klingt überraschend, aber drei Piraten konnten fast jedes Schiff auf See in ihre Gewalt bringen. Selbst ein Tanker von der Größe des Empire State Buildings hat nur zehn bis fünfzehn Mann Besatzung an Bord. Moderne Schiffe brauchen heute keine große Crew mehr. Sie fahren automatisch.

Captain hob die Hand zum Zeichen dafür, dass er Sabos Signal gesehen hatte. Er hatte die Jacht, die auf sie zufuhr, zuvor auf dem

Radar beobachtet, aber das tat er jetzt nicht mehr. Er duckte sich unter das Steuerpanel des Fischkutters und legte den Schalter um, und die wenigen Lichter an Bord erloschen. Die Instrumente wurden dunkel. Das Boot war so schwarz wie das Meer darunter. Die Nacht war mondlos. Captain stelzte durch die Dunkelheit und verband nur mithilfe seines Tastsinns eine Autobatterie mit einem weißen, runden elektronischen Gerät auf dem Dach der Kabine – einem Festfrequenz-Störsender für den Fall, dass der Kapitän des Ziels klug genug war, um seine Instrumente im Auge zu behalten. Jetzt war der Fischkutter vollständig unsichtbar, wie ein Loch im Ozean. Bei diesem Nebel würde niemand ihn kommen sehen.

Noch fünf Minuten.

Sabo zog den Verschlusshebel seines Gewehrs zurück und lud es durch. Es war ein H-S Precision 2000, eine zivile Version der von israelischen Scharfschützen bevorzugten Waffe. Mechanisch gesehen war es kaum mehr als ein altmodisches Allzweckgewehr. Kammerverschluss, .308 Winchester, 24-Zoll-Lauf. Seine Version war mattschwarz und hatte etwas mehr als siebentausend Dollar gekostet, einschließlich des Nachtsicht-Zielfernrohrs aus einem amerikanischen Waffengeschäft. Es war mit einem Trio von Vierer-Magazinen ausgestattet; eins saß im Verschlussgehäuse, und zwei weitere waren am Vorderschaft befestigt, wo er sie in Sekundenschnelle erreichen konnte. Er legte die Wange an den Schaft, schloss ein Auge und fing an, auf seinen Herzschlag zu lauschen. Für Sabo gab es nur zwei Dinge auf der Welt, die ihm Freude machten: das Töten und die Musik von Nina Simone. Für ihn war dies ein Augenblick voller Seligkeit.

Er wartete.

Monatelange Arbeit war nötig gewesen, um diesen Augenblick möglich zu machen. Auf der Suche nach der perfekten Abfangposition hatte die Frau, die den Raub geplant hatte – die

Jugmarkerin –, über Dutzenden von nautischen Karten und Navigationshandbüchern gebrütet. Sie hatte die Route der Jacht über das Meer wieder und wieder mit dem Winkelmesser nachvollzogen und Computermodelle konsultiert, um sicherzugehen. Das Südchinesische Meer erstreckt sich über dreieinhalb Millionen Quadratkilometer. Hier in einer speziellen Nacht ein spezielles Schiff zu finden, das war etwa so, als wollte man mit verbundenen Augen das Bullseye eines Dartboards treffen, das zwei Häuserblocks entfernt hängt. Erst nach monatelanger Recherchearbeit war der Treffpunkt identifiziert, Längen- und Breitengrad waren präzise angegeben.

Noch drei Minuten.

Dann kam die Jacht über den Horizont, nicht auf einmal, sondern Stück für Stück, wie die aufgehende Wintersonne. Zuerst die Funkantennen, dann das Mastlicht, die grünen und roten Seitenlichter, das Deck und schließlich die reflektierenden Markierungen am Rumpf. Alle vier Lichter schienen in der Ferne zu flimmern – in der viereckigen Anordnung, die der Captain das Karo des Todes nannte. Bald schnitt sich das ganze Boot durch den Nebel über dem Horizont wie ein Miniaturmodell.

Es kam geradewegs auf sie zu.

Sabos Erregung wuchs. Jeder Augenblick, der verging, dauerte eine Ewigkeit. Als Kind hatte er nicht gewusst, wie er seinen Blutdurst im Zaum halten sollte. In Augenblicken wie diesen hatte er vor freudiger Erwartung gezappelt, bis er explodierte und seine Wut gegen jeden entfesselte, der das Pech hatte, in der Nähe zu sein. Inzwischen konnte er sich besser beherrschen, aber er spürte immer noch, wie es in ihm hochkochte. Zorn, Lust und Wut krochen an seiner Wirbelsäule herauf in seinen Nacken, und seine Haare sträubten sich. Er wusste, je länger er auf die Entladung wartete, desto besser würde sie werden. Es war einen Monat her, dass er einen Mann verletzt hatte, und seit sechs Monaten hatte er keinen mehr umgebracht. In seinem Kopf überschlugen sich die Berechnungen: Wind, Distanz, Knoten, Mündungsgeschwindigkeit. Bis zum Horizont waren es drei Meilen. Die Jacht bewegte sich mit fünfzehn Knoten auf sie zu. Die Geschwindigkeit der Kugel würde neunzehnhundert Meilen pro Stunde betragen. Natürlich brauchte Sabo solche Kalkulationen nicht anzustellen, denn er würde erst schießen, wenn das Ziel dicht vor ihnen wäre, aber *pro forma* tat er es trotzdem. Reine Gewohnheit. Hier ging es um sein ganz persönliches Vergnügen. Er wollte, dass der große Augenblick perfekt wurde. Nicht mehr lange jetzt. Sein Finger schob sich um den Abzug.

Noch eine Minute.

Die Jacht war jetzt so nah, dass Sabo an Bord zwei Mann erkennen konnte. Der im Bug war jung. Er saß auf einem Campingstuhl und trug ein Fernglas um den Hals. In der Mitte des Decks stand ein zweiter, älterer Mann und rauchte eine Zigarette.

Sabo entschied sich willkürlich für den Raucher, einen großen Asiaten, dürr bis auf die Knochen und kahl wie ein Baby. Er betrachtete ihn durch das Zielfernrohr. Tattoos zogen sich an seinem Hals hinunter und wuchsen an den Unterarmen aus den Ärmeln. Er stand an Steuerbord, rauchte seine Zigarette und spähte in den Nebel. An einem Schulterriemen hing eine Maschinenpistole, anscheinend eine ältere Ausgabe der MP5, aber aus dieser Perspektive konnte Sabo es nicht genau erkennen. Sie hatte einen Klappschaft und zwei Magazine, die im Dschungelstil mit Klebstreifen zusammengehalten wurden. Die Waffe würde ihm nicht viel helfen. Um den Verschluss herum waren lauter Schrammen; sie war offensichtlich jahrelang unsachgemäß behandelt worden.

Das zweite Ziel, der Junge auf dem Campingstuhl, war viel interessanter. Er konnte höchstens zwanzig Jahre alt sein. Das Fernglas, das er um den Hals trug, verriet, dass er der Ausguck war. Sabo musterte ihn kurz. Er sah nicht besonders eindrucksvoll aus, aber er hatte ein nettes Gewehr auf dem Schoß. Irgendeine Version des AR-15 – Sabo konnte nicht erkennen, welche. Aber angesichts des Jobs, den der Junge hatte, war es wahrscheinlich eine ostasiatische Kopie einer CQ oder einer Trailblazer. Auf jeden Fall eine sehr ordentliche Waffe. Zu schade, dass er nie die Chance haben würde, sie zu benutzen.

Die optische Vergrößerung gab Sabo das Gefühl, Blickkontakt mit ihm zu haben. Die Ziele sahen anders aus als die Burmesen, die Sabo bisher gesehen hatte. Ihre Gesichter waren flach und hellhäutig, was im heißen sonnigen Burma ungewöhnlich war. Aber das interessierte Sabo nicht. Er zielte auf den Älteren mit der Zigarette. Der rote Punkt wanderte wie von selbst nach oben und blieb in der Mitte des Kopfes stehen, dicht unter der Nasenwurzel. Der Sweet Spot. Ein guter Buttonman zielt nicht auf die Stirn, sondern in die Mitte des Gesichts. Wenn die Kugel durch die Zähne oder die Nase fährt, reißt sie die untere Gehirnhälfte mit. Der obere Teil enthält vielleicht alle Gefühle und Erinnerungen, aber im unteren sind sämtliche Leitungen. Die *Medulla oblongata* und das Mittelhirn, wo Herzschlag und Motorik gesteuert werden. Ein Schuss in den Hirnstamm schaltet einen Menschen aus wie ein Lichtschalter. Er ist so schnell tot, dass er es gar nicht mitbekommt.

Sabo hielt seinen Körper ruhig und im Gleichgewicht, um das leise Auf und Ab des Kutters auszugleichen, der unter ihm dümpelte. Mit angehaltenem Atem lauschte er den letzten Akkorden seiner Musik und wartete auf den richtigen Augenblick.

Drei Sekunden.

Zwei Sekunden.

Eine.

Und plötzlich lief die Zeit für Sabo im Kriechtempo. Er sah alles so, als wäre die Kugel sein Auge. Als der Abzug den Druckpunkt überwand, schnellte der Schlagbolzen nach vorn und traf das Herz der massiven .308-Messingpatrone. Der Zünder funkte, und Schießpulver und heiße Gase trieben die Kugel durch den Lauf und ließen sie mit einem Überschallknall aus der Mündung fliegen. Sie taumelte und rotierte im sanften Meereswind und schwenkte nach rechts und abwärts, als sie dem Ziel nah war. Aber damit hatte Sabo gerechnet – die Schwerkraft führte die Kugel ins Ziel. Sie traf dicht unter dem linken Auge, durchschlug den Kopf seitwärts und trat hinter dem rechten Ohr wieder aus. Der Kopf krachte auseinander. Große Schädelstücke flogen in alle Himmelsrichtungen. Die Austrittswunde versprühte einen dichten rosaroten Nebel. Und schließlich, wie ein verspäteter Einfall, erreichte der Knall des Schusses Sabos Ohren.

Peng.

Sabo zog den Verschlusshebel zurück und wandte sich dem zweiten Ziel im Bug des Bootes zu. Der Junge hatte nicht einmal mehr Zeit, die Waffe zu heben. Es war zu spät. Sabo zielte und schoss ihm das Gehirn weg, bevor er aufspringen konnte. Der Junge kippte nach hinten und rutschte halb von seinem Stuhl.

Die Schüsse hatten den Rest der Crew alarmiert. Sabo sah, wie die Maschine der Jacht einen Schwall Wasser ausspuckte und dann stotternd verstummte. Ein paar Sekunden später stürmte ein Mann in einem schlichten grauen Overall und einer Wollmütze aus der Kajüte. Er hielt eine Pistole schussbereit in der erhobenen Hand. Sabo sparte sich die Mühe eines dritten Kopfschusses. Er zielte, drückte ab und ließ die Kugel mitten durch das Brustbein fahren. Der Mann kippte vornüber, und seine Pistole rutschte über das Deck ins Meer. Ein kurzer Augenblick nur.

Sabo stand kurz vor einem Orgasmus. Das lustvolle Gefühl, das durch seine Adern strömte, war besser als alles andere auf der Welt. Sex und Drogen, Geld und Musik – das alles verblasste neben dem Glücksgefühl beim Töten. Er seufzte leise erschauernd und konnte sich kaum noch beherrschen. Er zog den Hebel zurück, warf die leere Patronenhülse aus und ließ die vierte Patrone in die Kammer springen.

Und wartete.

Seine Fantasie lief Amok. Er sah die übrigen Schmuggler in der Kabine vor sich, wie sie von den Schüssen aus dem Schlaf gerissen worden waren. Wenn sie schlau waren, würden sie sich Zeit lassen und vielleicht sogar versuchen, herauszufinden, woher die Schüsse gekommen waren, bevor sie an Deck kamen, um das Feuer zu erwidern. Aber irgendwann würden sie herauskommen müssen. Die Neugier würde sie treiben. Und dann wäre Sabo bereit. Er nahm die Tür der Kajüte in halber Höhe ins Fadenkreuz, fünfzehn Zentimeter über dem Türknauf, ungefähr drei Handbreit rechts davon. Jeder, der herauskam, musste durch diesen Zielbereich. Sabo atmete aus und wieder ein und hielt dann die Luft an. Das Einzige, was er hörte, war sein eigener Herzschlag.

Ein paar Schritte hinter ihm setzte Captain sich in Bewegung. Er schaltete den Strom wieder ein. Die dunklen Lichter an Antenne und Mast leuchteten flackernd auf und dann auch die roten und grünen Positionslichter. Der Motor stotterte kurz und lief dann rund. Er ließ ihn im Leerlauf brummen und wartete am Steuer, eine Hand auf dem Rad, die andere am Gashebel. Aber wenn alles nach Plan ginge, würde er nicht steuern müssen. Die restlichen Schmuggler würden herauskommen und sterben, und die Jacht würde ohne Steuermann der Trägheit folgen und herandriften, bis sie nur ein paar Meter weit entfernt wäre.

Sabo wartete und starrte konzentriert durch sein Zielfernrohr auf die Tür. Wieder atmete er aus und ein und hielt die Luft an. Das Warten war beinahe unerträglich. Er hatte eben drei Männer getötet, aber das war nicht genug. Sein Blutdurst war noch nicht gestillt. Ungeduldig trommelte sein Finger am Abzugsbügel.

Für Holmes dagegen konnte das alles nicht lange genug dauern. Das Krachen der Schüsse hatte ihn noch weiter durchgeschüttelt. Er war an der Bordwand zusammengesackt und hockte da wie gelähmt. Schlimmer noch, er hatte gewusst, dass so etwas passieren würde. Jeder Bankraub, den er beging, brachte ihn an den Rand des Nervenzusammenbruchs, weil er eine Höllenangst vor dem Gefängnis hatte. Er hatte angefangen, zwischen seinen Einsätzen ganze Händevoll angstlösende Tabletten mit Jack Daniels hinunterzuspülen, aber er hatte festgestellt, dass die Dosis, die er brauchte, um mit dem Stress fertigzuwerden, mehr als ausreichend war, um einen normalen Menschen besinnungslos zu machen. Er musste sich zusammenreißen. Wenn er das lange genug schaffte, um diesen einen letzten Job zu überstehen, würde er sich jahrelang in der Tschechischen Republik verstecken und so viel Xanax einwerfen können, wie er wollte. Er musste nur noch ein bisschen länger durchhalten.

Sabo ließ sein Gewehr sinken. Die Jacht war jetzt nur noch zwanzig Meter weit entfernt. Das bedeutete, sein Teil an dem Unternehmen war vorbei. Jetzt hieß es Showtime für Holmes. Sabo winkte ihm zu, aber Holmes reagierte nicht. Er hielt die Augen weiter geschlossen und umklammerte seine Schrotflinte so fest, dass die Fingerknöchel weiß waren.

»Hey«, sagte Sabo, »du bist dran.«

Holmes nickte, brauchte jedoch immer noch einen Augenblick, um sich zu fassen. Er holte tief Luft, ließ sie langsam wieder entweichen, stemmte sich dann hoch und kletterte zum Bug. Inzwischen war die Jacht bis auf zehn Meter herangekommen und lag voraus an Steuerbord. Lautlos trieb sie auf sie zu. Zum Springen war es noch zu weit. Holmes hob eine an die Bordwand genietete Kette auf, wartete, bis das Boot noch ein Stück näher gekommen war, und warf sie dann wie ein stählernes Lasso über den Bug der Jacht.

Ein paar Sekunden später straffte die Kette sich, und die Physik übernahm den Rest. Der Fischkutter diente als Anker. Er drehte die Jacht zur Seite und schwenkte selbst rückwärts herum. Eine Minute später hatten beide Boote den Bug in dieselbe Richtung gedreht. Der Abstand zwischen ihnen wurde immer kleiner, und dann stießen die beiden Boote mit einem dumpfen Schlag zusammen und kamen unbehaglich nebeneinander zur Ruhe.

Holmes sprang von einem Deck auf das andere.

Sofort hatte er das Schrotgewehr an der Schulter. Er musste sich zwingen, langsam zu arbeiten. Sein Instinkt drängte ihn, geradewegs in die Kabine zu stürmen und die Sache hinter sich zu bringen, aber die Jugmarker-Anweisungen lauteten anders. Zuerst sollte er jeden Winkel an Deck absuchen, um sicherzugehen, dass niemand sich unter freiem Himmel versteckte. Er schob sich um den toten Jungen auf dem Klappstuhl herum und stieg hinunter auf das Hauptdeck. Die Holzplanken unter seinen Füßen waren glitschig von Blut. Mit einem Auge beobachtete er die Kajütentür.

Er suchte methodisch. Mit federnden Knien bewegte er sich im Zickzack über das Deck und schwenkte die Schrotflinte hin und her, um alle Ecken abzudecken. Er hatte sich eine Checkliste von Stellen eingeprägt, die er absuchen musste. Der Schrank unter dem Brückendeck. Hinter dem Schandeck. An der Gangway. Nichts. Er atmete immer noch schnell. Wilde weiße Wölkchen wehten aus seinem Mund durch den Nebel. Er brauchte eine volle Minute, um das Deck abzusuchen und sich der Kabinentür zu nähern. Mit dem Rücken an das Schott daneben gepresst, nahm er sich einen Augenblick Zeit, um sich auszuruhen. Dies war der Augenblick der Wahrheit. Er nahm das Gewehr in die eine Hand und legte die andere auf den Türknauf. Zu seiner Überraschung ließ die Tür sich mühelos öffnen.

Und nichts passierte.

Holmes hatte mit einer Schießerei gerechnet – mit einem, zwei oder vielleicht sogar drei Schmugglern, die ihn hinter dieser Tür erwarteten, um ihn mit einer Sechzig-Schuss-Salve aus ihren Sturmgewehren zu erledigen. Aber das geschah nicht. Da war nichts. Keine behelfsmäßige Barrikade, kein Kugelhagel, keine Sprengfalle und vor allem: keine Spur von irgendwelchen Leuten. Holmes hörte keine Stimmen und sah nichts, das sich bewegte. Keine Schritte, kein leises Atmen. Die Kabine war anscheinend leer. Nur hinten leuchtete eine einzelne Glühlampe, die ihr Licht auf das Deck hinauswarf und einen großen rechteckigen Schatten auf das Schott malte. Holmes sah den Schatten, aber er hatte keine Ahnung, was ihn verursachte. Ein Teil des Schiffs war es nicht. Er zögerte.

Was zum Teufel *war* das?

Er blieb noch einen Moment lang stehen und wartete darauf, dass die übrig gebliebenen Schmuggler in Aktion traten. Dann gestattete er sich einen winzigen Augenblick der Hoffnung. Vielleicht waren keine mehr übrig. Vielleicht waren es überhaupt nur drei Männer gewesen. Aber der Augenblick ging vorüber. Holmes' Arbeit war noch nicht getan. Er musste sich auf seine Aufgabe konzentrieren. Als er so weit war, wirbelte er herum und in die Tür, das Gewehr zuerst, die eine Hälfte seines Körpers im Eingang, die andere Hälfte durch das Schott gedeckt. Er riss die Waffe hin und her und zielte in jede Ecke. Niemand zu Hause.

Er ging vollends hinein.

Und zum dritten Mal an diesem Morgen musste Sabo Park warten.

Es wäre schön, wenn man sagen könnte, dass Sabo Park sich Sorgen um seinen Kollegen machte, aber das tat er nicht. Sabo war ungeduldig. Halb hoffte er sogar, dass da noch ein Schmuggler war, der Holmes umbringen würde, damit er sich auf der Rückfahrt nicht das Gejammer des Jungen würde anhören müssen. Er hatte mitgekriegt, wie er zitterte. Weiche Knie hatte er gehabt. Bei dem Gedanken daran, dass ein so kläglicher Loser den gleichen Anteil kassieren würde wie er, drehte sich ihm der Magen um.

Sabo schälte sich die Skimaske vom Gesicht, nahm die Ohrstöpsel heraus und steckte sie in die Tasche. Er ließ das Gewehr liegen und ging an die andere Seite des Bootes, wo er besser sehen konnte. Die Leichen an Deck der Jacht schienen im Zwielicht grün zu leuchten. Sie waren perfekt. Sabo verzog einen Mundwinkel zu einem schrägen Lächeln. Der Kopf des ersten Schmugglers war genau in der Mitte in zwei Hälften zerrissen worden. Seine beste Arbeit seit langer, langer Zeit.

Er zog seine Beretta aus dem Holster, das unter seinem Gürtel verborgen war, und richtete sie auf die Kabinentür der Jacht. Eine Pistole war auf diese Distanz nicht besonders zielgenau, aber das brauchte sie auch nicht zu sein. Sabo konnte alle fünfzehn Patronen abfeuern, das Magazin auswerfen, nachladen und in weniger als fünfzehn Sekunden wieder schussbereit sein. Ein Gewehr braucht man für Präzisionsarbeit. Eine Pistole ist über kurze Distanzen ganz brauchbar, doch in einer Schießerei zielt niemand genau.

Holmes kam aus der Kabine und hob sein Schrotgewehr, um auf sich aufmerksam zu machen.

»Alles klar?«, rief Sabo.

»Alles klar«, rief Holmes zurück. »Aber wir haben ein Problem.«

»Was ist?«

Holmes stotterte, als wisse er nicht, was er sagen sollte. »Komm lieber her und sieh es dir an.«

Sabo starrte ihn lange an. Dann schob er die Neun-Millimeter in das Holster, sprang hinüber auf die Jacht und trat behutsam um die Leichen herum. Als er nah genug herangekommen war, um normal zu sprechen, sah er in Holmes' Gesicht eine Mischung aus Angst, Staunen und Entsetzen, aber da war noch etwas. Etwas anderes. Etwas, das Sabo nicht genau definieren konnte.

»Wo?«, fragte er.

»Gleich hinter der Tür.«

»Haben wir wenigstens die Saphire?«

»Ich glaube, du solltest dir das lieber ansehen.«

Sabo warf einen misstrauischen Blick auf Holmes und dann auf die Kabinentür. Holmes stieß sie auf, sodass Sabo hineinschauen konnte.

Und Sabo sah es.

Das Ding stand mitten in der Kabine unter einem kleinen Tisch, und er hatte noch nicht oft etwas so Erstaunliches gesehen. Es war würfelförmig mit einer Kantenlänge von etwas mehr als sechzig Zentimetern. Darauf, fast als sei jemand erst nachträglich darauf gekommen, lag der Beutel mit den blauen Saphiren, die plötzlich nichts mehr bedeuteten. Ihr Wert war trivial wie der einer Handvoll Pennys auf einem Stapel Hundert-Dollar-Scheine. Was Sabo sah, schockierte ihn so sehr, dass jeder andere Gedanke aus seinem auf Hochtouren laufenden Gehirn verschwand. Etwas Schöneres hatte er noch nie gesehen. Er war sprachlos und wie gelähmt. Was er sah, war gefährlicher als alle Pistolen und Messer, die er je gesehen hatte, wertvoller als alles Geld in allen Banken, die er je ausgeraubt hatte, und schöner als alles Blut, das er je vergossen hatte. Für einen Mann, der so abartig war wie Sabo Park, war es, als sehe er das Angesicht Gottes.

Holmes sprach ihn an. »Was zum Teufel sollen wir tun?«

Sabo antwortete nicht. Stattdessen zog er wortlos die Beretta aus dem Gürtel und schoss ihm ins Gesicht.

Holmes kippte hintenüber und war tot, bevor er auf dem Boden aufschlug. Der Schuss hallte über das Wasser wie ein ferner Donnerschlag. Die Messinghülse fiel klingelnd auf das Deck und rollte in die Kabine. Captain sah, was passierte, aber er brauchte zu lange, um zwei und zwei zusammenzuzählen. Starr vor Schrecken stand er in seinem Cockpit, bis Sabo sich umdrehte und auf ihn schoss.

Die Kugel riss spinnennetzförmige Risse in die Plexiglasscheibe, knapp drei Handbreit von seinem Kopf entfernt, und er ging geduckt in Deckung. Er trug keine Waffe. Er war schließlich nur der Fahrer. Der Wheelman. Die nächste erreichbare Waffe war Sabos Gewehr im Bug des Bootes, wo Sabo sie durchgeladen zurückgelassen hatte. Captain rannte verzweifelt darauf zu.

Sabo ging gelassen auf das Fischerboot zu und feuerte mit ausgestrecktem Arm eine Kugel nach der anderen auf den alten Mann ab. Die Kugeln zerschmetterten das Plexiglas, und Querschläger schwirrten auf dem Boot umher, zertrümmerten die Instrumente und bohrten sich in das Deck. Eine Kugel pfiff nur Zentimeter an Captains Kopf vorbei in den Nachthimmel.

Captains Spurt brachte ihn ungefähr fünf Meter weit, bevor ihn eine Kugel in die linke Brustseite traf, dem Herzen gegenüber. Er kam noch zwei Schritte weiter und stürzte dann nur wenige Zentimeter vor dem Gewehr auf die Decksplanken. Er wand sich und krallte die Finger in die Wunde, als seine Lunge kollabierte.

Sabo ließ sich Zeit. Er schob die Beretta in das Holster und sprang lässig auf den Fischkutter hinüber. Dann ging er in die Kabine, schaltete alle Instrumente ab und trat zu Captain hin. Der alte Mann verfolgte ihn mit seinen Blicken. Das Blut quoll durch seine Jacke und floss auf das Deck. Mit jedem kurzen, flachen Atemzug knisterte die Wunde leise. Hellroter Schaum kam mit einem gurgelnden Geräusch aus seinem Mund und tröpfelte an seinem Mundwinkel herunter. Sabo blieb vor ihm stehen, ließ sich in die Hocke sinken und legte eine gewölbte Hand hinter sein Ohr.

Captain versuchte mühsam, etwas zu sagen, aber kein Wort kam aus seinem Mund.

Sabo schüttelte den Kopf. »Kannst nicht sprechen, was? Bei einem Schuss in die Brust ist das so. Deine Lunge wird sich mit Blut füllen. Ich gebe dir noch zehn Minuten.«

Captain starrte ihn flehentlich an.

Sabo warf einen Blick auf die Uhr und schaute Captain dann in die Augen. »Leider habe ich keine zehn Minuten mehr.«

Er langte nach seinem Gewehr, drückte Captain die Mündung an den Kopf und erschoss ihn. Dann wischte er sich die Blutspritzer von der Jacke, zog das leere Magazin heraus und schob ein neues ein. Er feuerte alle vier Patronen unter der Wasserlinie in die Bordwand, sodass das Wasser ins Boot laufen konnte, und warf das Gewehr ins Meer. Die Pumpen würden mit dem eindringenden Wasser fertigwerden, aber nicht lange. In einer halben Stunde würde der Kutter auf halbem Weg zum Meeresgrund sein.

Sabo wusste, dass er nichts hinterlassen durfte. Nichts durfte ihn mit dem, was in dieser Nacht hier draußen passiert war, in Verbindung bringen. Bald würden mächtige Leute suchen, was er gestohlen hatte. Vielleicht würden sie niemals aufhören zu suchen. Manche würden an Altersschwäche sterben, bevor sie die Suche aufgäben. Sabo wusste, dass sie nicht nachlassen würden, aber er wusste auch, dass es sich lohnte. Wenn er ihnen entwischen könnte, würde er alles bekommen, was er jemals hatte haben wollen. Er würde das Luxusleben führen, von dem er immer geträumt hatte. Aber er durfte keine Zeugen hinterlassen. Keine Komplizen. Keine Spuren.

Er musste verschwinden.

Sabo sprang zurück auf die Jacht. Er sah, wie sich seine ganze Zukunft von diesem Augenblick an vor ihm ausdehnte. Er würde die Leichen über Bord werfen und dann die Jugmarkerin anrufen und darüber informieren, dass die andern bei einer Schießerei ums Leben gekommen waren. Er würde das Funkgerät und den Notfall-Positionsmelder der Jacht abschalten, sodass man ihn nicht würde orten können. Dann würde er den nächsten Hafen anlaufen, seinen Schatz von Bord bringen und das Boot versenken. Seine kostbare Beute war zu schwer, um damit zu reisen; also würde er sie irgendwo verstecken müssen. Die Jugmarkerin würde die Saphire verkaufen, und wenn Sabo seinen Anteil bekommen hätte, könnte er so weit wegfahren, wie er wollte. Er würde in einem entlegenen Winkel der Welt untertauchen, für ein paar Jahre, wenn es sein musste, bevor er zurückkäme, um sich zu holen, was ihm gehörte. Aber das war es wert. Das alles war es wert.

Denn von diesem Augenblick an war Sabo Park der reichste Mann, den er je gekannt hatte.

EINS

Taipa Island – Macau

Das rumpelnde Vibrieren des Satellitentelefons ließ die Jugmarkerin zusammenschrecken. Den größten Teil der Nacht hatte sie in ihrer Limousine unter einer Brücke in der Altstadt verbracht. Ein paar Stunden lang hatte sie hier im Halbschlaf gedöst. Als das Telefon endlich brummte, wischte sie sich den Schlaf aus den Augen und angelte es aus dem Becherhalter an der Mittelkonsole. Sie hob die Hand und schaltete die Leselampe ein, bevor sie das Telefon aufklappte.

Auf diese SMS hatte sie die ganze Nacht gewartet.

Button hier, stand da. *Wir haben gewonnen. 2 rote Karten. Drei Strafstöße. Spielstand 26-0, noch 8 Min. bis Ende der Spielzeit.*

Sie nickte und las die Nachricht noch einmal. Sie hatte einen Code entworfen, der sich las wie unschuldiges, sinnloses Sportgeplauder, aber für den Eingeweihten war die Nachricht eine Art Telegramm. In einer einzigen Zeile war alles enthalten, was sie über den Raubzug wissen musste. Die Jugmarkerin zündete sich eine Zigarette an und las noch einmal.

Button stand für *Buttonman.* Der Absender der Nachricht war Sabo Park. Dann kam das Ergebnis. War der Überfall erfolgreich verlaufen oder nicht? Ja. *Wir haben gewonnen.* Jetzt der Schadensbericht. *Gelbe Karten* waren verletzte Crew-Mitglieder, *rote Karten* waren tote. Also waren Captain und Holmes tot. *Strafstöße* bezeichnete die Zahl der getöteten Schmuggler. Die letzte Angabe bezog sich auf die Beute. Sechsundzwanzig Steine waren erbeutet worden, keiner war verloren. Die Zeitangabe bezeichnete die voraussichtliche Ankunftszeit. Wie weit war Sabo vom Treffpunkt entfernt? Sekunden bedeuteten in diesem Code Minuten, Minuten waren Stunden, und Stunden waren Tage. Sabo Park hatte sechsundzwanzig Saphire und würde in acht Stunden eintreffen. Das alles zu lesen gehörte zu ihrer zweiten Natur.

Sie drehte das Satellitentelefon um, nahm den Akku heraus, entfernte den Speicherchip und brach für alle Fälle auch noch die Innenantenne ab. Sie öffnete die Wagentür und warf die Einzelteile des Telefons in einen Gully.

Das war's.

Der erste Teil des Jobs war erledigt.

Es bestürzte sie, dass zwei Mann ihrer Crew getötet worden waren, aber sie hatte keine Zeit, sie zu betrauern. Emotionen durften keine Rolle spielen. Noch nicht. Sie alle hatten sich auf einen Notfallplan geeinigt, wenn so etwas passieren sollte, und sie hatten die Risiken gekannt, als sie eingestiegen waren. Pirat ist kein Beruf für jemanden, der Angst vor dem Tod hat. Ihre Angehörigen würden ihren Anteil erhalten. Die Jugmarkerin würde ein paar Tage brauchen, um die Steine an den Mann zu bringen, aber wenn das Geld da wäre, würde sie sich an die letzten Wünsche ihrer Crew halten. Holmes hatte einen Bruder in Auckland. Sie würde seine Millionen auf ein Konto in dessen Namen in der Schweiz überweisen, und er würde nie wieder arbeiten müssen. Captain hatte keine Familie, und deshalb hatte er gewollt, dass sein Anteil an ein Meeresschutzgebiet vor der australischen Küste ging. Sie konnte das Geld online in einer Kryptowährung überweisen – und wenn diese Steine halb so viel wert waren, wie sie erwartete, könnte seine Spende den Schutz und die Erforschung der Meerestiere dort über Jahre finanzieren. Das wäre sein letztes Geschenk an die See.

Aber jetzt hatte sie etwas anderes zu tun.

Es gab auf der Welt nicht viele Frauen wie die Jugmarkerin. Sie war nicht nur eine erstklassige Diebin, sie war ein kriminelles Superhirn. Sie stahl seit mehr als zwanzig Jahren und war noch nie gefasst worden. Sie hatte Diamanten aus russischen Palästen geklaut. Hatte Kunstmuseen in Europa ausgeräumt. Banken auf vier Kontinenten ausgeraubt und Betrügereien in dreißig Ländern begangen. Sie hatte Millionen gestohlen, hatte sie ausgegeben und noch mehr gestohlen. Sie blieb nie lange an einem Ort und konnte Identität, Persönlichkeit und Aussehen so mühelos verändern, wie andere die Kleider wechseln. Es konnte vorkommen, dass selbst jemand, der sie seit Jahren kannte, sie auf der Straße nicht bemerkte.

Einen Namen benutzte sie nicht gern, aber manche Leute kannten sie als Angela.

Ihr wirklicher Name war längst in Vergessenheit geraten. Angela war ihr bevorzugter Deckname, aber er war nur ein Wort auf den Dutzenden von Pässen, die sie besaß. Den wirklichen Namen benutzte sie seit ihrer Kindheit nicht mehr, und eigentlich bedeutete er auch nichts mehr. Es gab nur einen Menschen, der etwas über ihr früheres Leben wusste, und den hatte sie seit sechs Jahren nicht mehr gesehen. Nach allem, was sie wusste, war er wahrscheinlich längst tot oder schmachtete in irgendeinem Geheimgefängnis der CIA auf der anderen Seite der Erde. Und wenn das so war, würde die Erinnerung an ihr bürgerliches Leben mit ihm sterben.

Seufzend drückte sie auf den Knopf, der die Trennscheibe zwischen ihr und ihrem Fahrer schloss. Im Moment sah sie nicht aus wie eine Frau, die in eine Limousine gehörte. Mit ihrem Rock aus dem Textil-Discount und der olivfarbenen Jeansjacke hätte man sie für eine Kellnerin halten können. Sie hatte braune Locken, die bis auf die Schultern reichten, und nikotingelbe

Fingerspitzen. Sie befahl dem Fahrer, auf sie zu warten, stieg aus und ging los. Sie nahm einen tiefen Zug aus ihrer Zigarette und warf den Stummel auf den Gehweg.

Dann fing sie an, sich zu verwandeln.

Sie öffnete die Schließe an ihrem Rock, der sich in ein schwarzes Kleid verwandelte. Sie zog den Gürtel ab und stopfte ihn in ihre Handtasche, streifte die leichte Jacke ab und drehte sie um. Das olivgrüne Äußere wandelte sich in modisches weißes Leder. Als Nächstes nahm sie Brille und Perücke ab, und zum Vorschein kam ein konservativer schwarzer Haarknoten. In wenigen Sekunden war aus der Kellnerin auf dem Heimweg eine reiche Erbin geworden, die zu einer Party fuhr.

Aber sie veränderte nicht nur ihr Aussehen, sondern auch ihr Verhalten. Es gibt Hunderte von kleinen mimischen Variationen und Manierismen, die eine Person einzigartig machen, und sie hatte sie alle drauf. Mit jedem Schritt schien sie um ein Jahr zu altern. Ihr Rücken straffte sich, und sie hob das Kinn. Die Kraft wich aus ihren Händen, und ihre Schritte wurden kürzer und zierlicher. Sie hielt ihre Handtasche umklammert, als habe sie Angst, ein Straßenräuber könnte sie ihr entreißen. Ihr Gesicht entspannte sich und ließ Falten zutage treten, und sie verlagerte ihr Gewicht vorwärts auf die Zehen, um ihre Größe zu betonen. Der Gesamteffekt ließ sie nicht nur zehn Jahre älter, sondern auch wesentlich schlanker und größer erscheinen. Als sie um die Ecke bog und auf das Juweliergeschäft zuging, war sie eine andere Frau.

Sie war Oksana Timoschenko.

Das war nicht nur der Name in dem ukrainischen Pass, der zuunterst in ihrer Handtasche lag. Nein, sie war jetzt die Matriarchin eines ukrainischen Stahlimperiums. Ihr verstorbener Ehemann hatte in den Jahren nach dem Zusammenbruch der Sowjetunion Milliarden zusammengestohlen, und seitdem hatte sie den größten Teil ihrer Zeit damit verbracht, zwischen den Nobelhotels der Welt und hochkarätigen Spielcasinos hin und her zu springen. Ihre Haltung vermittelte eine gewisse Mischung von Autorität und Fragilität, die grenzenlos privilegierten Reichtum erkennen ließ. Sie nahm einen Diamantring aus der Handtasche und streifte ihn über den Finger, das Tüpfelchen auf dem i – schließlich würde keine Frau von Oksanas Status sich irgendwo ohne einen Diamanten erwischen lassen. Juwelen sind alles in Macau. Sie sind ein wesentlicher Teil der Kultur. Seattle hat seine Coffeeshops. New York hat Pizzerien. Paris hat Bäckereien.

Macau hat Juweliere. Und dieser hier war der schlimmste.

»Old World Gemstones« war ein Rattenloch im Souterrain eines Slum-Hochhauses in einer der miesesten Gegenden von Taipa Island, ein paar Blocks weit von der Stelle entfernt, wo Angelas Limousine wartete. Der Laden sah aus wie eine Pfandleihe, nicht wie ein anständiges Juweliergeschäft, und das hatte einen guten Grund. Alles im Schaufenster stammte aus zweiter oder dritter Hand, und die angegebenen Preise waren absurd hoch. Eine defekte Rolex Daytona sollte zwanzigtausend Euro kosten, ein silberner Trauring mit einem einkarätigen Diamanten zweimal so viel. Das Geschäft war eingeklemmt zwischen einer Karaoke-Bar und einem ehemaligen Nudel-Imbiss, dessen Türen und Fenster mit Sperrholzplatten vernagelt waren. Im Schaufenster leuchteten ein Dollarzeichen in Neon und eine blaue Leuchtstoffröhre, die einen runden Brillanten darstellte. Als Oksana die Tür öffnete, klingelte eine Glocke.

Sie sah Reihen um Reihen von überteuerten Juwelen. Eine junge Europäerin – die Hehlerin – saß hinter der Theke, über einen schmalen Tisch mit einer Juweliersäge gebeugt, und sie drückte ihre Zigarette aus und hob den Kopf, als Oksana hereinkam. Die Frau schaltete das Gerät ab und fragte: »Kann ich Ihnen helfen?«

»Ja«, sagte Oksana mit einem makellosen ukrainischen Akzent. »Ich komme wegen der Saphire.«

»Dann waren Sie es, mit der ich telefoniert habe.«

»Ja.«

»Gut«, sagte die Frau. »Ich bin Elischewa. Haben Sie die Steine bei sich?«

»Noch nicht. Sie kommen per Kurier. Ich dürfte sie in ein paar Stunden haben, wenn Sie nichts dagegen haben, so lange aufzubleiben.«

»Ich bin auf«, sagte die Frau. »Ich schlafe sowieso nur tagsüber. Ist Ihr Kurier vertrauenswürdig?«

»Er hat mich noch nicht enttäuscht.«

»Hm«, sagte Elischewa. »Okay.«

»Es handelt sich um sechsundzwanzig Saphire in verschiedenen Größen«, sagte Oksana. »Sie müssen so schnell wie möglich geschliffen und poliert werden. Sie werden schon wissen, wie Sie aus dem Rohmaterial den größten Wert herausholen. Allerdings keinen Spezialschliff. Nichts, womit man die Steine hierher zurückverfolgen könnte.«

»Wie Sie wollen«, sagte Elischewa. »Aber kommen Sie erst mal her. Ich möchte Ihnen etwas zeigen.«

Elischewa holte ein kleines Packpapierbriefchen hervor und schob es über den Tisch. Es enthielt einen kleinen Diamanten, ungefähr so groß wie ein Stecknadelkopf. Oksana hob ihn mit einer Pinzette auf und betrachtete ihn aufmerksam mit der Lupe. Er war rein und klar wie die Sonne. Für einen Augenblick verschlug es ihr den Atem. Einen Diamanten anzuschauen ist wie ein Rausch. Das Gefühl zu erklären ist nicht leicht, aber es hat etwas mit Ehrfurcht und Trauer zu tun. Ein perfekter Diamant ist mehr als nur schön: Er ist die Vollkommenheit in ihrer unsterblichen Form. Alles andere auf der Welt stirbt irgendwann. Menschen scheiden dahin, Kulturen zerfallen,

Flüsse zermahlen Berge zu Sand. Ein Diamant ist nicht nur das Symbol der Ewigkeit, er *ist* die Ewigkeit. Ein richtig geschliffener Stein wird in hundert Jahren, ja, in tausend Jahren noch genauso aussehen wie heute. Wenn diese beiden Frauen längst gestorben und ihre Erinnerungen im Nichts verschwunden wären, würde dieser Diamant noch immer so schön sein wie heute. Eine Frau ohne Namen und ohne Familie konnte der Unsterblichkeit nicht näher kommen als durch die Berührung eines Diamanten. Sie nickte und legte den winzigen Stein wieder auf den Tisch.

»Das ist ein Diamant«, sagte sie.

»Natürlich«, sagte Elischewa. »Haben Sie schon mal vom Stolz von Tansania gehört?«

Oksana schwieg.

»Wenn nicht, machen Sie sich keine Sorgen. Nicht viele Leute wissen, was das ist. Selbst erstklassige Juweliere haben den Namen noch nicht gehört. Aber eine Zeitlang war es der berühmteste Edelstein der Welt. Er wurde 2002 gefunden. Ein Bauer grub ihn aus dem Schwemmland am Rand der Berge in Longido, am Fuße eines eingestürzten Vulkans. Der Mann bekam fast einen Herzinfarkt, als er ihn sah. Was er gefunden hatte, war ein Zwölftausend-Karat-Rubin, fünfzehn Zentimeter lang. Lebhafte mittlere Sättigung. Taubenblut. Wenige Nadeleinschlüsse, durchsichtig, fehlerloser Kern. Zu jener Zeit war es der größte hochklassige Rubin der Welt, mehr als fünfeinhalbtausend Karat – volle drei Pfund – schwerer als der nächstgrößte. Es gab Fotos, aber die konnten diese Vollkommenheit nicht wiedergeben. Er war riesenhaft und unglaublich schön – wie ein gefrorener Blutstropfen, auf die Dimension von zwei Fäusten vergrößert. Können Sie sich das vorstellen? Einen Rubin, der auch nur annähernd so viel wiegt?«

Oksana schüttelte den Kopf.

»Ich auch nicht«, sagte Elischewa. »Niemand hat eine Vorstellung von seinem Wert. Der Bauer verkaufte ihn für zwanzigtausend Pfund Sterling an einen britischen Immobilienmakler. Bis der ihn nach Großbritannien bringen konnte, kostete allein die Versicherung schon das Zehnfache. Obwohl man versuchte, den Deal geheim zu halten, verbreitete sich die Nachricht von dem Stein ziemlich schnell. Innerhalb von einer Woche wurde das Dorf, wo er gefunden worden war, von Reportern überflutet. Innerhalb eines Monats hatte der Wert des Landes, das dem Bauern gehörte, sich verfünffacht. Spekulanten kauften jeden Quadratzoll Schwemmland auf. Als der Stein zwei Jahre später in einer Privatauktion angeboten wurde, lag das Mindestgebot bei sechsundzwanzig Millionen. Als die Versteigerung zwei Stunden später geschlossen wurde, hatte ein saudischer Prinz fast siebzig Millionen hingeblättert. Mehr Geld ist nie für einen Rubin gezahlt worden. Es war beispiellos.«

»Und warum habe ich nie davon gehört?«

»Weil der Stolz von Tansania wertlos war«, sagte Elischewa. »Er war gefälscht.«

Elischewa nahm einen Hammer von ihrem Tisch und zertrümmerte den kleinen Diamanten zwischen ihnen mit einem Schlag. Ungläubig starrte Oksana die feinen Trümmer an. Sie berührte sie, und an ihrem Finger klebte Glasstaub.

»Er zerbrach, bevor er London verließ«, sagte Elischewa. »Denn es war in Wirklichkeit kein Rubin. Es war nicht einmal ein *synthetischer* Fluxmelt-Stein. Es war ein gewöhnlicher Kristall, der durch ein chemisches Verfälschungsmittel seine Farbe und einen erhöhten Brechungsindex bekommen hatte, ganz wie das chemisch verbesserte Flintglas, das ich benutze, um meine Schleiftechnik zu üben. Der Bauer hatte den Stein mit gefälschten Papieren verkauft, und der Immobilienkaufmann hatte keine Fragen gestellt. Er hatte nicht einmal wissen wollen, wie ein Bauer auf dem Land in Tansania an die Papiere zu einem erstklassigen Edelstein gekommen war. Niemand machte sich die Mühe, den Stein zu prüfen, bis er dem Saudi auf dem Flughafen, auf dem Weg zu seinem Privatjet, aus der Tasche fiel und auf dem Asphalt in siebzehn Stücke zerbrach. Als man die Scherben untersuchte, stellte man fest, dass sie keine hundert Pfund wert waren. Es war nicht einmal Strass.«

»Warum erzählen Sie mir das?«

»Weil es eine Geschichte über Vertrauen ist«, sagte Elischewa. »Niemand weiß genau, wie die Sache gelaufen ist, aber die vorherrschende Theorie ist die, dass der Bauer ein Betrüger war. Der Geschäftsmann hatte kein Problem damit, ihn über den Tisch zu ziehen, weil er das für normal hielt. Arme Afrikaner bekommen niemals den Löwenanteil. Warum sollte es bei diesem anders sein? Der Geschäftsmann dachte, er könnte den Bauern übers Ohr hauen, doch der Bauer war schneller. Wer ist jetzt der größte Betrüger? Der Bauer, der die Fälschung verkaufte? Oder der Geschäftsmann, der ihm so gern glauben wollte, dass er eine offenkundige Lüge schluckte? Entweder aus Bösartigkeit oder aus purer Dummheit hat der Immobilienkaufmann sich nie die Mühe gemacht, das erworbene Stück prüfen zu lassen. Jeder echte Juwelier hätte den Betrug in wenigen Minuten entdeckt, aber niemand beauftragte einen, bis es zu spät war. Als die Sache sich herumsprach, wollte jeder daran glauben. Die ganze Welt war so entzückt von der Geschichte, dass niemand auf die Idee kam, sie selbst zu überprüfen. Alle wollten, dass sie wahr war, und deshalb taten alle so, als wäre sie es. Und deshalb kaufe ich niemals etwas nur auf der Grundlage einer Geschichte. Solange ich die Steine nicht selbst gesehen habe, existieren sie nicht. Es gibt nichts Gefährlicheres als eine glaubwürdige Geschichte, verstehen sie? Denn der beste Geschichtenerzähler der Welt kann Glas nicht in Rubin verwandeln.«

Oksana schwieg.

»So führe ich hier mein Geschäft«, sagte Elischewa. »Hier gibt es keinen Kredit. Keine Versprechungen. Keinen Händedruck. Für mich war der Stolz von Tansania mehr als nur der größte falsche Edelstein der Welt. Er war eine Lektion für mein Geschäft. Eine Erinnerung.«

»Woran?«

»An den Tod natürlich«, sagte Elischewa. »Wissen Sie, nicht einmal Edelsteine sind ewig.«

ZWEI

The Haven – Hongkong

Sabo Park schob das Schlauchboot auf den Strand und kippte erschöpft in den Sand. Eine Brandungswelle rollte bis an seine Brust, aber das kümmerte ihn nicht. Am fernen Horizont, zwischen den Bergen, sah er die geschäftig funkelnde Skyline von Hongkong. Nach fast sieben Stunden allein auf dem Meer hatte er es endlich geschafft.

Hongkong hat kaum wirklich ländliche Teile, aber in manchen Gegenden ist es ruhiger als in anderen. Hier in der nordwestlichen Ecke von Hong Kong Island war eine solche Gegend. Der Strand war sehr schmal, jedoch fast völlig leer. Der Steilhang dahinter war mit dünnem, sandigem Mutterboden und dichtem, abweisendem Gestrüpp bedeckt. Gebäude waren weit und breit nicht zu sehen. Auf dem Höhenkamm verlief eine kleine Straße, die allmählich ins Meer bröckelte. In einer Stadt mit acht Millionen Einwohnern war dieser Ort so abgeschieden, wie man es sich nur wünschen konnte. Sabo schloss die Augen. Er hörte nur das sanfte Plätschern der Wellen, die seine Füße umspülten.

Es war eine weite Reise bis zu diesem unbewohnten Strand gewesen. In den acht Stunden seit dem Überfall hatte er kein Auge zugetan, und davor war er schon sechsunddreißig Stunden auf den Beinen gewesen, um sich vorzubereiten. Dass er sich mit dem gestohlenen Schiff nicht ausgekannt hatte, war noch das geringste Problem gewesen. Um herzukommen, hatte er durch chinesische Hoheitsgewässer fahren müssen. Das bedeutete, dass jederzeit die Küstenwache aufkreuzen konnte. Wohin er sich auch wendete, anscheinend war überall entweder ein Patrouillenboot aus Haijing unterwegs, oder ein Schnellboot der Polizei aus Hongkong flitzte am Strand entlang. Sein Deck war immer noch blutverschmiert, und Sabo konnte nicht riskieren, dass Polizei an Bord kam. Deshalb war er die Jacht irgendwo vor der Küste losgeworden. Den letzten Teil der Strecke hatte er sicherheitshalber mit dem Rettungsboot zurückgelegt. Vom Paddeln hatte er eine riesige Blase an der Handfläche.

Jetzt taten ihm alle Knochen weh, aber das machte nichts. Er war *da*. Seine kostbare Beute war in einem Versteck, wo niemand sie finden würde, nicht einmal die Küstenwache. Er hatte eine Pistole im Gürtel und einen falschen Pass in der Tasche, den niemand zurückverfolgen konnte. Er hatte ein Handy, mit dem er die Jugmarkerin erreichen konnte, und genug Geld für die Fähre nach Macau, wo sie sich treffen würden. Lächelnd lag er am Rand der Brandung. Niemand würde etwas von seinem großen Glück erfahren müssen. Bald würde die Sonne aufgehen. In der Stadt würde die Jugmarkerin die Juwelen, die er in der Tasche hatte, verkaufen. Mit dem Geld, das sie einbringen würden, könnte er seinen eigentlichen Schatz überall hinbringen, wo es ihm gefiel. So oder so, diese Beute würde sein Leben für immer verändern.

Langsam stand Sabo auf und warf sein Paddel ins Meer. Als er sicher war, dass es nicht wieder an den Strand geschwemmt wurde, zog er ein kleines Taschenmesser aus dem Stiefel, klappte es auf und schlitzte sein Schlauchboot von einem Ende zum andern auf. Die Luft wich zischend aus dem Plastik, und er schob das zusammengesunkene Wrack zurück in die Brandung. Keine Beweise, keine Spuren. Auch der Jugmarkerin würde das gut gefallen.

Er nahm die Saphire aus der Tasche, nur um sie zu bewundern. Sie waren so schön wie sechsundzwanzig gefrorene Tränen, jeder so blau wie der tiefe Ozean und so klar wie poliertes Glas. Die Jugmarkerin würde ihm einen Barscheck über eine halbe

Million Euro ausstellen und sich glücklich schätzen, vermutete Sabo. Die Steine konnten das Fünf- oder Zehnfache dieser Summe einbringen, wenn sie geschliffen und gefasst wären. Aber Sabo war bereit, seinen potentiellen Gewinn zu opfern, um nicht ewig hier warten zu müssen. Das richtige Geld wartete woanders. Es würde schwer genug sein, Angela plausibel zu machen, dass der Rest der Crew getötet worden war, während er unversehrt entkommen war. Diese Lügengeschichte wollte er nicht allzu lange strapazieren. Er hatte es eilig. Sobald er den Scheck eingelöst hätte, könnte er innerhalb von einer Stunde außer Landes sein.

Das dachte er wenigstens.

Das Geräusch eines Motorrads durchbrach die Stille, und Sabo sah sich um. Es kam von der Straße auf dem Höhenkamm oberhalb der Böschung und war noch weit entfernt, aber es kam näher. Er sah, wie das Scheinwerferlicht sich durch den Nebel schnitt, und suchte hastig nach einer Deckung. Keiner der Büsche in seiner Nähe war groß genug. Die einzige Möglichkeit boten die Felsen am Straßenrand, gut zehn Meter weiter oben. Wenn er dort hinkommen könnte, würde er sich verstecken können. Viel Zeit hatte er nicht, aber er musste es versuchen. Sabo kletterte über die Dünen nach oben und kauerte sich hinter den ersten Felsen, den er erreichen konnte. Wenn er Glück hätte, würde der Nebel den Rest übernehmen.

Zwei Sekunden später kam das Motorrad um die Straßenbiegung. Es war ein schlichter schwarzer *cafe racer* mit gewöhnlichen Satteltaschen und einem Kennzeichen aus Hongkong. Auch der Fahrer sah ziemlich normal aus – er hatte eine gute Figur und trug eine lederne Motorradjacke und eine alte Bluejeans. Sabo zog den Kopf ein, aber es war zu spät. Das Motorrad wurde langsamer, als es sich den Felsen näherte, und hielt dann mitten auf der Straße an. Der Fahrer trat den Ständer herunter, ließ das Motorrad im Leerlauf stehen und sah sich aufmerksam um. Er nahm den Helm ab und schüttelte sein Haar aus. Er war ein Weißer, kein Chinese. Unauffälliges Aussehen. Blondes Haar, braune Augen. Er stand da, als habe er im Dunkeln etwas gesehen und wisse nicht, was es war – völlig verwirrt. Nach ein paar Augenblicken holte er ein Handy aus der Tasche. Das Display beleuchtete grün sein Gesicht. Er konnte nicht älter als dreißig sein.

Sabo spähte durch eine Lücke zwischen den Felsen, packte die Beretta an seinem Kreuz und entsicherte sie langsam. Er legte den Finger an den Abzug, stand auf und winkte dem Mann zu. »Hey, sprechen Sie Englisch?«

Der Motorradfahrer sah ihn überrascht an. »Ja«, sagte er über das Motorgeräusch hinweg. »Wer ist denn da?«

Sein leichter Akzent war schwer zu identifizieren. Sabo konnte nicht erkennen, ob er Australier, Engländer oder Amerikaner war – oder etwas ganz anderes.

»Gott sei Dank, dass Sie kommen«, sagte Sabo. Er kam ein paar Schritte auf den Mann zu, hielt aber die Beretta auf seinem Rücken weiter fest in der Hand. »Ich bin Tourist. Bin hier gestrandet. Ich warte schon seit einer Weile darauf, dass jemand vorbeikommt.«

Der Fremde schaute den Hang hinunter zum Strand. »Hatten Sie einen Unfall?«

»Ja, na ja, sozusagen«, antwortete Sabo. »Ich bin früh am Morgen mit dem Boot rausgefahren. Das Hotel vermietet kleine Segelboote. Bin schon vor dem Morgengrauen losgesegelt und auf einen Felsen vor der Küste gelaufen, als die Sonne aufging. Bin ins Wasser gefallen und musste ans Ufer schwimmen. Ehrlich gesagt, ich habe keine Ahnung, wo ich jetzt bin.«

Der Fremde nickte. Er zog eine Packung Kaugummi aus der Jacke und wickelte einen Streifen aus, schob ihn in den Mund und fing an zu kauen.

»Ich wohne im Peninsula Hotel oben in Tsim Sha Tsui«, sagte Sabo. »Glauben Sie, Sie könnten mich ein Stück mitnehmen? Zumindest so weit, bis ich ein Taxi gefunden habe?«

»Na klar.« Der Mann ging zwei Schritte näher an die Böschung und spähte hinunter. »Wo ist das Wrack?«

»Oh, mein Boot ist nicht da unten«, sagte Sabo und zeigte aufs Meer hinaus. »Es ist draußen gesunken. Totalverlust. Hinter den Klippen da, sehen Sie? Da drüben. Übrigens, ich erfriere bald. Man sollte meinen, im Sommer ist das Wasser wärmer, aber es ist eiskalt.«

Der Fremde sagte nichts.

»Mann, ich bin so froh, dass Sie da sind«, sagte Sabo. »Da draußen dachte ich wirklich, es ist aus. Entschuldigen Sie, ich habe mich noch nicht vorgestellt. Ich bin Sam. Und Sie?«

»Laurence.« Der Mann streckte die Hand aus. »Freut mich.«

Sabo sah die Hand und erstarrte für einen Augenblick. Seine Rechte umfasste immer noch die verborgene Beretta, und sein Finger lag leicht am Abzug. Er überlegte, und sein Finger zuckte. Nach einer Weile schob er die Pistole in den Gürtel und schüttelte die Hand des Fremden. Der Mann hatte einen festen Händedruck, und Sabo ließ sein überzeugendstes Lächeln aufstrahlen. Und dann beugte der Mann sich vor und flüsterte Sabo etwas ins Ohr, als wolle er ihm ein Geheimnis anvertrauen.

»Sie hätten das Rettungsboot lieber nicht nehmen sollen«, sagte er.

Das Händeschütteln brach ab. Der Händedruck war zu Ende.

»Die Dinger haben mehrere vom Wasser aktivierte Peilsender«, flüsterte der Mann. »Für den Notfall. Damit man die Leute auf See finden kann.«

Sabo erstarrte.

Der Fremde zog mit der linken Hand eine schwarze Sig Sauer aus der Jackentasche und richtete sie in einer geschmeidigen

Bewegung über ihrem Händedruck auf Sabo. Absolut professionell. Sabo hatte keine Zeit zum Nachdenken. Er griff nach seiner Waffe, aber es war zu spät. Der Mann drückte ab, und eine Kugel fuhr Sabo in die Brust, unter der linken Schulter und durch die Lunge.

Der Schuss war nicht tödlich, doch er war dicht daran. Sabos Knie wurden weich, und fast wäre er an Ort und Stelle zusammengesackt, wenn der Fremde ihn nicht bei der Schulter gepackt hätte. Sabo rang nach Luft, Schaum quoll aus seinem Mund, und seine Augen weiteten sich. Der Schuss hallte über die Sanddünen, und in einiger Entfernung flog ein Reiher von den Felsen auf.

»Wo ist die Ladung?«, fragte der Fremde in ruhigem Flüsterton.

Sabo konnte nicht atmen. Er fühlte, wie das Blut in sein Hemd sickerte und seine Jacke durchtränkte. Er öffnete den Mund, aber nur ein Schwall von rot schäumendem Blut und ein leises Gurgeln kamen über seine Lippen.

»Wer hat Sie engagiert? Für wen arbeiten Sie?«

Sabos Augen rollten in den Höhlen nach oben. Der Mann seufzte und stieß ihn voran. Sabo stolperte ein paar Schritte, kippte dann über die Böschungskante und landete unten in der Brandung, schlaff wie eine Lumpenpuppe.

Es dauerte nur eine Sekunde, aber Sabo kam es vor wie ein ganzes Leben. Die Pistole rutschte hinter ihm aus dem Gürtel ins Wasser. Er lag auf der Seite am Fuß der Düne, von Sand bedeckt. Irgendwie hatte er erwartet, dass es anders sein würde. Er fühlte keinen Schmerz, doch er durfte nicht still liegen bleiben. Der Schock würde bald einsetzen. Er wand sich hin und her und versuchte verzweifelt, tief durchzuatmen, brachte allerdings nur ein kurzes und flaches Hecheln zustande. Es war, als ertrinke er. Die Wunde schmatzte und knisterte mit jedem mühsamen Atemzug.

Lungenschuss, dachte er. *Zehn Minuten.*

Sabo rollte auf den Rücken, und das Blut fing an, durch seine Windjacke zu dringen und den Sand zu verklumpen. Er konnte nicht mehr dagegen ankämpfen. Über sich sah er den Biker, der mit einem großen schwarzen Plastiksack und einer Rolle Draht unter dem Arm langsam die Düne herunterkletterte. Er sah die Kondensstreifen der Düsenjets, die sich kreuz und quer über den Himmel zogen. Als er die Augen schloss, hörte er Musik.

Er versuchte, an seinen Schatz zu denken, eingewickelt in schützende Plastikfolie, versteckt an einem Ort, wo niemand ihn finden würde außer ihm. *Er gehörte nur ihm,* dachte er. Selbst wenn dies das Ende war, gehörte er *ihm.* Was immer noch passierte, was immer der Biker täte, Sabo würde das Geheimnis mit ins Grab nehmen. Das war sein Letzter Wille.

Der Fremde war unten angekommen. Er kniete neben Park und beugte sich über ihn, packte ihn beim Kragen und hielt das Ohr an seinen Mund.

»Sagen Sie mir, für wen Sie arbeiten«, sagte Laurence.

DREI

Tammany Hall Casino – Macau

Angela wartete in ihrer Hotelsuite, als es klopfte. Park hatte jetzt schon fast neunzig Minuten Verspätung, und so war sie jetzt seit nahezu vier Stunden in diesem Zimmer, wo sie nur auf und ab gehen und immer wieder auf die Uhr schauen konnte. Sie hatte anderthalb Schachteln Zigaretten geraucht, und ihre Kaffeetasse war voll von Stummeln. Kein gutes Zeichen. In ihrem Geschäft war Pünktlichkeit das A und O. Wenn ein Dieb zu einer Verabredung nicht erschien, konnte das heißen, er war verhaftet worden – oder Schlimmeres. Als es jetzt klopfte, legte sie die Kette vor und öffnete die Tür. Sie nahm an, dass es Sabo war. Er war es nicht.

Es war ein Hotelpage mit einem großen Pappkarton.

Angela starrte ihn überrascht an. Sie hatte kein Paket erwartet. Ob er sicher sei, dass er an die richtige Zimmertür geklopft habe, fragte sie, und er bejahte. Er drehte den Karton um und zeigte ihr eine Karteikarte, die mit Klebstreifen auf dem Deckel befestigt war. Darauf stand ihr Deckname mit der Zimmernummer. *Timoschenko, Zimmer 5904.* Der Page erklärte in gebrochenem Englisch, ein privater Motorradkurier habe den Karton vor ungefähr zehn Minuten an der Rezeption abgegeben und etwas von einer eiligen Lieferung aus Hongkong gesagt. Die Mitarbeiterin habe das Paket quittiert und sofort heraufgeschickt. Er streckte es ihr mit beiden Händen entgegen. Es sah nicht weiter bemerkenswert aus; also nahm Angela es in Empfang und schloss die Tür.

Sie hatte keine Ahnung, was darin sein mochte.

Der Karton an sich war unauffällig. Er war ungefähr so groß wie ein Rucksack und bestand aus dicker schwarzer Pappe, wie ein Schuhkarton. Sie sah keine Briefmarken, keine Aufkleber, keine Versandsticker. Auch kein Datum, keine Unterschrift, keinen Stempel der Kurierfirma, was ein bisschen verdächtig war. Aber Angela erkannte den Karton. Er stammte aus einem eleganten Bekleidungsgeschäft in Hongkong, wo monatelange Wiederbenutzung zahlreiche Dellen und Schrammen hinterlassen hatte. Der Deckel und alle Kanten waren mit einer doppelten Lage Isolierband verklebt, damit nichts überquellen oder herausfallen konnte. Auf dem Deckel prangte das Logo des Geschäfts, ein galoppierender Hengst und die Worte *Reichtum ist Besitz, nicht Freude*.

Angela wog den Karton in den Händen. Er war viel zu schwer für die Saphire.

Achselzuckend trug sie ihn in die Suite und stellte ihn auf die Theke an der Bar, um ihn genauer zu untersuchen. Es rumpelte ein wenig darin, als sie ihn bewegte, als enthalte er etwas Ungleichgewichtiges, Schweres. Einen Moment lang überlegte sie, ob es eine Bombe sein könnte, aber das war nicht plausibel. Wer jemanden umbringen wollte, ließ keine Bombe per Kurier zur Zielperson ins Hotelzimmer liefern. Er schickte die Bombe mit der Post wie jeder normale Psychopath. Eine Paketbombe musste möglichst langweilig und alltäglich erscheinen, damit das ahnungslose Opfer sie auch öffnete und das Gummiband des Auslösemechanismus unter dem Deckel berührte. Das Gummiband ließ einen Nagel vorschnellen, der Nagel traf den Zünder, und das war's. Dieses Paket war einfach nicht unauffällig genug. Wie sollte man bei all dem Klebeband an den Auslöser kommen? Nein, es musste etwas anderes sein. Angela klappte ihr Taschenmesser auf, schnitt behutsam das Isolierband durch und hob den

Deckel vorsichtig mit der Klingenspitze an, um zu sehen, was darunter war.

Es war Parks Kopf – sehr säuberlich unter dem Adamsapfel abgetrennt.

Angela wandte sich angewidert ab und ließ das Messer fallen. Herrgott. Sie schaute wieder hin, um sicher zu sein. Ein starker, schrecklicher Alkoholdunst stieg ihr entgegen. Offenbar hatte der Mörder irgendeine Chemikalie benutzt, um die Verwesung hinauszuzögern und den natürlichen Geruch des Todes zu überlagern. Als sie anfing zu würgen, trat sie ein paar Schritte zurück und atmete tief durch, bevor sie an die Bar zurückkehrte. Etwas so Merkwürdiges hatte sie noch selten gesehen. Nach zwanzig Jahren in diesem Geschäft war ihr der Tod sehr vertraut, aber so hatte sie ihn noch nicht erlebt. Sie musste sich zwingen, noch einmal hinzuschauen.

Sabo Park sah seltsam friedvoll aus. Seine Augen waren offen, leer und still. Die Pupillen waren vollständig geweitet, und ein dünner weißer Film bildete sich auf den Augäpfeln, je trockener sie wurden. Angela vermutete, dass er schnell gestorben war, jedenfalls so schnell, dass der Schmerz sein Gesicht nicht verzerren konnte. Wenn ein Mensch stirbt, erschlaffen seine Muskeln normalerweise und spannen sich erst wieder an, wenn die Leichenstarre einsetzt. Angela trat einen Schritt zurück. Es ist bei abgetrennten Köpfen schon vorgekommen, dass das Gesicht noch zuckte, blinzelte oder sogar die Lippen bewegte. Sie fragte sich, wie frisch dieser hier sein mochte. In neun von zehn Fällen sind die Lider das Erste, was bei einer Leiche erstarrt. In Anbetracht dessen, dass sie es hier noch nicht getan hatten, musste sie annehmen, dass der Kopf höchstens vor ein paar Stunden abgetrennt worden war. Angela drückte eine Hand auf den Mund.

Sabo war mit offenen Augen gestorben.

Selbst in den finstersten Bezirken der Unterwelt sind Enthauptungen besonders scheußlich. Sie sind ein Mittel des Terrors, das nur die brutalsten Banden einsetzen. Das Los-Zetas-Kartell in Mexiko. Tschetschenische Rebellen. Die muslimische Jamaat in Trinidad. Die Taliban. Der ISIS. Al Qaida. Einen Kopf kann man schließlich nicht spontan nach Lust und Laune abhacken. Wenn man nicht gerade eine doppelhändige Axt oder ein schottisches Claymore griffbereit hat, erfordert es Planung. Und die modernen Methoden unterscheiden sich stark von den sauberen Schnitten der Guillotine.

Es gibt mehrere Möglichkeiten, einen Kopf abzutrennen. Die am meisten verbreitete ist auch die schwierigste: Man schneidet mit einem Messer in die Kehle, durchtrennt die Halsschlagader und schlägt den Kopf anschließend mit einer Machete oder einem ähnlichen Werkzeug ab. Sinn dieses Verfahrens ist es, zuerst das Blut aus dem Körper laufen zu lassen, denn sonst kann die Sache sehr schnell sehr schmutzig werden.

Aber das Ganze ist nicht so leicht, wie es sich anhört. Oft sind mehr als zwei Schläge nötig, um die zähe Wirbelsäule zu durchtrennen. Eine Machete ist dazu gemacht, Pflanzen zu zerhacken, keine Knochen. Ein Kukri, Seax oder Bowie-Messer eignet sich auch nicht viel besser. Aus diesem Grund verwenden viele Banden inzwischen eine Säge. Doch auch das ist kein Kinderspiel. Weil eine Säge so viele Zähne hat, lässt es sich nicht vermeiden, dass Blut und Fleischfetzen überallhin spritzen. Wenn Los Zetas jemanden mit einer Motorsäge umbringen, wird daraus meistens ein solches Gemetzel, dass das Gesicht des Opfers nicht mehr erkennbar ist. Das macht nichts, wenn man vorhat, einen ganzen Sack voll Köpfe vor dem Rathaus abzuwerfen, aber wenn man ein Kopfgeld oder das Honorar für einen Auftragsmord kassieren will, ist es nicht so gut.

Wer immer ihr diesen Kopf geschickt hatte, wollte, dass Angela das Gesicht erkannte. Die Botschaft würde nicht ankommen, wenn sie nicht wüsste, wen sie da vor sich sah. Der Schnitt durch den Hals war gerade, sauber und chirurgisch präzise, als hätte man dazu ein Skalpell und eine medizinische Knochensäge benutzt. Die Gesichtszüge waren intakt, die Haut und die Haare ebenfalls. Blut war nur sehr wenig zu sehen. Angela kannte, von einer chirurgischen Operation abgesehen, nur zwei Methoden, mit denen sich derart präzise schneiden ließ. Entweder hatte der Mörder ein großes Schwert gehabt und damit umgehen können, oder er hatte den Kopf mit einem Klaviersaitendraht abgetrennt.

Klaviersaitendraht stammt natürlich nicht wirklich aus einem Klavier. Aber er ist aus demselben Material wie eine solche Saite, ein rasiermesserdünner Draht aus einer Karbonstahllegierung, der praktisch unzerreißbar ist. Man schlingt ihn posthum um den Hals des Opfers und zieht ihn zu wie eine Garrotte. Er durchschneidet zuerst die Halsvene, dann die Halsschlagader und schließlich die Halswirbelsäule. Der Kopf fällt einfach ab. In den meisten Fällen genügt Menschenkraft dazu allerdings nicht, aber es gibt genügend Geräte, die es erleichtern. Ein industrietauglicher Drahtschlingenbieger genügt meistens, und am gefährlichsten sind die elektrischen. Hochklassige Killer der Kartelle nennen sie Auto-Garrotten. Sie sind ungefähr so groß wie ein großes Handy, und man kann sie in jedem Geschäft für Industriegerätebedarf kaufen. Im Zivilleben benutzt man sie zum Spannen kurzer Aufhängedrähte oder zum Testen von Angelschnüren. Wen man den Draht um den Hals des Opfers geschlungen hat, ist der Kopf in weniger als einer Minute abgeschnitten, und dazu sind praktisch keine besonderen Fähigkeiten notwendig. Die Drahtschlinge produziert einen sauberen, chirurgisch aussehenden Schnitt, so gerade, wie man ihn sonst nur in einem Krankenhaus-OP zustande bringen könnte. Angela hätte gewettet, dass man hier so verfahren war. Enthauptung mit einem Klaviersaitendraht.

Dieser Killer wusste, was er tat.

Offensichtlich wollte er ihr nicht nur eine Botschaft schicken. Er wollte ihr auch eine Drohung zukommen lassen, die sie niemals vergessen würde. Sie sollte wissen, dass er zu unaussprechlichen Grausamkeiten imstande war. Dass er zu entsetzlichen, zerstörerischen und bösartigen Dingen fähig war, mit denen sie niemals rechnen würde. Sie sollte wissen, dass er hinter ihr her war.

Dann entdeckte sie noch etwas, etwas Schimmerndes in Sabos Mund.

Sie nahm eine Schachtel Papiertücher vom Couchtisch, rupfte eine Handvoll heraus, um sie als Handschuh zu benutzen, und schob die Hand vorsichtig in den Mund des Schädels. Weit hinten ertastete sie etwas. Sie zog es heraus: ein großer Saphir und zwei amerikanische Hundert-Dollar-Scheine, auf die Größe eines Kaugummistreifens zusammengefaltet.

Ihr war sofort klar, dass der Saphir einer der sechsundzwanzig Steine von dem Fischkutter war. Wer immer der Mörder gewesen war, hatte vermutlich die übrigen fünfundzwanzig. Angelas ganzes schwer verdientes Geld, ihr ganzer Lohn, passte in seine Hemdtasche. Ihr gottverdammtes Vermögen.

Die Hundert-Dollar-Scheine sagten ihr dagegen nichts. Sie machte ihre Geschäfte in Hong-Kong-Dollars oder Macau-Patacas, nicht in amerikanischer Währung. Es waren alte Scheine aus der Zeit vor der Einführung der metallenen Sicherheitsstreifen, die sich bei den neueren senkrecht durch die Mitte zogen. Sie hüllte die Finger in ein paar frische Papiertücher, faltete die Scheine auseinander und sah, dass sie mit einem groben schwarzen Filzstift beschrieben worden waren. Die Schrift war krakelig und schwer lesbar. Ein raffinierter Trick. Altes Geld ist das perfekte Papier für einen anonymen Drohbrief. Es ist so oft herumgereicht worden, dass niemand sagen kann, wo es zuletzt war. Jeder mehr als ein paar Monate alte Geldschein ist bedeckt von Speichelspuren, Hautresten und Fingerölen, die Dutzende, wenn nicht Hunderte von Personen hinterlassen haben – ein weißes Rauschen, an dem jede forensische Analyse scheitern muss. Der Stift und die Handschrift erfüllten denselben Zweck. Wie viele hundert Millionen Menschen haben Zugang zu einem Marker? Wie viele Menschen können mit ihrer »falschen« Hand eckige Großbuchstaben schreiben, um ihre wahre Handschrift zu verbergen? Jeder konnte diese Mitteilung geschrieben haben.

Sie drehte den ersten Geldschein um und las.

Sie werden zurückgeben, was Sie gestohlen haben,
und bekommen dafür die Saphire.

Sie nahm den zweiten Geldschein in die Hand.

Hier. Morgen.
Ich beobachte Sie.

Sie fuhr herum und schaute aus dem Fester. Das Tammany Hall stand drei anderen riesigen Hotelcasinos gegenüber. Er wusste, wo sie war. Ihr Blick wanderte über die Gebäude auf der anderen Straßenseite, aber sie konnte nicht erkennen, ob jemand sie beobachtete. Da drüben waren sicher tausend Zimmer, die einen ungehinderten Blick in ihr Fenster boten. Sie lief zur Tür und drückte auf den Knopf, der die Verdunklungsvorhänge schloss.

Der Beobachter war nicht einfach hinter den Saphiren her. Das hier war ein Ultimatum. Wenn er ihr nur Angst hätte einjagen wollen, hätte der Kopf genügt. Sie hätte den Juwelenraub als Totalverlust abgeschrieben und wäre mit dem nächsten Flugzeug aus der Stadt verschwunden. Aber hier ging es um etwas anderes. Er wollte ein Geschäft machen. Das Problem war nur, sie hatte keine Ahnung, was für ein Geschäft. *Zurückgeben, was Sie gestohlen haben?* Was zum Teufel sollte das heißen?

Zuerst dachte sie an ihr Notpolster – ein paar Millionen Dollar, die sie im Laufe der Jahre auf versteckten Geheimkonten überall auf der Welt gebunkert hatte. Dicke Stapel von Hundert-Dollar-Scheinen, die in einem Bankschließfach auf Grand Cayman lagen. Ein Nummernkonto bei einer Privatbank in Genf. Ein paar Millionen in Kuala Lumpur. Diamanten in Antwerpen. Eurobonds in São Paulo. Ein Immobilienunternehmen in Johannesburg. Die Höhe ihres Gesamtvermögens fluktuierte von Tag zu Tag, je nach Laune der Märkte, aber alles in allem lag sie bei ungefähr acht Millionen Dollar. Im Laufe der Jahre hatte sie mehr als sechs Mal so viel gestohlen und ausgegeben. Dieser Geier konnte hinter fast allem her sein.

Wie viel wusste er von ihr? Wie viel wollte er?

Angela fuhr sich mit den Fingern durch das Haar und drehte sich um. Es war etwas *Persönliches.* Jemand hatte sie erst finden müssen, um ihr diese Botschaft zu schicken. Dieses Hotelzimmer sollte geheim sein. Verflucht, das ganze *Unternehmen* sollte geheim sein. Sogar die Schmuggler sollten ihr Geheimnis mit ins nasse Grab nehmen. Und nachdem Angela gesehen hatte, was sie mit einer jungen Frau in Rangun gemacht hatten, verdienten sie nichts anderes. Die Schmuggler waren allesamt auf dem Meeresgrund. Wer also konnte sie gefunden haben? Sie selbst eingeschlossen, hatten nur vier Personen von ihrem Aufenthaltsort wissen sollen, und jetzt waren drei davon tot.

Wer hatte sie dann verraten?

Sie hatte keine Zeit zu verlieren. Sie lief zu ihrem Koffer, warf ihn auf den Schreibtisch und klappte ihn auf. Ihr Instinkt befahl ihr, unverzüglich zu verschwinden. Mit einer Bewegung riss sie ihre ganze Garderobe aus dem Schrank und warf sie in den Koffer, dann die Pistole vom Couchtisch und den Karton mit den zwanzig oder dreißig Wegwerfhandys bei der Ladestation neben dem Fernseher. Die Schuhe aus dem Wandschrank. Dieses Zimmer war verbrannt. Wenn sie am Leben bleiben wollte, musste sie in fünf Minuten von hier verschwunden sein.

Rasend schnell gingen ihr die Möglichkeiten zum Verlassen der Stadt durch den Kopf. Fat Uncle Joe könnte sie mit einem Schlepper zusammenbringen, der sie gegen Geld außer Landes brachte. Sie könnte zum Jachthafen fahren, ein Schnellboot nach Hongkong chartern und noch an diesem Abend in irgendeinem Flugzeug sitzen. Welchen Pass sollte sie benutzen? Beobachtete der Killer das Hotel? Den Hafen? Die Straßenbrücken? Sie nahm ihr letztes internationales Satellitentelefon von der Theke und wollte es in den Koffer werfen, aber dann hielt sie inne.

Was tat sie denn hier?

Mit Weglaufen wäre es nicht getan. Wenn sie jetzt aus der Stadt verschwände, würde der Mann, der ihr den Kopf geschickt hatte, sie vielleicht verfolgen. Der Polizei war sie schon oft entkommen, aber sie wusste nicht das Geringste über den, der jetzt hinter ihr her war. Wie vertraut war ihm ihre Arbeitsweise? Von diesem geheimen Hotelzimmer hatte er schon erfahren. Was wusste er sonst noch? Kannte er ihre Email? Ihre Kreditkartendaten? Telefonnummern? Möglicherweise wusste er über alles Bescheid, sogar über ihr verstecktes Vermögen. Dann wäre er sehr gefährlich. Und wenn sie heute verschwände, was würde sie dann morgen tun? Um wirklich sicher zu sein, musste sie davon ausgehen, dass dieser Mann jedes einzelne Detail ihrer kriminellen Laufbahn kannte. Angela würde spurlos verschwinden müssen. Alles zurücklassen. Ihre Pässe zerreißen, ihre früheren Identitäten aufgeben. Das Geld auf der Bank verrotten lassen. Natürlich war sie es als Profi gewohnt, alte Namen und Kontaktinformationen aufzugeben, aber hier lagen die Dinge anders. Wenn sie sich jetzt in Sicherheit bringen wollte, musste sie *alles* aufgeben. Diese Stadt für immer verlassen, sich einen Ort suchen, an dem sie in Deckung gehen konnte, und ganz von vorn anfangen. Ihr kostbares Notpolster, das sie im Laufe des Lebens zusammengetragen hatte, würde für alle Zeit außer Reichweite sein.

Angela starrte ihr Satellitentelefon an.

Es musste noch eine andere Möglichkeit geben.

Sie brauchte Hilfe. Wenn sie vor dieser Bedrohung nicht davonlaufen wollte, brauchte sie jemanden, der ihr helfen konnte, diese neue Lage zu verstehen. Jemanden, dem sie restlos vertrauen und auf den sie sich auch in den gefährlichsten Situationen verlassen konnte. Jemanden von außen, den selbst der erfahrenste Killer nicht kommen sehen würde. Sie brauchte einen Freund, dem sie vertrauen konnte. Einen *Ghostman.*

Sie warf einen Blick auf die Uhr des Telefons. Viel Zeit hatte sie nicht. Mit zitternden Fingern gab sie eine anonyme Email-Adresse ein, die sie seit Jahren nicht benutzt hatte. Die Nachricht war kurz und bündig. Sie konnte nur hoffen, dass der Kontakt noch funktionierte.

Er funktionierte.

Denn zehn Minuten später und auf der anderen Seite der Erde fing mein Telefon an zu vibrieren.

VIER

High Desert, Oregon

Es war meine fünfte Stunde am Roulettetisch im Indian Crossroads Casino, als mein Handy ein einmaliges kurzes Zirpen von sich gab. Ich wartete darauf, dass die Kugel fiel und die Croupière die Gewinnzahl ausrief, bevor ich es aus der Tasche angelte. Eine neue Email. Endlich. Allmählich brachte die Langeweile mich um.

Mein Telefon klingelt nicht oft, und ich ändere alle sechs Monate meine Email-Adresse. Um Kontakt mit mir aufzunehmen, muss jemand, der die Adresse meines toten Briefkastens kannte, eine Nachricht über einen besonders blinden Email-Service in Ghana schicken. Nicht so einfach. Die Nachricht wird über Sicherheitsserver auf fünf Kontinenten geleitet und an jeder Station verschlüsselt, bevor sie als Kette von scheinbar beliebigen Buchstaben und Ziffern in einem von einem halben Dutzend Posteingänge landet. Nur einer von diesen Posteingängen ist der echte. Um ihn zu öffnen, ist mein persönlicher terrorismustauglicher Schlüssel notwendig. Wenn die Nachricht geöffnet wurde, wird sie sofort von sämtlichen Accounts gelöscht. Sie kann von keiner Seite zurückverfolgt oder von einem neugierigen Dritten wie dem FBI oder Interpol gelesen werden. Wer meinen Code knacken wollte, müsste die NSA hinzuziehen und die Verschlüsselung durch einen von deren Supercomputern laufen lassen. Aus diesem Grund bekomme ich manchmal monatelang keine Email. Nur zehn oder fünfzehn Leute auf der Welt wissen, wie sie mich erreichen können, und keiner von denen versucht es, nur um Hallo zu sagen.

Ich warf nur einen Blick auf die Mail und bat die Croupière, meine kleinen Chips einzuwechseln, und sie gab mir dafür zwei Zwanziger-Stapel Tausend-Dollar-Schätzchen. Ich schnippte ihr zwei Jetons als Trinkgeld hinüber und trank meinen schwarzen Kaffee aus.

»Danke«, sagte sie. »Morgen um die gleiche Zeit, Mr Fisher?«

»Nein«, sagte ich. »Mein Flugzeug geht morgen früh.«

Ich war inzwischen knapp einen Monat im Indian Crossroads Casino gewesen und hatte hier ein langes Jahr ausklingen lassen. Normalerweise gehe ich zwischen zwei Jobs nicht aus, aber diesmal hatte ich eine Ausnahme gemacht. Ich brauchte ein bisschen Zeit für mich, um einen klaren Kopf zu bekommen. Hier draußen in der Reservation wird jeder, der mit orangefarbenen Chips spielt, behandelt wie ein Fürst. Aber nach einem Monat verlor ich allmählich die Lust. Zu viel Freizeit macht schlaff.

Ich legte der Cocktailkellnerin einen Chip hin, durchquerte den Spielsaal und ging durch die Drehtür hinaus. Draußen zog ich einen Fünfziger aus der Tasche und winkte damit dem Hausdiener mit der roten Weste. Als ich ihm den Zettel für den Valet-Parkdienst reichte, nickte er. Mir gehörte das neue silberfarbene BMW-Coupé. Normalerweise habe ich nichts übrig für auffällige Autos, aber an manchen Orten fügt sich ein neues, blitzendes Modell besser ein als etwas Schlichtes und Langweiliges. Zum Beispiel vor einem Casino. Außerdem war es eigentlich nicht mein Auto. Es gehörte Jacques Fisher.

Ich will Ihnen als Erstes sagen, wer ich nicht bin. Ich bin nicht Jacques Fisher. Jacques Fisher existiert gar nicht. Es war nur der Name in dem alten kanadischen Pass, den ich beim Einchecken vorgezeigt hatte. Jacques war eine falsche Identität von Weltklasse, die ich vor knapp zwei Jahren aus der Luft gegriffen und dann mit einer Menge Geld vorzeigbar gemacht hatte. Er war so echt, wie es ein nicht existierender Mann nur sein kann. Er hatte eine

Geburtsurkunde, einen Pass, Kreditkarten und Steuerbescheide. Er hatte eine Vergangenheit und eine Persönlichkeit und war ein Berufsspieler aus Quebec, gerade siebenundzwanzig Jahre alt. Er war in den Westen gekommen, um seine Pokertalente aufzupolieren, ein Großstadttyp im weißen Jackett, dem es Spaß machte, Kerle in Cowboystiefeln auszunehmen. Seine Brieftasche war vollgestopft mit VIP-Karten, und er hatte den großspurigen Gang eines Mannes, der nur mit hohem Limit spielt. Sein dunkles Haar war mit Gel glatt nach hinten gekämmt, sein Gesicht sonnengebräunt. Er trug eine teure Uhr, und sein Plastikgrinsen verriet eine kaum gezügelte Unverschämtheit. Er war *jung*, wie immer man es sehen wollte. Wenn Sie ihm je begegnen würden, könnten Sie ihn für einen Angeber halten, aber nicht für unecht. Arschlöcher laufen in einem Casino dutzendweise herum, und deshalb würde das Personal meinen Namen in einer Minute vergessen haben. Das war der Sinn der Sache.

Denn ich bin nicht Jacques Fisher, und ich bin kein Berufsspieler.

Ich bin einfach Jack. Ein Bankräuber.

Der Kerl vom Valet-Service war im nächsten Moment mit meinem Wagen wieder da und hielt mir die Tür auf. Ich drückte ihm das Trinkgeld in die Hand und stieg ein. Der BMW war ein Langzeit-Mietwagen von einer Firma draußen in Twin Falls, die darauf spezialisiert war, Luxusautos an Wichser wie Jacques zu vermieten. Am Rückspiegel hing ein Luftauffrischer mit Kieferndufft, und zwei Turbolader ließen den Motor schnurren wie ein Kätzchen. Ein Spielzeug, an dem ich genauso viel Spaß hatte wie Jacques.

Ich klappte das Wegwerfhandy auf und rief die Nachricht auf das Display. Natürlich konnte ich den Code hier nicht entschlüsseln – dazu brauchte ich einen Computer mit beträchtlich größerer Rechenleistung, als mein Supermarkt-Telefon liefern konnte –, aber ich konnte mir den Text der codierten Mail ansehen, den Cyphertext. Er war nur zwei Dutzend Zeichen lang. Ich verstehe nicht viel von Kryptografie, aber ich weiß, dass ein kurzer Code keinen langen Text ergibt. Normalerweise jedenfalls nicht. Wer immer mir diese Nachricht geschickt hatte, musste sich kurz und bündig ausgedrückt haben. Das bedeutete, dass er mich wahrscheinlich kannte.

Ich legte den Gang ein und fuhr los.

Ich bin das, was man als Ghostman bezeichnet. Wenn eine Crew ein großes Ding dreht und für eine Weile untertauchen muss, bin ich der Mann, den sie anrufen. Ich lasse nicht nur Probleme verschwinden, ich kann *alles* verschwinden lassen. Ich kann innerhalb von dreißig Sekunden jeder sein, der ich sein will. Wenn mein Telefon klingelt, rufe ich sofort zurück. Ich übernehme nicht jeden Job, der mir angeboten wird, aber nach einer Weile ist alles besser, als noch eine Stunde länger am Roulettetisch zu hocken wie ein kanadischer Bauer. Ich tue, was ich tue, weil alles andere langweilig ist.

Ich fuhr vom Parkplatz des Casinos und durch Nebenstraßen zum Highway. Das Wüstenhochland von Oregon ist nachts wirklich ein toller Anblick. Sterne von einem Horizont zum anderen und keine Wolke am Himmel. Im Mondlicht hat die Landschaft die Farbe von Karamell, und alle paar Dutzend Meter ragt struppiges Gebüsch auf. Natürlich ist es dunkel, aber der Vollmond gibt doch so viel Licht wie eine starke Taschenlampe. Ich konnte mindestens zehn Kilometer weit sehen. Vor zwei Millionen Jahren wurde diese Gegend von Lava plattgedrückt. Jetzt ist sie bedeckt von Staub, so weit das Auge reicht.

Ich fuhr ein gutes Stück weit aus der Stadt hinaus, bog dann in eine unbefestigte Straße ein und rumpelte ein paar Minuten weiter, bevor ich anhielt. Ich brauchte Ruhe und Abgeschiedenheit. Nicht, dass ich meinem Hotel misstraut hätte, aber ich war ein gebranntes Kind. Casinos sind voller Kameras, und Hotels sind voller Leute. Hier draußen war es gut. Sogar einsam. Als ich den Motor abgestellt hatte, wurde es dunkel im Wagen. Der Motor tickte, als er sich abkühlte, und der Wüstenwind wehte gegen die Frontscheibe. Ich schaute wieder auf mein Handy.

Mein Laptop lag unter dem Beifahrersitz. Ich zog das Kabel unter dem Becherhalter hervor und verband das Telefon mit dem Computer. Als dessen Bildschirm aufleuchtete, zog ich die Email vom Telefon auf den Desktop, und das Decodierungsprogramm startete automatisch. Ich blinzelte ein paar Mal, während meine Augen sich an das helle Display gewöhnten. Dann gab ich meinen Codeschlüssel ein, und das Programm zirpte einmal. Fertig. Ich klickte die Nachricht an. Angesichts ihres Umfangs erwartete ich nicht viel.

Aber diese Erwartung war falsch.

Angela hier, las ich. *Unser Ausstieg. Cotai.*

Sofort.

FÜNF

Ich saß da, und ein flaues Gefühl kroch in meinen Magen. Ich las die Nachricht noch einmal, nur um sicherzugehen, dass meine Augen mich nicht täuschten. Ja, sie war es wirklich. Ich atmete lange und tief durch.

Angela.

Verdammt lange hatte ich diesen Namen nicht gehört. Seit sechs Jahren nicht mehr, um genau zu sein. Vor einem ganzen Menschenleben war sie meine Mentorin gewesen. Eine so unglaubliche Frau war mir nie wieder begegnet. Ich war noch ein Junge gewesen, als sie mich auf der Straße aufgelesen und unter ihre Fittiche genommen hatte. Sie war älter als ich – vielleicht zehn Jahre – und viel, viel klüger. Sie brachte mir bei, kriminell zu sein. Sie zeigte mir, wie man an Sozialversicherungsnummern kam und Kreditkarten unter falschem Namen registrierte. Wie ich mein Aussehen und meine Sprechweise veränderte, damit ich jedem vormachen konnte, ich sei jemand anders. Sie brachte mir bei, vorsichtig zu sein, mir meine Ziele sorgfältig auszusuchen und unauffällig zu verschwinden. Wenn ich ehrlich bin, gibt es nur wenig, was sie mir *nicht* beigebracht hat. Als ich so weit war, haben wir sogar zwei Dinger zusammen gedreht. Sie war eine großartige Partnerin, die mir immer den Rücken freihielt. Mit ihrem schiefen Lächeln konnte sie Licht in ein Zimmer bringen, und ihre Haut duftete nach Passionsfrucht und Zigaretten.

Und vor sechs Jahren war sie in Kuala Lumpur verschwunden.

Der KL-Job war der größte Raubzug meines Lebens gewesen. Ein Acht-Mann-Unternehmen – ein Wheelman, ein Boxman, ein Grifter, zwei Buttons, zwei Ghostmen und ein Jugmarker. Letzterer war ein Mann namens Marcus Hayes, der cleverste Mann, dem ich je begegnet bin. Er war ein Meister seines Fachs, der schon überall auf der Welt perfekte Raubüberfälle inszeniert hatte. Wenn ich bei einem seiner Jobs mitmachte, konnte ich einen siebenstelligen Anteil erwarten. Der Verdienst war fabelhaft, ja, aber nicht deshalb hatte ich mich diesmal beteiligt. Ich war dabei, weil ich Angela sehen wollte. Wir waren für zwei Monate separat untergetaucht, und ich sehnte mich danach, wieder mit ihr zu arbeiten. Als ich die Mail mit seinem Angebot bekam, wusste ich, dieses Spiel war wie für mich gemacht.

Unser Zielobjekt war ein deutsches Finanzunternehmen, das einen Devisenhandel in der Innenstadt von Kuala Lumpur betrieb. Angela und ich sahen uns das Büro an. Sie hatten einen großen Tresor im Obergeschoss eines Wolkenkratzers, in dem sie die eingehenden Devisen lagerten, bevor sie sie zu ihren Filialen überall in Asien weitertransportierten. Dabei ging es um gewaltige Summen. Ungefähr jede Stunde kam ein gepanzerter Transporter vom Flughafen in die Tiefgarage und lud ein paar Kisten Bargeld ab. Mit einem supersicheren Hightech-Aufzug schafften sie dieses Geld ins Obergeschoss. Marcus fand heraus, wie wir diesen Aufzug kapern konnten. Als wir drin waren, übernahmen wir die Bank am helllichten Tag für eine volle Stunde. Wir bohrten den Tresor auf und räumten ihn aus. Am Ende hatten wir ungefähr 17,5 Millionen Dollar erbeutet. Das war mehr Geld, als irgendeiner von uns je gesehen hatte.

Aber dann ging alles schief.

Ich war der Erste, der Mist machte. Eine Woche vor dem

Überfall, als wir noch bei den Vorbereitungen gewesen waren, zeigte ich versehentlich meinen Pass einem Undercover-Polizisten. Danach hatte die Polizei uns im Visier. Sie fanden heraus, wer zu mir gehörte, und damit waren unsere falschen Identitäten verbrannt. Wir spazierten in eine Falle, ohne es zu ahnen.

Die Cops warteten darauf, dass wir die Bank überfielen, und kaum hatten wir den Aufzug betreten, ging es in dem Wolkenkratzer weiter wie in dem Film *Hundstage.* Die Royal Malaysian Police ließ das Gebäude von Hubschraubern umkreisen und sperrte den verkehrsreichsten Teil der Innenstadt in einem Radius von zehn Häuserblocks vollständig ab. Das Gebäude selbst war von Polizeiwagen umzingelt. Als der Tresor geknackt war, liefen bereits zwei Verhandlungen über die Herausgabe von Geiseln, eine in englischer und eine in malaysischer Sprache.

Wir hatten es komplett vermasselt.

Bei der Planung des Raubüberfalls hatten wir gewusst, dass die Polizei eingreifen würde. Das war unvermeidlich. Niemand raubt eine Stunde lang eine Bank aus, ohne dass jemand aufkreuzt. Wir hatten Polizeiwagen und Straßensperren eingeplant, sogar Verhandlungen über die von uns genommenen Geiseln. Aber weil die Polizei gewusst hatte, dass wir kamen, hatte sie Zeit gehabt, sich vorzubereiten. Straßensperren und Streifenwagen kamen unserem Plan nicht in die Quere, aber Hubschrauber sehr wohl. Wir hatten vorgehabt, nach dem Raub über das Dach zu flüchten. Über der Bank befand sich ein privater Hubschrauberlandeplatz, wo ein aufgetankter, startbereiter Hubschrauber stand, mit dem der Regionalmanager zwischen seinem Büro und seinem Anwesen in den Genting Highlands hin und her pendelte. Er war heute nicht im Haus, und der Luxushubschrauber stand nutzlos herum. Er hatte genug Platz für uns sieben und unsere Ausrüstung. Unser Wheelman, Alton Hill, war zwei Monate auf einer nirgends registrierten Flugschule in Vietnam gewesen, um zu lernen, wie man das verdammte Ding flog. Wenn wir den Tresor aufgemacht hätten, hätten wir überall hinfliegen können – wenn die verdammten Polizeihubschrauber nicht gewesen wären.

Wir hatten vorgehabt, ein Schlupfloch zu nutzen, das die Polizei uns bot. Zu jener Zeit hatte die Royal Malaysian Police für das ganze Land nur eine Handvoll Hubschrauber zur Verfügung. Es waren Rettungshubschrauber, nicht für Spezialkommandoeinsätze gedacht. Sie alle waren fast immer über dem Meer unterwegs und suchten nach Piraten und Schmugglern. Nur einer war in der Nähe von Kuala Lumpur im Einsatz, und in der Stunde, in der wir die Bank ausraubten, sollte er hundert Meilen weit entfernt in Ipoh mit Übungsflügen beschäftigt sein. Um auf uns zu reagieren, würde er landen und tanken müssen. Selbst wenn alles reibungslos liefe, würde die Polizei mindestens vierzig Minuten brauchen, um die Maschine herzubringen. Wir hätten für mindestens eine Stunde die Lufthoheit. Die Polizeisperren könnten wir vollständig umgehen und zur Ablenkung noch ein paar Tränengasgranaten vom Dach feuern. Wir würden in Richtung Flughafen fliegen, und die Polizei würde uns nicht verfolgen können, ohne die Flugsicherung zu beeinträchtigen. Wir würden unter dem Radar bleiben, irgendwo weit draußen auf dem Land landen, den Hubschrauber in die Luft sprengen und uns unter die Bevölkerung mischen. Wir würden unsere Identität ändern und nach ein paar Tagen über die Grenze nach Singapur verschwinden, um steinreich ein neues Leben zu beginnen. Das war jedenfalls unser Plan gewesen. Und wahrscheinlich hätte auch alles geklappt, wenn die Polizei nicht gewusst hätte, dass wir kamen.

Aber sie *hatte* es gewusst – und zwei Hubschrauber bereitgehalten, um uns zu stoppen.

Ohne freien Luftweg würde die Flucht zum Alptraum werden. Auf dem Dach wären wir einem Scharfschützenangriff schutzlos ausgeliefert, und selbst wenn wir es schaffen sollten, zum Hubschrauber zu kommen, könnte die Polizei uns überallhin folgen. Verdammt, sie könnten uns sogar abschießen. Mit der Flucht über das Dach war es Essig. Stattdessen müssten wir mit dem Sicherheitsaufzug zurück in den Keller fahren, dort einen gepanzerten Transporter stehlen und durch die Absperrung auf die Straße hinausfahren, um der Polizei in einer wilden Fahrt durch die Innenstadt zu entkommen. Es war ein dämlicher Versuch, aber wir hatten keine andere Wahl. Wenn wir es nicht auf der Straße riskieren wollten, würden sie uns vom Himmel schießen.

Wir nahmen die Straße.

Aus allen Rohren feuernd kamen wir aus dem Gebäude. Es war wie in *Butch Cassidy and the Sundance Kid*. Noch heute rieche ich den Pulverdampf meines Sturmgewehrs, ich spüre das Brennen des Tränengases und höre das Klingeln in meinen Ohren. Nie im Leben habe ich größere Angst und Erregung verspürt. Einer aus unserer Crew bekam eine Kugel in den Kopf, bevor wir den Aufzug verlassen hatten. Ich riss mein Sturmgewehr hoch und ließ Kugeln gegen die Barrikade spritzen, aber meine schusssichere Weste kassierte trotzdem drei Treffer, bevor ich den gepanzerten Truck erreicht hatte.

Es war ein gottverdammtes Blutbad.

Der größte Teil unserer Crew wurde getötet oder verhaftet, bevor wir drei Straßen weit gekommen waren. Soweit ich weiß, gelang nur dreien die Flucht. Einer davon war – offensichtlich – ich, denn ich hatte Glück. Einer der Buttonmen zog mich in Deckung und warf mich in den Laderaum eines gepanzerten Trucks zum Rest der Crew. Wir durchbrachen die Polizeischranke und schafften es, auf die Straße zu kommen, ein paar Häuserblocks weiter fuhren wir den Wagen jedoch zu Schrott und trennten uns. Überall war Tränengas, und deshalb konnte ich nicht sehen, wohin die andern liefen. Ich rannte allein los. Die Polizei hängte ich auf dem Markt ab und lief zurück zu meiner Bude. Ich wechselte meine Identität und verließ das Land, so schnell ich konnte.

Marcus Hayes, unser Jugmarker, überlebte ebenfalls. Er war gar nicht im Lande, als all das passierte. Er hatte das ganze Unternehmen im Hinterzimmer seines Imbisslokals in Seattle geplant. Als er die Nachricht bekam, tauchte er sofort unter und hielt sich fast sechs Monate lang in Mexiko versteckt, bis der Sturm sich gelegt hatte. Es war, als sei er vom Angesicht der Erde verschwunden. Er klemmte alle seine Telefone ab und zerriss seine Rolodex-Karten. Als er wieder auftauchte, war sein Ruf ruiniert. Er sah zwar nie ein Gefängnis von innen, aber er drehte auch nie wieder ein großes Ding. Seine Karriere war beendet.

Und Angela war die Dritte, die davongekommen war.

Ich hatte nie erfahren, wie.

Die anderen aus unserer Crew erschienen irgendwann in den Fernsehnachrichten, entweder in einem Leichensack oder in einem orangegelben Overall. Ich wusste nicht, ob sie überlebt hatte, aber ich hatte die Hoffnung noch nicht aufgegeben. Sie war schließlich ein Ghostman. Wenn sie verschwinden musste, würde sie verschwunden bleiben. Mit religiöser Inbrunst verfolgte ich die Nachrichten und hoffte auf irgendwelche Informationen über sie, aber sie wurde nirgends erwähnt. Monatelang starrte ich auf den Bildschirm und las jede Zeitung, die ich zu fassen bekam. Ich brachte mir so viel Malaysisch bei, dass ich die Schlagzeilen lesen konnte. Ich betete darum, dass ich ihr Bild nirgendwo sehen würde – und sah es nicht. Ich hoffte weiter. Ich wünschte mir, sie möge eines Tages vor meiner Tür stehen oder mir eine verschlüsselte Email-Nachricht schicken. Ich nahm an, sie würde warten, bis Gras über die Sache gewachsen wäre, und mich dann anrufen, sodass wir wieder zusammen sein könnten. Sie tat es nicht.

Ein Jahr verging.

Dreizehn Monate nach dem Raub veröffentlichte die Polizei einen detaillierten Bericht des Geschehens mit der dringenden Bitte, sich mit neuen Hinweisen an sie zu wenden. Ich konnte mir eine Kopie davon beschaffen. Sie enthielt Aufnahmen von Angelas Flucht, die von der Überwachungskamera eines Juweliergeschäfts stammten. Als der Panzertruck auf der Jalan Ampang zu Bruch ging, blieb Angela hinter mir, um mir Deckung zu geben, als ich weglief. Auf dem Video sah man, wie sie mit einem Gewehr in den Händen über ein geparktes Auto sprang und auf einen Hausdurchgang zurannte, in dem ein Polizeiwagen lauerte. Plötzlich hört man eine Gewehrsalve, und das Bild wird weiß. Als man wieder etwas sieht, ist Angela nicht mehr da.

Trotzdem wusste die Polizei nicht, wo sie war.

Im Laufe des nächsten Jahres schaute ich mir dieses Video hundert Mal an. Wahrscheinlich habe ich es gründlicher angesehen als die Polizei. Ich verbesserte die Qualität, polierte es auf und analysierte es Einzelbild für Einzelbild. Aber ich fand keinen Hinweis auf ihren Fluchtweg. Auf den letzten paar Bildern dreht sie den Kopf zur Kamera. In ihrem Gesicht liegt Angst, und ihr seidig schwarzes Haar flattert vor ihr. Dann der Blitz – und sie ist nicht mehr da. Ich redete mir ein, es sei ein Trick gewesen. Ich wollte gern glauben, sie habe sich im letzten Moment irgendwie unsichtbar gemacht und sei im Gedränge verschwunden. Ich wollte gern glauben, dass sie noch lebte, doch es gab einfach keine Gewissheit.

Noch einmal verging ein Jahr.

Ich suchte nach ihr. Ich begab mich noch einmal an alle unsere alten Treffpunkte. Ich ging in unsere Lieblingshotels und schlief in unseren alten Zimmern, auch in unserer Lieblingssuite im Boscolo in Prag. Nirgends fand ich eine Spur von ihr. Sie war verschwunden. Nach einer Weile fing ich an, mir Geschichten über sie auszudenken. Vielleicht hatte sie sich in einem Wildtier-Reservat in Afrika zur Ruhe gesetzt. Vielleicht führte sie jetzt eine Bar in Brasilien. Vielleicht verkaufte sie Schmuck in Europa, oder sie arbeitete als Kellnerin in Tennessee. Sie konnte alles Mögliche sein, überall. Wenn ich sie jetzt sähe, wie würde sie aussehen? Selbst wenn sie nie wieder auftauchen sollte, musste ich einfach glauben, dass sie irgendwo da draußen war. An manchen Tagen war das der einzige Grund für mich, morgens aufzustehen.

Aber dann verging wieder ein Jahr.

Und noch eins.

Und noch eins.

Sechs Jahre insgesamt. Das ist eine lange Zeit, wenn man auf jemanden wartet. Nach und nach vergaß ich Kleinigkeiten, die zu ihr gehörten. Wenn ich die Augen schloss, konnte ich ihr Gesicht nicht mehr vor mir sehen. Ich vergaß ihr schiefes Lächeln und den Duft ihres Haars. Ich vergaß, wie ihre Stimme klang, wenn sie mit mir – und nur mit mir – sprach, zwischen zwei Jobs, wenn wir allein waren. Ich vergaß, wie mühelos sie einen Mann um den kleinen Finger wickeln und nach ihrer Pfeife tanzen lassen konnte. Ich vergaß, wie sie morgens ihren Kaffee trank. Ich vergaß, wie ihr Lachen sich anhörte.

Ich veränderte mich auch. Ich wurde so, wie ich es nie erwartet hatte: Ich wurde zu einem innerlich leeren Mann. Einsamkeit macht müde. Angela war meine beste und einzige Freundin. Ohne jemanden, mit dem ich sprechen konnte, vergaß ich allmählich, wer ich war. Ohne sie war niemand mehr da, der mich beim Namen nannte. Irgendwo in meinem Kopf war noch eine Ahnung von dem Jack von früher, aber ich hatte vergessen, wer das war. Ich wusste es nicht mehr. Ich schlief. Ich wachte auf. Ich aß. Ich übersetzte lateinische Schriften auf einem Notizblock. Ich suchte sie. Schlief. Wachte auf. Aß. Fing wieder von vorn an. Nach einer Weile fühlte ich nichts mehr. Ich vermisste sie genauso wenig wie mich selbst. Das alles war nur noch eine ferne Erinnerung, ein halb erinnerter Traum.

Es war eine harte Zeit. Nichts machte mir mehr Freude, und ich fing an, recht gefährliche Jobs anzunehmen. Ich beschränkte mich nicht mehr auf Spiele, von denen ich wusste, dass ich sie gewinnen konnte. Glücklich war ich nur noch, wenn ich mein Leben riskieren konnte. Ich starrte in eine Pistolenmündung und gähnte. Wenn ich nicht in Gefahr war, spielte ich stundenlang Roulette mit hohem Einsatz. Ich überließ mein Leben dem Zufall, beliebig und achtlos. Was machte das schon? Was konnte ich sonst tun? Ich mochte der beste Dieb der Welt sein, doch niemand würde jemals irgendetwas über mich wissen.

Vor ungefähr einem Jahr kontaktierte Marcus Hayes mich wieder – zum ersten Mal, seit die Sache in Kuala Lumpur in die Hose gegangen war. Er sagte, ich könne alles wiedergutmachen, wenn ich einen letzten Job in Atlantic City für ihn erledigte. Ich tat es, aber nicht, weil Marcus es wollte. Ich tat es, weil ich Langeweile hatte. Ich war mein ganzes Leben lang äußerst vorsichtig gewesen, und was hatte es mir eingebracht? Nichts als eine Pistole, ein Vermögen, ein neues Gesicht und einen leeren Tisch. Das alles würde ich aufgeben, wenn ich sie noch einmal sehen könnte. Wenn ich heute Nachmittag nicht sterben sollte, würde ich heute Abend alles riskieren.

Trotzdem ging mir die Frage nie aus dem Kopf: Was war aus Angela geworden?

Meine Lippen waren trocken. Langsam klappte ich den Laptop zu und legte ihn wieder unter den Beifahrersitz.

War es wirklich sie?

Nein, dachte ich. Unmöglich. Wenn Angela wirklich noch am Leben wäre, hätte sie schon längst Kontakt mit mir aufgenommen. Es musste eine Falle sein. Ich hatte viele Feinde, und dies wäre ein perfekter Trick, um mich aus der Deckung zu locken. Ein Wort von ihr, und ich würde angelaufen kommen, das wussten sie. Mir fielen auf Anhieb mehrere Leute ein, die eine Menge Geld hinblättern würden, wenn sie sehen könnten, wie mir der Kopf weggeblasen wurde. Ihnen würde ich eine solche Nummer zutrauen. Zum Teufel, einige von denen wussten, wie sehr ich Angela bewunderte. Wenn jemand clever war, könnte er ihren Namen in einer Email erwähnen, nur um zu sehen, ob ich anbeißen würde. Und wenn ich es täte, würde ich geradewegs zur Schlachtbank spazieren.

Aber was war, wenn auch nur die geringste Chance bestand, dass sie es wirklich war?

Wenn ich nicht darauf einginge, würde ich es mir niemals verzeihen. Und schlimmer noch, ich würde mich für den Rest meines Lebens fragen, ob sie noch irgendwo war. Die Reue würde mich bei lebendigem Leib verzehren. Wenn es eine Falle war, war sie gut. Für die Möglichkeit, diese Frau noch einmal wiederzusehen, würde ich bis ans Ende der Welt gehen. Ich musste herausfinden, was passiert war.

Das müssen Sie verstehen: Angela ist auf der ganzen Welt der einzige Mensch außer mir, der meinen wirklichen Namen kennt. In den vergangenen sechs Jahren hatte ich fünf Kontinente nach ihr abgesucht und dafür ein paar hunderttausend Dollar ausgegeben. Ich hatte nie die Chance gehabt, mich von ihr zu verabschieden. Ich weiß nicht, warum mir das so viel bedeutet, aber es ist so. Alles andere im Zusammenhang mit ihr konnte sich ändern. Alles, was ich über sie wusste, konnte verschwinden, jede Eigenschaft, die ich geschätzt hatte, konnte abhandenkommen, das war mir egal. Ich wollte nur die Chance, mich zu erinnern. Alles in mich aufzunehmen. Zu wissen, dass sie Wirklichkeit war, nicht nur ein Produkt meiner Fantasie.

Außerdem war alles besser, als noch einen einzigen Tag hier zu verschwenden.

Neben mir auf dem Beifahrersitz lag meine kleine Reisetasche aus schwarzem Nylon. Sie enthielt alles, was ich brauchte, um augenblicklich zu verschwinden: eine Brieftasche mit Bargeld, vier Pässe, vier Führerscheine, drei internationale Prepaid-Handys, zwei gestohlene Kreditkarten, einen Funkmelder, Handschuhe, Brille und ein altes Zippo-Feuerzeug. Am Handgelenk trug ich eine Patek Philippe, und neben der Tasche lag ein eselsohriges Exemplar von Robert Fagles *Odyssee*-Übersetzung, das ich mit Randbemerkungen vollgeschrieben hatte. Mehr brauchte ich nicht. Meine Kleider waren im Zimmer. Das Hotel konnte sie behalten. Ich würde unterwegs anrufen und sagen, ich hätte vorzeitig auschecken müssen. Sie würden sich wahrscheinlich nichts weiter dabei denken. Es ist nicht ungewöhnlich, dass ein Spieler sehr plötzlich aus der Stadt verschwindet, zumal hier draußen in der Reservation.

Ich hatte eine weite Reise vor mir, und ich fing sofort an, sie zu planen. Ich musste zum Cotai Strip in Macau, Chinas größter Glücksspielstadt. Ich warf einen Blick auf die Uhr. Wenn ich jetzt losfuhr, konnte ich den ersten Flug ab Salt Lake City erwischen und am Abend in Los Angeles oder Taipei einen Anschlussflug bekommen. Ich würde fahren müssen, als sei mir der Teufel auf den Fersen, aber das machte nichts. Auf der Strecke lag ein Stück Highway, das so flach und gerade war, dass ich den Tacho in den dreistelligen Bereich treiben konnte, bevor ich die

Cops erschreckte. Wenn ich alles richtig machte, könnte ich in weniger als zwanzig Stunden in China sein. Die Flugtickets ließen sich zu einem entsprechenden Preis telefonisch bestellen. Ich griff nach dem Zündschlüssel.

Es wurde Zeit.

SECHS

Hongkong Global Airbus A350, Macau

Es war kurz nach sieben Uhr morgens, als ich beim Blick aus dem Fenster des Flugzeugs Macau über der Tragfläche heraufkommen sah. Mithilfe von zwei Bourbon und einem waagerechten Liegesitz hatte ich einen guten Teil des Fluges verschlafen. Unten in der Ferne funkelte ein endloses Lichtermeer. Wunderschöne grüne Berge erhoben sich aus der See und verschwanden in den tiefhängenden Wolken.

Scheiße. Ich war verdammt lange nicht hier gewesen.

Ich gähnte und schaute aus dem Fenster. In diesem Teil der Welt war es noch früh am Morgen. Am Donnerstag war ich in Salt Lake City gestartet. Jetzt war es Samstagmorgen. Die Sonne blinzelte über den Horizont und ließ die fernen Wolkenkratzer in einem satten Orangegelb leuchten. Lichter wie Sternbilder drangen durch die schwere Nebelschicht unter uns. Auf gigantischen, mehr als zwanzig Stockwerken hohen Videodisplays liefen Werbespots, unter anderem für einen bevorstehenden Boxkampf.

Wenn Sie noch nie hier waren, lassen Sie sich rasch ins Bild setzen. Macau ist eine Stadt der Widersprüche. Es ist eine klassische portugiesische Kolonialstadt, über die man eine wimmelnde chinesische Glücksspielmetropole gestülpt hat. Industrieanlagen grenzen an Golfplätze, kopfsteingepflasterte Gassen führen zu Milliarden-Dollar-Casinos. Im Schatten dichter Banyanbäume parken verrostete Fahrräder und nagelneue Lamborghinis. Die Casinos sind vollgestopft mit amerikanischen Spielautomaten, italienischen Designer-Outlets und japanischen

Sushi-Restaurants. Gebetsfahnen und Pornohefte flattern nebeneinander. Hier kann ein kommunistischer Parteifunktionär einen Anzug von Ermenegildo Zegna kaufen, ohne dass jemand ihn komisch ansieht.

Die Stadt ist gar nicht sehr groß. Sie hat eine eigene Währung und eine eigene Regierung, aber nur ein Drittel der Fläche von Manhattan – weniger als zwölf Quadratmeilen. Sie wissen, dass Hongkong formal gesehen zu China gehört, aber völlig andere Gesetze und Gebräuche hat? Mit Macau ist es genauso. Es besteht aus einer kleinen Halbinsel und zwei südlich davon gelegenen Inseln. Alles ist durch Brücken verbunden, und zwischen den beiden Inseln gibt es ein Landgewinnungsprojekt. Hongkong liegt nur siebenunddreißig Meilen weiter oben an der Küste, hinter der Festlandsstadt Guangzhou. Wenn die Casinos nicht wären, könnte man Macau regelrecht malerisch finden.

Warum wollte Angela, dass ich hierherkam?

In ihrer Email hatte sie unseren *Skip-out* erwähnt. Soweit ich wusste, gab es nur zwei Menschen auf der Welt, die genau wussten, wo der war. Es ist kein Code – nein, gar nichts Kompliziertes. Es ist einfach ein Jargon-Ausdruck. *Skip-out* ist der »Ausstieg«: der Ort, wo ein Verbrecher zwischen zwei Jobs wohnt. Wenn man seinen Lebensunterhalt damit verdient, Banken auszurauben, ist man viel unterwegs, und man hat viel Freizeit. Die meisten Bankräuber drehen nur ein Ding pro Jahr. Wenn man zu lange in derselben Stadt lebt und arbeitet, wird man erwischt. Wenn man arbeitet, wohnt man in einer vorübergehenden Unterkunft, damit man nicht auf dem Radar erscheint. Das ist die »Bude« – der *Scatter.* Aber wenn der Job erledigt ist, muss man aus der Stadt verschwinden und irgendwo weit entfernt davon warten, bis Gras über alles gewachsen ist. Und hier kommt der *Skip-out* ins Spiel. Für Profis ist er im Grunde das Zuhause. Wir verlassen ihn nur, wenn wir einen Job übernehmen, und dann kommen wir nur zurück, wenn es absolut sein muss. Manche Leute bleiben jahrelang in ihrem Skip-out. Ein paar heiraten dort sogar und gründen eine Familie, aber nicht ich. Ich bleibe nie länger als sechs Monate unter demselben Dach. Der Skip-out ist keine Dauerlösung. Irgendwann ist jeder von uns wieder auf der Flucht.

Vor langer Zeit hatten Angela und ich uns einen Skip-out geteilt, hier im Tammany Hall Casino, im luxuriösesten Hotel am Cotai Strip. Ich erinnere mich gern daran. Eine kurze Zeitlang war das Leben einfach. Wir aßen nur in den besten Restaurants, spielten an Tischen mit hohem Einsatz und tranken Champagner, bis wir in unsere miteinander verbundenen Suiten zurückwankten. Wir blieben lange auf und schliefen bis mittags. Es waren nur ein paar Wochen, die wir hier verbrachten, aber es fühlte sich an wie ein ganzes Leben. Eine kleine Kostprobe vom Himmel.

Das war acht Jahre her.

Ich schaute auf die Uhr und stellte sie um fünfzehn Stunden vor.

Seitdem hatte sich viel verändert.

Die Stadt dort unten sah völlig neu aus. Da waren viel mehr Wolkenkratzer als in meiner Erinnerung. Damals, als ich sie kannte, hätte Angela niemals in Betracht gezogen, hier zu arbeiten. In der Volksrepublik gab es sowieso nicht viel zu tun, und wir wollten nicht versuchen, daran etwas zu ändern. Macau war damals noch eine geschlossene Stadt, beherrscht von einheimischen Gangsterbanden. Die Triade, die Hongkong kontrollierte, hatte automatisch auch Macau im Griff. Für alle örtlichen Gangs galt das Motto *De sanguine in sanguinem:* Wer dabei sein wollte, musste fremdes Blut vergießen, wer aussteigen wollte, sein eigenes. Für Freelancer im amerikanischen Stil war hier kein Platz. Der Vizekönig war damals Wei Yu Kwan, besser bekannt als Drachenkopf von Kowloon. Seine Koalition hielt die kleineren

Gangs zum größten Teil in Schach und sorgte dafür, dass fremdländische Teufel wie wir es schwer hatten, voranzukommen. Hier konnte man nicht einfach eine Crew zusammenstellen – vorher musste man um Erlaubnis bitten. Und jeder kannte jeden. Wenn man sich einen Mann holte, der Beziehungen zur Triade hatte, musste man auch seinen Bruder, seinen Onkel und zwei seiner Cousins dazunehmen, und jeder hatte eine Schwester, deren Boyfriend ein Undercover-Cop war. Blut bedeutete mehr als Geld. Und wenn man nicht mitspielte? Dann gruben sie dich bis zum Hals im Schlick ein und ließen die Flut anrollen. Wir durften in den Hotels wohnen, doch wir mussten die Banken in Ruhe lassen.

Vor acht Jahren wusste niemand in meiner Branche, wo Macau überhaupt *war*. In der Nähe von Hongkong, okay, vielleicht, aber das war's auch schon. Die Stadt war ein Sumpf voll schäbiger Spielsalons und Discount-Kaufhäuser. Stanley Ho besaß das Glücksspielmonopol, und niemand konnte ohne seine Genehmigung ein Casino eröffnen. Macau war ein zweitklassiges Monaco. Ein drittklassiges Vegas. Als Angela mich dorthin mitnahm, war das Tammany der einzige Laden, in dem man absteigen wollte. Aber, wie gesagt, seitdem hat sich vieles verändert. Macau ist jetzt die größte Glücksspielstadt, die die Welt je gekannt hat. Überall sieht man vertraute Markennamen – Wynn, MGM Grand, Venetian, Atlantic Regency, Grand Hyatt. Auf jedem Stückchen Land, auf dem kein Casino steht, sieht man eine Baustelle, weil eins gebaut wird. Wo so viel neues Geld hereinfloss, mussten Leute wie ich ihre Möglichkeiten abwägen. Die Lage erkunden. Nachdenken. Die Triaden mochten zehntausend Mitglieder in der Region haben, aber jede Woche kreuzten hundert Leute wie ich auf, neue Leute. Und dann lief das Fass über. Drachenkopf Kwan nahm seinen Abschied auf die harte Tour: Vier Killer hackten ihn mit Macheten vor dem Shangri-La Hotel in Kowloon in Stücke. Einen

Monat später kamen alle anderen Onkel wegen Mordes auf dem Festland vor Gericht. Die, die nicht erschossen wurden, wanderten lebenslänglich in ein Arbeitslager. Danach stand Macau für alle Geschäfte offen.

Die Stewardess klopfte an die Tür meiner Privatkabine und riss mich aus meinen Gedanken. Ich öffnete und bat sie, mir einen doppelten Espresso zu bringen. In Anbetracht des kleinen Vermögens, das ich für das Flugticket ausgegeben hatte, war es wahrscheinlich der teuerste Kaffee, den ich je getrunken hatte. Ich brachte meine Sitzlehne in die Senkrechte, schaltete die Nachrichten ein und gähnte.

Zwanzig Minuten später hatten wir das Fahrwerk ausgefahren.

SIEBEN

Ich verließ das Flugzeug als Erster, warf mir die schwarze Nylontasche über die Schulter und trat hinaus auf das Rollfeld. Es war glutheiß – sengende dreißig Grad, und dabei war es noch nicht einmal Mittag. Die Luft war so feucht, dass ich sie förmlich schmecken konnte. Zigaretten und Salzwasser. Schweiß und Gummi. Zwei Flughafenpolizisten dirigierten uns zum Terminal. Auf Macau International gibt es keine Fluggastbrücken. Man muss zu Fuß zum Gate gehen oder mit einem Bus fahren. Ich fuhr mir mit den Fingern durch das Haar und setzte eine Pilotensonnenbrille auf.

Im Terminal herrschte großes Gedränge. Ich schob mich hindurch zur Passkontrolle und füllte meine Einreisedokumente aus. Wer nach Macau einreisen will, muss Ausweispapiere vorlegen, sogar Leute aus anderen Teilen Chinas. Infolgedessen gehen hier täglich mehrere zehntausend Personen durch die Kontrollen. Ich kam an die Reihe und legte meine Dokumente auf die Theke. Der Einwanderungsbeamte schaute mich kaum an. Wortlos stempelte er meinen Pass.

Ich steckte ihn wieder ein und ging an den Gepäckbändern vorbei zum Ausgang. Alle zwei Schritte stand ein Chauffeur in schwarzer Uniform und hielt ein Blatt Papier mit dem Namen eines Passagiers oder eines Casinos hoch. Ich fuhr die Rolltreppe hinunter und sah mich an einer Wechselstube um, denn ich hatte nur amerikanische Dollars bei mir. In den besseren Hotels würde ich damit auskommen, aber anderswo nicht. In Macau gibt es zwei Währungen: Hongkong-Dollars und macanesische Patacas oder Mop. Die Casinos akzeptieren nur HK-Dollar, aber normale Leute nehmen nur Mop, und so ist es ein ziemliches Durcheinander, wenn man in dieser Stadt etwas kaufen möchte. Ich würde ein wenig von beiden Währungen brauchen. Ich fand einen Wechselschalter und schob der Kassiererin einen Stapel Scheine hinüber. Zwei Minuten später kam sie mit einem Umschlag zurück, der mehrere dicke Bündel von rosa und lila Banknoten enthielt. Ich zog ein paar Scheine heraus, ließ sie als Trinkgeld auf der Theke liegen und warf den Umtauschbeleg weg. Jetzt war ich endlich startbereit. Ich drängte mich nach draußen und sah mich nach einem Taxi um.

Normalerweise fahre ich nicht mit dem Taxi. Die Polizei kann Leute darin einfach aufspüren. In New York werden Videoaufnahmen aller Fahrgäste gemacht, die Taxen haben GPS-Geräte, die ihre Position registrieren, und jeder Ein- und Ausstieg wird mit Uhrzeit und Ort aufgezeichnet. Die Polizei braucht nicht lange, um all das in die Hände zu bekommen. Jemand wie ich könnte genauso gut auf dem Rücksitz eines Streifenwagens mitfahren.

Aber Macau ist nicht New York. Die Taxen hier haben diese schicke Technologie nicht. Noch nicht jedenfalls. Die Fahrpreise sind niedrig, es gibt viele, und die Fahrer interessiert es nicht, wer man ist oder was man tut. Wenn man bar zahlt, ist eine Taxifahrt praktisch nicht nachzuverfolgen. Plus: Taxifahrer haben den Schlüssel zu gut wie jeder illegalen Aktivität in dieser Stadt. Wenn das Honorar stimmt, fährt er dich zum Schwarzmarkt. Heroin? Er bringt dich zur richtigen Straßenecke und zeigt dir einen Zeitungsjungen, der ein Pik-As-gestempeltes Bundle bei sich hat. Koks? Er hat die Visitenkarte eines Dealers, der reinstes Kokain in dein Casino liefert. Mädchen? Du nennst ihm deine perversen Neigungen, und er bringt dich in einen Puff, der deinen Fantasien entspricht. Du musst schleunigst aus der Stadt verschwinden? Er kann dir sagen, wie du dich auf einen Fischkutter schleichst, oder er bringt dich mit einem professionellen Schlepper im Hafen zusammen. In einer Glücksspielstadt braucht jeder ein Taxi, und deshalb kennt kaum jemand die Straßen besser als deren Fahrer. Sie haben im Laufe der Jahre schon Gauner aller Art befördert, und sie lassen sich nur zu gern für ihr Knowhow bezahlen. Es ist schließlich nicht illegal, jemandem zu zeigen, wo die Musik spielt. Es gibt nur ein Problem.

Ab und zu erwischt man einen ehrlichen Fahrer.

Ich blieb an der Ecke stehen und schaute in den ankommenden Verkehr draußen vor der Gepäckausgabe, wo die Taxen vorbeiströmten. Die Auswahl war groß. Die meisten waren mir ein bisschen zu schlicht: schwarz-cremefarbene Corollas mit einer Reklametafel auf dem Dach. Die Hälfte war schon besetzt, die andere nicht.

Ich wartete, bis ich eins entdeckte, das ein bisschen anders aussah. Ich habe festgestellt, je schlimmer ein Taxi aussieht, desto eher ist der Fahrer geneigt, gegen die Regeln zu verstoßen. Ein illegales Taxi mag gefährlich sein, aber Bestechung ist lukrativ. Es war ein sehr alter Corolla mit einer Reklame für das Galaxy Macau auf der Tür. Er hatte Schrammen, die aussahen, als sei der Wagen an einer Leitplanke entlanggeschrammt, und als er anhielt, gaben die Bremsen ein leises Heulen von sich. Ich gab dem Fahrer ein Zeichen, und er winkte mir zu. Die Tür ging auf, und ich schob mich hinein. Der Sitz roch nach wochenaltem Reispudding und Zigaretten, und der Türgriff war von einer Bakterienschicht überzogen. In gebrochenem Englisch fragte der Fahrer, wo ich hinwollte. Ich klopfte an die Plastiktrennscheibe, und er drehte sich um und sah mich verwirrt an. Ich klatschte fünf Tausend-Hongkong-Dollar-Scheine an die Scheibe.

»Schalten Sie die Uhr nicht ein, und benutzen Sie den Funk nicht«, sagte ich. »Und dann fahren Sie mich irgendwo hin, wo ich eine Pistole kaufen kann.«

Wir fuhren ungefähr zwanzig Minuten, und ich hielt die Hand über die Stirn, um die grelle Morgensonne abzuschirmen. Genau betrachtet, besteht Macau aus zwei verschiedenen Städten, die durch ein paar Brücken miteinander verbunden sind. Die Inseln im Süden sind eine glanzvolle Landschaft aus schimmernden Fünf-Sterne-Casinos, Golfplätzen und teuren Badehotels. Hier ist auch der luxuriöse Cotai Strip. Die Halbinsel im Norden sieht ganz anders aus. Sie ist ein verfallenes Beton-Ghetto. Die Straßen in der Umgebung waren eng und voller Müll, und die Wohnblocks standen so dicht beieinander, dass man das Gefühl hatte, auf dem Grund eines Canyons entlangzufahren. Die Gehwege waren holprig von den Wurzeln der Banyanbäume, und das Tageslicht drang kaum bis auf die Straße herunter. Die Wohnungen waren so planlos übereinandergestapelt, dass es aussah, als könnte ein kräftiger Windstoß sie allesamt einstürzen lassen. Stahlstäbe ragten in unerwarteten Winkeln aus dem Beton, und wo sie rosteten, zogen sich lange Streifen an den Wänden herunter. Ein kleiner Junge mit einem Cricketschläger ließ eine Glasflasche auf die Straße fliegen. Es war brütend heiß. Der Taxifahrer hielt vor einer Mietskaserne und drehte sich mit vielsagendem Lächeln zu mir um.

»Hier ist es?«, fragte ich.

»Ja.« Er nickte. »Spezialmarkt da oben.«

»Wo?«

»Durch Tor. Oben«, sagte er. »Was Sie wollen, die haben.«

Radebrechend versuchte er mir zu sagen, was ich ihm für den ersten Teil der Fahrt schuldete. Diese Fahrer lassen einen Fahrgast niemals ohne Bezahlung aussteigen. Ich gab ihm zweitausend Dollar und sagte, er solle warten und unter keinen Umständen wegfahren, nicht mal, wenn die Polizei es befahl. Ich würde in zwei Minuten zurückkommen, wir würden noch woanders hinfahren, und dann würde ich ihm den Rest des Geldes geben.

Er schien zu verstehen und schaltete lächelnd die Warnblinker ein. Dann öffnete er mir die Tür, und ich warf mir die Tasche über die Schulter und stieg aus.

Der Name über dem Eingang lautete LOTUS VALE APARTMENTS. Das Gebäude an sich schien nichts Besonderes zu sein – eine Bruchbude in einem Viertel voller Bruchbuden. Wäscheleinen spannten sich über die schmale Gasse, und die Fenster in den unteren Geschossen waren vergittert. Das Schild über dem Ladenlokal im Parterre gehörte zu einer Speditionsfirma, der Eingang war allerdings mit Brettern vernagelt. Zu den Apartments kam man durch ein Eisentor. Es war mit einem Zahlencode-Tastenfeld gesichert, aber jemand hatte einen Ziegelstein auf die Schwelle gelegt, sodass es offen blieb. Die Klingelknöpfe hatten keine Schilder. Es gab keine Sprechanlage. Irgendwo hörte ich Wasser tropfen. Ich achtete darauf, nichts zu berühren, als ich eintrat.

Sie müssen wissen, die Chinesen kaufen und verkaufen Waffen nicht so, wie die Amerikaner es tun. In den Vereinigten Staaten kann man fast überall in ein Waffengeschäft gehen, ein Leumundszeugnis vorlegen und mit einer nagelneuen Schrotflinte oder einem Gewehr hinausspazieren. Manchmal muss man eine Gebühr bezahlen oder ein paar Tage warten, aber schwieriger ist es selten. Anders als hier. Der bloße Besitz einer Schusswaffe kann einem zehn Jahre Haft oder mehr einbringen, und mit Zwangsarbeit ist hier nicht zu spaßen. Trotzdem sind überall Waffen. Macau ist schließlich eine Gangsterstadt, und die Polizei kann nicht überall sein. Die großen Banden bringen Bootsladungen von gestohlenen Ausrüstungsgegenständen der Roten Armee vom Festland herüber und verkaufen sie spottbillig an die Einheimischen. Dass es Waffengesetze gibt, bedeutet ja nicht, dass die richtigen Waffen nicht in die falschen Hände geraten. Wer keine Kanone bekommen kann, benutzt stattdessen eine Machete. Und so, nahm ich an, sieht ihr Schwarzmarkt aus: ein Riesenspielfeld für die Unterwelt.

Im Eingangsflur lagen zwei junge Männer ausgestreckt vor einer mit Graffiti übersäten Wand, um hier der Vormittagshitze zu entgehen. Ich musste über sie hinwegsteigen, um vorbeizugehen. Der eine zog Heroin von einem Löffel in eine Spritze, während der andere sich einen Staugurt um den Arm band und auf seine Armbeugenvene klopfte. Sie schauten zu mir auf. Ihr Blick war verschleiert, und ihre Pupillen waren so klein wie Stecknadelköpfe. Ich ließ zwei Scheine auf den Mann mit der Spritze fallen und fragte: »Welches Stockwerk?«

Er zeigte nach oben. »Elf.«

Ich nickte und fing an, die Treppe hinaufzusteigen. Wie es aussah, war jedes Zimmer auf jeder Etage weit über sein Fassungsvermögen hinaus vollgestopft. Im zweiten Stock sah ich zwei kleine Kinder, die im Flur auf dem Boden saßen und einen Ball hin und her rollten. Sie blickten nicht einmal auf, als ich vorbeikam, und das will etwas heißen. Schon so früh am Morgen war in dem Gebäude eine Menge Betrieb. Die Graffiti an den Wänden wurden dichter und bunter, je höher ich kam, und immer wieder sah ich dieselben auf Englisch geschriebenen Worte: *Vergiss jeden Gedanken an Rückkehr.* Wahrscheinlich war es das Tag irgendeines Jungen aus dem Viertel, vermutete ich. Vielleicht aber auch eine Warnung.

Als ich im obersten Stockwerk ankam, wusste ich, dass ich hier richtig war. Eine Tür am hinteren Ende des Korridors wurde durch einen elektrischen Ventilator offen gehalten, der auf vollen Touren lief. Daneben saß ein Mädchen von vielleicht sechzehn Jahren auf dem Boden und nuckelte irgendein alkoholisches Getränk aus einer Flasche in einer braunen Papiertüte. Ihr Blick war glasig, als sei sie die ganze Nacht auf gewesen. Die Zigarette in ihrer Hand war vor langer Zeit ausgegangen. Die Asche am Ende war zwei Zentimeter lang.

Ich stieg über sie hinweg und drückte die Tür auf. Das Apartment dahinter war kahl. Ich sah keine Möbel, und der Boden war aus nacktem Beton. Die Fenster waren mit Müllsäcken verklebt, sodass es halb dunkel war, und auch hier waren die Wände vom Boden bis zur Decke mit Graffiti-Hieroglyphen bedeckt. Mindestens ein halbes Dutzend junge Männer und Frauen drängten sich in dem einen Zimmer zusammen, allesamt zugedröhnt bis in die Haarspitzen. Wer nicht besinnungslos auf dem Boden lag, lehnte an der Wand. Verstreut auf dem Boden lagen Venenstaubänder, Zigaretten, Feuerzeuge, Bierflaschen und leere Plastikbeutel. Ein paar orangegelbe Nadelkappen waren auch da, aber die Injektionsnadeln selbst waren nicht zu sehen. Ich blieb einen Moment lang in der Tür stehen. Niemand nahm mich zur Kenntnis.

Das war die Falle.

Nicht für mich, natürlich. Die Falle – *the trap* – ist der Ort, an dem Schwarzmarkthändler ihre Geschäfte machen. In manchen Gegenden ist es eine bestimmte Straßenecke, die alle Kids kennen. Woanders ist es ein öffentlicher Park, das Hinterzimmer eines Nachtclubs oder sogar ein Auto, das den ganzen Tag um den Block fährt. Aber meist ist die Falle ein Haus oder ein Apartmentgebäude, das für jedermann zugänglich ist. Zuhälter können ihrem Gewerbe nachgehen, Dealer können dealen, und Cowboys können mit dem Revolver fuchteln. Es ist neutrales Gelände, das keiner einzelnen Gang gehört, und deshalb haben sogar die Cops Probleme, den Laden einfach zuzumachen. Zum Teufel, selbst *wenn* sie ihn zumachten, fänden die Player jederzeit einen anderen Ort für ihre Geschäfte. Und die Bezeichnung »Falle« hat einen Grund: Wenn ein Junkie hineingeht, kommt er nicht wieder heraus.

Unweigerlich bekam ich eine Gänsehaut. Es gibt auf der Welt nur wenig, das mir so verhasst ist wie Heroin. Es hat meine

Mutter umgebracht. Ich habe die Lust auf dieses Zeugs deshalb schon vor langer Zeit verloren.

Ich stieg über zwei Gestalten hinweg, damit ich mich besser umsehen konnte. Ein Perlenvorhang versperrte mir den Blick ins nächste Zimmer. Ich versuchte, hindurchzuspähen. Es roch nach Staub und schalem Urin.

»Wer sind Sie?«, fragte eine Stimme hinter mir.

Ich drehte mich um. In der Tür stand ein kleiner Filipino, schätzungsweise Mitte vierzig. Er hatte eine Zigarette im Mundwinkel und sprach mit australischem Akzent. Das graue Kapuzenshirt und die goldene Rolex an seinem Handgelenk verrieten mir, dass er nicht irgendein Junkie war. In der rechten Hand hielt er eine Packung Marlboro Reds. Sein Kopf war kahl bis auf einen Kranz von weißen Haaren um die Schläfen.

»Ich bin niemand«, sagte ich und musterte ihn.

»Ich bin Bautista«, sagte er. »Dieses Dreckloch hier gehört mir.«

»Ein Freund hat mich hergeschickt. Er sagt, Sie können mir weiterhelfen.«

»Wenn Sie einen Schuss wollen, müssen Sie warten bis heute Abend«, sagte Bautista. »Die Dealer kommen einmal morgens und einmal abends, und sie sind meistens in weniger als einer Stunde ausverkauft. Wenn Sie einen Schuss brauchen, müssen Sie einen der Stammkunden anschnorren.«

»Und wozu sind Sie dann hier?«

»Die Bude gehört *mir*«, sagte er. »Ich kümmere mich darum, dass der Betrieb läuft. Dass die Kids saubere Nadeln haben und zwischen den Lieferungen nicht umkippen. Wenn Zahltag war, geht es in diesem Apartment zu wie in einem Taubenschlag. Sie kaufen ihre Päckchen und Spritzen und kochen den Stoff gleich hier. Davor haben sie alle *bing dú* auf Alufolie geraucht. Davor war es *Special K*. Und davor Opium. Weiter zurück kann sich niemand erinnern.«

»Sie achten also nur darauf, dass hier Licht brennt«, sagte ich.

»Die meiste Zeit, ja«, sagte Bautista. »Sorgen macht mir die Klimaanlage. Hören Sie, Tourist, wie war Ihr Name, sagten Sie?«

»Ich habe nichts gesagt.«

»Na, kommen Sie. Glauben Sie, die Polizei interessiert sich für diesen Laden? Die Hütte könnte abbrennen, und Sie würden kein Blaulicht sehen. Irgendwie muss ich Sie doch nennen können.«

Ich schwieg und schaute auf den Junkie hinunter, der neben mir auf dem Boden lag und döste. Seine blutunterlaufenen Augen waren halb geschlossen. Ich glaube, er wusste gar nicht, dass ich da war. Langsam stieg ich über ihn hinweg. »Sie können mich Kunde nennen«, sagte ich. »Oder Sie können mir sagen, ich soll mich verpissen. Ich kann mir auch jemand anderen suchen, wenn Sie nicht *straight* verhandeln wollen.«

»Schon gut, ich hab's kapiert«, sagte Bautista. »Geht mich ja nichts an. Aber Sie sind nicht krank genug, um hier zu schnorren, und für einen kleinen Dealer sind Sie zu gut gekleidet. Wenn Sie keinen Schuss haben oder mir die Bude anzünden wollen, was wollen Sie dann hier?«

»Ich brauche eine Versicherung.«

Bautista lächelte. Diesen Ausdruck versteht jeder. Eine Versicherungspolice kann hilfreich sein, um einen Schaden zu verringern, aber in dieser Welt ist eine Pistole unter dem Gürtel noch besser. Bautista sah mich von oben bis unten an und fragte: »Haben Sie die nötige Kohle?«

»In Reichweite. Hongkong-Dollars. Ein Freund passt darauf auf.«

»Dann geben Sie mir zweitausend Kröten, damit ich sehe, Sie meinen es ernst«, sagte Bautista. »Ich kann Ihnen jede Art von Schießeisen besorgen. Ich kenne da einen, aber der macht keine Geschäfte mit Fremden – schon gar nicht, wenn sie mit amerikanischem Akzent sprechen. Mit mir aber schon. Ich kann in fünf Minuten wieder hier sein, mit einer Kanone oder mit einer Antwort.«

»Ich zahle nicht im Voraus«, sagte ich. »Sehe ich aus wie ein Idiot?«

»Nein.« Bautista nagte an der Unterlippe. »Ehrlich gesagt, Sie sehen aus wie ein ernsthafter *motherfucker.*«

»Dann behandeln Sie mich auch so.«

»Okay«, sagte Bautista. »Kommen Sie mit.«

Er strich den Perlenvorhang zur Seite und ließ mich durch die Tür ins hintere Zimmer gehen. Es sah nicht viel anders aus als das vordere, aber es war leer. Hier wurden die eigentlichen Geschäfte gemacht. An der Wand entlang zog sich eine lange Theke, die aussah, als sei sie früher eine Bar gewesen. Ich sah die Regale, in denen die Flaschen gestanden hatten. Bautista ging um die Theke herum, warf seine Zigarette auf den Boden, beugte sich vor und schob einen Zahnstocher in den Mund. Er griff unter die Theke und holte ein großes, in eine graue Plane gewickeltes Bündel herauf, das er zwischen uns legte und auseinanderrollte. Es enthielt ein halbes Dutzend Pistolen in verschiedenen Formen und Größen und obendrein noch zwei Messer.

»Sie sehen nicht aus, als wären Sie von hier«, sagte Bautista. »Was führt Sie nach Macau, Kunde?«

»Ich treffe mich mit einer alten Freundin«, sagte ich.

»Und? Hat die Freundin Ihnen aufgetragen, ein Juwelengeschäft auszuräumen?«

Ich gab keine Antwort. Die Pistolen, die vor mir lagen, waren großenteils alt und rostig. Eine Waffe von der Straße hat oft eine Menge hinter sich, bevor sie auf den Schwarzmarkt kommt – unsachgemäße Behandlung, Feuer, Wasser, unfachmännische Veränderungen, Abnutzung und Verschleiß. Die meisten bleiben oft jahrelang ungereinigt, weil ihre Besitzer sie in einem Schuhkarton versteckt für den Notfall aufbewahren. Diese hier hatten tiefe

Schrammen und abgegriffene Kolben. Keine war neu. Die Seriennummern sahen aus, als habe sie jemand mit dem Schweißbrenner abgeschmolzen. Hoffentlich funktionierten sie noch.

Die erste war eine alte kleine Beretta mit abgenutztem Sicherungshebel. Daneben lag ein .23er Revolver ohne Abzugbügel, wie man ihn braucht, wenn man seine Wegwerf-Kanone mit dicken Handschuhen abfeuern will. Die nächsten beiden waren alte Versionen des Model-10-Revolvers von Smith & Wesson. Nicht mein Stil.

Das letzte Stück im Angebot war ein kompakter Colt 1911. Verchromt, halbautomatisch. Vom Colt 1911 gibt es eine ganze Menge Fabrikate und Typen, und diesen hier kannte ich nicht. Bautista sah, dass ich ihn anschaute, und reichte mir ein Taschentuch, damit ich ihn genauer betrachten konnte, ohne überall meine Fingerabdrücke zu hinterlassen. Ich fasste ihn beim Abzugbügel und hob ihn hoch. Die Pistole war leichter als erwartet. Ich drückte auf den Magazinhalteknopf und ließ das Magazin herausfallen. Sechsschüssig. Ich zog den Schlitten zurück, um den Verschluss zu prüfen, und roch daran. Sie war in letzter Zeit nicht benutzt worden. Das war ein Plus. Die Kammer war für leistungsstarke .45er ACP-Munition vorgesehen, was ebenfalls gut war. Ich ließ den Schlitten los und drückte den Abzug, um zu spüren, wie der Schlagbolzen funktionierte. Glatt und leicht.

»Die hier«, sagte ich und legte die Waffe zur Seite.

Bautista nagte an der Unterlippe. Er holte einen Stift und einen Schreibblock unter der Theke hervor, schrieb den Preis auf den Block und schob ihn zu mir herüber. Zog eine Braue hoch. Ich warf einen Blick auf die Zahl und nickte. Er verlangte viertausend für die Pistole, ungefähr fünfhundert amerikanische Dollar. Man bekam eine nagelneue Waffe für weniger Geld, und die hier war alles andere als neu. Aber für eine Kanone von der Straße ohne Seriennummer und Verkaufsdokumente war sie ein

Schnäppchen. Ich griff in meine Schultertasche und legte exakt vier Tausender auf die Theke.

»Ich dachte, Ihr Bargeld ist anderswo«, sagte Bautista.

Ich antwortete nicht.

Bautista wühlte unter der Theke herum und legte schließlich sieben Patronen zwischen uns. Sechs für das Magazin und eine siebte, wenn ich sie durchgeladen bei mir tragen wollte. Eine Patrone rollte langsam auf mich zu, und ich legte einen Finger darauf, um sie zu stoppen. Wir schwiegen beide einen Moment lang. Ich hob die Patrone auf und sah mir den Rand an. Ein chinesisches Hohlspitzgeschoss.

»Hören Sie zu, Kunde«, sagte Bautista schließlich. »Ich weiß nicht, wer Sie sind oder was Sie vorhaben. Ehrlich gesagt, es ist mir auch egal. Es geht mich nichts an. Aber ich kenne diese Stadt. Ich weiß, wie man hier mit Außenseitern umgeht. Wenn Sie anfangen, mit dieser Pistole herumzufuchteln, kommen Sie sehr schnell in Teufels Küche. Und ich rede nicht nur von der Polizei. Wenn ein Typ mit Ihrer Hautfarbe anfängt, Einheimische umzunieten, gibt es Krieg.«

»Sie haben recht«, sagte ich. »Es geht Sie nichts an.«

Bautista hob die Hände und zuckte die Achseln. Er zog eine Visitenkarte aus der Tasche, schrieb etwas auf die Rückseite und reichte sie mir. Die Vorderseite war leer bis auf ein Wasserzeichen in Form einer blühenden Lotosblume. Auf die Rückseite hatte er eine internationale Telefonnummer geschrieben.

»Rufen Sie mich an«, sagte er, »falls Sie noch was anderes brauchen als Patronen.«

ACHT

Victoria Harbour, Hongkong

Fünfunddreißig Meilen weit entfernt fuhr Laurence durch ein Tor, stellte sein Motorrad ab, angelte einen Schlüsselbund aus der Tasche und nahm das Vorhängeschloss von dem Frachtcontainer ab. Die Tür schwang auf und entließ eine Staubwolke ins Freie. Laurence tastete sich durch die Dunkelheit, bis er die Verlängerungsschnur gefunden hatte, die von der Decke herabhing. Er drückte auf den rot leuchtenden Schalter. Flackernd ging das Licht an.

Der Frachtcontainer hatte nichts Besonderes zu bieten. Er war wie ein kleines Apartment, funktional und ohne jeden Komfort: ein Feldbett, ein Holzstuhl, ein Schreibtisch und weiter hinten eine Kiste mit Vorräten. Die nächste Toilette war eine mobile Kabine auf der anderen Straßenseite, und in einer Ecke standen ein Kasten mit Wasserflaschen und eine blaue Plastikschüssel anstelle eines Waschbeckens. Das war alles, was ein Mann brauchte. Solange dieser Einsatz noch dauerte, war dies sein Zuhause.

Aus der Nähe gesehen war Laurence ein Schrank von einem Mann, knapp zwei Meter groß und fast zweihundertsechzig Pfund schwer. Er war Anfang dreißig, aber das sah man ihm nicht an. Ein Menschenleben zuvor war er ein richtiger Soldat gewesen. Er war in Tennessee geboren, hatte einige Zeit in der Grundausbildung verbracht, war aber unehrenhaft entlassen worden, weil er einen anderen Rekruten halb totgeschlagen hatte. Er war nie im Gefecht gewesen, seine Ausbildung hatte ihn jedoch körperlich in die richtige Form gebracht. Er sah keineswegs gut aus – er hatte ein grobes, pockennarbiges Gesicht und zerzaustes Haar, das er nie ganz bändigen konnte –, aber er war auch nicht hässlich. Beim Bankdrücken stemmte er vierhundert Pfund, und mit seiner Sig Sauer konnte er die Kronkorken von Flaschen schießen. Er benutzte die Pistole nicht gern, doch wenn es sein musste, tat er es. Das gehörte schließlich zu seinem Job. Er hatte mehr als genug Männer, Frauen und Kinder umgebracht, und er würde es wieder tun. Er hatte weder das Ehrgefühl noch die Disziplin eines Soldaten, dafür wusste Laurence, was er in Wirklichkeit war.

Ein Killer.

Seine erste Begegnung mit dem Tod hatte er vor sechs Jahren gehabt, während eines Jobs in Bangkok, als man ihn beauftragt hatte, einen vietnamesischen Drogendealer in die Zange zu nehmen, der dort Ferien machte. Er war ihm vom Flughafen zu einem Nudelrestaurant in der Nähe von Sukhumvit gefolgt. Als der Kerl auf der Toilette war, ging Laurence zu seinem Tisch und schüttete einen gehäuften Teelöffel Stechapfelextrakt, auch bekannt als Datura oder Teufelsatem, in seine Teekanne. Der Stechapfel ist ein alltägliches, weiß blühendes Kraut, das überall auf der Welt wächst. Es schmeckt wie ein ziemlich scheußlicher Kräutertee und enthält eine massive Dosis eines Toxins namens Skopolamin, eines Anticholinergikums, das in hohen Dosen tödlich wirkt. Es verursacht Erbrechen, Angstzustände, Amnesie, Hyperthermie und schreckliche Halluzinationen und schließlich den Tod durch Kreislaufkollaps. Dabei kann es Stunden dauern, bis das Opfer stirbt, und während der ganzen Zeit leidet es körperliche und psychische Qualen. Laurence sah aufmerksam zu, wie der Dealer einen Schluck Tee trank und das Gesicht verzog. Der Mann brauchte nicht die ganze Kanne leer zu trinken – ein paar Schlucke würden genügen. Als der Dealer seine Rechnung bezahlt hatte, lockte Laurence ihn unter dem Vorwand, er habe sich verirrt, in einen Hausdurchgang und betäubte ihn mit einem Elektroschocker. Am Stadtrand kam der Mann wieder zu sich, an einen Zaun gekettet. Laurence brauchte keinen Finger zu rühren, um ihn zu verletzen. Das Gift genügte. Der Dealer hielt mehrere Stunden durch. Er war kräftiger, als er aussah, aber schon bald begann das tödliche Halluzinogen zu wirken. Laurence stellte seine Fragen, bis der Drogendealer nur noch unzusammenhängend stammelte. Der Gehweg um ihn herum schien zu schmelzen, und Dämonen und Drachen brüllten in seinen Ohren. Phantomschwerter schnitten sich in sein Fleisch. Er zerkratzte sich das Gesicht, bis seine Augen bluteten. Er bettelte um eine Kugel, aber Laurence gab sie ihm nicht. Jedenfalls nicht gleich. Acht qualvolle Stunden ließ er ihn gefesselt an diesem Zaun sitzen, und die ganze Zeit saß er auf einem Klappstuhl davor und betrachtete ihn mit dem Ausdruck perverser Faszination. Als es erledigt war, lag der Dealer zusammengekrümmt auf dem Asphalt, beschmiert mit seinen eigenen Exkrementen, schreiend vor Angst und Qual. Laurence stand lächelnd auf und schoss ihm das Gehirn weg.

Er hatte jede Minute genossen.

Laurence hatte das Objekt jetzt drei Wochen lang verfolgt. Die Reise hatte ihn ein paar hundert Kilometer weit durch ein paar der rauesten Gegenden von Südostasien geführt. Er hatte in feuchten Hütten geschlafen, neben denen sein Frachtcontainer aussah wie das Ritz Carlton. Sein Auftraggeber hatte ihn für die Verfolgung engagiert, als das Objekt im Laderaum eines alten sowjetischen Panzerwagens die Grenze von Arunachal Pradesh nach Myanmar überschritten hatte. Er hatte es nicht gleich gefunden. Tatsächlich hatte er nach ein paar Tagen in den vom Krieg zerrissenen Bergen von Kachin allmählich bezweifelt, dass das Objekt überhaupt existierte. Er hatte nirgends eine Spur davon gefunden. Vielleicht beruhte alles nur auf einem Gerücht, oder es war das Produkt der heroinvernebelten Fantasie irgendeines Rebellenkommandanten. In den Dörfern an der Grenze erzählte man sich nichts als Gespenstergeschichten. Warum sollte ausgerechnet diese stimmen? Laurence war nicht vollständig überzeugt.

Bis er die Toten fand.

Wohin das Objekt auch wanderte, folgte ihm eine Welle von Leichen. Die ersten fand er am Straßenrand nördlich von Tanai, in den Bergen tief im Rebellengebiet. Ein Mann aus der Gegend war aus nächster Nähe in den Kopf geschossen und mit Draht an einen Baum gehängt worden. Zwei tote Frauen, ebenfalls erschossen, lagen zu seinen Füßen. Ihre Leichen waren mit frisch abgeschnittenen Sonnenblumen bedeckt. Als Laurence sie fand, hatte sich schon eine Gruppe von neugierigen Einheimischen versammelt. Laurence fragte sie, was passiert sei, und sie berichteten, ein paar Ausländer in einem gepanzerten Truck seien am Tag zuvor im Fluss stecken geblieben. Ihr Freund hier habe sie dort gesehen und sich nach dem Problem erkundigt. Die Ausländer hätten ihn erschossen, und dann auch die beiden Frauen, die ihm zu Hilfe gekommen seien. Das sei ihr Lohn gewesen.

Keine fünfzig Kilometer weiter stieß Laurence wieder auf Leichen. Ein Trupp Rebellensoldaten, der vermutlich auf die erste Schießerei reagierte, hatte versucht, den Truck auf einer Passhöhe zu stoppen. Als Laurence dort erschien, lagen sie tot auf der Straße verstreut – Rebellensoldaten, von Kugeln durchsiebt. Die Leichen waren so übel zugerichtet, dass die Uniformen kaum noch erkennbar waren. Einige hielten noch ihre AK-47 umklammert. Ihr Truck war am Fuße des Höhenkamms in einen Felsen verkeilt und brannte noch immer. Laurence blieb unter einem Teakbaum stehen und hob eine Patronenhülse auf: 5.56 x 45mm. Amerikanisch. Er schüttelte den Kopf. Jetzt zweifelte er nicht mehr an dem Objekt.

Nein, es existierte wirklich.

Danach verfolgte er den gepanzerten Truck fast eine Woche lang quer durch den Norden Myanmars. Es war eine anstrengende Reise. Er schob sein Motorrad durch die Reisfelder und überquerte Flüsse im strömenden Regen. Er schlief auf der nackten Erde und deckte sich mit Laub zu. Er saugte Benzin aus einem Mähdrescher und aß, was er fand. Wohin er auch kam, fand er Tod und Zerstörung. Leichen. Brennende Häuser. Abgetrennte Gliedmaßen.

Zu sehen bekam er das Objekt zum ersten Mal in einem kleinen Dorf vor Myitkyina, wo der gepanzerte Truck einen Tankstopp einlegte. Laurence fuhr im Abstand von wenigen Schritten daran vorbei. Die Ausländer schienen nicht besonders beunruhigt zu sein, solange niemand allzu neugierig wurde. Das Objekt stand hinten auf dem Truck unter einer schweren Plane. Als die Ausländer nicht herschauten, schlich Laurence sich an den Truck und warf einen kurzen Blick auf die Ladefläche. Es verschlug ihm den Atem. Noch nie hatte er etwas so Wertvolles oder Gefährliches gesehen. Er wollte es nicht noch einmal verlieren, und deshalb befestigte er diskret einen GPS-Peilsender an dem Objekt, um sicherzustellen, dass er wusste, wohin es unterwegs war. Eingreifen durfte er nicht. Noch nicht.

Das war nicht sein Auftrag.

Von jetzt an folgte Laurence dem Transport mit einigem Abstand. Der Truck fuhr durch die Wildnis in Richtung Mandalay, wo das Volk der Shan lebte. In diesem Gebiet gibt es nur wenige Krankenhäuser, Flughäfen oder Hotels. Keine Schnellstraßen. Nur eine einzige Straße führt dort hindurch und verbindet Kachin mit Mandalay, und die wurde vor mehr als hundert Jahren von den Briten gebaut. Sie windet sich durch das Gebirge wie eine lange, mäandernde Schlange. Laurence saß auf seinem Motorrad und achtete darauf, dass er einen Abstand von zehn

Meilen zwischen sich und dem Truck hielt, damit die Soldaten ihn nicht sahen. Er würde dieses Objekt bis ans Ende der Welt verfolgen, wenn es sein müsste.

In Mandalay luden die Soldaten es auf einen Tieflader mit Hebebühne um, der unbemerkt auf dem Highway an die Südküste und nach Rangun fahren könnte. Als Laurence am nächsten Tag dort ankam, war das Objekt in einer Fabrik in der Nähe des Hafens. Von Weitem sah er zu, wie die Schmuggler es mit Stickstoff überspülten und mit industrietauglicher Plastikplane umhüllten. Sie verpackten es wasserdicht. Die Plastikhülle störte das GPS-Signal, und Laurence musste sich einen neuen Plan einfallen lassen. Als das Objekt an diesem Abend auf eine kleine Jacht mit Hongkong-Flagge gebracht wurde, tarnte er sich als Hafenarbeiter und klonte heimlich die GPS-Notfallinformationen des Bootes. Wohin es auch fahren würde, jetzt könnte er ihm folgen, und wenn es ein Notsignal aussenden sollte, würde er es wissen. Er wartete, bis es auf See war, und dann verfolgte er den Notfall-Leitstrahl vom Ufer aus. Er fuhr voraus nach Hongkong, um dort auf die Ankunft des Bootes zu warten. Wenn es käme, würde er zuschlagen.

Aber dann vermasselten die Piraten alles.

Als er dem Überfall auf die Spur kam, kochte Laurence vor Wut. Diese Diebe waren clever. Als Erstes hatten sie den Notfall-Leitstrahl des Bootes abgeschaltet. Das Signal war verstummt, und er hatte die Verbindung verloren. Im ersten Augenblick hatte er gedacht, das Boot sei gesunken oder in eine atmosphärische Störung geraten. Als der Leitstrahl nach einer Stunde noch nicht wieder da war, wusste er, dass etwas Schlimmeres passiert war. Er musste befürchten, dass seine Mission gescheitert war. Den ganzen Tag saß er vor seinem Computer.

Die Jacht tauchte nicht wieder auf. Aber das Rettungsboot.

Als einer der Piraten den Notfall-Leitstrahl auslöste, erschienen die GPS-Informationen sofort auf Laurences Bildschirm. Er war überglücklich. Ein Geschenk des Himmels! Er folgte dem Signal bis zur Küste, und es gelang ihm, seine Beute zu stellen, ohne dass jemand es sah. Es war perfekt. Er hatte nicht vorgehabt, den Jungen umzubringen – zumindest nicht sofort. Er hatte ihn foltern wollen, jedoch nicht damit gerechnet, dass der Kerl eine Pistole im Gürtel hatte. Laurence musste eine Augenblicksentscheidung treffen. Er versuchte, Sabo zu verwunden, aber das ging schief. Er hatte ihm einen Lungenschuss verpasst. Der Junge war tödlich verletzt, und das machte es schwer, Informationen aus ihm herauszuholen. Er konnte kaum noch sprechen, weil die Lunge sich mit Blut füllte. Laurence tat sein Bestes. Der Junge sagte kein Wort über das Objekt, aber er erzählte ihm alles über die Jugmarkerin. Seine letzten Worte drehten sich nur um sie – ihren Plan, ihren falschen Namen, ihr Hotelzimmer. Mehr Informationen brauchte Laurence nicht.

Er lächelte. Es hatte ihm in gewisser Weise eine Menge Ärger erspart. Sein ursprünglicher Plan war es gewesen, sich die Schmuggler selbst vorzunehmen, wenn sie in Hongkong eingetroffen wären. Jetzt brauchte er sich nicht mit drei schwer bewaffneten burmesischen Paramilitärs anzulegen, sondern nur mit einem lästigen Dieb. Und die Jugmarkerin war eine viel leichtere Gegnerin. Als der Junge schließlich tot war, nahm Laurence seinen Kopf als Trophäe und lieferte ihn zur Warnung in ihr Hotelzimmer. Wenn sie seinen Forderungen zustimmte, hätte er Glück. Sobald sie das Objekt übergeben hätte, könnte er sie umbringen und davonspazieren. Aber selbst wenn sie seinen Anweisungen nicht folgte, wäre das nicht allzu besorgniserregend. Sobald sie die Plastikplane von dem Objekt entfernte, würde Laurences versteckter GPS-Sender wieder aktiv werden. Dann würde er seine Waffen nehmen, zum Ursprung des Signals fahren und die wertvolle Ware gewaltsam an sich bringen. Nach monatelangem Warten würde sie endlich ihm gehören.

Er nahm den selbstgebauten Schalldämpfer von seiner Sig Sauer und legte ihn neben dem Computer auf den Tisch. Seine Pistolen waren immer durchgeladen und schussbereit. Er justierte die Empfangsantenne an seinem Computer, um einen möglichst guten Satellitenempfang zu haben. Dann starrte er auf den Bildschirm und trommelte mit den Fingern auf den Tisch.

Jetzt brauchte er nur noch zu warten.

NEUN

Tammany Hall, Macau

Als ich wieder im Taxi saß, warf ich einen Blick auf die Uhr. Es war schon kurz vor zehn Uhr Ortszeit. Nicht schlecht. Zehn Minuten brauchten wir, um aus den Slums hinaus und zurück auf die Casino-Inseln zu kommen. Wir fuhren an einem Dutzend riesiger Hotelanlagen mit gigantischen Springbrunnen und Videowänden vorbei, deren Glasfassaden im Vormittagslicht schimmerten. Ich schaute aus dem Fenster, während ich die Patronen in das Magazin meiner Pistole schob. Zwei blau-rote Polizeiwagen rasten mit Blaulicht und Sirene an uns vorbei und bogen dann in Richtung Nordgrenze ab.

Das Tammany Hall stand am Ende des Strip hinter einem leeren Casino-Grundstück, dem Parisian gegenüber. Es hatte mindestens sechzig Stockwerke und war geformt wie das Segel eines alten Großseglers. Die Fenster waren golden getönt. Mein Fahrer bog um die Ecke, und ich beugte mich vor, um durch die Windschutzscheibe zu schauen. Der Name des Hotels leuchtete in einer eleganten Schreibschrift.

Es hatte sich stark verändert, seit ich das letzte Mal hier gewesen war. Vor acht Jahren hatte der Executive Tower noch nicht gestanden, und das Hotel war hübsch klein gewesen. Jetzt sah es gewaltig aus. Mein Taxi hielt am äußeren Tor an, und ein Wachmann winkte uns durch. Ich gab dem Fahrer sein restliches Geld und grinste. Wir fuhren die Zufahrt hinauf zum Haupteingang und blieben vor einem Springbrunnen stehen. Zwei Türsteher in eleganten weißen Uniformen hielten mir die Tür auf.

Instinktiv erfasste ich alle Überwachungskameras. Vier waren auf den Eingang gerichtet, sechs weitere beobachteten die Gehwege und die Straße, die um das Hotel herumführte. Es gab keinen blinden Fleck, und wahrscheinlich waren es Kameras der neuesten Generation, wenn ich bedachte, wie alles andere hier aussah. Casinos der Spitzenklasse können sich die guten Sachen leisten. In dieser Branche bedeutet »gut«, dass HD-Farb-Überwachungskameras an einen Computer mit Gesichtserkennungsprogramm angeschlossen sind. Wenn der Spielsaal so hübsch aussah wie der Hotelturm, hatten sie wahrscheinlich auch noch andere technische Spielereien. Verdammt. Ich warf mir meine Reisetasche über die Schulter.

»Willkommen im Tammany Hall«, sagte einer der Türsteher. »Sie möchten einchecken, Sir?«

»Ich möchte eine Freundin besuchen.«

»Bedaure, Sir. Dieser Eingang ist nur für Gäste der Sky Villa. Wie ist Ihr Name?«

Ich stopfte ihm einen Tausend-Dollar-Schein in die Brusttasche und nannte ihm den ersten falschen Namen, der mir in den Sinn kam. »Outis.«

Ich betrat die prachtvolle Eingangshalle. Sie glänzte von Gold. In einem Springbrunnen in der Mitte stand die goldene Statue eines gedrungenen Mannes in der Kleidung des 19. Jahrhunderts. Er trug einen gezwirbelten Schnurrbart und war flankiert von zwei goldenen Tigern und einem riesigen Aquarium voller Quallen. Links war die Rezeption. Ich ging auf eine Angestellte zu und schob auch ihr einen Tausender über die Theke.

»Ich möchte zu einer Freundin, die vermutlich hier wohnt«, sagte ich. »Könnte sein, dass wir mehrere Namen ausprobieren müssen.«

Die Frau warf einen Blick nach beiden Seiten, nahm den Schein von der Theke und fragte: »Womit soll ich anfangen?«

»Mit einem Vornamen: Angela. Den Nachnamen weiß ich nicht. Ich habe sie gestern Abend im Sky Casino kennengelernt, und sie hat gesagt, ich soll mich hier mit ihr treffen.«

»Okay.« Die Frau tippte etwas in ihren Computer. Dann runzelte sie die Stirn. »Tut mir leid, unter diesem Namen habe ich keinen Gast verzeichnet. Wir sind nur halb voll, und die letzte Angela ist vor sechs Tagen abgereist.«

»Gut«, sagte ich. »Wie steht's mit Maria Applegate?«

Diesen Namen hatte Angela bei unserem allerersten Job benutzt. Sie hatte damals eine FBI-Agentin aus New York gespielt.

Sie tippte wieder. »Tut mir leid, Sir. Auch unter diesem Namen finde ich niemanden.«

»Okay«, sagte ich und trommelte mit den Fingern auf die Marmortheke. »Noch einen. Kann sein, dass sie unter dem Namen ihres Mannes eingecheckt ist. Versuchen Sie es mit Jack Delton.«

Kopfschüttelnd gab sie den Namen ein und lächelte dann. »Ja, ein Jack Delton wohnt bei uns.«

»Und die Zimmernummer?«

»Fünf-neun-null-vier«, sagte sie. »Penthouse-Etage. Eine Wasserfall-Suite.«

»Danke«, sagte ich.

»Möchten Sie, dass ich anrufe?«

»Nein«, sagte ich, »ich versuch's auf ihrem Handy.«

Das tat ich natürlich nicht. Ich ging zu den Aufzügen. Wenn man an der Rezeption ein fettes Trinkgeld gibt, tun sie dort fast alles. In manchen Häusern kriegt man für hundert Dollar ein Upgrade für eine Suite, eine Flasche Champagner und einen Packen Hotel-Coupons. In Macau geht es nicht so weit, aber für ein paar schnelle Informationen langt es.

Als ich bei den Aufzügen angekommen war, klingelte der am linken Ende und öffnete sich. Ein europäisches Paar in Bademänteln blockierte die Tür für mich, als ich angelaufen kam. Ich bemühte mich, den Blickkontakt mit ihnen zu vermeiden, bis sie im sechzehnten Stock ausstiegen. Es knackte in meinen Ohren, als ich weiter hinauffuhr. Ich schloss die Augen und lauschte der Aufzugglocke. Meine Hand zitterte.

Ich versuchte, nicht an sie zu denken.

Die Tür glitt auf, und ich trat hinaus in den Flur und sah mich wieder nach Kameras um. Hotels wie dieses haben in den Aufzügen immer Augen, aber nicht alle installieren sie auch in den Fluren. Man braucht eine Menge Personal, um diese großen Immobilien zu überwachen, und meistens ist hier zu wenig Verkehr, um die Kosten zu rechtfertigen. Wertsachen sind schließlich nur in den Zimmern, und dort kann man keine Kameras anbringen. Die Korridore sind meistens leer bis auf die Zimmermädchen und ein, zwei Gäste mit Rollkoffern. Ich schaute mich kurz um: eine Kamera für die Reihe der Aufzüge und zwei weitere vor den Suiten im angrenzenden Flur. Den blinden Fleck hatte ich im Handumdrehen ermittelt. Ich drückte mich hinein und öffnete meine Reisetasche, nahm den Colt 1911 heraus, lud ihn durch und schob ihn unter den Gürtel.

Das Ganze roch mehr und mehr nach einer Falle.

Jack Delton war keiner von Angelas alten Decknamen. Es war einer von meinen. Ich hatte ihn vor mehreren Jahren bei einem Job benutzt. Nur zehn Menschen auf der Welt hatten diesen Namen gekannt, und vier davon waren tot. Das Dumme war, einer der noch Lebenden war der gefährliche Jugmarker von Kuala Lumpur, Marcus Hayes. Er wollte meinen Tod, das stand fest. Nachdem ich unseren Job damals vermasselt hatte, war ich zu einem Betriebsrisiko geworden, und Marcus hatte die Gewohnheit, jeden umzubringen, der ihm Ärger machte. Angeblich waren wir jetzt quitt, aber ich traute ihm nicht. Ich hatte ihn gewarnt und gesagt, ich würde ihn umbringen, wenn er noch einmal versuchen sollte, mich zu finden, doch das bedeutete nicht, dass er davon ablassen würde. Manche Arschlöcher sind in dieser Hinsicht komisch.

Ich ließ mir Zeit und sah mich im Korridor um, ob irgendetwas nicht so war, wie es sein sollte. Vor einer Zimmertür stand ein Tablett mit einem halb verzehrten Frühstück, und vor ein paar anderen lagen Exemplare der *South China Morning Post.* Nichts Außergewöhnliches. Zimmer 5904 war am hinteren Ende in der Ecke. Vor der Tür lag keine Zeitung. Die unauffällige Tür wurde mit einer Schlüsselkarte geöffnet, und die Zimmernummer stand auf einer goldenen Tafel. Am Türknauf hing ein Schild, auf dem in mehreren Sprachen BITTE NICHT STÖREN stand. Ich starrte es eine ganze Weile an.

Jemanden durch eine Tür zu erschießen, ist einfach.

Bei einer Schießerei auf geringe Distanz gibt es nur zwei Möglichkeiten. Da dies ein Eckzimmer war, gab es hinter der Tür wahrscheinlich nicht viel Platz, um in Deckung zu gehen. In Hotels wie diesem kommt man meistens durch einen kurzen Flur ins Zimmer, weil so Platz gespart wird. Das war gut für mich, denn so würde jemand, der drinnen auf mich wartete, geradewegs auf mich zukommen müssen, während ich rechts oder links neben der Tür in Deckung gehen konnte, wo die Wand wahrscheinlich einen knappen Meter dick war – jede Menge Gipskarton und Elektrokabel, vielleicht sogar Wasserleitungen oder Stahlarmierungen, jedenfalls genug, um eine Kugel aus einer Pistole zu stoppen und mir Gelegenheit zu geben, selbst ein paar Mal zu schießen. Bei einem schwereren Kaliber würde diese Deckung allerdings nichts bedeuten. Eine Schrotladung würde durch diese Pappwände dringen wie durch Butter.

Ich lehnte mich rechts neben der Tür an die Wand, umfasste meine Pistole und entsicherte sie. Dann beugte ich mich zur

Seite und klopfte vier Mal an die Tür. Ich benutzte das spezielle Klopfzeichen, das Angela und ich uns vor Jahren ausgedacht hatten, damit wir einander erkannten: zweimal leise, einmal laut und noch einmal leise.

»Zimmerservice«, rief ich, so laut ich konnte.

ZEHN

Ich wartete eine volle Minute, bevor ich die Hand von der Pistole nahm. Ich klopfte noch einmal und wartete wieder. Nichts. Ich spähte durch das Guckloch, so gut es ging. Ein Türspion ist nicht dazu gedacht, dass man von beiden Seiten hindurchschaut, aber ich sah Licht und konnte erkennen, dass sich hinter der Tür nichts bewegte. Anscheinend war niemand zu Hause.

Ich zog meine Lederhandschuhe an.

Ein Schloss kann jeder öffnen, doch die modernen Magnetkartenleser sind komplizierter. Früher konnte man einfach den Schlüssel vom Wagen der Zimmermädchen klauen oder die Rezeption mit einem Trick dazu bringen, eine Ersatzkarte herauszurücken, aber das geht nicht mehr. Heutzutage werden die Karten der Zimmermädchen jedes Mal vom Türschloss mit einem Zeitstempel registriert, wenn sie durch den Leseschlitz gezogen werden. Wenn etwas gestohlen wird, braucht das Management sich nur das Material der Videokamera bei den Aufzügen anzuschauen. Wenn man gesehen wird, wie man aus dem Aufzug kommt, ist man schon überführt. Und die Angestellten an der Rezeption sind inzwischen sehr viel cleverer bei der Ausgabe von Ersatzschlüsselkarten. Sie verlangen jetzt einen Ausweis mit Foto oder lassen sich wenigstens den Namen und die Adresse nennen, die sie im Computer haben. Früher wurde ein Dieb im Bademantel in jedes beliebige Zimmer gelassen. Wenn man sich heute aussperrt und die Sicherheitsfragen nicht beantworten kann, muss man warten, bis der Hausdetektiv heraufkommt. Nicht gut.

Zum Glück hat jede Tür ihre Schwachstelle.

Ich strich mit dem Finger unter dem Schloss entlang und ertastete eine Reihe von Steckerbuchsen. Ich bückte mich, um zu sehen, womit ich es zu tun hatte. An der Unterseite des Türschlosses sah ich einen USB-Port und einen gerätespezifischen Batterieanschluss.

Ich zog mein Telefon aus der Tasche und schaltete es ein. Als das Display schwarz wurde, rief ich den Browser auf und gab die Adresse einer verborgenen Freeware Hosting Site im Darknet ein, die ich abonniert hatte. Ein paar Klicks weiter fand ich eine Liste von Programmen für verschiedene Magnetkarten-Hotelzimmerschlösser. Die meisten Leute denken bei diesen Schlössern nicht an Computer, aber es sind welche – und jeden Computer kann man hacken. Ich gab den Herstellercode des Schlosses ein und klickte auf ein paar Buttons. Ein paar Sekunden später hatte ich ein Programm heruntergeladen, das mir die meisten Türen in diesem Hotel öffnen würde. Willkommen im Informationszeitalter.

Ich holte das Ladegerät meines Telefons heraus, zog das USB-Kabel ab und steckte es in das Telefon. Den Stecker am anderen Ende schob ich in den USB-Port unter dem Schloss, und dann drückte ich die Reset-Taste an meinem Telefon und wartete auf den Neustart. Nach ein paar Sekunden strahlte das Display auf, und mein neues Programm startete. Klick. Die grüne Diode an der Tür leuchtete auf, und ich drehte den Türknauf.

Verdammt. Nicht mehr lange, und jeder kann meinen Job übernehmen.

Als ich drin war, zog ich meine Pistole aus dem Gürtel. Ich wollte nichts riskieren. Die Suite war groß und auf eine klare, minimalistische Art gestaltet. Abstrakte Bilder in leuchtenden Farben hingen an den Wänden. In Macau gibt es solche Räumlichkeiten zuhauf. Ein Milliardär aus Singapur kann hier einfliegen und sich eine ganze Etage mit Zweitausend-Euro-Suiten für ein

Wochenende mieten. Wände und Türen hatten die gleiche gedeckt weiße Farbe, genau wie die dazu passenden Möbel aus weißem Leder. Die Suite war zweigeschossig; eine nüchterne schwarze Treppe führte hinauf zu den Schlafzimmern in der oberen Etage. Von der Decke dort oben floss ein künstlicher Wasserfall an der Wand herunter ins Wohnzimmer und in ein Badebecken.

Es wäre schön gewesen, wenn nicht alles durchwühlt worden wäre.

Es sah aus, als wäre ein ganzes Team hier durchgegangen, Zimmer für Zimmer, und sie hatten alles zerstört, was sie in die Finger bekommen hatten. Was ich hier sah, war nicht das Resultat einer verrückten Nacht in Macau. Jemand hatte etwas gesucht. Ein großes Gemälde hing an einem Faden an der Wand, und ich sah die Löcher, wo jemand die Leinwand aufgeschlitzt hatte, um zu sehen, was darunter war. Die Sofas sahen noch schlimmer aus. Man hatte das Innere nach außen gekehrt, und zwei lagen umgekippt neben dem Wasserfall. Der Fußboden war bedeckt mit Schaumstoff und Federn. Sämtliche Kissen waren zerfetzt. Sie hatten offensichtlich nichts übersehen wollen. Verdammt, ein Kleid schwamm in dem Pool unter dem Wasserfall. Ich ging einen Schritt weiter, und zerbrochenes Glas knirschte unter meinen Füßen.

Ich probierte die Lichtschalter an der Tafel neben der Tür aus. Die meisten Lampen waren zerschlagen, aber die Einbauleuchten funktionierten noch. Ich drückte die Taste, die mit ALL ON markiert war, und die Verdunklungsvorhänge öffneten sich und ließen das helle Licht der Morgensonne herein. Die benachbarten Hotels funkelten herüber. Ich bewegte mich mit der Waffe in der ausgestreckten Hand auf die Küche zu und öffnete die erste Tür, an der ich vorbeikam. Es war ein leeres Bad. Ich warf einen Blick hinter die Sofas vor dem demolierten Flachbildschirm und stieg die Treppe hinauf zu den Schlafzimmern. Ich musste sicher sein, dass ich hier allein war. Im Hauptschlafzimmer lag die Bettwäsche auf dem Boden, und die Matratze war praktisch mitten durchgesägt. Im Bad lief der Lüfter, aber niemand war da. Ich öffnete die beschlagene Glastür zur Dusche. Nichts. Als ich in alle Ecken und Schränke geschaut hatte, steckte ich die Kanone ein und atmete tief durch.

Niemand zu Hause.

Die Crew, die diese Suite demoliert hatte, musste schnell gearbeitet haben. Eine solche Durchsuchung dürfte ziemlich viel Lärm gemacht haben, und deshalb hatten sie sich vermutlich sofort verzogen, als ihnen klar war, dass sie nicht finden würden, was sie suchten. Jetzt war ich an der Reihe. Ich musste herausfinden, ob dies wirklich Angelas Suite war und, wenn ja, was sie hier machte.

Viele Anhaltspunkte gab es nicht. Unter der ruinierten Matratze lag eine Reisetasche aus schwarzem Nylon, die aussah wie meine. Sie schien halb voll zu sein, und der Reißverschluss war offen. Ich kniete mich hin und wühlte darin. In der Tasche waren ein zerknautschtes rotes Sommerkleid von Hermès und ein Paar hochhackige Schuhe mit roten Sohlen. Christian Louboutin. Teuer. In einer Seitentasche fand ich eine leere Parfumflasche ohne Etikett. Nichts, was die Eigentümerin identifiziert hätte. Kein Gepäckanhänger. Die Tasche konnte Angela gehören, aber wer konnte das mit Gewissheit sagen?

Ich ging noch einmal ins Bad. Toilettenartikel waren nicht da, neben dem Waschbecken lag jedoch eine umgekippte Kaffeetasse, und in der trocknenden Pfütze daneben schwammen etliche Zigarettenstummel. Zwei Schachteln Marlboro lagen auch da, die eine halb leer, die andere noch ungeöffnet.

Ich schloss die Augen und atmete langsam und tief durch die Nase ein. Ich roch alten Zigarettenrauch und Passionsfrucht. Damit war es entschieden. Der Name, die Sachen, die ich gefunden hatte, der Stil der Suite, das alles passte. Es war kein Trick. Sie war wirklich hier gewesen.

Das hier war ohne Zweifel Angelas *Skip-out.*

Warum also hatte sie mich herkommen lassen? Und wo war sie jetzt?

Wahrscheinlich war sie in den letzten zwei Stunden nicht hier gewesen. Der vergossene Kaffee war kalt, und die Sahne bekam eine Haut. Ich ging zur Treppe und schaute hinunter ins Wohnzimmer. Neben einer umgekippten Couch lag ein übervoller Aschenbecher. Angela war immer eine starke Raucherin gewesen. Wenn sie nicht arbeitete, bevorzugte sie Parliaments und gelegentlich auch Yves Saint Laurent, aber Marlboro kam ebenfalls infrage. Sie wechselte die Marke, wenn sie ihre Identität wechselte. Wenn sie eben noch hier gewesen wäre, wäre der Zigarettengeruch nicht alt.

Ich ging hinunter und sah mir Wohnzimmer und Küche noch einmal an. Der Bereich um den Wasserfall war so gut wie leer bis auf das schwimmende Kleid und ein bisschen Schaumstoff aus den Sofapolstern. Ich angelte das Kleid heraus, um es mir anzusehen. Es war ein rotes Cocktailkleid mit einem Tom-Ford-Etikett. Auf dem Boden des Pools lagen ein paar Hochglanz-Modezeitschriften. Vermutlich hatten sie auf dem Couchtisch gelegen.

In der kleinen Küche hatten die Typen fast jedes Stück Glas und Porzellan zertrümmert. Auf dem Boden lag eine dicke Schicht Scherben, und die Schränke waren leer. Im Kühlschrank standen nur zwei ungeöffnete Flaschen Gratiswasser vom Hotel. Die Minibar war verwüstet. Zwanzig oder dreißig kleine Schnapsfläschchen lagen um die Couch herum. Die meisten waren kaputt, aber nicht alle. Wer die Suite durchsucht hatte, war entschlossen gewesen, dabei auch ein bisschen Spaß zu haben. Diese Typen hatten alles zertrümmert, was ihnen in die Hände gefallen war. Die Sessel? Die Teller? Die gottverdammten

Nussmischungen? Was zum Teufel hatten diese Tiere gesucht? Sie hatten sogar eine Packung Toblerone in den Teppich getreten. Offenbar waren sie wütend gewesen, denn das hier war keine routinemäßige Durchsuchung.

Das hier war eine Botschaft.

Ich ging zum Schreibtisch. Dort lag Hotelbriefpapier, unter anderem ein Begrüßungsschreiben. Der Tisch war unaufgeräumt, doch davon abgesehen war er nicht angerührt worden. Was meinen Blick auf sich zog, war der Safe, der darunter festgeschraubt war. Das Modell war viel besser als das, was die meisten Hotels sich leisten konnten, groß genug, um einen Rucksack aufzunehmen, und robust genug, um ihn vor allem zu beschützen – es sei denn, das Gebäude stürzte ein. Um ihn zu öffnen, musste man auf einer Zehnertastatur eine siebenstellige Ziffernkombination eingeben. Ein elektronisches Schloss. Das Material stammte aus der Raumfahrtforschung, nicht leicht zu verbiegen oder zu schmelzen. Hm. Dieser Safe passte nicht hierher. Ich kniete mich hin, um ihn besser ins Visier nehmen zu können. Das Zahlenfeld war leicht verschmiert. Da war etwas Dunkles, Dickes, wie Tinte. Ich berührte es mit dem Finger, und als ich den Handschuh betrachtete, klebte etwas krustig Geronnenes daran. Blut. Ich starrte es einen Moment lang an.

Der Safe war nicht geöffnet worden.

Ich rüttelte am Griff, nur für den Fall, dass meine Augen mich täuschten. Er rührte sich nicht. Der Safe war verschlossen. Die Vandalen hatten sich verzogen, bevor sie ihn hatten aufbrechen können. Schrammen am Schloss zeigten, wo sie versucht hatten, es aufzubrechen. Als das nicht gelang, hatten sie anscheinend versucht, das ganze verdammte Ding aus dem Schreibtisch zu reißen und mitzunehmen. Aber auch das war nicht gelungen. Der Safe war durch den Boden des Schreibtischs hindurch am Fußboden verschraubt. Danach hatten sie wohl aufgegeben.

Sie hatten die Holzschubladen herausgerissen, mehr hatten sie nicht geschafft.

Ich rieb die flachen Hände aneinander. Es ist nicht besonders schwierig, einen Hotelsafe zu knacken, nicht einmal, wenn er gut ist, aber anscheinend hatten diese Typen nicht über das spezielle Knowhow verfügt. Vor allem braucht man Geduld, und die hatten sie anscheinend nicht gehabt.

Heute war mein Glückstag.

Als Erstes gab ich nacheinander zwei Herstellercodes ein. Bei solch einem Safe muss jeder neue Gast seinen eigenen siebenstelligen Code eingeben. Schön und gut, aber es kommt unausweichlich vor, dass ein Gast seinen Code vergisst, und dann braucht man einen Entsperrungscode. Mit dessen Ziffern lässt sich ein für den öffentlichen Gebrauch bestimmter Safe unter allen Umständen öffnen. Einige dieser Safes öffnen sich, wenn man lauter Nullen eingibt; also versuchte ich es damit zuerst. Dann gab ich Null bis Sechs in aufsteigender Reihe ein, dann lauter Vieren, dann lauter Sechsen. Das sind die am meisten verbreiteten Entsperrungscodes. Ohne Erfolg. Verdammt.

Um ganz sicher zu sein, gab ich die beiden häufigsten von Benutzern eingegebenen Codes ein, bevor ich aufgab. Der erste liegt auf der Hand: 1234567. Der nächste ist 8675309: Jennys Nummer aus Tommy Tutones Pop-Hit »Jenny« aus dem Jahr 1982. Sie glauben nicht, wie viele Leute diesen blöden Ohrwurm als Geheimzahl benutzen. Angela natürlich nicht, aber einen Versuch war es wert. Ebenfalls ohne Erfolg.

Andere Methode. Ich zog eine meiner schwarzen Visa-Karten aus der Brieftasche. Neben dem Zahlenfeld am Safe war ein kleines goldenes Schild mit dem Namen des Herstellers, das mit vier Kreuzschlitzschrauben befestigt war. Wenn an einem Safe ein Schild angebracht ist, steckt meistens etwas dahinter – manchmal ein Reset-Schalter oder ein gedruckter Code oder eine Telefonnummer, die man anrufen kann. Sorgfältig und geduldig drehte ich die kleinen Schräubchen mit einer Ecke meiner Kreditkarte auf – ein mühseliges Verfahren, zurückhaltend ausgedrückt. Aber als das Täfelchen abmontiert war, hatte ich den Jackpot gewonnen. In der Wand des Tresors war ein kleines Loch, etwa mit dem Durchmesser eines Bleistifts. Ein Reset-Schalter.

Bingo.

Ich richtete mich auf und wühlte in den Papieren auf dem Schreibtisch, bis ich eine Büroklammer gefunden hatte. Ich bog sie auf, schob das Drahtende in das Loch und benutzte meine Kreditkarte als Hebel beim Drehen der Klammer, bis ich spürte, wie der Schalter nachgab. Mit einem kurzen elektronischen Summen wurde der Riegel zurückgezogen. *Voilà*. Ich drehte am Griff und öffnete die Tür.

Ich traute meinen Augen nicht, als ich sah, was darin war.

ELF

Ein Saphir.

Er lag auf einem kleinen zusammengefalteten Stück Papier vor der Rückwand des Tresors neben einem Handy. Der Stein war ungefähr so groß wie mein kleiner Fingernagel. Ich verstehe nicht viel von Juwelen, doch mir war sofort klar, dass dies kein alltäglicher Saphir war, sondern etwas Besonderes. Ich nahm ihn heraus und hielt ihn ins Morgenlicht. Er war völlig klar und kein bisschen wolkig. Abgesehen von der Farbe sah er aus wie Glas, aber er war dunkelblau wie der Ozean. Meinem ungeübten Auge erschien er völlig makellos.

Bis auf das Blut.

Ich nahm an, der Saphir war mit demselben Blut beschmiert, das ich auch am Safe gesehen hatte. Der Tropfen hatte angefangen, bröckelig zu werden; folglich musste er schon ein paar Stunden alt sein. War es Angelas Blut? Das war nicht zu erkennen. Wenn es ihres war, warum war es dann an dem Edelstein und am Tastenfeld des Tresors, aber nirgendwo sonst? Wenn jemand Blut an den Händen hat, hinterlässt er es doch meistens an allem, was er berührt. Warum also war keins am Türknauf oder an einem der Lichtschalter? Warum nicht an der Kaffeetasse im Obergeschoss oder an den Zigarettenstummeln? Warum nicht am Türgriff des Safes, verdammt? Ich nagte an der Unterlippe und legte den Saphir auf den Tisch.

Irgendetwas übersah ich hier.

Ich nahm das Handy aus dem Safe und betrachtete es. Es war ein schlichtes Motorola-Wegwerftelefon, wie man es für ein paar Dollar in jedem Supermarkt kaufen konnte. Für Leute wie mich sind Wegwerftelefone wie dieses absolut lebenswichtig. Schwarzhändler kaufen ganze Schiffsladungen dieser Telefone gegen Bargeld, aktivieren sie mit falschen Namen und Adressen und verscherbeln sie dutzendweise an Kriminelle wie mich. Die Schwarzhändler agieren als Puffer für den Fall, dass der Polizei so ein Telefon tatsächlich in die Hände fällt und sie die Gerätenummer des Herstellers zu dem Supermarkt oder 7Eleven zurückverfolgt, aus dem das Telefon stammt. Schaut die Polizei sich das Material der Supermarkt-Überwachungskamera bis zu dem Augenblick an, in dem das Telefon verkauft wurde, sieht sie ein Bild des Schwarzhändlers, nicht des Kriminellen. Ein Wegwerftelefon ist nicht perfekt, aber wenn man ein paar Vorsichtsmaßnahmen trifft, hinterlässt es praktisch keine Spur, solange man es nur zwei oder drei Mal benutzt und dann wegwirft. Manche Leute legen das Gerät sogar in die Mikrowelle und tauchen die SIM-Karte in Salzwasser, wenn sie beides nicht mehr brauchen, aber das ist nur selten nötig. Wenn man den Akku herausnimmt und das Gerät wegwirft, ist ein Wegwerftelefon völlig sicher. Ich klappte dieses hier auf und blätterte im Menü. Die Anrufliste war leer, das Adressenverzeichnis und der SMS-Eingang ebenfalls. Hm. Ich legte das Telefon hin. Vielleicht war es für Notfälle gedacht.

Aber eins nach dem anderen. Diese Suite war verwundbar. Ich nahm das Schreibtischtelefon und drückte auf die Ruftaste für die Rezeption. Während es klingelte, räusperte ich mich und veränderte meine Stimme. Ich durfte nicht so klingen wie der Mann, der eben unten gewesen war, denn sonst würden die Angestellten misstrauisch werden. Ich probierte zwei britische Akzente und entschied mich für den, der am wenigsten bedrohlich klang. Ich musste mich freundlich und unauffällig anhören, beherrscht, aber noch ein bisschen schlaftrunken, weil ich eben erst aufgewacht war. Eine frische, muntere chinesische Frauenstimme begrüßte mich.

»*Jóusàhn*«, sagte sie. »Guten Morgen. Was kann ich für Sie tun?«

»Verzeihung«, sagte ich. »Ich habe eine Bitte.«

»Ja, Sir. Wie kann ich Ihnen heute Morgen behilflich sein, Mr Delton?«

»Ich glaube, ich habe gestern Abend aus Versehen Leuten meine Zimmernummer gegeben«, sagte ich. »Ich befürchte, sie könnten meine Hotelrechnung belastet haben. Könnten Sie mir die letzten beiden Belastungen durchgeben?«

Ich hörte das Klappern einer Tastatur.

»Ja, Mr Delton, wie es aussieht, brauchen Sie sich keine Sorgen zu machen. Bis jetzt ist Ihre Rechnung noch gar nicht belastet, abgesehen von der *Resort Fee,* die Sie vor zwei Tagen beim Einchecken entrichten mussten. Und von dem, was Sie aus der Minibar genommen haben.«

Ich warf einen Blick hinüber zu der umgestürzten Minibar. Wie in vielen Hotels heutzutage waren die Snacks und Drinks darin mit Belastungssensoren gesichert. Die Minibar setzte einen Artikel, der für länger als dreißig Sekunden herausgenommen wurde, automatisch auf die Rechnung. Es war schwierig, da zu mogeln. Mir kam ein Gedanke, aber dann biss ich mir auf die Lippe.

»Ich hatte gestern Nacht auch noch ein paar Geschäftspartner hier«, sagte ich. »Sie sind heute früh gegangen, und vielleicht haben sie etwas aus der Minibar mitgenommen. Können Sie feststellen, wann da der letzte Zugriff war?«

»Wie es aussieht, ist der komplette Inhalt der Minibar auf Ihre Rechnung gegangen«, sagte die Frau. »Die letzten vier Artikel waren eine Dose Erdnüsse, eine Flasche Champagner, ein Energy-Drink und eine Packung Toblerone-Schokolade. Alles innerhalb von fünf Minuten, zuletzt heute Morgen um sieben Uhr fünfzehn. Ist das korrekt?«

Also waren die Eindringlinge um Viertel nach sieben abgezogen. Ich sah auf die Uhr und fluchte innerlich. »Ja, ich glaube, das stimmt ungefähr.«

»Was kann ich sonst noch für Sie tun?«

»Gut, dass Sie fragen«, sagte ich. »Ich möchte für den Rest meines Aufenthalts nicht mehr gestört werden.«

»Oh, das tut mir leid. Gab es ein Problem?«

»Durchaus nicht«, sagte ich. »Aber wenn es möglich ist, möchte ich, dass Sie meine Buchung anonymisieren. Können Sie das für mich tun?«

»Das kann ich sofort veranlassen, Sir.«

»Danke«, sagte ich.

Nicht viele Leute wissen es, aber man kann sich vom Hotel als *unlisted guest* registrieren lassen. Eheliche Untreue ist schließlich eine tragende Säule in der Hotelbranche, und viele der feineren Häuser sind stolz auf die diskrete Behandlung ihrer Gäste. In einem solchen Fall taucht der Name des Gastes bei Datenbanksuchen nicht auf, und Telefongespräche von außerhalb werden nicht zum Zimmer verbunden. Wenn jemand nachfragt, steht er nicht im Gästebuch, und auf dem Computerbildschirm erscheint keine Zimmernummer. Es ist nicht die wasserdichteste Vorsichtsmaßnahme der Welt, aber es ist idiotensicher. Wenn nicht gerade jemand einen Polizeiausweis vorlegt oder weiß, wie man Kreditkartendaten verfolgt, ist es, als wäre man gar nicht da. Ich räusperte mich.

»Noch etwas«, sagte ich. »Ich hätte noch eine Frage, weil ich mir da mit meiner Frau nicht einig bin. Wann checken wir aus?«

Ich hörte, wie sie wieder tippte.

»In zwei Tagen«, sagte sie schließlich. »Montagmittag.«

»Oh, vielen Dank«, sagte ich. »Dann habe *ich* die Daten durcheinandergebracht.«

»Das erleben wir oft.«

»Könnten Sie bitte dafür sorgen, dass wir bis dahin nicht mehr gestört werden?«, fragte ich. »Keine Zimmermädchen, kein Room Service, keine Morgenzeitung? Nicht, dass der Service nicht großartig war, aber ...«

»Das ist kein Problem, Sir.«

»Dann nochmals vielen Dank.« Ich legte auf.

Scheiße. Angela hatte vor zwei Tagen eingecheckt, und was immer hier passiert war, musste ziemlich schnell passiert sein, denn sie war seit einer Weile nicht mehr in der Suite gewesen und hatte innerhalb des Hotels auch kein Geld ausgegeben. Wahrscheinlich hatte sie meinen falschen Namen nachträglich hinzufügen lassen, nachdem sie mir die Email geschickt hatte, weil sie damit rechnete, dass ich kommen würde. Aber was hatte sie gedacht, dass ich hier finden würde? Einen superkostbaren Edelstein und ein wertloses Telefon. Ich nahm den Saphir und steckte ihn in die Jackentasche. Wo zum Teufel war sie hin? Ich fluchte und schnappte mir das Wegwerftelefon.

Jetzt erst sah ich, dass die Signallampe am äußeren Display blinkte.

Eine Voicemail.

Ich klappte das Telefon auf. Offenbar hatte ich die Anzeige übersehen, als ich festgestellt hatte, dass die Anrufliste leer war. Anscheinend hatte Angela sie gelöscht. Ich drückte ein paar Tasten, schaltete den Lautsprecher ein und wartete ein paar Sekunden, während das Telefon sich mit der Mailbox verband. Ich hörte einen Piepton.

Und dann eine Stimme, die ich seit sechs Jahren nicht mehr gehört hatte.

ZWÖLF

Queens, New York, zehn Jahre vorher

Angela. Die *Ghostwoman*. Die Person, die mich zu dem gemacht hat, der ich heute bin. Nicht auf einen Schlag und nicht immer so, wie sie es beabsichtigt hatte, aber sie veränderte mich. Aus einem Straßendieb ohne Ausbildung machte sie jemanden, der eine Zukunft hatte. Abgesehen von dem liebevollen Ehepaar, das mich adoptierte und großzog, nachdem meine Mutter gestorben war, hat Angela mein Leben wahrscheinlich mehr beeinflusst als irgendjemand sonst. Sie war mehr als nur meine Mentorin, meine Partnerin und meine beste Freundin.

Sie war der einzige Mensch, der noch wusste, wie ich wirklich hieß.

Ich werde nie vergessen, wie wir uns kennengelernt haben. Eigentlich war es ein reiner Zufall. Wir liefen einander an einem kühlen Sommertag in New York über den Weg, vor zehn Jahren. Ich war an diesem Morgen mit dem Zug aus Philadelphia gekommen und wollte nur ein paar Tage bleiben, bis der Staub nach einem Wertpapierraub, den ich in Baltimore durchgezogen hatte, sich gelegt hätte. New York schien mir nicht der schlechteste Ort zum Untertauchen zu sein, zumindest so lange, wie ich brauchte, um meinen Anteil an der Beute zu verkaufen und mir eine neue falsche Identität zuzulegen.

Damals kannte ich nur einen einzigen Menschen in New York, einen alten Hehler namens Morty Finn. Er war ein kettenrauchender Knabe aus Brighton Beach, der früher Ecstasy für die Abergils verschoben hatte. Erinnern Sie sich, wie vor zwei Jahren alle Welt verrückt nach den blauen Pillen mit dem Delphin war? Die waren von ihm. Er vertrieb nur den besten Stoff, und er testete alles, was im Labor aus der Presse kam. Aber nach einer Weile wurde ihm das Risiko zu hoch, er machte sich selbstständig und fing an, den Fremdenführer für Gauner wie mich zu spielen. Er war der Freelancer für die Freelancer, und er hatte eine Hotline, die man jederzeit anrufen konnte, Tag und Nacht. Für ein fettes Honorar machte er einen mit der örtlichen Szene bekannt. Er hatte ein goldenes Rolodex und war vernetzt bis über die Ohren. Sowie ich aus dem Zug gestiegen war, rief ich ihn an. Er war bereit, mir meine gestohlenen Wertpapiere für zwanzig Prozent des Nennwerts abzunehmen und mir bei der Anschaffung einer neuen Identität behilflich zu sein.

Eine Stunde später trafen wir uns in einem Coffeeshop in der Nähe der Penn Station. Wir gaben uns die Hand und tauschten Koffer unter dem Tisch. Während wir unseren Kaffee tranken, zeigte er mir zwei gefälschte Ausweise, die er bei einem Russen draußen bei Queensbridge gekauft hatte. Ich war beeindruckt. Der Typ war der Meister des New-York-State-Führerscheins. Er beherrschte ihn perfekt bis hinunter zu den holografischen Wasserzeichen und der mikroskopisch kleinen Sicherheitsschrift unter dem Foto. Für zweihundert Dollar machte er jedem einen Führerschein, der sogar in der Datenbank der Zulassungsbehörde enthalten war. Meine eigene alte Fälschung sah im Vergleich dazu aus wie eine laminierte Visitenkarte. Wenn ich in der Welt weiterkommen wollte, brauchte ich Papiere, die ich nicht nur im hintersten Winkel einer finsteren Bar vorzeigen konnte. Als ich mit Morty fertig war, fuhr ich mit der U-Bahn hinaus nach Queens. Ich hatte ein Bündel Bares in der einen Tasche und einen stumpfnasigen Revolver in der anderen.

Und da traf ich Angela.

Kurz nach drei Uhr nachmittags stand ich vor dem Apartment des Russen, Nummer 17A. Es lag in einem heruntergekommenen alten Mietshaus ohne Aufzug und mit Sprühfarbe an den Wänden im Treppenhaus. Laute Musik plärrte aus den Fenstern. Eine Frau lehnte am Türrahmen des Apartments oben an der Treppe. Sie rauchte eine Zigarette und trug einen Designer-Hosenanzug. Schon auf den ersten Blick erschien Angela mir wie eine Frau, die sich aus jeder Lebenslage herausreden konnte. Sie hatte mittellanges, feines blondes Haar, das ziemlich schmutzig war, und ihr Gesichtsausdruck hätte ein cleveres Lächeln sein können, wenn man es aus der richtigen Perspektive betrachtete. Sie trug einen Lidstrich, aber keinen Lippenstift, und obwohl sie mindestens zehn Jahre älter als ich war, hatte die Art, wie sie dastand, etwas Jugendliches. Sie schnippte die Zigarette weg, drehte den Kopf und starrte mich an, als wäre ich ein neues Möbelstück.

»Schöner Anzug«, sagte sie.

Ich hatte meinen schwarzen Anzug für Peanuts im Sonderangebot gekauft. Für einen Anfänger zahlt Verbrechen sich nicht aus, und wenn man untertauchen muss, bringt das eine Menge Kosten mit sich. Bei meinen ersten Jobs hatte ich auf dem Rücksitz meines Autos geschlafen und meine nächsten Aktionen auf einer Parkbank geplant und dabei Kaffee aus einem Pappbecher getrunken. Ich wusste nicht, was ich antworten sollte.

»Sie sehen aus, als ob Sie vom Lastwagen gefallen wären«, sagte sie.

Ich zuckte die Achseln. »Und Sie, als ob Sie es drauf anlegten, überfallen zu werden.«

»Wie alt bist du, Kid?«

»Kenne ich Sie?«

»Ich wette, du bist sechsundzwanzig.«

»Ach ja?«

»Ja. Ich wette, du bist es gewohnt, nirgendwo aufzufallen. Im Anzug siehst du aus wie dreißig. Mit Baseballmütze und Jeans wie achtzehn. Aber ich sage, du bist sechsundzwanzig. Bist du sechsundzwanzig, Kid?«

»Sie halten sich für clever.«

»Ich bin clever. Und dein Anzug macht mich neugierig.«

»Sie kennen mich nicht, Lady. Ich bin nur ein Typ im Hausflur.«

»Da hast du recht. Ich kenne dich nicht, du kennst mich nicht. Wir sind Fremde«, sagte sie. »Aber ich irre mich nie.«

Ich starrte sie einen Moment lang verwirrt an. Diesen Trick lernte ich erst später. *Cold Reading* nennt man ihn – »kalte Deutung«. Man braucht einen starken Einstieg mittels einer Frage oder einer Beleidigung. Die Zielperson antwortet, und von da an kann man selbst austeilen. Und die Fragen müssen persönlich sein, weil die Leute gern etwas über sich selbst hören. Wenn man es richtig macht, hört es sich an, als wären sie einem vertrauter als ihre besten Freunde. Wahrsager verdienen ihren Lebensunterhalt mit *Cold Reading,* und die Verwirrung des Opfers gehört dazu. *Verwirrung bringt Fügsamkeit.* Wenn jemand nicht weiß, was los ist, glaubt er die irrwitzigsten Lügen.

Sie riss mich aus meiner Verwirrung, indem sie sagte: »Ich warte darauf, dass du mir die Tür öffnest, Kid.«

In ausdruckslosem Ton sagte ich: »Sie wollen, dass ich Ihnen die Tür öffne.«

»Du willst doch den Russen besuchen, oder? Ich auch. Ich warte hier seit ungefähr einer halben Stunde. Er ist da drin, sturzbetrunken, und die Tür klemmt im Rahmen. Ich glaube, er liegt besinnungslos dahinter.«

»Ist die Tür abgeschlossen?«

»Sie klemmt nur«, sagte sie. »Aber ich habe gute Sachen an, während dein Anzug völlig abgewetzt ist. Ein bisschen Staub macht da auch nichts mehr.«

»Ja, natürlich.«

»Wirst du einer Lady jetzt helfen oder nicht?«

Und ohne Weiteres hatte sie mich dazu gebracht, zu tun, was sie wollte.

Ich tat einen Schritt vorwärts, legte meine Hand auf den Türknauf und drehte. Sie hatte recht, die Tür war nicht verschlossen, sie klemmte nur. Ich lehnte mich dagegen und machte ein bisschen Druck mit der Schulter.

»Na, komm schon, Kid«, sagte sie. »Fester.«

Aber obwohl ich jetzt mehr Kraft aufwandte, schien die Tür wirklich zu klemmen, als drücke etwas Schweres auf der anderen Seite dagegen. Sie kam zu mir, und dann rannten wir beide gegen die Tür. Es sah aus, als helfe sie mir, aber das tat sie gar nicht. Sie benutzte mich. Der Rahmen splitterte, und beinahe wäre ich in das Apartment gefallen.

Erst jetzt erkannte ich meinen Fehler.

Die Tür hatte nicht geklemmt. Sie war abgeschlossen. Nur der Knauf hatte sich drehen lassen. Ich hatte den Riegel fünf Zentimeter darüber herausgebrochen.

Sie zog einen kleinen verchromten Revolver aus dem Hosenbund und holte das Abzeichen, das sie um den Hals hängen hatte, unter der Bluse hervor.

»FBI!«, schrie sie durch die Tür. »Halten Sie Ihre Hände so, dass ich sie sehen kann!«

Das Apartment bestand aus einem großen Zimmer. Das breite Fenster am anderen Ende war so verstaubt, dass das einfallende Licht die Farbe von alten Bierflaschen hatte. Alles war dreckig. Dosen. Papiertücher. Müll überall. Ein kleiner Mann in einem weißen Unterhemd saß auf einer Couch an der hinteren Wand. Neben ihm lag eine Pistole, aber er griff nicht danach. Er hatte kaum Zeit aufzublicken, so schnell bewegte sie sich. Sie stürmte ins Zimmer, als gehörte ihr die Bude, und drückte ihm den Revolver an die Stirn. Er hob die Hände. Ich begriff kaum, was vor sich ging. Tatsächlich war ich starr vor Schreck. Ich glaube, ich hätte mich nicht rühren können, wenn ich es gewollt hätte. Ich glotzte nur, als sie ihm befahl, auf die Knie zu gehen und sich dann flach auf den Boden zu legen, mit dem Gesicht nach unten. Er gehorchte stumm. Sie trat an ihn heran und setzte ihm einen Fuß auf den Rücken, um ihn festzuhalten.

Dann sah sie mich an. »Sichern Sie das Beweismaterial, Officer.«

Ich. Sie meinte mich.

Jetzt begriff ich, weshalb sie von meinem Anzug geredet hatte. Weshalb sie ihren Cold-Reading-Trick benutzt hatte. Ich begriff, dass FBI-Agenten selten allein arbeiteten, und dass sie sich ganz sicher nicht von x-beliebigen Fremden dabei helfen ließen, Türen einzutreten, ohne sich auszuweisen oder einen Durchsuchungsbeschluss vorzulegen.

Verwirrung bringt Fügsamkeit.

Auf dem Tisch vor der Kochnische stand ein großes weißes Gerät, das aussah wie ein Farbdrucker. Es war ein Hologrammdrucker, wie man ihn benutzt, um das offizielle Siegel auf einem Führerschein herzustellen. Daneben lag ein zwei Zentimeter hoher Stapel Zwanzig-Dollar-Scheine, allesamt zerknittert. Ich wollte zuerst nach dem Geld greifen, aber sie deutete auf das Gerät. Ich hob den Drucker hoch und zog, bis der Stecker aus der Dose rutschte.

Die Frau drückte dem Russen ein Knie in den Rücken. Sie schrie ihn an, und er sagte kein Wort. Ich weiß aber auch nicht, ob er es gekonnt hätte. Sie quetschte ihm die Luft aus der Lunge, und sein Gesicht war in dem scheußlichen Zottelteppich vergraben. Sie trug ihm seine Rechte vor, und zwar aus dem Gedächtnis und mit größerer Textsicherheit als jeder echte Cop, den ich je gesehen hatte. Sie schob ihren Revolver in den Hosenbund, zog eine Plastikfessel aus der Tasche, eine Art Wegwerf-Handschelle, und drehte ihm die Arme auf den Rücken. Er gab ein klagendes Geräusch von sich, und sie drückte seinen Kopf in den Teppich und sagte, er sei ein Drecksack.

»Wenn Sie sich bewegen«, sagte sie, »wenn Sie nur daran *denken,* sich zu bewegen, schieße ich Ihnen ins Knie.«

Als sie seine Hände gefesselt hatte, stand sie auf, drehte sich um und lächelte mich an, als sei dies unser kleines Geheimnis. In dem Augenblick bemerkte ich es noch nicht, aber ihr FBI-Ausweis war eine laminierte Karte mit dem Bild einer TV-Prominenten, die nicht die geringste Ähnlichkeit mit ihr hatte. Mir fiel auch nicht auf, dass ihr Revolver aus Plastik war – ein chinesisches Spielzeug, das ungefähr einen Dollar gekostet hatte.

So laut, dass der Russe es hören konnte, sagte sie: »Kommen Sie, Officer, den Rest übernehmen die Uniformierten.«

Wir gingen hinaus.

Vor der Tür nahm sie mir den Drucker aus den Händen, klemmte ihn unter den Arm und ging geradewegs auf die Treppe zu. Ich folgte ihr, verwirrt, beeindruckt, verdattert. Ich wusste nicht, was ich tun, was ich denken sollte. Einen so waghalsigen, schönen, dreisten Auftritt hatte ich noch nie gesehen. Sie hatte einen Mann mit guten Verbindungen zur Unterwelt ausgeraubt, und sie hatte dabei nur ihre Stimme und zwei Plastikgegenstände benutzt.

»Du kannst das Geld behalten, wenn du es mitgenommen hast.« Sie war schon halb unten. »Kauf dir einen neuen Anzug, Kid.«

Ich wusste nicht, was ich sagen sollte. Ich folgte ihr, angezogen wie eine Motte vom Licht.

»Wie heißen Sie?«, fragte ich.

Sie sah mich an.

»Du kannst mich Angela nennen.«

DREIZEHN

Tammany Hall Casino, Macau

»Schon ziemlich lang her, Kid«, sagte Angelas Stimme in der Voicemail.

Das Herz klopfte mir bis zum Hals. Der Klang ihrer Stimme brachte eine Flut von Sinneserinnerungen zurück, die ich verloren geglaubt hatte. Wie sie mir in einem Wald in Oregon, bei Pacific City, etwas ins Ohr flüsterte. Wie sie mir in Manhattan beibrachte, ein Schloss zu öffnen. Wie sie mir in Kuala Lumpur mit der Hand den Mund zuhielt. Wie sie mir in Dubai einen verstohlenen Blick zuwarf. Ich holte tief Luft.

»Ich weiß, dass du so nicht von mir hören wolltest«, sagte Angela. »Wahrscheinlich hast du Fragen, aber die kann ich dir jetzt nicht beantworten. Du vertraust mir hoffentlich genug. Du musst mir glauben, dass ich weiß, was ich tue.«

Ich drückte auf eine Taste und stellte das Telefon auf maximale Lautstärke. Sie sprach leise, und die Tonqualität war nicht gut. Sie sprach in ein Handy, das war klar. Ich hörte das leise Brausen des Windes und den dumpfen Lärm von Spielautomaten. Ihre Stimme klang rau. Vielleicht hatte sie Angst. Oder es hatte einen anderen Grund. Wie alle Ghostmen konnte Angela ihre Stimme verstellen, wann und wie sie wollte. Ich hatte sie im Laufe der Jahre mit hundert verschiedenen Akzenten ein Dutzend verschiedene Sprachen sprechen hören, und jedes Mal klang sie unverwechselbar. Aber eine Stimme war immer die gleiche: die, die sie bei mir benutzte. Ihre wahre Stimme. *Diese Stimme.*

»Kid«, sagte sie. »Es tut mir leid, das mit der Email an deinen toten Briefkasten. Ich wusste nicht, ob du sie bekommst, oder wie sicher die Sache ist. Im Moment bist du jedoch der Einzige, der mir helfen kann. Ich verspreche dir, ich werde dir alles erklären, aber jetzt musst du einfach meinen Anweisungen folgen. Bitte. Du musst genau zuhören …«

Irgendein Aufruhr im Hintergrund unterbrach sie. Ich hörte stampfende Tanzmusik und eine sehr tiefe Männerstimme, die etwas schrie, das ich nicht verstand. Dann wurde es für einen Moment ganz still, als wäre das Telefon stummgeschaltet oder in einer Warteschleife. Nach ein paar Sekunden war der Ton wieder da, und ich hörte Stoff rascheln. Die Musik hatte aufgehört.

»Jack«, sagte sie, »du musst mir jetzt ganz genau zuhören. Es ist wichtig, dass du meine Anweisungen eins zu eins befolgst. Das Hotelzimmer, in dem du jetzt bist, steht unter Beobachtung; deshalb bin ich nicht da, um dich zu begrüßen. Jemand ist auf der Suche nach mir, aber von dir dürfte er nichts wissen. Deshalb habe ich meinen Namen aus der Gästeliste streichen und deinen Decknamen dafür einsetzen lassen. Du musst mir den Inhalt des Tresors bringen.«

Unwillkürlich schaute ich aus dem Fenster.

»Sorg dafür, dass der Stein in Sicherheit ist«, sagte Angela. »Was du damit machst, ist mir gleich – du kannst ihn einstecken, verschlucken, verstecken. Sieh nur zu, dass er irgendwo ist, wo du schnell herankommen kannst, wo er aber nicht so leicht gefunden werden kann.«

Ich holte den Edelstein aus der Tasche und starrte ihn an.

»Wenn du dir überlegt hast, was du damit machst«, fuhr Angela fort, »geh ins Parisian und bitte den Concierge, deine Limousine vorfahren zu lassen. Damit wirst du mich finden. Du weißt, unter welchem Namen sie gebucht ist. Wenn wir uns treffen, werde ich dir sagen, worum es geht. Im Augenblick bist du der einzige Mensch auf der Welt, dem ich vertrauen kann. Sonst würde ich dir das alles niemals zumuten. Bitte glaub mir. Und rufe diese Nummer nicht zurück, okay? Bitte ruf nicht an.«

Es war still. Wind rauschte.

»Ich muss Schluss machen«, sagte sie. »Bis bald, Kid.«

Die Nachricht war zu Ende. Einen Moment lang saß ich reglos da. Dann stand ich auf und spielte sie noch einmal ab, aber diesmal achtete ich auf die Hintergrundgeräusche. Sie war auf dem Strip gewesen, als sie angerufen hatte, oder vielleicht auf der Halbinsel, wo viele Touristen waren – jedenfalls in der Umgebung eines Casinos, und das konnte in dieser Stadt überall sein. Ich hörte den Mann rufen. Es klang wie »offender«, aber ich verstand es nicht genau. Wahrscheinlich war es Chinesisch.

Verdammt, wo hatte Angela mich da hineingezogen?

Ich spielte die Nachricht noch ein letztes Mal ab, um sie mir genau einzuprägen. Ich wiederholte sie Wort für Wort, bis ich sie auswendig kannte. Wenn sie wirklich in Gefahr war, würde ich ihre Stimme vielleicht niemals wieder hören. Ich löschte die Nachricht. Ich durfte keine Spur hinterlassen. Das Telefon brach ich mitten durch und warf es in den Müll.

Wenn die Suite wirklich überwacht wurde, musste ich sie schnell säubern und von hier verschwinden. Ich ging nach oben und ins Bad. Auf der Ablage stand die Kaffeetasse mit den Zigarettenstummeln und den zwei Marlboro-Packungen. Die eine steckte noch in der Zellophanhülle, und das war gut. Man kann eine Packung aufmachen und Zigaretten herausnehmen, ohne das Siegel zu zerreißen. Ein Typ in einer Bar hat es mir gezeigt, als ich auf dem College war. Man muss dazu die Steuerbanderole am Boden ablösen, das Zellophan herumdrehen und die

Zigaretten durch die Lücke rutschen lassen. Mit der Wärme der Finger kann man den Klebstoff an der Steuerbanderole lösen und das Loch damit wieder zukleben. Ich nahm drei Zigaretten aus der Schachtel und schob den Saphir hinein. Er füllte das Loch säuberlich aus. Ich rollte das Zellophan zurück und klebte die Packung wieder zu. So gut wie neu. Es fühlte sich auch nicht merkwürdig an, als ich sie schüttelte. Ich steckte die Packung in meine Schultertasche und warf für alle Fälle auch die andere, halb leere hinein.

Ich musste den Saphir mitnehmen. Wenn Angela den Safe in einem Hochsicherheitshotel wie diesem nicht für sicher genug hielt, dachte ich, dann könnte ich in der ganzen Stadt kurzfristig keinen Ort finden, der sicherer war. Ich konnte ja nicht einfach in den Wald hinausfahren und ein Loch buddeln. Dazu kam, dass ich nicht wusste, mit wem ich es zu tun hatte. Wem gehörte dieser Saphir? Vielleicht beobachtete die Polizei die Busbahnhöfe und den Flughafen und behielt die Schließ- und Gepäckfächer im Auge. Im Moment war dieser Stein am sichersten ganz unten in meiner Schultertasche, neben meiner Pistole.

Unten schraubte ich mit meiner Kreditkarte das Schild wieder an den Safe. Ich wischte die Zifferntasten mit einer Serviette ab, um sicher zu sein, dass niemand erkennen konnte, was ich hier getan hatte. Selbstverständlich hatte ich meine Handschuhe anbehalten, aber wenn jemand die Suite nach mir durchsuchte, würde er nicht dieselben Spuren finden, die ich gefunden hatte. Ich stellte den Code wieder her und verschloss den leeren Safe für den Fall, dass dieselbe Truppe noch einmal zurückkommen sollte.

Während ich arbeitete, lauschte ich dem sanften Rauschen des Wasserfalls. Das Morgenlicht spiegelte sich in den Fenstern auf der anderen Straßenseite. Unten erstreckte der Cotai Strip sich scheinbar ins Endlose. Bis zum Parisian war es nur ein kurzer Fußweg, dachte ich. Ich konnte in zehn Minuten dort sein, wenn ich mich beeilte. Maximal in einer Viertelstunde.

Aber da irrte ich mich.

Denn ich wurde *tatsächlich* beobachtet.

VIERZEHN

Ich sah den Kerl, der mir folgte, im Glas der Drehtür, als ich das Tammany Hall verließ. Aus der Ferne war er nur verschwommen zu erkennen, aber ich war im Laufe der Jahre oft genug verfolgt worden, um zu wissen, dass er hinter mir her war. Ich konnte fühlen, wie er mir Löcher in den Hinterkopf starrte. Hm. Er musste gesehen haben, wie ich von den Suiten herunterkam. Es ist nicht so schwer, das Kommen und Gehen in einem Hotel im Auge zu behalten, wenn man Zugang zu den Aufzügen hat. Als ich draußen war, sah ich, wie er gelassen durch die Drehtür glitt und sich mir anschloss.

Angela war *wirklich* in Schwierigkeiten.

Auf dem Cotai Strip wandte ich mich nach links. Es war inzwischen spät am Vormittag, und die Sonne stand hoch am Himmel. Nirgends gab es Schatten, und allmählich stieg die Hitze flimmernd vom Asphalt auf. Ich setzte meine Sonnenbrille auf und wischte mir den Schweiß von der Stirn. Es würde ein langer Tag werden.

Der Türsteher nickte mir zu und deutete auf die wartenden Taxis. Am Randstein stand eine lange Reihe von schwarz-weißen Wagen. Ich schüttelte den Kopf und ging weiter. Die Straßenkreuzung vor dem Hotel war übersät von Hunderten hochglänzender Visitenkarten von Callgirls und Stripperinnen, aber auch von anderem Müll. Bierflaschen. Zigarettenstummel. Casino-Quittungen. Ich stieß den Abfall mit dem Fuß beiseite und versuchte, meinen Verfolger in den verspiegelten Fenstern des Casinos besser zu sehen. Ich brauchte eine Sekunde, um ihn in der Menge zu identifizieren.

Der Kerl passte zu seiner Rolle, das musste man ihm lassen. Ebenso gut hätte er ein Schild mit der Aufschrift »Gangster« um den Hals tragen können. Er war Mitte zwanzig und sah nicht besonders bemerkenswert aus, aber sein großspuriger Gang verriet ihn. Er trug eine weiße, sommerliche Sportjacke und eine goldgerahmte Designer-Pilotensonnenbrille, die viel zu groß für sein Gesicht war. Seine goldene Kette reichte bis zum Bauchnabel, die Uhr an seinem Handgelenk war absolut riesenhaft und sah aus, als sei sie aus echtem Gold. Er ging, als habe er es eilig, irgendwo hinzukommen, aber als ich langsamer wurde, blieb er plötzlich stehen. Sein Gesicht konnte ich nicht gut erkennen, ich sah nur den Zahnstocher in seinem Mundwinkel und ein paar verblasste Tattoos, die aus seinem Kragen heraufragten. Verdammt, genauso gut hätte er mir seine Visitenkarte überreichen können.

Abstand hielt er auch nicht. Er war keine fünfzehn Schritte hinter mir und kam schnell näher, ebenso offensichtlich wie ahnungslos. Als ich auf halbem Wege zum Strip war, zog er ein Handy aus der Tasche und hielt es ans Ohr. Von Weitem konnte es aussehen, als ob er telefonierte, aber ich hörte ihn nicht sprechen, und er gab auch keine Nummer ein. Eine amateurhafte Aktion nach der anderen. Ein vorgetäuschtes Telefonat soll einem Verfolger helfen, sein Gesicht zu verbergen, heutzutage ist das jedoch ein so verbreiteter Trick, dass jedes Kind ihn durchschaut. Genauso gut hätte er mich durch ein Loch in einer Zeitung anstarren können wie ein Spion in einem alten Cartoon.

Ich ging weiter.

Am Ende des Blocks sah ich eine Gruppe von Palmen. Ich dachte mir, ich müsse mehr über diesen Schwachkopf in Erfahrung bringen, und die Palmen würden mir dabei helfen. Ich hatte ihn nur aus einiger Entfernung und als Spiegelbild gesehen, aber wie ich mit ihm umgehen würde, hing sehr davon ab, wie er sich aus der Nähe entpuppte. Wenn er zum Beispiel aus lauter Muskeln bestände, käme es nicht infrage, ihn in eine Gasse zu locken und zu verprügeln, bis er Blut pisste. Wenn er andererseits den Körperbau eines Läufers hätte, wäre es nicht besonders schlau, um die nächste Ecke zu biegen und wegzurennen. Ich konnte natürlich auf seine Dummheit setzen, aber Intelligenz ist eine Eigenschaft, die man von Weitem schwer erkennen kann, und ich habe jede Menge Gangster gekannt, die viel gescheiter waren, als sie aussahen.

Ich wühlte in meiner Schultertasche, bis ich die halb leere Zigarettenpackung gefunden hatte. Vor langer Zeit hatte Angela mir einen Trick für diese Situation beigebracht, der auf dem Grundsatz beruhte, dass man schauen kann, wohin man will, wenn man raucht. In New York beispielsweise stehen Raucher an jeder Ecke. Wenn sie nur herumständen und nichts täten, würden sie verdächtig aussehen, aber mit einer Zigarette in der Hand kann man herumlungern, so lange man will, ohne dass es merkwürdig aussieht. Ein Raucher kann ein x-beliebiges Gespräch anfangen oder irgendwo herumlaufen, ohne dass irgendwelche Warnlampen aufleuchten. Leider rauchen die Macanesen nicht so wie die New Yorker. Wenn sie jedes Mal stehen bleiben und die Hand um ihr Feuerzeug wölben wollten, wenn sie sich eine Zigarette anzünden, würde das ganze Land zum Stillstand kommen. Also musste ich improvisieren.

Ich fing an, mir eine Zigarette herauszuangeln, und ließ dann die ganze Packung fallen.

Mehrere Zigaretten fielen heraus und rollten über den Gehweg. Ich fluchte laut, um meine Ungeschicklichkeit überzeugender aussehen zu lassen. Es musste natürlich aussehen. Jeder lässt manchmal etwas fallen. Ich drehte mich um, ging ein paar Schritte auf meinen Verfolger zu und kniete mich hin, um zwei

Marlboro aufzuheben. Beiläufig hob ich den Kopf und machte ein verlegenes Gesicht, und dabei sah ich ihn durch eine Lücke zwischen den Palmen an. Er war nur noch drei Schritte weit von mir entfernt.

Bingo.

Er hatte den Kopf zur Seite gedreht, sodass das Handy sein Gesicht verdeckte, doch den Rest konnte ich sehen. Schlechte Neuigkeiten: Er sah stark *und* schnell aus. Muskulöse Arme und lange, sehnige Beine. Ein Mann, der im Fitness-Studio zu Hause war. Die Tattoos an seinem Hals reichten bis zum Haaransatz, und eins stellte den Kopf eines chinesischen Drachen dar. Seine Jacke war auf der linken Seite leicht ausgebeult, oberhalb des Gürtels, aber unter der Achsel. Ich sah, wie der Leinenstoff dort hängen blieb, wenn er sich bewegte. Scheiße, die Form dieser Wölbung würde ich überall erkennen. Ich hob meine Zigaretten auf und wischte den Staub ab.

Ich musste Ruhe bewahren.

Es war nicht das erste Mal, dass mir jemand folgte. Ich musste ihn auf die altmodische Art abschütteln. Auf den Gehwegen herrscht immer Geschiebe und Gedränge. Der Fußgängerverkehr breitet sich oft bis auf die Straße aus und sorgt für endlose Staus. Damit nicht zu viele Unfälle passieren, haben Fußgänger an den Kreuzungen die Möglichkeit, auf einer Rolltreppe zu einer Überführung hinaufzufahren, die zugleich als Brücke geradewegs in die Malls und Casinos führt. In dieser Stadt ist man nie mehr als dreihundert Meter von einem Spielautomaten entfernt. Das Netz der Fußgängerbrücken ist so riesig, dass man von einem Ende des Strip zum anderen laufen kann. Ich sah mich aufmerksam um.

Hier unten würde mein Verfolger keine große Mühe haben, mir auf den Fersen zu bleiben. Selbst bei dem Gewimmel, denn es gab nur eine beschränkte Zahl von Orten, zu denen ich gehen konnte. Wenn ich nach links ginge, würde er sehen, wie ich abbog. Wenn ich die Straße überquerte, würde er es auch sehen. Was immer ich täte, er würde es wissen und Zeit genug haben, mir zu folgen, auch wenn zwanzig oder dreißig Leute zwischen uns wären. Solange ich auf der Straßenebene blieb, würde er mir folgen können.

Der Cotai Strip ist so groß wie der Strip in Las Vegas und genauso voll. Ich kam an ein paar Taxis vorbei, die an einer roten Ampel standen, aber hier ist es den Taxifahrern nicht erlaubt, auf offener Straße Fahrgäste aufzunehmen. Sie würden weiterfahren, auch wenn ich versuchte, eins heranzuwinken. Ich müsste zu einem der Halteplätze vor den Casinos gehen, und dann hätte mein Verfolger genug Zeit, sich selbst ein Transportmittel zu besorgen.

Ich schaute hoch. Auf den Brücken hätte ich die besten Chancen. Wenn ich eine Rolltreppe nähme, würde er mir folgen müssen. Das könnte den Abstand zwischen uns verringern, wenn ich allerdings mit einem Vorsprung von dreißig Sekunden oben ankäme, könnte ich es schaffen, in ein Casino zu laufen und dort zu verschwinden, denn die Casinos sind labyrinthisch angelegt, mit endlosen Korridoren, Rolltreppen, die nur in eine Richtung laufen, und schlecht beschilderten Ausgängen, damit die Leute nicht so schnell wieder hinausfinden. Selbst wenn es meinem Verfolger gelingen sollte, mir dorthin zu folgen, würde er dicht hinter mir bleiben müssen. Täte er es nicht, könnte ich um eine Ecke verschwinden oder mich in ein Geschäft verdrücken, sobald er einmal wegschaute.

Ja. So würde es am besten laufen.

Ich schloss mich ein paar anderen Fußgängern an und stellte mich auf die Rolltreppe. Das Paar vor mir war schwer beladen mit exklusiven Einkaufstüten, und es war zu eng, um mich daran vorbeizuzwängen. Ich warf einen kurzen Blick zurück und entdeckte meinen Verfolger ein paar Stufen weiter unten. Ich sah, dass er ungeduldig war. Er stand da und hatte seine kräftige Hand auf den gleitenden Handlauf gelegt, als wollte er die Stufen heraufspringen. Zum Glück stand ein alter Mann mit einer Fischermütze zwischen uns, und dicht dahinter waren drei Teenager mit bunt gefärbten Haaren, die konzentriert auf ihren Handys herumtippten. Wenn hier jemand anfinge zu drängeln, würden sehr schnell sehr viele Leute wütend werden.

Als das Paar vor mir oben angekommen war, sprang ich die letzten Stufen hinauf und lief los, im Laufschritt über die Brücke und durch die Glastür ins nächste Casino – das »Hard Rock«, ein Laden im amerikanischen Stil, der das Gefühl vermitteln sollte, man sei auf einem Rockkonzert. Die Wände waren mit Devotionalien behängt. Ich sah eine zertrümmerte Gitarre von einer Band, deren Namen ich nie gehört hatte. Aus den Lautsprechern dröhnte eine alte Rock-Ballade, und der Teppichboden roch nach Zigaretten und gegrillten Steaks. Überall hingen Plakate für ein Country-Music-Konzert und große Fotos von saftigen Halbpfünder-Cheeseburgern. Es war ein Totalangriff auf die Sinne. Kein Problem, hier zu verschwinden. Ich lief eine Treppe hinunter, die zum Spielsaal führte. Links von mir sah ich einen Softeis-Laden mit einer gigantischen Elvis-Statue im Fenster. Ich hörte, wie mein Verfolger hinter mir durch die Tür stürmte. Eine alte Frau schrie ihn auf Chinesisch an.

Er war nicht weit hinter mir.

Der Spielsaal war noch gut sechs Meter unter mir. Aber anders als amerikanische Casinos, die meist offen zugänglich sind, gibt es hier Absperrungen. Um an die Spieltische zu kommen, muss man durch eine Sicherheitskontrolle gehen. An jedem Eingang schleusen zwei Wachleute die Gäste durch einen Metalldetektor. Das Ganze ist nicht zu vergleichen mit der Security am

Flughafen – es gibt keine Röntgengeräte, und man kann Jacke und Schuhe anbehalten und muss seine Tasche nicht abgeben –, aber wer eine Neun-Millimeter oder etwas Größeres im Hosenbund trägt, wird entdeckt. Das dient dazu, Leute wie mich daran zu hindern, mit einer Kanone an den Baccarat-Tisch zu kommen. Und es war ein Problem.

Ich hatte eine Pistole in meiner Schultertasche.

Ich schob die linke Hand in die Tasche und wühlte herum, bis meine Finger das kühle Metall meines Colts berührten. Ich schob ihn so tief wie möglich in die Tasche, damit er nicht herausfallen konnte. Mein nächster Schritt würde heikel sein, und wenn die Sache nach hinten losgehen sollte, wollte ich zuallerletzt, dass die Waffe in aller Öffentlichkeit aus der Tasche fiel. So schnell wie möglich ging ich auf die Kontrolle zu, ließ den Riemen der Tasche von der Schulter gleiten und drehte mich um, als hätte ich plötzlich gehört, wie jemand meinen Namen rief.

Dann prallte ich gegen einen der Wachleute und stolperte.

Selbstverständlich musste es natürlich aussehen. Wir stießen frontal zusammen, und fast hätte ich ihn umgerannt. Ich war ein dummer Tourist, der nicht sah, wohin er lief. Die Tasche rutschte mir aus der Hand, flog einen oder zwei Schritte am Kontrollpunkt vorbei und landete im Spielsaal, ohne den Metalldetektor zu passieren. Meine Handys und einer meiner Pässe fielen heraus, und ein ganzes Bündel Hongkong-Dollars flog auf den Boden. Der Wachmann taumelte einen Schritt zurück und legte mir dann die Hand auf den Arm, um sich zu vergewissern, dass mir nichts passiert war. Ich tat erschrocken und packte haltsuchend seinen Arm.

Er fing an, sich auf Kantonesisch bei mir zu entschuldigen, aber ich hörte nicht zu. Ohne aus dem Takt zu geraten, ließ ich in lautem, belehrendem, amerikanischem Tonfall eine Tirade los. Wo hatte dieser Idiot seine Augen? Komm schon, du Penner, da ist meine Brille drin! Ich wollte weitergehen, um meine Sachen aufzuheben.

Der Wachmann hielt mich auf. Er entschuldigte sich noch einmal, aber er legte mir eine Hand auf die Brust und deutete mit dem Kopf auf den Metalldetektor. Er nickte und schob mich darauf zu. Ich blickte auf, als hätte ich das Tor jetzt erst gesehen, und warf ihm noch einen giftigen Blick zu. Ich deutete gestikulierend auf meine Tasche, um die Sprachbarriere zu überwinden, und trat dann widerwillig durch den Detektor. Natürlich ertönte kein Piepton. Meine Pistole war noch in meiner Tasche, die schon auf der anderen Seite lag.

Als ich drüben war, bückte ich mich und fing an, mit wütendem Gefummel meine Sachen wieder in die Tasche zu stopfen. Der Wachmann, der ein hochrotes Gesicht bekommen hatte, kniete sich hin, um mir zu helfen, aber ich schlug wütend seine Hände zur Seite, bevor er das Geld anrühren konnte. Sein Kollege schaute nicht weniger verlegen zu. Als ich alles wieder verstaut hatte, warf ich mir die Tasche über die Schulter und schüttelte den erhobenen Zeigefinger.

»Passen Sie nächstes Mal besser auf, ja?«, sagte ich. »Sie hätten etwas kaputt machen können.«

Ich wandte mich mit übertrieben gespieltem Zorn ab. Der Mann sollte so verlegen sein, dass er nicht auf den Gedanken kam, mich mit der Tasche noch einmal durch das Tor gehen zu lassen, und natürlich funktionierte dieser Trick. Macanesische Hotelangestellte, auch die Security, sind notorisch ehrerbietig gegen ausländische Touristen. Ich weiß nicht, warum, aber wahrscheinlich haben vierhundert Jahre Kolonialismus etwas damit zu tun. Um meine Pistole durch die Kontrolle zu bringen, genügte ein bisschen von der guten alten amerikanischen Einschüchterungstaktik. Ich schüttelte den Kopf.

Ich drehte mich gerade noch rechtzeitig um und sah, wie mein

Beschatter vor dem Metalldetektor stehen blieb. Auf so etwas war er nicht vorbereitet, und dass er mir mit einer Waffe unter der Jacke weiter folgte, war ausgeschlossen. Unsere Blicke trafen sich kurz. Ich sah trotz der Sonnenbrille, dass er mich wütend anfunkelte. Aber hier war für ihn Endstation. Ich hatte zwanzig oder dreißig potentielle Ausgänge zur Verfügung, und er hatte keine Chance, meine Spur wieder aufzunehmen. In fünf Minuten wäre ich verschwunden. Ich schenkte ihm mein breitestes Lächeln.

Vielleicht hast du nächstes Mal mehr Glück, Arschloch.

FÜNFZEHN

Vom Hard Rock zum Parisian ist es nur ein kurzer Fußweg. Nach dieser Verfolgungsjagd machte sich der Jetlag jetzt doch bemerkbar. Bei jedem Atemzug fühlte es sich an, als kaute ich auf einem Zigarettenfilter, und ich rang regelrecht nach Luft, als ich an der Drehtür ankam. Ich wischte mir den Schweiß von der Stirn und warf noch einen letzten Blick zurück, um zu sehen, ob der Gangster es vielleicht doch geschafft hatte, mir auf den Fersen zu bleiben. Nein, hatte er nicht. Ich sah auf die Uhr. Es war Mittag.

Das Pult des Concierge war nicht besetzt. Ich sah mich kurz in der Lobby um und entdeckte ein Papierschild mit einem sehr ungewöhnlichen Namen: *Kid*. Ich musste lächeln. Dieser Spitzname hatte vor zehn Jahren, als ich Angelas Lehrling gewesen war, näher gelegen als heute. Als wir uns das erste Mal begegnet waren, hatte ich das College erst zwei Jahre hinter mir gehabt und schlug mich gerade so durchs Leben. Heute nennt mich selbst in meiner jugendlichsten Verkleidung niemand mehr Kid. Sie war die Einzige, bei der dieser Name immer noch richtig klang.

Der Chauffeur, der das Schild in den Händen hielt, war mindestens Anfang siebzig. Ein Einheimischer, ganz sicher. Er hatte verwitterte, arthritische Hände, und die Ärmel seines Anzugs waren an den Rändern ausgefranst. Eine filterlose Zigarette, bis auf einen Stummel aufgeraucht, hing schlaff zwischen seinen Lippen. Sein Blick war glasig, und er wippte im Stehen vor und zurück. Ich kannte das – er stand dort schon seit Stunden.

Ich ging geradewegs zu ihm, streckte die Hand aus und sagte: »Sie müssen mein neuer Fahrer sein.«

Er nickte und schüttelte mir die Hand. Ohne ein Wort zu sagen, winkte er mich nach draußen. Ich beschirmte meine Augen vor der Sonne, als wir vom Taxi- und Limousinenstand zum Parkplatz gingen.

»Wo fahren wir hin?«, fragte ich.

Er schnippte seinen Zigarettenstummel gegen die Radkappe eines alten Chrysler 300 und holte seinen Schlüssel aus der Tasche. »Werden Sie sehen«, sagte er.

Ich nickte, wandte mich ab und öffnete die hintere Tür. Im Wagen war niemand; also stieg ich ein. Es war alles in allem ein ziemlich schlichtes Fahrzeug – verglichen mit den Limousinen, die man in Las Vegas benutzt, regelrecht spartanisch. Die Sitze sollten aussehen wie aus Leder, und der Teppichboden war aus langweiligem schwarzem Nylon und hatte schon lange keinen Staubsauger mehr gesehen. Es gab keine Bar und keine Lautsprecheranlage, und der Fernseher in der Ecke unter der Trennscheibe schien ungefähr zehn Jahre alt zu sein. Er war auf einen Nachrichtensender in chinesischer Sprache eingestellt. Der ganze Innenraum roch schwach nach schalem Zigarrenrauch und saurem Bier.

Aber was mich überraschte, waren drei große Halliburton-Koffer auf dem Boden und dem Sitz neben mir. Es waren Hartschalen-Gerätekoffer aus Aluminium mit Drucktasten-Zahlenschlössern in den Griffen, und somit gehörten sie zu den sichersten Reisebehältern, die man für Geld kaufen konnte. Jeder war groß genug für einen Desktop-Computer mit Monitor und allem Zubehör. Ich rutschte nach vorn und klopfte an die getönte Plexiglasscheibe zwischen mir und dem Fahrer. Er drückte auf einen Knopf und ließ die Scheibe heruntergleiten.

»Was zum Teufel ist das?«, fragte ich.

Der alte Mann lächelte und nickte. Seine Zahnlücken waren groß genug für eine Zigarette. Ich begriff, dass er kaum Englisch sprach.

»Wissen Sie, wer Sie zu mir geschickt hat?«

»Die Frau«, sagte er.

»Hat sie einen Namen?«

Er antwortete nicht. Ich sah, dass er mich im Rückspiegel anschaute. Wieder lächelte er.

»Haben *Sie* einen Namen?«

»Johnnie«, sagte er.

»Danke, Johnnie«, sagte ich. »Und wohin zum Teufel fahren wir?«

Er sagte nichts, sondern lächelte nur weiter und ließ die Trennscheibe wieder hochfahren. Das war's – das Gespräch war zu Ende. Ich ließ mich in den Sitz zurückfallen und seufzte.

Johnnie fuhr mich über den Boulevard, als ob er mir eine große Stadtrundfahrt spendierte. Die Scheibe glitt wieder herunter, als wir den Strip verließen und in die eigentliche Stadt fuhren. Ein paar Straßen weiter blieben die Casinos hinter uns zurück, und an ihre Stelle traten die üblichen Pfandleihen und Schnapsläden, die man in jeder Glücksspielstadt findet. Wir waren wieder in den Slums. Alte Stahlbetontürme verrosteten von innen nach außen. Schimmel wuchs in jedem Riss. Ich erwartete, dass Johnnie etwas sagte, aber das tat er nicht.

Nach ein paar Minuten bogen wir in eine Gasse, an deren Ende ein neues, gläsernes Hotelhochhaus stand. Wir hielten am Tor an. Ein Wachmann winkte uns durch, und Johnnie fuhr im Schritttempo zum Hintereingang. Zwei Angestellte kamen heran, um meine Tür zu öffnen.

Und eine Sekunde später schob Angela sich neben mir auf den Sitz.

Sie schob die Koffer zur Seite, um Platz zu machen, und dann nahm sie eine Pistole aus der Handtasche und legte sie auf ihren Schoß. Ein paar Sekunden lang saß ich wortlos da, während Johnnie durch das Tor zurück und auf die Hauptstraße fuhr. In der Ferne schimmerten die Casino-Türme in der Mittagshitze. Angela sagte zu Johnnie etwas auf Kantonesisch, und er sah sie im Rückspiegel an und nickte. Die Trennscheibe fuhr mit leisem Summen wieder hoch.

Mein Blick fiel auf Angelas Pistole. Es war eine sehr kompakte silberfarbene Automatik. Ich erkannte weder die Marke noch das Modell, aber ich hatte solche Waffen schon gesehen. Solche Pistolen dienten zur Selbstverteidigung und waren dazu gedacht, bequem in eine Hosen- oder Handtasche zu passen. Die Kammer war vermutlich für das Kaliber .22 LR ausgelegt, und das Magazin enthielt wahrscheinlich fünf Low-Power-Patronen. Aber auf Power kam es über diese Distanz nicht an. Eine kleine Kugel ist genauso tödlich wie eine große, wenn sie im Schädel herumschwirrt.

Angela mochte mich zwar immer noch kennen, doch nach sechs Jahren war es ihr gutes Recht, vorsichtig zu sein. Vieles hatte sich geändert. Fünf Jahre zuvor hatte ich einen Chirurgen in Brasilien dafür bezahlt, dass er mir ein neues Gesicht verpasste. Es hatte Wochen gebraucht, um zu heilen, aber als der Verband schließlich abgenommen wurde, waren meine dunklen Augen und die braune Gesichtshaut verschwunden. Ich hatte rundere Augen, eine kürzere Nase und ein kräftiges Kinn. Meine Haut war straff und blass. Alles war verändert. Vor der Operation hatte ich befürchtet, ich könnte künstlich aussehen, wie aus Plastik, wie ein abgehalfterter Filmstar. Meine Befürchtungen waren jedoch unbegründet gewesen. Der Chirurg hatte mich nach dem Bild eines alltäglichen Mannes neu erschaffen. Ich war nicht zu hübsch und nicht zu hässlich, nicht zu glatt und nicht zu markant. Alles war immer noch reizlos und langweilig, aber bemerkenswert anders. Ich war ein völlig neuer Mann.

Angela hatte sich auch verändert. Zum einen sah sie jünger aus. Sie hatte die klare Haut und die glänzenden Augen einer Frau, die Mitte zwanzig war, nicht Mitte vierzig. Auch war sie jetzt blond, nicht brünett; eine perfekt frisierte Mähne aus goldenen Locken fiel ihr bis über die Schultern. Auch ihr Outfit war unglaublich, und am Kleid trug sie einen pinkfarbenen Diamanten, so groß wie ein Fünf-Cent-Stück. *Schön* genügte nicht, um sie zu beschreiben.

Angela war das Original. Sie war die erste Ghostwoman – tatsächlich der erste *Ghostman*. Vorher hatte es jemanden wie sie nicht gegeben. In den Jahren unserer Zusammenarbeit hatte ich sie in allen Größen und Formen gesehen, in jedem Alter und jedem Beruf. Ich hatte gesehen, wie sie Pässe stapelweise mit Gummiringen zusammenband, wie sie Führerscheine wie Spielkarten mischte, und wie sie sich durch Sicherheitskontrollen bluffte, ohne ein Wort zu sagen. Sie hatte in einem Monat mehr Geld für Kleidung ausgegeben, als andere Frauen in einem Jahr verdienten. Sie war eine Lügnerin von Weltklasse. Sie hätte Feuer in der Hölle verkaufen können, Wasser an einen Ertrinkenden und Patronen an einen Pazifisten. Sie hatte mir fast jeden Trick beigebracht, den ich kannte.

Sie nahm die Sonnenbrille ab, und ich sah ihre hellblauen Augen.

»Ich bitte um Entschuldigung wegen der Pistole«, sagte sie. »Aber es ist lange her, und ich wusste nicht, wer heute wirklich aufkreuzen würde.«

»Das verstehe ich. Also, wie willst du es machen?«

»Wie üblich«, sagte sie. »Keine schnellen Bewegungen. Zeig

mir deine Karten, und ich zeige dir meine. Nur zur Sicherheit. Okay?«

»Soll mir recht sein.« Ich lehnte mich zurück.

Auf diese Weise prüften wir unsere Identität. Als Angela und ich zusammenarbeiteten, brauchten wir ein System der doppelten Kontrolle. Wenn jemand sein Aussehen und sein Verhalten ständig ändert, ist es manchmal nicht leicht, sicher zu sein. Ich schob meine Manschette hoch und ließ meine schlichte goldene Armbanduhr sehen. »Erinnerst du dich?«

Sie betrachtete sie eingehend. Die Uhr war inzwischen abgetragen und hatte ein paar Kratzer, aber sie würde mich wahrscheinlich überleben.

»Diese Uhr hast du mir vor acht Jahren nach dem Job in Dubai geschenkt«, sagte ich. »Das war an einem Samstagabend – Anfang April, glaube ich. Wir waren zum Essen in einem Fischrestaurant vor dem Springbrunnen am Tammany Hall, keine zwei Meilen weit von hier. Wir waren müde vom Flug und ein bisschen beschwipst vom Champagner. Du bist auf die Terrasse hinausgegangen, um eine Zigarette zu rauchen, und ich habe eine zweite Flasche Wein bestellt. Als du zurückkamst, hattest du zwei kleine schwarze Etuis in der Tasche. Ich musste die Hand ausstrecken, und du hast mir diese Uhr umgebunden und gesagt, ich soll gut darauf achtgeben. Es ist eine Patek Philippe Calatrava. Zuerst wollte ich sie nicht annehmen, denn sie war mehr wert als das, was ich bei unseren ersten vier Raubüberfällen zusammengenommen verdient hatte, aber später habe ich es verstanden. Sie sollte uns helfen, uns wiederzuerkennen.«

Ich schaute nach unten und sah ihre eigene Uhr, die unter dem Ärmel ihres Kleides herausschaute. Die Diamanten funkelten im Zwielicht.

»Du trägst immer noch die, die in dem anderen Etui war«, sagte ich. »Das Gegenstück von meiner.«

Angela lächelte.

»Am selben Abend hast du mir die hier verpasst«, sagte ich. Ich drehte die Hände um und zeigte ihr meine Handflächen, sodass sie die Narben an meinen Fingern sehen konnte.

»Nach dem Essen sind wir auf dein Zimmer gegangen«, sagte ich. »Ich musste mich auf das Bett legen, und du hast mir einen Gürtel zwischen die Zähne geschoben, damit ich mir nicht auf die Zunge beißen konnte. Du hast mich festgehalten, und ich habe die Finger in eine weißglühende Pfanne gedrückt. Man konnte das brennende Fleisch riechen. Ich erinnere mich an jede Minute dieser Nacht, aber vor allem an den Schmerz. Es hat noch tagelang gepocht. Wir haben eine Flasche Veuve Clicquot durch einen Strohhalm getrunken und meine Finger mit Kokain betupft, um den Schmerz zu stillen. Erinnerst du dich? Du hast mir die Hände verbunden und gesagt, die Welt gehöre mir.«

»Das weiß ich noch«, sagte sie. »Du wolltest kein Morphium haben. Den Gürtel hast du praktisch durchgebissen, aber du hast nicht geschrien.«

»Nicht vor dir. Damals jedenfalls nicht.«

Sie steckte die Pistole in ihre Handtasche und hielt mir ihre Hände entgegen, sodass ich ihre glatten Fingerkuppen sehen konnte. Sie hatte es anders gemacht – mit starker Säure, und in den nächsten Monaten hatte sie die Finger täglich in Ananassaft gebadet, damit die Papillarleisten nicht unverändert nachwachsen konnten. Die Finger waren glatt vernarbt, wie ich sie in Erinnerung hatte.

Aber ich wusste längst, dass sie es war.

Ich schlug die Klappe meiner Schultertasche zurück und zeigte ihr *meine* Pistole. Dann entriegelte ich behutsam den Schlagbolzen. Sie war nicht die Einzige, die kein Risiko einging. Ich sicherte die Waffe und legte sie wieder in die Tasche.

Angela lächelte schief.

»Kid«, sagte sie, »es ist schön, dich zu sehen.«

SECHZEHN

Ich hatte lange gewartet, bevor ich Angelas Lächeln wiedersehen durfte. Es war schmal und schief, und es ließ sie heiter und verschmitzt aussehen, als habe sie ein Geheimnis. Inzwischen hatte ich ganz vergessen, wie es aussah. Sie entspannte sich, tätschelte mein Knie und sagte: »Tut mir leid, dass ich dich auf diese Schnitzeljagd geschickt habe. Aber ich musste sicher sein, dass du es bist.«

»Das verstehe ich«, sagte ich. »Ich war ja auch nicht sicher. Es hätte eine Falle sein können.«

»Ist es auch, aber nicht für dich«, sagte Angela. »Es ist schwer, in diesem Geschäft Freunde zu finden, und es ist lange her, dass ich jemandem vertraut habe.«

»Ich weiß nicht genau, was ich darauf antworten soll.«

»Ich bin froh, dich zu sehen, Kid.«

»Gleichfalls.«

»Und wie geht's dir?«, fragte sie. »Welchen Namen benutzt du heute?«

»Jacques Fisher«, sagte ich.

»Ein französischer Name?«

»Franko-kanadisch. Nenn mich einfach Jack. Ich bin ein Spieler aus Quebec. Ich spiele Poker. Turniere gewinne ich nicht, aber ein Spieler kann auch Geld verlieren und trotzdem professionell aussehen.«

»Klingt nach einer guten Tarnung.«

»Ich hoffe, sie hält.«

»Wie ist er so?«

»Wer?«

»Dein Jacques Fisher.«

»Ein guter Kerl.«

»Und wie geht es dir? Was hast du *gemacht?*«

»Mich gelangweilt, hauptsächlich«, sagte ich. »Ehrlich gesagt, ich bin froh über ein bisschen Arbeit. Das Leben ohne dich ist höllisch langweilig. Wenn ich nur noch eine Minute als Zivilist verbringen müsste, würde ich wahrscheinlich wahnsinnig.«

»Wir verstehen uns«, sagte Angela.

»Wir *haben* uns verstanden. Ich kenne dich nicht mehr.«

»Wie gut ist dein Kantonesisch?«

»Es existiert nicht.«

»Das wird schon gehen.«

»Wobei gehen? Was machen wir hier?«

»Einen Job«, sagte Angela. »Das heißt, der Job ist erledigt, und wir räumen auf. Diese Limo ist meine Bude. Ich schätze, solange wir drinsitzen, sind wir in Sicherheit. Limos gibt es überall in der Stadt. Die Straßen sind voll davon, und alle sehen gleich aus. Das macht sie praktisch unsichtbar. Solange wir in Bewegung bleiben, können die Leute, die hinter mir her sind, mich nicht lokalisieren.«

»Das habe ich nicht gemeint«, sagte ich. »Was mache *ich* hier? Warum hast du mich hier hineingezogen?«

»Du willst die Wahrheit wissen?«

»Im Moment ist mir alles recht, sogar eine Lüge. Nur kein Schweigen mehr. Ich habe seit sechs Jahren nichts von dir gehört, und dann kriege ich plötzlich eine Email, die andeutet, dass du in großen Schwierigkeiten steckst. Was zum Teufel ist denn los? Wer hat deinen Skip-out durchwühlt, und wessen Blut war da am Safe?«

»Dann kann ich wohl davon ausgehen, dass du den Saphir mitgebracht hast?«

»Ja.« Ich holte die Zigarettenpackung aus der Tasche und warf sie zwischen uns auf den Sitz. »Er ist da drin. Anscheinend haben ein paar Tiere dein Hotelzimmer durchsucht, weil sie ihn gesucht haben. Sie haben die Möbel auseinandergenommen und jedes denkbare Versteck durchwühlt, um ihn zu finden. Sogar die Minibar.«

»Ich glaube nicht, dass sie hinter dem Stein her waren«, sagte Angela. »Na ja, jedenfalls nicht nur hinter *einem*.«

»Und was *haben* sie gesucht?«

»Etwas anderes.«

»Dann erzähl's mir«, sagte ich. »Mit wem hast du es zu tun?«

»Das weiß ich noch nicht, jedenfalls nicht mit Sicherheit.« Sie zündete sich eine Zigarette an. »In den letzten zwei Jahren habe ich meine eigenen Geschäfte gemacht, als Jugmarker. Vor zwei Tagen lief ein Ding mit heißen Steinen im Südchinesischen Meer, aber etwas ging schief. Meine komplette Crew ist tot. Das ist ein ernsthafter Rückschlag für mich, und ich kann die Stadt nicht verlassen, bevor die Sache geklärt ist. Der Typ, der hinter mir her ist, weiß von dem Job, und ich habe keine Ahnung, woher. Aber wenn ich mich jetzt aus dem Staub mache, verliere ich eine Menge Geld. Dazu kommt, unter den gegebenen Umständen kann ich nicht mal verschwinden. Ich brauche eine kleine Ablenkung.«

»Mich.«

»Genau«, sagte sie. »Du bist mein Assistent bei meiner Verschwindenummer.«

Ich schaute weg.

Angela seufzte. »Hör zu, Kid. Ich weiß, nichts auf der Welt gibt es umsonst. Wenn du also Geld willst, gebe ich dir welches. Wenn du mir hilfst, diesen Job sauber zu beenden, beteilige ich dich am Ergebnis. Die Hälfte von allem, was ich kassiere, gehört dir. Je nachdem, wie viel wir retten können, wäre das eine halbe

Million Euro oder mehr. Du nimmst die Saphire direkt, oder du nimmst deinen Anteil in bar, wie du es früher getan hast. Und wenn du danach nicht mehr mit mir reden willst, kannst du einfach gehen.«

»Ich bin nicht wegen des Geldes hier.«

»Ich weiß. Du bist hier, weil du nichts Besseres zu tun hast. Du bist hier, weil du dich *langweilst.*«

Ich schwieg.

»Also, was sagst du?«, fragte Angela. »Bist du dabei?«

»Sechs Jahre sind vergangen. Wie kommst du auf die Idee, dass ich dir noch vertraue?«

»Du hast einen weiten Weg auf dich genommen, um es herauszufinden. Das muss etwas bedeuten.«

»Woher weißt du, wie weit der Weg war?«

»Ich kenne dich«, sagte sie. »Im Grunde deines Herzens bist du immer noch Amerikaner. Wo warst du diesmal? In Washington? Montana? In irgendeinem Hotel, wo du an deinen Übersetzungen arbeitest und so tust, als ob die Langeweile dich nicht umbrächte? Oder hast du die ganzen sechs Jahre am Spieltisch verbracht?«

Ich antwortete nicht.

Angela seufzte wieder. Sie legte mir eine Hand auf das Bein und sagte: »Hör zu. Ich weiß, es war zu lange. Nach dem Job in Kuala Lumpur bin ich sehr plötzlich verschwunden, und ich hab dir nie gesagt, wo ich war. Da ist etwas schiefgegangen zwischen uns, und ich habe kein Recht, dir zu sagen, was du fühlen sollst.«

»Das kann man wohl sagen.«

»Wir haben viel zusammen durchgemacht, und ich hab's versaut. So hätten wir uns nicht verabschieden dürfen. Es tut mir wirklich leid. Aber ich hatte meine Gründe.«

»Was für Gründe?«

»Persönliche Gründe«, sagte Angela. »Ich musste warten, bis der Staub sich gelegt hatte. Die Verjährungsfrist beträgt sechs Jahre.«

Ich schüttelte den Kopf. »Das reicht nicht. Wir hätten zusammen abwarten können. Wir hätten irgendwo hingehen und normale Jobs annehmen können, wie zwei Spießer. Warum bist du einfach verschwunden? Wenn du willst, dass ich dir helfe, schuldest du mir darauf eine Antwort.«

»Bei dir zu bleiben, war zu gefährlich«, sagte sie. »Und ich hatte keine Lust, mich umbringen zu lassen.«

Ich schwieg.

»Ich habe dich vor Marcus gewarnt«, fuhr sie fort. »Ich habe dir gesagt, er bringt jeden um, der versagt. Ich habe dich vor dem Job in KL gewarnt. Ich habe dir gesagt, wie gefährlich er sein würde, aber du hast trotzdem mitgespielt. Nichts, was ich sagte, konnte dich davon abbringen. Du warst nicht wegen des Geldes dabei. Du warst nicht meinetwegen dabei. Du warst wegen des Nervenkitzels da und aus keinem anderen Grund. Du wolltest den Tod überlisten. Also bin ich auch dabeigeblieben. Ich bin dir in diese Bank gefolgt. Nur deshalb war ich da: um dich zu beschützen. Als das erledigt war, bin ich gegangen. Ich wollte nicht zusehen, wie du dich umbringst. Das konnte ich nicht.«

Ich schwieg.

»Ich mache diese Arbeit nicht wegen des Kicks, Kid. Letzten Endes möchte ich ein ruhiges Leben führen. Ich möchte reich davonspazieren.«

»Und jetzt möchtest du auch davonspazieren. Von mir. Wieder verschwinden.«

»Nein«, sagte sie. »Nicht bloß verschwinden.«

Angela zerdrückte ihre Zigarette im Aschenbecher, nahm eine Packung aus ihrer Handtasche und klopfte eine neue heraus. Ich wühlte mein altes Zippo hervor und drehte das Zündrädchen. Sie lehnte sich zu mir herüber. Ich sah, wie die Flamme in das Papier gesogen wurde, und hörte, wie der Tabak zu knistern anfing. Sie nahm einen langen, tiefen Zug und blies eine Rauchwolke durch ihre perfekten Lippen.

»Ich will mich *in Luft auflösen.*«

SIEBZEHN

»Und was ist passiert?«, fragte ich.

Angela schlug die Beine übereinander, nahm noch einen langen Zug aus ihrer Zigarette und fing an zu erzählen, mit leiser und gleichmäßiger Stimme, als lese sie aus einem Geschichtsbuch vor. Sie wechselte immer wieder den Standpunkt, als könnte sie sich in die Köpfe ihrer Crew-Mitglieder versetzen, je nachdem, was einer von ihnen gerade tat. Schritt für Schritt beschrieb sie mir den ganzen Job vom ersten Tag an.

Angefangen hatte alles ein halbes Jahr zuvor in Mongkok, einem Stadtteil von Hongkong. Angela war dort gewesen, um Juwelen, die sie bei einem anderen Job erbeutet hatte, zu verkaufen, als sie von einem ihrer alten Hehler ein Gerücht über ein neues Schmuggelunternehmen hörte, das von Burma aus operierte. Im ersten Augenblick tat sie es als Bullshit ab, bis ein Konkurrent ihres Hehlers auf einer privaten Auktion einen riesigen ungeschliffenen Saphir anbot, wie sie ihn noch nie gesehen hatte. Danach stellte sie ein paar Nachforschungen an, und der Konkurrent ihres Edelsteinschleifers stellte einen Kontakt mit ein paar Dockarbeitern in Victoria Harbour für sie her. Einer von denen war Heroin-Junkie, und das machte ihr die Arbeit leicht. Nach seinen Angaben kamen die Steine über eine in Hongkong beheimatete Strohfirma herein und wurden von dort an macanesische Gangster weitergereicht. Die Firma war sehr vorsichtig und beschränkte sich auf eine Operation alle zwei Wochen, damit niemand Verdacht schöpfte. Angela fackelte nicht lange. Sie machte im Hafen eine Jacht des Unternehmens ausfindig und brachte an ihrem Rumpf einen kleinen Peilsender an. Sie nahm an, wenn sie die Route der Jacht verfolgen könnte, würde sie genau wissen, wann und wie sie die Saphire schmuggelten.

Monatelang beobachtete sie das Boot. Sie wusste bald alles, was man darüber wissen konnte: die Namen der Besatzung, und wo der Kapitän am liebsten seinen Treibstoff kaufte. Die meiste Zeit wurde legale Ware von Rangun nach Singapur transportiert – hauptsächlich tiefgefrorenes Seafood. Alle drei Wochen aber stach das Schiff mitten in der Nacht mit einer anderen Drei-Mann-Crew von Rangun aus in See. Sie nahm geradewegs Kurs auf Hongkong und legte unterwegs nur einen Tankstopp ein, wo sie immer donnerstags eintraf. Sie blieb ein paar Stunden und fuhr dann zurück, und am Freitagmorgen waren neue Saphire auf dem Markt. Es lief wie ein Uhrwerk. In den sechs Monaten, in denen sie die Schmuggler beobachtete, wichen sie nicht von diesem Plan ab. Nicht ein einziges Mal.

Dann stellte Angela ihre eigene Crew zusammen.

Der Job erforderte insgesamt drei Mann: Captain, Jim Holmes und Sabo Park. Ich nickte, als Angela die Namen aufzählte. Mit Captain hatte ich schon gearbeitet, vor dem Job in Kuala Lumpur. Er war ein solider, respektabler Dieb, der noch nie im Leben einen Partner verärgert hatte. Er lebte wie ich nach seinem persönlichen Ehrencodex. In den achtziger Jahren hatte er mehr als tausend Menschen geholfen, dem Kommunismus zu entkommen, und unter seiner Verantwortung war kein Einziger gestorben. Er hatte nie jemandem das Messer in den Rücken gestoßen und würde es auch nie tun. Ich hatte ihn gemocht. Es war traurig zu hören, dass er nicht mehr da war.

Holmes war anders. Ich kannte ihn nur vom Hörensagen, aber was ich gehört hatte, war nicht gut. Er war ein nervöser Junkie, der nach einer Bankraub-Serie in Neuseeland mit knapper Not dem Gefängnis entgangen war. Sein Foto war auf Seite eins sämtlicher Lokalzeitungen erschienen, und er wurde überall in Asien gesucht. Nach allem, was ich gehört hatte, war er gut in seinem Job, aber niemand wollte mit ihm arbeiten, weil er eine berühmte Visage und eine unangenehme Wesensart hatte. Diese Rolle hier war wie geschaffen für ihn gewesen, denn er brauchte sich nicht öffentlich zu zeigen. Wenn alles gut liefe, würde er nach Seoul gehen und sich ein neues Gesicht machen lassen, und dann hätte er immer noch genug Geld, um in Prag oder anderswo ein neues Leben anzufangen. Ich hatte gehört, er sei ganz nett, wenn er nicht mit Xanax bedröhnt war oder sich Ambien in fetten Lines in die Nase zog. Aber das würde ich jetzt nie mehr erfahren.

Sabo Park war der einzige Name, den ich nicht kannte.

Nachdem Angela den Kontakt hergestellt hatte, versammelte sich die Crew in einer Suite im Tammany Hall. Es war ein einfacher Job. Captain, Holmes und Park würden die Schmuggler auf offener See überfallen, und Angela würde das Unternehmen vom Land aus mit ihrem versteckten GPS-Sender dirigieren. Die Crew würde die Steine nach Macau bringen, und Angela würde sie Elischewa geben, einer kriminellen Edelsteinschleiferin, die sie für den Verkauf schleifen und in eine anonyme Form bringen würde. Danach würde Angela die Steine auf dem Markt in Bangkok veräußern. Captain, Holmes und Park würden ihre Anteile in bar bekommen, und alle Beteiligten wären reich. Es war ein großartiger Plan.

Aber etwas ging schief.

Angela erzählte mir alles, was am Tag des Überfalls passiert war, in zermürbenden Einzelheiten. Captain stahl einen Fischkutter aus dem Hafen von Shenzhen. Er suchte einen aus, der seit Längerem nicht benutzt worden war und deshalb wahrscheinlich nicht sofort vermisst werden würde. Er holte die Crew im Jachthafen Monte Carlo ab, vor der Küste von Macau, und dort installierten sie eine Art Signalzerhacker, der verhindern würde, dass das Fischerboot entdeckt wurde. Angela hatte ihnen ein Wegwerftelefon gegeben, sodass sie Kontakt mit ihr aufnehmen konnten, wenn der Job vorbei wäre. Von da an würden sie nur noch per SMS kommunizieren. Angela ging wieder an Land, die anderen stachen in See. Am nächsten Morgen bei Sonnenaufgang würden sie alle reich sein.

Angela verbrachte die Nacht auf dem Rücksitz ihrer Limousine. Sie war zwar nicht auf dem Boot, aber ihre Arbeit war noch lange nicht erledigt. Sie musste die Jacht überwachen, damit ihre Crew wusste, wo sie sie erwarten sollten. Mit einem Programm auf ihrem Laptop verfolgte sie den verborgenen GPS-Peilsender, und kurz vor Tagesanbruch schickte sie die Koordinaten an ihre Crew, mit denen der Kutter in eine Nebelwand auf dem Kurs der Jacht fahren würde. Wenn alles nach Plan liefe, würde die Jacht geradewegs auf sie zukommen. Ein perfekter Hinterhalt.

Angela beobachtete, wie die beiden GPS-Punkte einander immer näher kamen.

Was sich draußen auf dem Wasser abspielte, wusste sie nicht. Als die Boote nur noch wenige Kilometer weit auseinander waren, schaltete ihre Crew den Störsender ein. Angelas Verfolgerprogramm zeigte einen dunklen Bildschirm, und fast zwei Stunden lang hörte sie nichts mehr. Als ihr Telefon schließlich klingelte, war es eine SMS von Sabo Park. Er habe die Saphire an sich gebracht, Captain und Holmes seien jedoch tot. Angela war bestürzt, aber sie nahm an, dass der Raub gelungen sei. Sie kehrte in ihr Hotel zurück und wartete auf Sabo.

Er war nie angekommen. Am vergangenen Mittag hatte Sabo zu Angela ins Tammany Hall kommen sollen. So hatte es zumindest in seiner SMS gestanden. Wenn alles planmäßig verlaufen wäre, hätte Sabo den Fischkutter nach Macau zurückgebracht und vor der Küste aufgegeben. Vorher hätte er das Deck noch sicherheitshalber mit Industriereiniger eingesprüht, und dann wäre er zum Skip-out gekommen.

Stattdessen hatte man ihr Sabos Kopf geschickt, in einer Schachtel.

Angela nahm ein silbernes Zigarettenetui aus ihrer Handtasche und klappte es auf. Darin waren zwei blutige Hundert-Dollar-Scheine, auf denen etwas geschrieben stand. Sie hielt sie mir entgegen, damit ich es lesen konnte.

Sie werden zurückgeben, was Sie gestohlen haben,
und bekommen dafür die Saphire.
Hier. Morgen.
Ich beobachte Sie.

In diesem Augenblick hatte Angela zum ersten Mal daran gedacht zu verschwinden. In Anbetracht der Umstände war es das einzig Vernünftige. Für Geister wie uns ist nichts so beängstigend wie eine persönliche Drohung. Sicher, man hat mich schon angeschossen. Ich bin niedergestochen und einmal sogar gefoltert worden – von zwei krankhaften Dreckskerlen, die hören wollten, was ich wusste. Aber nichts ist vergleichbar mit dem unmittelbaren, allumfassenden, durchdringenden Entsetzen, das uns erfasst, wenn jemand unsere sorgfältig erschaffene Tarnung glatt durchschaut. Angela wusste, sie musste verschwinden, bevor es diesem Jemand gelang, alle ihre Geheimnisse ans Licht zu bringen.

Also hatte sie die Flucht ergriffen. Von dem Augenblick an, als sie den Karton bekommen hatte, bis ich ihre Limo bestiegen hatte, war sie ununterbrochen in Bewegung geblieben. Sie hatte den Kopf weggeschafft und den Saphir und das Wegwerftelefon in den Tresor geschlossen, wo ich beides finden würde. Das heißt – falls ich überhaupt kommen sollte. Sie hatte ihren Namen im Hotelregister in einen von meinen geändert, damit ich wüsste, wo ich suchen sollte, und dann hatte sie ihre Sachen gepackt und war durch eine Feuerschutztür aus dem Casinohotel geschlichen. Sie war in ihre Limousine gesprungen und hatte nur angehalten, wenn es unbedingt sein musste. Vom Rücksitz aus hatte sie ihre Nachricht in der Voicemail hinterlassen und gehofft, ich möge bald kommen. Je eher, desto besser.

Seitdem hatte sie sich von Johnnie von Safehouse zu Safehouse fahren lassen und dabei versucht, herauszufinden, wer da hinter ihr her war. Die Limousine wurde zu ihrer mobilen Kommandozentrale, ihrer Bleibe auf Rädern. Der Einzige, dem sie vertraute, war der Fahrer. Sie bezahlte ihn extrem gut, und sie hatten eine gemeinsame Vergangenheit: Vor Jahren hatte sie schon mit ihm gearbeitet, und er hatte sie nie im Stich gelassen. Er war ein guter Mann, und deshalb hatte sie ihn losgeschickt, um mich abzuholen.

Jetzt war ich hier.

Als Angela ihre Geschichte zu Ende erzählt hatte und ihre Zigarette aus dem Fenster warf, schwieg ich eine Weile. Ehrlich gesagt, ich wusste nicht, was ich sagen sollte. Ich war schon lange in diesem Geschäft, und ich hatte viele scheußliche Situationen erlebt, aber noch nie hatte mir jemand einen Pappkarton mit einem Kopf geschickt. Ich trommelte mit dem Finger auf die Mittelkonsole.

Angela hatte ein paar Theorien, was den Überfall anging. Sie zählte sie an den Fingern ab. Zuerst hatte sie vermutet, ein Mitglied ihrer Crew habe sie verraten. Captain würde so etwas nicht tun, aber Holmes kam durchaus in Betracht. Er wurde von Interpol gesucht, und deshalb brauchte er dringend das ganz große Geld. Aber als Oberschurke war er nicht besonders überzeugend. Angela kannte ihn zu gut. Sie hatte ihn rekrutiert. Der Mann musste sich schon aufpumpen, wenn er morgens aufstehen wollte. Er zuckte jedes Mal zusammen, wenn er eine Polizeisirene hörte, und in Gegenwart von Fremden brachte er kaum zwei zusammenhängende Sätze zustande. Er hatte nicht den Mumm, Captain und Sabo auszuschalten, und die Nummer mit dem abgetrennten Kopf hätte er erst recht nicht organisieren können. Und selbst wenn er fremde Hilfe gehabt haben sollte – was zum Teufel wollte er denn von Angela? Von ihrem finanziellen Notpolster hatte sie ihm nie etwas erzählt.

Ihre zweite Theorie war, jemand könnte Sabo Park umgebracht haben, um sich zu rächen. Im Laufe der Jahre hatte Angela überall auf der Welt eine ganze Reihe von hochklassigen Raubzügen durchgeführt. Die meisten waren reibungslos verlaufen, aber manche eben nicht. Möglich, dass jemand aus ihrer Vergangenheit Wind von diesem Unternehmen in Macau bekommen hatte und sein rechtmäßiges Eigentum zurückhaben wollte. Das würde die Mitteilung erklären: Irgendein außenstehender Dritter hatte Sabo getötet, um Angela zu zwingen, ihm etwas zurückzugeben, das sie gestohlen hatte. Aber was? Den Dalí, den sie aus dem Belfort-Museum in Brügge entwendet hatte? Den Van Gogh, den sie in Kairo geklaut hatte? Oder vielleicht die Diamanten von diesem belgischen Flughafen? In der Mitteilung wurde nicht gesagt, was sie gestohlen hatte. Es konnte alles Mögliche sein. Dazu kam, der größte Teil ihrer Beute war längst ausgegeben oder lag versteckt auf geheimen Bankkonten und in Schließfächern zwischen London und Johannesburg. Selbst wenn sie jetzt sofort abreiste, wie sollte sie morgen damit wieder hier sein?

Diese Frage brachte Angela zu ihrer letzten Theorie: Vielleicht war noch etwas anderes auf der Jacht gewesen.

Darüber dachte ich eine Zeitlang nach. Die Theorie leuchtete ein. Wir wussten, dass Sabo Park die Saphire gefunden hatte. Wir wussten, dass jemand anders ihn dann umgebracht hatte. Und wir wussten, dass dieser Jemand die Saphire gegen etwas anderes eintauschen wollte. Aber gegen was? Wenn ich eine Vermutung riskieren sollte, hätte ich gesagt: Sollte noch eine andere kostbare Ladung an Bord gewesen sein, dürfte der Killer annehmen, dass Park – und damit Angela – sie zusammen mit den Saphiren in ihren Besitz gebracht hatte. Doch dieses kostbare Objekt konnte so gut wie alles sein. Ein paar Kilo Heroin? Tonnen mit Sprengstoff? Kisten voller Sturmgewehre? Sie konnten wertvolle Schwarzmarktwaren aller Art transportiert haben. Das Problem war, dass beide Boote längst verschwunden waren. Ohne sie hatten wir keinen Anhaltspunkt. Keine Information. Nichts, wo wir ansetzen konnten. Was immer der Killer haben wollte, wir hatten es nicht, und wir wussten nicht, was es war. Zum Teufel, wir wussten nicht einmal, wo wir mit dem Suchen anfangen sollten.

Angela saß in einer verfluchten Klemme.

Jetzt war ich an der Reihe. Ich erzählte ihr, wie ihre Suite ausgesehen hatte, als ich dort war. Der Safe sei noch intakt gewesen, aber es sei klar, dass jemand da gewesen war und etwas gesucht hatte. Angela war überrascht, denn auf den Geldscheinen war von *morgen* die Rede. Warum sollte jemand so bald nach der Ablieferung des Kopfes ihre Suite zertrümmern? Anscheinend übersahen wir hier etwas. Ich berichtete ihr von dem Gangster, der mir gefolgt war. Für mich, sagte ich, habe er nicht wie ein burmesischer Paramilitär oder ein Edelstein-Yakuza ausgesehen. Er war eindeutig von hier gewesen, und jemand hatte ihn beauftragt. War er der Killer? Nein, das war ausgeschlossen.

Es gab nur eine Schlussfolgerung, die sämtliche Fragen beantwortete.

»Da war noch jemand auf dem Boot«, sagte ich. »Und wir haben Zeit bis morgen, um ihn zu finden.«

Angela schüttelte wieder eine Zigarette aus der Packung. Ich holte mein Feuerzeug heraus, aber sie war schneller und zündete sie selbst an. Ich fragte mich, wie viele Packungen sie an diesem Tag schon geraucht hatte. Die ganze Limousine stank nach Rauch, und der Aschenbecher in der Mittelkonsole quoll von Stummeln über. Jeder hat eine andere Methode, mit Stress umzugehen, und dies war ihre. Ihr Lippenstift war schon vor Stunden an den Filtern hängen geblieben, und sie hatte sich die Mühe gespart, ihn aufzufrischen. Sie blies den Rauch durch den Wagen und legte den Kopf schräg.

»Hör zu«, sagte ich. »Als ich in Bogotá gearbeitet habe, konnte ich so einiges über das Schmuggeln lernen. Echte Profis befassen sich nur selten exklusiv mit einer einzigen Ware. Manche mögen Teil einer Pipeline sein, aber die meisten Schmuggler sind Rauschgifttransporteure oder Freelancer wie wir. Wenn ein Kartell will, dass sie Heroin transportieren, transportieren sie Heroin. Wenn ein anderes Meth geschmuggelt haben will, schmuggeln sie Meth. Wenn beides befördert werden soll, befördern sie beides. So läuft das einfach in diesem Job. Verdammt, ich kannte mal einen, der einen VW-Bus fast zweitausend Meilen weit geschmuggelt hat, nur um den Zoll zu sparen. Ehrlich gesagt, ich würde mich sehr wundern, wenn auf dieser Jacht *nicht* noch etwas anderes gewesen wäre.«

»Ich weiß nicht«, sagte Angela. »Ich habe gründliche Recherchen über dieses Boot angestellt. Es hat ausschließlich Edelsteine befördert.«

»Vielleicht aber auch Heroin. Oder Rubine oder Waffen. Was immer es war, jemand will es haben und glaubt, dass du es hast. Überleg doch. Die Mitteilung, die du bekommen hast, lautet: *Sie werden zurückgeben, was Sie gestohlen haben, und bekommen dafür die Saphire.* Das klingt nicht wie eine Morddrohung, finde ich. Eher wie ein geschäftlicher Vorschlag. Ich wette, wir haben es nicht mit kriminellen Juwelenhändlern oder ihren Beschützern aus der organisierten Kriminalität zu tun, sondern mit einem unzufriedenen Kunden. Mit jemandem, der Saphire bekommen, aber etwas anderes bestellt hat. Deshalb haben sie dir einen zurückgegeben, zusammen mit Parks Kopf. Sie sind nicht hinter der Beute aus einem früheren Diebstahl her. Sie wollen etwas Neues. Etwas ganz Bestimmtes.«

»Aber wie zum Teufel sind sie mir auf die Spur gekommen?«

»Ist doch egal«, sagte ich. »Na ja, zumindest im Augenblick. Wir müssen herausfinden, was dieser Dritte haben will, sonst sind wir im Arsch. Wenn wir zu lange herumraten, wie sie dich gefunden haben könnten, kriegen wir beide nur Kopfschmerzen. Es gibt einfach zu viele Möglichkeiten, wie das passiert sein kann. Vielleicht haben sie Park gefoltert, bis er zusammengebrochen ist. Vielleicht warst du nicht die Einzige, die dieses Boot beobachtet hat. Vielleicht war es ein Insiderjob, oder sie haben so etwas einfach eingeplant. Es ist egal. Hotelzimmer können auffliegen. Das kommt vor. Jetzt müssen wir herausfinden, was dieser Dritte weiß, und worauf er es abgesehen hat. Dann können wir etwas dagegen unternehmen.«

Angela schwieg.

»Ich glaube, du hast dieses Pferd von hinten aufgezäumt«, fuhr ich fort. »Du stellst die falschen Fragen. Statt für das *Wer* und *Wie* solltest du dich für das *Wo* interessieren. Da draußen waren letzte Nacht nur zwei Boote, richtig? Zwei. Das bedeutet, eins ist noch irgendwo. Eins ist hierher zurückgefahren – deshalb hast du Parks Kopf mit dem Edelstein bekommen können. Jede Wette: Wenn wir diesem Boot folgen, finden wir heraus, wer dieser Dritte ist und was er in deinem Besitz vermutet.«

»Und wie sollen wir das anstellen? Was schlägst du vor?«

»Du hast gesagt, Park sollte den Fischkutter nach Macau zurückbringen und mit Industriereiniger abspritzen. Woher weißt du, dass das nicht passiert ist?«

»Das GPS ist nicht wieder online gegangen«, sagte Angela.

»Das Signal ist abgebrochen, als der Störsender eingeschaltet wurde. Und das Fischerboot, das wir gestohlen haben, war so alt, dass kein EPIRB an Bord war. Ich habe keine Möglichkeit, es zu lokalisieren.«

»Kein was?«

»Kein Emergency So-und-so Radio Beacon. Das ist ein Notfall-Positionssender«, erklärte Angela. »Der schaltet sich ein, wenn ein Boot zu sinken droht, sodass die Rettungseinheiten wissen, wo sie nach Überlebenden suchen müssen. Heutzutage haben das viele Boote, aber dieses nicht.«

»Hast du im Jachthafen nachgesehen? Ich meine, bist du persönlich da gewesen?«

»Selbstverständlich. Inzwischen schon dreimal. Es ist nicht da.«

»Das heißt, der Störsender könnte noch eingeschaltet und das Boot inzwischen auf halbem Wege nach Singapur sein.«

»Oder es liegt auf dem Meeresboden.«

»Oder sonstwo«, sagte ich. »Das ist gleichgültig. Was ist mit der Jacht, die die Schmuggler benutzt haben? Die hatte ja keinen Störsender. Du hast gesagt, du hast sie monatelang beobachtet. Was ist aus ihr geworden? Ist sie auch verschwunden?«

»Meine Crew hatte den Auftrag, sie zu versenken«, sagte Angela. »Sie sollten den EPIRB abschalten und ein Dutzend Kugeln in den Rumpf jagen. Die Schmuggeljacht sollte jetzt auf dem Meeresgrund liegen.«

»Und liegt sie da auch?«

»Ja«, sagte Angela. »Der Positionssender hat sich nie eingeschaltet. Ich habe mich zweimal vergewissert.«

»Okay«, sagte ich. »Aber die Jacht hatte nicht nur diesen Positionssender, oder? Sie hatte auch *deinen* GPS-Peilsender, den du heimlich dort angebracht hattest. Was ist denn aus dem geworden?«

Angela nagte an der Unterlippe. »Sabo muss ja irgendwie an

Land gekommen sein«, sagte ich. »Eins der Boote ist zurückgekommen.«

Angela antwortete nicht. Sie sah mich kurz an, rutschte auf ihrem Sitz nach vorn und kniete sich neben einen der großen Halliburton-Koffer. Sie gab den Code am Zahlenschloss ein, und der Deckel klappte auf. Ich sah einen Laptop. Auf der Rückseite des Bildschirms, am Deckel, klebte ein Kästchen von der Größe einer Zigarettenschachtel, aus dem eine dicke schwarze Antenne ragte. Ich wusste, was das war: ein Satellitenempfänger, mit dem sie überall online gehen konnte. Wahrscheinlich hatte er ein Vermögen gekostet.

Angela schaltete den Computer ein. Der Begrüßungsbildschirm leuchtete ein paar Sekunden lang, und dann startete ein GPS-Live-Tracking-Programm mit einer Weltkarte. Dieses Programm fand sein Signal fast überall auf der Welt, und die Verbindung war nicht wacklig wie bei einem kommerziellen GPS-Empfänger. Bei einem handelsüblichen Telefon konnte der GPS-Empfang schon unter einer dichten Wolkendecke oder in einer Tiefgarage abbrechen, aber bei diesem Ding niemals. Die Batterie konnte zehn Jahre halten, und um es kaputt zu machen, brauchte man mindestens einen Schneidbrenner. Ich hatte in einer Technikzeitschrift davon gelesen. Das Gerät war für den Einsatz bei Such- und Rettungsaktionen gedacht. Ich wusste nicht, woher Angela so etwas bekam, aber legal hatte sie es ganz sicher nicht erstanden. Das da war militärische Hardware.

Sie drückte ein paar Tasten am Computer, und eine Sekunde später erkannte ich die groben Umrisse der Halbinsel Macau und von Hongkong Island. Und da, wo die Küste am weitesten nach Osten reichte, blinkte ein blaues Licht.

»Was ist das?«, fragte ich.

»Das ist die Jacht«, sagte Angela. »Das Peilsignal ist noch da.«

»Wo?«

»Vor Hongkong.«

Wir starrten beide auf den Bildschirm. Dort, dicht vor der Nordwestküste von Hongkong Island, war der kleine blaue Tracking-Punkt. Er bewegte sich nicht. Angela zoomte so dicht heran wie möglich, um sich zu vergewissern. Sie rief das GPS-Log auf. Abgesehen von ein paar äußerst geringfügigen Variationen war der Sender seit fast vierundzwanzig Stunden innerhalb derselben zehn Quadratmeter geblieben. Mitten im Hafen. Es sah aus, als sei die Jacht vor Anker gegangen und verlassen worden.

»Tja, ich glaube, sie haben sie doch nicht versenkt«, sagte ich.

»Ich kann nicht fassen, dass ich das nicht gecheckt habe«, sagte Angela und biss sich auf die Lippe. »Keine Ahnung, was ich mir gedacht habe.«

»Zerbrich dir nicht den Kopf«, sagte ich. »Ein naheliegender Fehler. Du dachtest, Park bringt das Fischerboot zurück. Woher solltest du wissen, dass es anders kommt?«

»Trotzdem.«

»Der Stress macht manchmal komische Sachen«, sagte ich. »Besonders, wenn du einen abgeschnittenen Kopf anstarrst. Apropos …«

»Müllschlucker im Hotel«, sagte Angela. »Plastiksack. Abflussreiniger. Das Rohr führt in eine Müllpresse im Keller, und der komprimierte Abfall landet auf einer Deponie auf dem Festland. Selbst wenn die Polizei den Kopf irgendwo auf der Strecke finden sollte, wird sie ihn nicht zurückverfolgen können. Der Abflussreiniger verätzt die Gesichtszüge, und auf seinem Weg wird der Kopf am Ende durch drei verschiedene internationale Zuständigkeitsbereiche gewandert sein.«

»Gut«, sagte ich.

»Aber dieser Punkt hier …«

» … erklärt, warum der Killer die Saphire hat«, sagte ich. »Sieh es einmal so: Wenn ich eine wichtige Lieferung erwarte, bin ich immer aufgeregt. Ich schaue dreimal am Tag in den Briefkasten. Wenn ich eine Trackingnummer habe, verfolge ich die Zustellung online. So bin ich einfach. Ich möchte gern immer wissen, wo mein Paket gerade ist, damit ich weiß, wann es ankommt. Jetzt stell dir vor, du lässt etwas wirklich Teures schmuggeln. Würdest du es nicht im Auge behalten wollen? Würdet du keine Trackingnummer haben wollen?«

»Doch, natürlich.«

»Ich nehme an, unserem Klavierstimmer ist es genauso gegangen. Womöglich hat er genau wie du einen Peilsender an der Schmugglerjacht befestigt, und dann war er schneller als dein Buttonman.«

»Sabo findet die Lieferung, Sabo versteckt die Lieferung, der Killer findet Sabo, Sabos Kopf findet mich«, sagte Angela. »Scheiße.«

»Immerhin wissen wir jetzt, wo wir anfangen müssen«, sagte ich. »Wenn wir wissen, was diese Person haben will, können wir uns auch überlegen, wie wir verhandeln.«

»Ich bin nicht groß im Verhandeln«, sagte Angela. »Jemand hat meine Crew umgebracht und mir einen Kopf im Karton geschickt. Wenn ich die Gelegenheit bekomme, werde ich diese Leute begraben.«

»Ich glaube, das würden sie mit dir auch tun«, sagte ich. »Aber ich will auf alle Fälle wissen, worauf sie so scharf sind.«

»Wieso bist du so sicher, dass es noch da ist?«

»Weiß ich nicht«, sagte ich. »Vielleicht, weil er denkt, dass wir es haben. Vielleicht aus einem anderen Grund. Es ist einfach ein Gefühl.«

Angela lachte. Sie stellte den Computer zur Seite und nahm einen tiefen Zug aus ihrer Zigarette. Die Limousine holperte über eine Bodenwelle. Ich schaute aus dem Fenster. Wir waren schon einmal ganz um die Insel herumgefahren und kamen jetzt wieder an denselben Gebäuden vorbei. In der Ferne sah ich das Tammany Hall.

Ich nahm den Computer auf den Schoß und zeigte auf das Display. »Wir müssen dort hin«, sagte ich. »Aber das könnte schwierig werden. Soweit ich weiß, braucht man mit der Schnellfähre eine Stunde bis Hongkong. Selbst wenn wir die nächste noch erwischen, brauchen wir mindestens neunzig Minuten, angesichts der Einreisekontrollen. Und schlimmer noch – wenn wir da sind, müssen wir herausfinden, wie wir zum Hafen kommen. Hongkong ist nicht gerade Miami. Wir können nicht einfach mit einem frischen Hunderter und einem Fingerschnipsen einen Skipper chartern. Die wollen gebucht werden, und wir haben nicht den ganzen Tag Zeit für so etwas. Außerdem, mit einem gemieteten Boot zu unserem eigenen Tatort fahren, das ist wirklich das Letzte, wozu ich Lust habe. An dem Schmuggelboot könnten noch Blutspuren sein. Wir könnten uns belasten.«

»Keine Sorge«, sagte Angela. »Das Beförderungsmittel besorge ich. Ich habe etwas, das ein bisschen *schneller* ist.«

ACHTZEHN

Wir brauchten ungefähr zehn Minuten bis zur Monte Carlo Grand Marina, dem Jachthafen am Südrand von Macau. Angela befahl Johnnie, auf dem benachbarten Parkplatz auf unseren Anruf zu warten. Wir stiegen aus und gingen geradewegs zum Pier. Überall drängten sich teure Jachten in allen Formen und Größen. Die größten lagen dem Ufer am nächsten, und sie sahen aus wie kleine Häuser, nicht wie Schiffe. Auf einer tobte eine Party. Ich hörte den stampfenden Beat der elektronischen Musik. Scheinwerfer strahlten die Wolken an.

Das Monte Carlo war eine alte Dame in dieser Stadt. Das Hotel war vor ungefähr zehn Jahren gebaut worden und sollte wirken wie ein europäischer Jachtclub, wo Milliardäre ihre Luxusboote parken und die ganze Nacht am Spieltisch verbringen konnten. Es lockte eine Handvoll schwerreicher Gäste an, aber die meisten erfahrenen Kapitäne benutzten lieber den Hafen im Norden, der deutlich größer und viel billiger war. Die Kaianlagen hier waren für Angeber und Dilettanten mit mehr Geld als Verstand.

Angela führte mich über eine Treppe zum Pier hinunter. Ich blieb hinter ihr und versuchte, auszusehen wie ihr Bodyguard. Ich hatte den kleinsten Halliburton-Koffer mitgenommen, weil er zu dieser Rolle passte. Ihr aristokratisches Auftreten konnte ich nicht so leicht nachahmen. Sie war der Boss, und das wusste sie. Der Himmel wurde seltsam dunkel, und schwarze Wolken schoben sich von Süden heran. Ich sah auf die Uhr. Es war noch nicht einmal halb zwei.

»Zu wessen Boot wollen wir?«, fragte ich.

»Zu meinem«, sagte Angela.

»Ach ja?«, fragte ich. »Wem hast du es gestohlen?«

»Niemandem.« Sie kletterte die Leiter hinunter auf das Deck. »Ich hab's gekauft. Okay, *sozusagen* gekauft. Es gehört Oksana Timoschenko, einer meiner Identitäten. Der vorherige Eigner hat versucht, mir in Bangkok ein paar minderwertige Diamanten zu verkaufen. Ich habe das Geschäft mit ihm durch eine Scheinfirma gemacht und fast nichts dafür bezahlt.«

»Kann man es mit dir in Verbindung bringen?«

»*Nichts* kann man mit mir in Verbindung bringen.«

Es hätte mich nicht überraschen dürfen. Aus Macau zu verschwinden ist schwierig, und Angela hatte schon immer etwas für das offene Meer übriggehabt. Außerdem machte es ihr Spaß, das Geld mit beiden Händen zum Fenster hinauszuwerfen, und das kann man mit Booten sehr gut. Ihres lag am hinteren Ende des Piers, ein blaues Schnellboot, mindestens zwölf Meter lang. Nun verstehe ich eine Menge von vielen verschiedenen Dingen, aber von Booten habe ich keine Ahnung. Dieses sah immerhin gut aus. Es war offensichtlich dazu gedacht, zu fliegen. Der Bug reichte über mehr als die Hälfte der Gesamtlänge, und es war aus irgendeinem Leichtmaterial gebaut, das ich nicht identifizieren konnte. Es hatte einen Doppelrumpf und würde bei hoher Geschwindigkeit über das Wasser gleiten wie ein flacher Kiesel. Ich glaube, diesen Bootstyp bezeichnet man als Katamaran. Im Heck saßen zwei Innenbordmotoren. Das Steuerpult sah aus, als stamme es aus dem Space Shuttle. Der Rumpf war blau wie ein Zaunkönigsei, und über einem schwarzen Rennstreifen an der Seite stand der Name: *Siren*.

»Sehr unauffällig«, sagte ich.

»Verglichen mit den schwimmenden Hotels, die hier normalerweise durchfahren, ist dieser kleine Zigarettenschmuggler beinahe ein Lastkahn«, sagte Angela. »Sieh dich doch um. Diese Stadt besteht nur aus Champagner, Sportwagen und Treuhandfonds. Eine Nacht im Jachthafen kostet mehr als eine Suite im Hotel, und manche Gäste laufen nie aus. Mit einem bescheidenen kleinen zweisitzigen Motorboot käme ich niemals an der Grenzpatrouille vorbei. Den reichsten Ausländern lässt das Gesetz ein bisschen mehr Spielraum, denn Macau ist darauf angewiesen, dass wir uns wohlfühlen. Solange wir uns aus kommunistischen Gewässern heraushalten, lässt man uns gewähren.«

»Schön«, sagte ich. »Und ich nehme an, du kannst das Boot fahren.«

»In meinem Job habe ich viel Freizeit«, sagte Angela.

Ich lächelte und kletterte nach ihr in das Boot. Dort nahm sie mir den Halliburton-Koffer aus der Hand und klappte ihn auf. Er enthielt den Computer, den wir benutzt hatten, und eine mittelgroße schwarze Sporttasche. Sie zog den Reißverschluss auf und zeigte mir eine AK-47-Variante mit klappbarer Schulterstütze und drei Plastikmagazinen mit je dreißig Schuss. Welcher Typ der Kalaschnikow es war, konnte ich nicht erkennen, aber es war jedenfalls ein älteres Modell. Ich sah keinen Prägestempel oder sonstige Markierungen, und vom Holzschaft blätterte der Lack ab. Das AK-47 ist nicht ohne Grund das beliebteste Gewehr der Welt, nehme ich an. Dieses hier war möglicherweise vor mehr als vierzig Jahren gebaut worden, und das Einzige, was gealtert war, war das *Holz*.

Ich stieß einen leisen Pfiff aus. »Wo zum Teufel hast du hier eine Kalaschnikow aufgetrieben?«

»Die gehörte zum Boot«, sagte Angela. »Erinnerst du dich an Pak Pao, das Mädchen, das wir vor vielen Jahren über Uncle Joe kennengelernt haben? Sie ist jetzt in Bangkok und schmuggelt Waffen. Hat ein richtiges Unternehmen, entlang der alten Ah-Kong-Route.«

»Im Ernst?«

»Ist anscheinend glücklich damit. Sie verdient gutes Geld, und ihre Ware ist nicht so übel. Sie hat vierzehn, fünfzehn Mann, die für sie arbeiten.«

»Ich hätte ehrlich nicht gedacht, dass sie so lange lebt.«

»Sie ist gescheiter, als du glaubst«, sagte Angela. »Übrigens, das Gewehr gehört jetzt dir. Für den Fall, dass wir Ärger bekommen.«

»Erwartest du Besuch?«

»Ich erwarte immer Besuch. Die ganze Sache kann eine Falle sein, das weißt du.«

»Ich hoffe nicht.«

»Ich hoffe es auch nicht, aber ich bin gern vorbereitet.« Sie warf die Leinen los. »Ich pass auf dich auf und du auf mich.«

»Ganz wie in alten Zeiten.«

»Ja.« Angela biss sich auf die Lippe. »Aber wenn du nicht bei achtzig Knoten über Bord gehen willst, solltest du dich lieber anschnallen.«

Ich sah sie stirnrunzelnd an und stellte dann fest, dass jeder Sitz mit einem Fünf-Punkt-Gurt ausgestattet war, wie ich sie schon in Hubschraubern und Rennwagen getragen hatte. Auf einem Boot wirkte das merkwürdig. Ich schaute zu Angela hinüber und sah, dass sie sich anschnallte. Also tat ich es auch. Bei so hoher Geschwindigkeit war der Aufprall auf eine Welle vermutlich so ähnlich wie Bullenreiten. Es würde eine holprige Fahrt werden.

Angela drückte auf den Zündschalter und legte den Gang ein. Wir glitten in den Hafen hinaus, und sie schüttelte ihr Haar aus, sah mir in die Augen und schob den Gashebel nach vorn.

Wir waren unterwegs.

Die Überfahrt nach Hongkong dauerte nicht lange – nur ungefähr eine halbe Stunde. Die ersten paar Meilen waren die schlimmsten. Überall waren Patrouillenboote unterwegs. Aber als wir in offenem Gewässer waren, lehnte Angela sich gegen den Gashebel und ließ die Motoren aufheulen. Dröhnend erwachte die *Siren* zum Leben, und der Bug hob sich in die Luft. Das Boot beschleunigte wie ein Lamborghini mit durchgetretenem Gaspedal. Ich werde nicht seekrank, aber diesmal war ich verdammt dicht davor. Das Boot ließ wirbelnde Wolken von weißer Gischt aufsprühen. Ich sah nichts als riesige Wellen, die sich in unserem Kielwasser brachen, und die Regenwolken, die über dem Horizont heraufzogen.

Macau und Hongkong liegen vierzig Meilen weit auseinander an der Südostküste Chinas. In den Sommermonaten kommen ständig Stürme auf und prügeln auf die Küste ein, und ab und zu gibt es einen Taifun. Diesmal sah das Unwetter nicht so ernst aus, doch es kam schnell heran. Der Himmel wurde noch dunkler, und ich fühlte, dass es anfing zu regnen. Wenn es hier regnet, dann gießt es. Ich schaute auf den Laptop und wischte das Wasser vom Display.

Es war nicht mehr weit.

Angela nahm Gas weg, als wir uns dem Victoria Harbour näherten. Langsam und gelassen fuhren wir kurz vor Hongkong um Lantau Island herum. In der Ferne sah ich den kreisenden Lichtstrahl eines Scheinwerfers an einem Großsegler, der eben den Hafen verließ. Die Wolkenfront holte uns ein, und vor uns lag eine Nebelbank, die immer dichter wurde, je näher wir kamen. Es war mitten am Nachmittag, der Himmel war jedoch schon dunkel wie in der Nacht.

»Wird dieses Ding mit einem Sturm fertig?«, fragte ich.

»Keine Sorge«, sagte Angela. »Solange wir nichts überstürzen, ist alles in Ordnung.«

Ich drehte mich um und beobachtete den Himmel. Angela behandelte das Wetter mit geübter Lässigkeit. Sie schaltete die Instrumente ein und ließ das Boot langsame Fahrt machen. Ich entspannte mich ein wenig. Ein grüner Berggipfel ragte majestätisch aus dem Nebel, und Sirenen hallten durch den Hafen. Der GPS-Marker bezeichnete einen Punkt dicht hinter Green Island, eine entlegene Stelle im Ufergewässer. Angela nahm weiter Gas weg.

»Sieh dich um«, sagte sie. »Irgendwo hier muss es sein.«

In diesem Nebel konnte ich keine zwei Meter weit sehen. Das Ufer vermutete ich auf der linken Seite, denn dort nahmen Felsen allmählich Gestalt an. Andere Boote waren nicht zu sehen. Die nächsten Lichter leuchteten auf dem Highway oberhalb der Küste.

Angela stellte den Motor ab, und wir trieben über das Wasser. Ich hörte das Prasseln des Regens. Als das Boot zur Ruhe gekommen war, streifte sie ihren Gurt ab und stand auf. Am Horizont sah ich die Spitzen der Wolkenkratzer von Hongkong. Winzige weiße Lichtpunkte funkelten wie Sterne über den Wolken. Ich öffnete meinen Gurt ebenfalls und rückte zur Seite, um besser sehen zu können. Der blaue Punkt auf Angelas Bildschirm kam immer näher. Ich hielt die Augen offen, aber ich sah keine Spur von der Jacht.

Wir waren jetzt nur noch vierzig Meter weit entfernt.

Wir drifteten sehr langsam durch den Nebel, und Angela schaltete die Scheinwerfer ein. Aber das Licht reichte nicht sehr weit. Der Punkt auf der Computerkarte kam immer näher. Ich schaute ins Wasser. Es war hellblau, also konnte es nicht sehr tief sein. Ein größeres Schiff würde hier auf Grund laufen. Vor uns waren auch ein paar Klippen zu sehen.

Angela warf stirnrunzelnd einen Blick auf den Radarschirm. Abgesehen von den Klippen war da nicht viel. Die wenigen Blips vor uns waren wahrscheinlich nichts anderes als Felsen. Sie waren nicht groß genug für eine Boje oder eine andere Art von Markierung. Der Nebel war jetzt so gut wie undurchdringlich. Der blaue Punkt blinkte weiter.

»Bist du sicher, dass wir hier richtig sind?«, fragte ich.

Sie nickte. »Das Signal ist stark und klar.«

»Was sagen die Instrumente?«

»Nichts.«

Wir konnten nur noch zwanzig Meter weit entfernt sein.

Ich machte schmale Augen und spähte angestrengt nach vorn. Irgendetwas hier schien mir nicht richtig zu sein. In dieser abgeschiedenen Gegend war nicht viel Verkehr, und daher eignete sie sich vorzüglich für einen Hinterhalt. Ich beugte mich hinunter, nahm das AK-47 aus der Tasche und klappte die Schulterstütze zurück. Dann schob ich ein Magazin ein und lud das Gewehr durch. Das war nur eine Vorsichtsmaßnahme. Es war sehr still hier draußen, und der Nebel machte uns blind. Ich hörte das Plätschern der Wellen an der Bootswand, und ich legte das Sturmgewehr in die Armbeuge und spähte über das Wasser, so weit ich sehen konnte. Da draußen war etwas. Ich spürte es.

Noch zehn Meter.

Dann hörte ich einen Piepton. Da war etwas auf den Instrumenten. Es erschien nur für eine Sekunde auf dem Bildschirm, aber es war sehr nah. Ich blinzelte. Es konnte ein Störimpuls sein. Radar ist nicht vollkommen, doch das da war ungewöhnlich. Ich musste daran denken, was Angela über den Fischkutter gesagt hatte: dass er mit einem Störsender ausgerüstet gewesen war, sodass er auf bestimmten Radartypen nicht erschien. Hatte die Schmugglerjacht vielleicht genauso ein Ding an Bord gehabt? Ich schaute hinüber zum GPS-Bildschirm. Der schwarze Pfeil, der unseren Standort anzeigte, überlagerte den blauen Punkt exakt. Der Computer gab wieder einen Piepton von sich.

Was immer es war, wir waren genau darüber.

NEUNZEHN

Angela ließ den Anker fallen, und wir kamen langsam zum Stehen. Sie schwieg eine brenzlige Minute lang, während ich alle meine Sinne darauf konzentrierte, mich umzusehen. Ich schaute sogar über den Bootsrand nach unten für den Fall, dass da etwas unmittelbar unter uns war. Nichts. Der Regen war lauwarm wie altes Badewasser. Angela hob frustriert die Hände. Ich spähte weiter über Bord. War uns irgendetwas entgangen?

Wo zum Teufel kam dieses Signal her?

Es ergab keinen Sinn. Der Computer zeigte an, dass Angelas GPS-Peilsender irgendwo hier innerhalb dieser zehn Quadratmeter sein musste. Zehn Quadratmeter sind eine winzige Fläche. Ich habe Badezimmer gehabt, die größer waren. Stellen Sie sich einen Kreis mit ungefähr dreieinhalb Metern Durchmesser vor. Das sind zehn Quadratmeter. Angelas Boot nahm mehr Platz in Anspruch. Verdammt, es musste genau da sein, wo ich stand – buchstäblich unter meinen Füßen.

»Wo ist das verfluchte Ding?«, fragte Angela.

»Keine Ahnung«, sagte ich. »Kann es sein, dass das Programm spinnt? Dass der Computer uns einen falschen Standort angibt?«

»Das wäre *möglich*«, sagte Angela.

»Kann die Strömung oder das schlechte Wetter die Position verschieben?«

»Wiederum, es *könnte* sein«, sagte sie. »Aber das hier ist kein Handy, Jack. Es ist militärisches Gerät. Hardcore. Es muss fast in jeder Situation funktionieren.«

»Auch auf dem Grund des Meeres?«

Sie antwortete nicht, sondern schaute nur in das düstere Wasser unter uns. Die Wasseroberfläche war sehr ruhig und, abgesehen vom Regen, fast spiegelglatt. Einen Augenblick später ging sie zum Computer und überprüfte das Ortungssignal noch einmal. Ja, wir waren an der richtigen Stelle. Und nicht nur das, das Signal wurde immer noch gesendet, laut und deutlich, genau da, wo wir standen.

»Muss wohl«, sagte Angela. »Aber was machen wir jetzt?«

»Ich glaube, darauf gibt es nur eine Antwort«, sagte ich. »Einer von uns muss schwimmen gehen.«

»Wie bitte?«

»Der Peilsender ist unter uns, oder? Das bedeutet, wir müssen tauchen und nachsehen.«

»Du willst wirklich da hinuntertauchen?«

»Hast du eine bessere Idee?«

Sie schwieg.

»Es ist Sommer«, sagte ich. »Der Regen ist mild, und das Wasser ist regelrecht warm. Bei dieser Farbe gehe ich jede Wette ein, dass es nur sieben oder höchstens acht Meter tief ist. Verdammt, wenn da unten etwas ist, finden wir es wahrscheinlich dicht unter der Oberfläche. Park hätte die Jacht nicht in diesem seichten Gewässer versenkt, wenn er nicht etwas hätte verstecken wollen. Wenn er sie nur hätte loswerden wollen, um seine Spuren zu verwischen, dann hätte er sie in tieferem Wasser auf Grund gesetzt, wo das Wrack schwerer zu finden wäre. Aber er hat diese Stelle ausgesucht. Das bedeutet, da unten ist etwas. Gut versteckt.«

»Ich will aber nicht, dass du mir ertrinkst.«

»Keine Angst«, sagte ich. »Wenn der Sender zu tief unter Wasser wäre, würde er wohl nicht mehr funktionieren. Das Signal muss von einem Satelliten zurückgeworfen werden, der sich dreizehntausend Meilen hoch im Orbit befindet, stimmt's? Selbst das beste GPS der Welt durchdringt nicht mehr als ein paar Meter

Salzwasser. Dass wir überhaupt ein Signal empfangen, bedeutet also, dass es nicht sehr tief sein kann.«

»Aber vielleicht ist es nur ein Wrack«, sagte Angela. »Wahrscheinlich liegt die ganze Schmugglerjacht da unten. Oder, noch schlimmer, es ist nur das, was noch von Sabo übrig ist. Wer weiß, was unser geheimnisvoller Konkurrent mit der Leiche angefangen hat? Vielleicht sitzt sie in Müllsäcke eingewickelt unter uns, von ein paar Steinen beschwert.«

»Was das Boot angeht, hast du wahrscheinlich recht«, sagte ich. »Aber warum hat Park es hier im Hafen versenkt, wenn er es so gut wie überall hätte absaufen lassen können? Die Mühe hätte er sich sparen können. Und ich glaube nicht, dass es nur eine Leiche ist. Park wusste doch gar nichts von dem Peilsender. Warum also sollte er ihn jetzt bei sich haben?«

Angela sagte nichts.

»Glaub mir«, sagte ich. »Da unten ist etwas anderes. Mehr als nur die Jacht.«

»Willst du wetten?«

»Zwanzig Dollar.«

Sie verschränkte die Arme.

»Na«, sagte ich, »wir werden erst Bescheid wissen, wenn wir nachsehen. Also, hilfst du mir oder nicht?«

»Was glaubst du denn, was da unten ist?«

»Keine Ahnung«, sagte ich. »Spannend, nicht wahr?«

»Okay. Aber wenn das Wetter schlechter wird, ziehe ich dich sofort hoch.«

»Womit?«

»Mit dem verdammten Anker, wenn es sein muss.«

»Verstanden.«

Ich zog meine weiße Jacke aus und fing an, mein Hemd aufzuknöpfen. Es gab keinen Grund, meine einzige Garderobe zu ruinieren, und außerdem brauchte ich etwas Warmes zum

Anziehen, wenn ich wieder heraufkäme. Ich bezweifelte, dass Angela frische Frotteetücher an Bord hatte. Ich streifte die Schuhe ab und sah zu ihr auf.

»Ich werde auf Patrouillenboote achten«, sagte sie. »Und hole dich hoch, wenn es anfängt zu donnern. Ich ziehe einfach an der Ankerkette. Verstehst du irgendetwas vom Tauchen?«

»Man darf nicht einatmen«, sagte ich.

»Sehr komisch.«

»Hör zu, ich habe das Meer zum ersten Mal gesehen, als ich siebzehn war, und darin geschwommen bin ich erst, als ich dich kannte. Aber im Pool bin ich ein guter Schwimmer, und Gerätetauchen ist mir nicht mehr völlig fremd. Bei dieser Tiefe – wie schwierig kann das sein? Wenn ich nichts finde, bin ich in zwei Minuten wieder oben, das verspreche ich dir. Zweieinhalb, höchstens.«

»Ich verlasse mich darauf«, sagte Angela. »Wenn ich dich holen kommen muss, kannst du dich warm anziehen.«

Ich lächelte, nahm meine Uhr ab und gab sie ihr. »Nicht verlieren«, sagte ich. »Sie bedeutet mir mehr als alles auf der Welt.«

Wortlos steckte sie die Uhr ein. Ein Mundwinkel zuckte

Ich setzte mich auf den Bootsrand, atmete tief durch und hyperventilierte eine Minute lang, damit mein Körper sauerstoffgesättigt war. Nach einem letzten tiefen Atemzug nickte ich Angela zum Abschied zu und ließ mich rückwärts ins Wasser kippen.

Es war ein Jahr her, dass ich das letzte Mal im Meer gewesen war, und so dauerte mein erster Tauchgang nicht so lange, wie ich es erhofft hatte. Ich musste auftauchen, bevor ich wirklich etwas tun konnte. Das Wasser war viel kälter als erwartet, und mein Körper reagierte entsprechend. Schon bei zwanzig Grad erlebt man einen Schock, und wahrscheinlich war das Wasser hier kälter. Außerdem hatte ich ganz vergessen, wie schwer es ist, im Meerwasser die Augen offen zu halten, besonders in *diesem*

Meerwasser. Ich wollte mir nicht vorstellen, was außer mir noch hier drin war. Ich war weniger als eine Meile weit von einer Stadt entfernt, deren sieben Millionen Einwohner eine Menge abscheuliches Zeug absonderten. Es war, als badete ich in einer Kloake.

Ich tauchte wieder auf und streckte den Daumen hoch. Angela sagte nichts; sie schaute nur auf die Uhr. Ich atmete zweimal tief ein und tauchte wieder unter.

Zuerst musste ich mich orientieren. Ohne Taucherbrille brannten mir die Augen wie Feuer, und es dauerte eine Minute, bis sie sich an die Dunkelheit gewöhnt hatten. Ich zog mich am Ankertau nach unten. Bald konnte ich das Licht, das über mir ins Wasser sickerte, kaum noch sehen. Ich ließ langsam Luft ab, während ich mich nach unten bewegte, und sah, wie die Bläschen an die Oberfläche entkamen. Den Meeresboden konnte ich nicht erkennen. Unter mir gähnte ein schwarzer Abgrund. Das Wasser fühlte sich dickflüssiger als normal an, und irgendwelche festen Teilchen schwebten darin. Nach ein paar Sekunden streifte etwas meinen Arm. Ich zuckte zusammen, drehte mich um und sah eine alte Plastikflasche, die neben mir dahintrieb. Und das war nicht das einzige Stück Abfall. Mehrere Plastiktüten schwebten um mich herum wie Quallen. Verdammt, es schmeckte nicht mal nach Meerwasser. Es schmeckte nach Scheiße.

Ich hatte keine Ahnung, wie tief ich gekommen war. Nach ungefähr einer Minute machte ich halt und schaute nach oben, um seine Position abzuschätzen. Die Wasseroberfläche schimmerte über mir wie ein undurchsichtiger Spiegel. Ich sah nur den Boden des Schnellbootes und den Schatten, den es um mich herum warf. Ich ließ noch ein wenig Luft aus der Lunge entweichen und zog mich weiter hinunter.

Dann sah ich nicht weit unter mir einen schimmernden Reflex wie von einem Stück Glas oder Metall. Zuerst hielt ich es wieder für ein Stück Müll, aber als ich genauer hinschaute, sah ich, dass das Objekt ziemlich groß war. Es hatte ungefähr meine Größe, und es schwebte im Wasser. Ich schwamm darauf zu, erwartete jedoch nicht viel, jedenfalls nicht sofort. Jeder Hafen ist voll von Müll, und Hongkong ist berühmt dafür. Der Name bedeutet »duftender Hafen«, und dafür gibt es einen guten Grund. An heißen Sommertagen kann man den Gestank meilenweit riechen.

Was immer da unter mir war, konnte illegal entsorgter Schrott sein – ein rostiges Motorrad, ein paar Aluminiumtonnen, ein altes Auto. Verdammt, schon die legale Abfallentsorgung produziert Berge von Müll. Seit Jahrtausenden leben Menschen am Rand von Hongkong Harbour, und die Dreckberge wachsen. *Gibt also noch keinen Grund zur Aufregung*, ermahnte ich mich. *Das kann irgendein alter Schrott sein.*

Aber es war nicht irgendein alter Schrott.

Das hier war neu.

Ich spürte es, obwohl ich kaum die Kanten erkennen konnte. Es sah aus wie ein großer Würfel. Ungefähr halb so groß wie ein Kühlschrank. Und es war mit einer dicken, klaren Plastikfolie überzogen, die im Zwielicht schimmerte. Ich konnte immer noch nicht erkennen, was sich darunter verbarg, es musste allerdings etwas Besonderes sein. Müll, der so aussah, hatte ich noch nicht gesehen.

Mit den Beinen rudernd schwamm ich hinüber. Der Gegenstand war mit einem Tau irgendwo befestigt und hatte offenbar natürlichen Auftrieb, denn das Tau war straff gespannt, und das Ding wäre sonst davongetrieben. Den Grund konnte ich immer noch nicht sehen, und deshalb wusste ich nicht, woran das Tau befestigt war, aber es musste etwas Schweres sein, wenn man bedachte, wie klobig das Objekt war. Vielleicht hatte es einen eigenen Anker. Oder, verdammt, es war an die versenkte Jacht geknotet. Jedenfalls hatte jemand es anscheinend gut befestigt. Die Knoten waren beeindruckend. Das Ganze erinnerte mich an eine altertümliche Seemine.

Ich ließ die letzten Luftblasen ab, und es wurde schwierig, auch nur zu bleiben, wo ich war. Ich wollte nach dem Ding greifen, aber meine Hand rutschte ab, und es dümpelte zur Seite. Die Zeit wurde knapp, doch einen Versuch wollte ich noch machen. Ich paddelte so nah heran, wie ich konnte, und streckte vorsichtig die Hand aus, um es zu berühren. Das Plastik fühlte sich kühl und weich an. Es war durchsichtig, aber in dieser Dunkelheit konnte ich nicht klar sehen. Eine dünne Schmutzschicht hatte sich daraufgelegt. Ich wischte Sand und Algen ab und bewegte mich ganz dicht heran, um durch die Folie zu spähen.

Dann wusste ich, was es war.

ZWANZIG

Victoria Harbour, Hongkong

Als das Programm auf Laurences Computer einen Signalton von sich gab, brauchte er einen Augenblick, um zu begreifen, woher das Geräusch kam. Es war der spezielle Alarm, mit dem sein Computer ihm mitteilte, dass der Peilsender wieder online war. Er schob die Maus hin und her, und der Bildschirm leuchtete auf. Ein roter Punkt blinkte auf der anderen Seite von Hongkong Harbour. Endlich hatte jemand das Objekt bewegt. Wenn er sich beeilte, könnte er in weniger als zwanzig Minuten dort sein.

Er war wieder im Geschäft.

Laurence war so gut wie startbereit. Er warf seine Waffen in die Reisetasche, nahm seine Brieftasche von der Küchentheke und lief zur Tür hinaus. Draußen blieb er noch einmal kurz stehen, um abzuschließen. Er hatte keine Zeit zu verlieren. Auf dem Markt kamen die Fischer schon früh zurück, denn im Süden zog ein Unwetter auf, das schnell näher kam, und die Behörden hatten eine Gewitterwarnung herausgegeben. Laurence sprang auf sein Motorrad und raste zum Ende der Kaianlagen. Im Zickzack schoss er an den Trucks der Fischer vorbei und parkte sein Motorrad hinter einer Reihe Müllcontainer. Er würde sich nicht in die Nähe der kommerziellen Schiffe begeben. Er wollte zu den Vergnügungsbooten.

Er warf sich die Tasche über die Schulter und spazierte kaugummikauend ein paar Minuten lang an den Bootsstegen entlang. Es dauerte nicht lange, bis er gefunden hatte, was er suchte. Am hinteren Ende stand ein älterer Chinese in Jeans und einem weißen T-Shirt auf dem Deck seines nachtschwarzen Schnellbootes und putzte die Windschutzscheibe mit einem nassen Tuch.

Laurence ging zu ihm. »Hey, sprechen Sie Englisch? Sie haben ein sehr schönes Boot«, sagte Laurence.

Der alte Mann sah ihn verwirrt an. Dann schaute er sich um. Vielleicht war Laurence mit jemand anderem gekommen, oder er verwechselte ihn. Schließlich sagte er: »Ja, es ist ein sehr schönes Boot.«

Das war es tatsächlich. Unwillkürlich bewunderte Laurence das lange, schnittige Schmuggelboot mit dem schimmernden Glasfaserrumpf. Es war mindestens zehn Meter lang, und die beiden Innenborder im Heck sahen aus wie ernstzunehmende Kraftpakete. Das Deck war mit weißem Polyester überzogen. Alles in allem war das Boot älter als viele der anderen Spielzeuge für Reiche, die hier vertäut lagen, aber was ihm an Technologie fehlte, machte es durch Stil mehr als wett. Laurence fragte sich, wie schnell es wohl sein mochte.

»Suchen Sie jemanden?«, fragte der alte Mann.

Laurence schaute zum Himmel, der sich merklich verdunkelte. Er spürte das Gewitter; die kleinen Härchen auf seiner Haut sträubten sich. Die Hitze nahm zu, die Luftfeuchtigkeit ebenfalls. Die Luft roch nach Salzwasser, verrottetem Fisch und gedämpften Klößchen.

»Nein«, sagte er. »Ich mache nur einen Spaziergang, bevor der Regen losgeht.«

»Ja, es sieht nach Gewitter aus«, sagte der alte Mann. »Aber nicht schlimm. Nur so viel, dass ich dabei nicht draußen sein möchte.«

Sie standen einen Moment lang schweigend da. Laurence kaute auf seinem Kaugummi.

»Kann ich Ihnen irgendwie helfen?«, fragte der alte Mann noch einmal.

»Ich glaube ja«, sagte Laurence. »Haben Sie genug Sprit für eine Überfahrt nach Macau?«

»Nach Macau? Warum?«

Laurence sprang an Bord und ging um die Sitze herum. Dicht vor dem Alten blieb er stehen.

»Nach Taipa Island, genau gesagt«, fuhr er fort. »Hin und zurück.«

»Ich habe eben getankt«, sagte der Alte. »Aber ich habe nicht vor …«

»Gut.« Laurence streckte die Hand aus.

Der alte Mann starrte die Hand ein paar Sekunden lang an und musterte Laurence dann von oben bis unten. Er hatte keine Ahnung, was hier vorging oder was er jetzt tun sollte. Langsam streckte er ebenfalls die Hand aus, um Laurences Händedruck zu akzeptieren.

Das war ein Fehler.

Denn in einer geschmeidigen Bewegung zog Laurence eine schallgedämpfte Pistole aus der Jacke und drückte ab. Der Schuss klang wie ein dumpfes Klatschen. Laurence jagte dem Mann eine Kugel durch das Brustbein und sicherheitshalber eine zweite in den Bauch. Die Geräusche des Hafenbetriebs übertönten die gedämpften Schüsse. Der Mann taumelte rückwärts, aber Laurence packte ihn bei den Schultern, bevor er fallen konnte. Er riss die Augen auf und schrie kurz.

»Ruhig«, sagte Laurence. »Nicht dagegen ankämpfen.«

Der alte Mann schnappte nach Luft. Blut quoll blasig aus seinem Mund, und er umklammerte Laurences Arm. Überraschung und Angst mischten sich in seinem Blick.

»Nein, nein«, sagte Laurence. »Lassen Sie einfach los. Entspannen Sie sich. Sie können nichts mehr tun.«

Sanft ließ er ihn zu Boden gleiten. Die Knie des Mannes wurden weich, und sein Griff um Laurences Arm lockerte sich. Er atmete schnell und flach, denn eine der beiden Kugeln hatte seine Lunge durchschlagen. Sein Brustraum füllte sich mit Blut. Er öffnete den Mund, als wollte er schreien, doch das konnte er nicht. Er brachte keinen Laut hervor. Nur die durch die Schusswunde entweichende Luft knisterte.

»Entspannen Sie sich«, sagte Laurence. »Ganz ruhig. Sie werden in einen Schock verfallen und keine Schmerzen spüren. Lassen Sie sich einfach davon einhüllen wie von einer warmen Decke. Wehren Sie sich nicht dagegen. Bald ist alles vorbei. Ich habe schon viele Leute sterben sehen, und das hier ist nicht die schlechteste Art zu gehen. Es dauert nicht lange. Versuchen Sie, die Bilder in Ihrem Kopf einfach laufen zu lassen. Denken Sie an das Gute in Ihrem Leben. Nur an das Gute.«

Die Lider des Mannes begannen zu flattern, und seine Augen zuckten nach links und rechts, als sähe er einen Geist. Laurence ließ ihn auf den Rücken sinken und hielt seinen Kopf mit beiden Händen. Der Mann würgte Blut hervor und zitterte. Dann war er plötzlich still. Tot.

Laurence ließ den Leichnam an Deck liegen. Vom Land aus würde niemand ihn sehen, und wenn er draußen in tieferem Gewässer wäre, könnte er ihn einfach in die Strömung gleiten lassen, wo die Gezeiten den Rest übernehmen würden. Er beugte sich über den Toten und tastete ihn ab. Sein Handy war Schrott, aber in einer Tasche seiner Jeans steckte der Bootsschlüssel zusammen mit einem Geldschein-Clip, in dem ein paar hundert Hongkong-Dollars klemmten. Der Pass war in der anderen Tasche. Laurence klappte ihn aus reiner Neugier auf: William Chang aus Hongkong. Dreiundfünfzig Jahre alt.

Lächelnd betrachtete Laurence das Passfoto, und dann stieg er hinüber auf den Anleger, um seine Sachen an Bord zu holen. Er legte die Reisetasche auf den Beifahrersitz und nahm das Satellitentelefon heraus. Das Gerät war so groß wie ein kleines

Taschenbuch und hatte ein sehr kleines, blau getöntes Display und darunter ein paar freundlich aussehende dicke, gummiüberzogene Tasten. Es kostete im Laden dreizehnhundert Dollar; dazu kamen fünfhundert Dollar im Jahr und zwei Dollar pro Gesprächsminute. Aber die hohen Kosten lohnten sich. Mit diesem Gerät konnte er in einem Flugzeug, das fünfzigtausend Fuß hoch über der Küste der Antarktis unterwegs war, ein Telefongespräch führen, ohne ein einziges Mal die Verbindung zu verlieren. Es war höchstwahrscheinlich das zuverlässigste Mobiltelefon der Welt.

Laurence wühlte einen digitalen Stimmenzerhacker aus der Tasche und stöpselte ihn ins Telefon. Dann setzte er das Headset auf, um die Hände frei zu haben, und drehte die Lautstärke höher. Jeder Außenstehende würde statt eines Telefonats nur statisches Rauschen hören. Aber selbst wenn jemand das Signal wieder zusammensetzen könnte, würde Laurence geschützt sein. Der Zerhacker wirkte außerdem wie ein Stimmenmodulator, und seine Stimme würde sich anhören wie die eines Roboters. Er schaltete den Zerhacker ein und drückte auf die grüne Taste. Das Telefon wählte automatisch die letzte Nummer, die er angerufen hatte – die einzige Nummer in seinem Verzeichnis.

»Hallo?«, sagte eine Stimme.

»Einsatzleitung«, sagte Laurence. »Ich habe ein Signal von dem Paket empfangen. Die Auslieferung dürfte unproblematisch sein.«

EINUNDZWANZIG

Bei Green Island, Hongkong

Geld. Der Plastikwürfel bestand aus fest zusammengepressten Bündeln von frischen neuen amerikanischen Hundert-Dollar-Scheinen. Ich hätte mich beinahe am Seewasser verschluckt, als ich sie sah, und ich traute meinen Augen nicht. Das waren viele Millionen Dollar, gut verpackt in der Plastikfolie. Das Paket war offenbar wasserdicht, denn das Geld darin sah trocken aus. Ein massiver Klotz aus Bargeld.

Sofort schwamm ich zur Wasseroberfläche hinauf. In all den Jahren als Berufsverbrecher hatte ich so etwas noch nie gesehen. Im Kino kommen die Schurken immer mit zig oder Hunderten Millionen Dollar davon, aber in der wirklichen Welt verdient man mit einem Raub nicht annähernd so viel. Die Durchschnittsbeute bei einem Bankraub in Europa beträgt weniger als fünfzigtausend Dollar, und in Amerika ist es halb so viel. Natürlich bin ich kein durchschnittlicher Bankräuber, doch selbst ich kassiere bei einem einzigen Job selten mehr als eine halbe Million Dollar. Das hier war viel mehr. Das hier war ein einmaliger Volltreffer.

»Verdammt noch mal«, sagte Angela.

Ich breitete die Arme aus und schob den Würfel an die Bootswand. Ich hatte nicht lange gebraucht, um das Ding nach oben zu bringen. Es hatte starken Auftrieb, und ich hatte die Leinen, die es unter Wasser hielten, ohne viel Mühe kappen können. Angela half mir, indem sie eine der Leinen mit einem Bootshaken angelte und zu sich heranzog. Ich kletterte ins Boot und versuchte, den Klotz herauf und über den Bootsrand zu ziehen, aber ich schaffte es nicht. Im Wasser hatte er so leicht ausgesehen, das war er jedoch nicht. Geld ist schwer. Angela holte den Anker herauf, packte dann eine der losen Leinen und half mir. Wir mussten unsere ganze Kraft aufwenden, aber nachdem wir ein paar Minuten herummanövriert hatten, hievten wir das Paket schließlich aus dem Wasser ins Boot.

Mit einem wunderschönen, lauten Plumps landete das Geld auf dem Deck.

Das Paket war mit Tang und Schlick überzogen, und es war noch größer, als ich zunächst gedacht hatte – ungefähr so groß wie drei aufeinandergestapelte Kabinenkoffer und so schwer wie ein Sofa. Die Hunderter stammten aus einer älteren Auflage: Sie trugen noch das Ben-Franklin-Porträt in einem großen Oval auf der Vorderseite. Seriennummern konnte ich nicht erkennen, aber sie waren ganz sicher etliche Jahre alt. Solche Scheine hatte die Regierung seit fast einem Jahrzehnt nicht mehr gedruckt.

Ich versuchte mich an einer raschen Schätzung. Das Geld war gut sortiert, soweit ich sehen konnte. Es war zu knapp anderthalb Zentimeter dicken Zehntausender-Stapeln gebündelt, die von schmalen, senffarbenen Papierstreifen, den sogenannten Banderolen, zusammengehalten wurden. Diese Stapel wiederum waren mit Gummiringen zu Hunderttausend-Dollar-Paketen oder »Bündeln« gepackt. Ich versuchte, die Bündel zu zählen, schaffte es jedoch nicht. Manche Leute werfen einen Blick auf einen Stapel Geld und wissen sofort, wie viel es ist, aber zu denen gehöre ich nicht. So etwas habe ich nie gut gekonnt.

»Du schuldest mir zwanzig Dollar«, sagte ich.

»Und jetzt noch eine Menge mehr«, sagte Angela. Sie stand vor dem Klotz und grinste. »Das war es also, was Sabo haben wollte.«

Ich nickte, und nun begriff ich auch, warum Sabo Park den Fischkutter nach dem Überfall nicht nach Macau zurückgefahren hatte. Er hatte alle Hände voll damit zu tun gehabt, sein

Geld in Sicherheit zu bringen. Es hier zu versenken, war ziemlich riskant gewesen. Die Gewässer um Hongkong gehören zu den verkehrsreichsten der Welt. Im Hafen der Stadt werden jährlich zehn Millionen Container umgeschlagen. Um einen Würfel von dieser Größe zu verstecken, dürfte er ihn mit Leinen an die Schmugglerjacht gebunden haben, bevor er das Boot als Anker versenkt hatte. Angesichts der anderen Schiffe ringsumher, von den Patrouillen gar nicht zu reden, dürfte das nicht so einfach gewesen sein. Im Hongkong Harbour ein Ruderboot zu versenken, ohne Aufmerksamkeit zu erregen, ist schon schwierig genug, von einer ausgewachsenen Jacht ganz zu schweigen. Vieles hätte schiefgehen können. Und wenn die Verpackung nicht wasserdicht gewesen wäre? Sabo hätte sein ganzes Geld gleich auf der Stelle verlieren können.

Aber allen Risiken zum Trotz hatte die Sache geklappt. Es war ein verdammt gutes Versteck für diesen Schatz. Ohne Angelas speziellen militärischen Peilsender hätten wir die Stelle niemals gefunden. Das Geld hätte ein paar Tage lang wohlbehalten unter Wasser bleiben können, vielleicht auch länger, bevor Sabo sich Sorgen hätte machen müssen. Der Hafen war hier zu seicht für große Schiffe, zu hässlich für Vergnügungsboote und zu schmutzig für Fischer. Bei diesen hoch belastbaren Leinen wären Ebbe und Flut kein Problem gewesen, und der Nebel war ein zusätzlicher Bonus. Dies war vermutlich der ruhigste Gewässerabschnitt in der ganzen Region Hongkong.

Park hatte sich das alles wirklich gut überlegt.

Aber leider war die Party jetzt so gut wie zu Ende. Bei dem aufziehenden Unwetter war die Stelle nicht mehr sicher. Im Moment war es auf dem Wasser gut auszuhalten, doch wenn der Sturm Hongkong erreichte, würde hier die Hölle los sein. Zwei starke Brecher könnten dieses Boot zertrümmern. Wenn wir versuchen sollten, das Geld wieder über Bord zu werfen und irgendwie am

Grund zu verankern, könnten die Taue reißen, und die ganze Ladung würde irgendwohin treiben, wo jemand sie finden könnte. Schlimmer noch, die schützende Plastikverpackung könnte aufreißen, und dann würden am nächsten Morgen überall Dollarscheine angeschwemmt werden.

Angela untersuchte das Paket weiter, während ich mein Bestes tat, um wieder trocken zu werden. Hemd und Krawatte würden mir wohl nicht viel nützen, aber mein Unterhemd und die Jacke waren okay. Ich zwängte die Füße in meine nassen Schuhe.

»Was schätzt du, wie viel das ist?«, fragte ich.

»Keine Ahnung.« Angela schüttelte den Kopf. »Wir könnten die Bündel zählen und multiplizieren, aber das Ergebnis wäre nicht exakt, weil wir nicht wissen, ob das Standardbündel sind oder nicht. Verdammt, wie wissen nicht mal, ob die Bündel alle gleich sind. Und eine ordentliche Zählung würde Stunden dauern. Wenn ich das Gewicht wüsste, könnte ich schon mehr sagen. Was schätzt du? Dreihundert Pfund?«

»Mindestens. Wahrscheinlich eher ein bisschen mehr. Es war ja eine richtige Plackerei, das Ding an Bord zu kriegen. Fühlte sich an wie eine Tonne Ziegelsteine.«

»Legen wir noch was drauf«, sagte Angela. »Sagen wir, dreihundertzwanzig Pfund. Eine Hundert-Dollar-Note wiegt ein Gramm. Das heißt, eine Million Dollar wiegen ungefähr zehn Kilo. Dreihundertzwanzig Pfund – sagen wir, etwas mehr, und es sind hundertsechzig Kilo. Multipliziert ergeben sich sechzehn Millionen Dollar.«

»Das ist Wahnsinn«, sagte ich.

»Ich weiß.«

Ich schüttelte den Kopf. »So viel habe ich im Leben noch nicht kassiert.«

»Ich *weiß*«, wiederholte sie. »Hast du da unten noch etwas gesehen?«

»Eigentlich nicht«, sagte ich. »Das Geld war an etwas auf dem Grund festgebunden. Was es war, konnte ich nicht erkennen, ich glaube, es war die Jacht. Aber wer weiß? Ich müsste mit einem Tauchgerät zurückkommen, um sicher zu sein.«

»Möglich«, sagte Angela. »Das würde zumindest das Peilsignal erklären. Es könnte noch am Boot sein.«

»Werden wir das Ding jetzt öffnen oder nicht?«

Sie grinste, zog ein Messer heraus und durchschnitt das Plastik, als wollte sie den Inhalt eines Kilo-Päckchens Kokain prüfen. Aus der Folie kam ein langer Seufzer. Das Paket war vakuumiert gewesen. Angela schälte die Folie zurück, zog ein Geldbündel aus dem Packen und warf es mir zu.

Ich blätterte die Scheine durch und schnupperte daran. Den Geruch von Geld würde ich überall erkennen. Waschpulver und schmutzige Wäsche. Absolut wundervoll. Ich prüfte das Bündel sorgfältig, um sicher zu sein, dass es nicht mit einfachem Papier gefüllt war. Diesen Trick hatte ich schon öfter gesehen. Aber nein, es waren lauter Scheine. Ich warf Angela das Bündel zurück. Sie fing an, es selbst durchzublättern, doch als sie halb durch war, hielt sie inne und blätterte dieselben Scheine noch einmal durch, ohne etwas zu sagen.

»Was ist los?«, fragte ich.

»Wir haben ein ernsthaftes Problem.«

ZWEIUNDZWANZIG

»Das ist Falschgeld«, sagte Angela.

Sie warf mir das Bündel zurück, damit ich es selbst sehen konnte. Ich zog den obersten Schein heraus und hielt ihn in das Licht des Computerdisplays, um das Wasserzeichen zu sehen. Wie ich gehofft hatte, war es vorhanden. Ich rieb den Schein zwischen Daumen und Zeigefinger. »Fühlt sich aber echt an. Wie kommst du darauf?«

»Sieh dir die Seriennummern an.«

Ich las die Nummer auf meinem Schein – KB05392570FB2 stand neben dem Nennwert. Ich sah daran nichts Ungewöhnliches, blätterte in den Scheinen weiter und sah, wie die Nummern vorüberflirrten. Bei jedem Schein änderte sich nur eine Ziffer. Das war nicht ungewöhnlich – es bedeutete nur, dass die Scheine durchlaufend nummeriert waren. Mir fiel immer noch nichts auf. Aber als ich fertig war, warf Angela mir noch ein Bündel zu. Ich sah es ebenfalls durch, doch erst als ich in der Mitte angekommen war, sah ich, was Angela meinte.

Es waren die gleichen Seriennummern wie im ersten Bündel.

Ich klapperte ein paarmal mit den Lidern und hielt die beiden Bündel dann nebeneinander, um sie zu vergleichen. Die beiden obersten Scheine trugen die gleiche Seriennummer: KB05392570FB2. Mein Blick ging zu dem riesigen Geldklotz vor meinen Füßen, und jedes Bündel, das ich sehen konnte, fing mit der gleichen verdammten Nummer an.

Angela zog noch eins aus dem Block und wedelte damit wie mit einem Fächer.

»Hier sollten hundertsechzigtausend Scheine sein«, sagte sie, »mit hundertsechzigtausend verschiedenen Seriennummern. Aber stattdessen haben wir sechzehnhundert identische Kopien eines Zehntausend-Dollar-Bündels. Als ob …«

»Das sind Kopien von Kopien«, sagte ich.

»Genau.«

Scheiße. Ich nahm noch ein anderes Bündel in die Hand. Es war nicht das erste Funny Money, das ich zu Gesicht bekam, aber mit Abstand das beste. Wenn die Sache mit den Seriennummern nicht gewesen wäre, hätte ich niemals vermutet, dass es Falschgeld war. Die meisten Fälschungen sind leicht zu erkennen. Man braucht nur ein bisschen genauer hinzuschauen. Durchschnittliches Falschgeld besteht aus normalem Papier, und das ist schon der erste große Haken. Normales Papier ist verdorben, sobald es nass wird. Schon mal ein Buch im Regen liegengelassen? Sogar ein gut gemachtes Hardcover fällt auseinander. Falschgeld von solcher Qualität eignet sich nur dazu, einen Geldkoffer für einen Drogendeal aufzufüllen oder in einem dunklen Nightclub den Barkeeper zu betrügen.

Aber das hier waren keine solchen Scheine.

Sie sahen echt aus und fühlten sich echt an.

Ich beugte mich vor, um sie genauer zu untersuchen und zu sehen, ob mir etwas entgangen war. Im Kopf zählte ich die Sicherheitsmerkmale durch. Das Wasserzeichen, ein geisterhaftes Porträt Benjamin Franklins, hatte ich schon gesehen. Das war also in Ordnung. Als Nächstes suchte ich den UV-reflektierenden Plastikstreifen in der Mitte der Banknote. Eine UV-Lampe hatte ich natürlich nicht bei mir; also hielt ich den Schein dicht an das Computerdisplay und suchte nach einem etwas dunkleren Streifen rechts neben dem Porträt. Er war eindeutig da. Ich rieb den Schein zwischen Daumen und Zeigefinger. Die Druckfarbe war leicht erhaben, wie sie es sein sollte, und das Papier fühlte sich ebenfalls richtig an. Ich neigte den Schein seitwärts hin und her, um die optisch variablen Farbpartien zu prüfen. Die Farbe der Zahl in der Ecke kippte von Grün nach Schwarz, und so sollte es sein.

»Gibt es auf diesem Boot einen Verbandskasten?«, fragte ich.

»Ja«, sagte Angela. »Warum?«

»Jod«, sagte ich.

Sie nahm einen kleinen Verbandskasten von seiner Magnethalterung im Trockenschrank unter dem Beifahrersitz und öffnete ihn. Er enthielt ein Ersatzmagazin für ihre Pistole und ein Hunderttausender-Bündel Hongkong-Dollars. Ihre Fluchttasche. Das Erste-Hilfe-Material lag darunter: zwei Päckchen jodgetränkte Desinfektionstupfer, Gaze und Verbandmull. Ein Sicherheitsmerkmal musste ich noch überprüfen. Jod reagiert mit Schwarzfärbung auf Stärke. Stärke ist in fast allen kommerziell hergestellten Papieren enthalten, aber Geldscheine bestehen aus einer einzigartigen Mischung aus Baumwolle und Leinen, die in einer Fabrik in Massachusetts produziert wird. Kommt dieses Material mit Jod in Berührung, färbt es sich gelb. Die Geldscheinprüfstifte im Supermarkt funktionieren nach demselben Prinzip. Wenn das Jod sich schwarz färbt, ist ein Geldschein falsch.

Ich riss ein Jodpäckchen auf und presste es über einem Geldbündel aus, wie man einen Ketchupbeutel über einem Hotdog ausdrückt. Sicherheitshalber wartete ich ein paar Sekunden, aber die Flüssigkeit änderte ihre Farbe nicht.

Beeindruckend.

Diese Banknoten waren wirklich etwas Besonderes. Die meisten Fälscher kriegen nur zwei oder drei der Sicherheitsmerkmale hin. Ein durchschnittlicher falscher Hunderter beispielsweise hat vielleicht ein Wasserzeichen und einen UV-reaktiven Sicherheitsstreifen, aber keine farbvariable Druckfarbe und keine verborgene Mikroschrift. Sehr talentierte Fälscher können vielleicht sogar vier oder fünf dieser Merkmale herstellen, das spezielle Papier und den erhabenen Druck eingeschlossen. Doch mehr als das? Solche Leute sind schwer zu finden. Die konnte man weltweit sicher an einer Hand abzählen. Das hier war kein gewöhnliches Falschgeld.

Das waren *Supernoten.*

Solche Noten haben einen mythischen Status unter Geldfälschern. Sie sind wie Einhörner oder Aliens – jeder hat schon von ihnen gehört, aber niemand hat sie je gesehen. Eine Supernote ist einem normalen Geldschein in jeder denkbaren Hinsicht überlegen. Sie ist *super,* weil sie dermaßen präzise gefälscht ist, dass sie einen echten Hunderter im Vergleich falsch aussehen lässt. Einfach ausgedrückt: Sie ist besser als echt.

Wie das möglich ist, wollen Sie wissen? Nun, es hat etwas mit den feinen Gravurlinien zu tun. Echte Hundert-Dollar-Noten werden von großen Tiefdruckmaschinen in Chargen zu hunderttausend Stück oder mehr produziert. Druckereien in Washington und Fort Worth werden bewacht wie Raketensilos. Bei der Massenproduktion ergeben sich zwangsläufig kleine Fehler, und nicht völlig perfekte Scheine kommen gelegentlich durch die strenge staatliche Qualitätskontrolle und in Umlauf. Echtes Geld weist natürliche Fehler auf. Das passiert einfach. Manche Scheine haben ungerade Kanten oder eine mangelhaft gefärbte Mikroschrift, oder man sieht Verschleißspuren der Druckplatten. Es kann mikroskopische Unschärfen in den Porträtdarstellungen geben. Zählwerkfehler bei den Seriennummern auf demselben Schein. Deckungsfehler. Unbedruckte Falten im Papier. Kleine Fehler.

Supernoten dagegen kommen nicht aus der Massenproduktion. Sie werden in kleinen Chargen gedruckt, immer nur ein paar tausend Stück, von Fälschern, die Kunsthandwerker sind.

In den staatlichen Notendruckereien kostet eine Banknote ungefähr dreizehn Cent. Eine Supernotenproduktion gibt unter Umständen dreizehn *Dollar* oder mehr für den Druck eines einzigen Scheins aus, und jeder ist eine exakte Kopie des vorigen. Bei Supernoten gibt es keine Fehldrucke.

Sie sind in jeder Hinsicht perfekt.

Ich nahm einen Schein, drehte ihn um und betrachtete das Bild der Independence Hall auf der Rückseite. Der Druck war scharf und deutlich, jeder Strich der Darstellung elegant in jedem Detail. Aber diesmal suchte ich nicht nach Fehlern. Ich suchte nach Vollkommenheit. Sie müssen wissen, auf der überwiegenden Mehrheit der echten Hundert-Dollar-Noten laufen die unglaublich feinen Linien, die die Spitze der Independence Hall darstellen, nicht präzise zusammen. Technisch gesehen handelt es sich um einen Farbfehler, der auf fast jedem in Umlauf befindlichen Geldschein vorkommt – also bei mehreren hundert Milliarden Dollar –, denn diese Linien sind nur ein paar Dutzend Mikrometer breit. Das menschliche Auge kann sie einzeln kaum erkennen, und die staatlichen Tiefdruckmaschinen können dieses Detail nach dem Druck der ersten paar hunderttausend Noten nicht mehr darstellen. Ihre Gravurtechnik ist dazu nicht entwickelt genug.

Ich musste genauer hinsehen. Ich angelte eine Brille aus meiner Schultertasche, benutzte ein Glas als behelfsmäßige Lupe und beugte mich so tief darüber, wie es ging. Ich machte schmale Augen, bis ich alle winzigen Details des Glockenturms erkennen konnte. Jede einzelne Linie war deutlich sichtbar. Es war perfekt.

Und damit war es gefährlich.

Tatsächlich ist minderwertige Geldfälscherei eine ziemlich verbreitete Straftat. Jedes Jahr kaufen sich ein paar Dutzend, wenn nicht Hunderte Trottel einen Tintenstrahldrucker oder einen hochklassigen Farbkopierer und versuchen, sich ein Vermögen zu drucken. Den Behörden gefällt das natürlich nicht, aber es bereitet ihnen auch kein großes Kopfzerbrechen. Die meisten Fälscher drucken in ihrer gesamten Laufbahn nicht mehr als hunderttausend Dollar, und viele werden geschnappt, bevor sie auch nur einen Bruchteil davon ausgeben können. Wenn die Polizei die Täter nicht sofort findet, greift der Secret Service ein und verfolgt den Weg des Falschgelds durch die örtlichen Geschäfte zurück zur ersten Ladenkasse. Nur wenige kommen lange durch. Geldfälschung ist ein Spiel für Trottel, und Trottel kommen selten weit.

Mit Supernoten verhält es sich anders. Um sie herzustellen, braucht man mehr als ein paar Stapel Spezialpapier und eine teure Druckmaschine. Nicht mal der beste Fälscher der Welt kann so etwas mit alltäglichen Haushaltsgeräten zu Hause im Keller zusammenzaubern. Nein, man benötigt aufwendige Mittel, um Banknoten von so hoher Qualität zu produzieren, und nicht viele kriminelle Vereinigungen könnten sich den Kostenaufwand leisten. Aber die Regierungen von Schurkenstaaten können es. Nachrichtendienste. Generäle, Diktatoren, Spione. Und das macht solches Geld derart gefährlich. Normale Geldfälscherei ist im Vergleich damit eigentlich nur eine Ordnungswidrigkeit.

Die Herstellung von Supernoten ist *ein kriegerischer Akt.*

Wenn die US-Regierung herausfand, dass ein anderes Land amerikanisches Geld druckte, regnete es Scheiße vom Himmel. Als Nordkorea vor zwei Jahren dabei erwischt wurde, kam es zu einem Grenzgefecht, das damit endete, dass amerikanische atomar bewaffnete Stealth-Bomber in einer Demonstration der Stärke unmittelbar südlich der demilitarisierten Zone aufkreuzten. Wenn normale Verbrecher ihr eigenes Geld drucken, versucht die normale Polizei, sie zu fangen. Aber wenn Supernoten im Spiel sind, greift das Militär ein.

Und solchen Leuten wollte ich nicht in die Quere kommen.

Ich ging in die Knie und nahm das Geld mit gemischten Gefühlen aus der Plastikhülle. Einerseits hatten wir hier ein unglaubliches Vermögen in den Händen. Wenn wir einen Käufer fänden, würden wir möglicherweise dreißig bis vierzig Cent für den Dollar bekommen können. Ein hübsches Sümmchen. Andererseits – wenn wir dieses Geld einer Terrororganisation oder einem Spionagering stahlen, würden wir womöglich mitten in einen internationalen Zwischenfall geraten. Ich bin daran gewöhnt, gejagt zu werden, und ich habe mein Gesicht schon öfter auf Fahndungsplakaten gesehen, als ich zugeben möchte. Aber von einer Terrororganisation gejagt zu werden, von einem Schurkenstaat oder – was das Allerschlimmste wäre – von der großen bösen Central Intelligence Agency? Das wäre was anderes. Ich konnte nur hoffen, dass niemand unsere Aktion hier verfolgte und dass es mir mit einiger Anstrengung gelingen würde, dieses ganze Geld verschwinden zu lassen. Als ich die Scheine unter Deck verstaute, dachte ich, dass es schlimmer als jetzt nicht werden konnte.

Wie sich zeigte, irrte ich auch in diesem Punkt.

Denn im selben Moment hörte ich einen Piepton.

Er war nicht sehr laut. Elektronisch, wie das Signal eines Handys, dessen Akku fast leer ist, oder eines Timers, der anzeigt, dass der Backofen vorgeheizt ist. Im ersten Moment dachte ich, meine Ohren hätten mir einen Streich gespielt, aber dann warf ich doch einen Blick auf das Steuerpult des Bootes und dann in meine Schultertasche, um zu sehen, ob der Ton von einem meiner Telefone gekommen war. Nein. Nichts. Ich schaute zu Angela hinüber. »Hast du das gehört?«

»Was?«

»Einen Piepton. Wie von einem Handy, nur leiser.«

»Ich habe nichts gehört.«

»Hm.«

»Könnte es eins von deinen Telefonen gewesen sein?«

»Nein«, sagte ich, »ich habe gerade nachgesehen.«

»Von meinen war es auch keins«, sagte Angela. »Ich habe sie auf Vibrieren gestellt, damit sie nicht klingeln, wenn ich arbeite. Das weißt du.«

»Woher kommt es dann?«

Ich wartete einen Augenblick lang schweigend, aber ich hörte nur das sanfte Prasseln des Regens auf dem Wasser und das ferne Blöken eines Nebelhorns. Ich nagte an der Lippe und ließ mich auf die Knie sinken, um noch einmal in dem Geld zu wühlen. Vielleicht hatte ich dort ja etwas übersehen. Doch nach allem, was ich erkennen konnte, sah ein Bündel aus wie das andere. Selbst die Banderolen und Gummibänder saßen überall an der gleichen Stelle.

»Wie klang es denn?«, fragte Angela.

»Ich weiß nicht. Wie ein Pager oder so was. Vielleicht war es ja nichts. Ich hatte letztes Jahr bei einem Job mit einer Bundesbeiladung zu tun, und vielleicht bin ich jetzt nur paranoid. Aber ich könnte schwören, ich habe etwas gehört.«

»Dann glaube ich dir auch«, sagte sie. »Du musst deinem Bauch vertrauen. Wenn er sagt, du hast etwas gehört, dann hast du etwas gehört. Du darfst deinen Instinkt nicht ignorieren.«

Ich wühlte noch eine halbe Minute in dem Geld. Sämtliche Bündel sahen völlig gleich aus. Ich nahm die Gummibänder ab und sah die einzelnen Stapel durch, und dann fiel mir ein Stapel auf, der allein zwischen zwei Bündeln klemmte. Alle andern waren mit Gummibändern zusammengepackt, aber dieser war es nicht. Es war merkwürdig – wie eine einzelne, lose Zigarette in einer Stange mit ungeöffneten Packungen. Die Scheine in diesem Stapel sahen auch komisch aus, nicht annähernd so neu und frisch wie die andern, und der Stapel fühlte sich sonderbar an, als ich ihn aufhob. Schwerer als die anderen. Ich schob die

Banderole herunter und fächerte die Scheine auseinander. Im Inneren des Stapels war nur weißes Papier, und in jedem Blatt war ein Loch in der Mitte, sodass ein kleiner Hohlraum entstand, in dem ein Objekt von der Größe eines Speichersticks verborgen war.

»Jetzt haben wir noch ein Problem«, sagte ich.

Ich warf das Objekt zu Angela hinüber, und sie fing es auf und hielt es ins Licht. An der Seite blinkte ein rotes Lämpchen, und es war von einer feuchten Kondenswasserschicht überzogen. Jetzt piepte es noch einmal. Angela wischte das Ding ab und drehte es um, sodass ich die Antenne sehen konnte. Wieder ertönte ein kurzer Piepton, und es blinkte rot. Die Batterie war leer.

»Ich weiß, was das ist«, sagte ich.

Angela antwortete nicht. Ihr Blick huschte hin und her, und sie dachte konzentriert nach, das sah ich ihrem Gesicht an. In diesem Moment war sie schon ein Dutzend Schritte weit in der Zukunft – vertieft in Analysen, Theorien, Strategien, Schlussfolgerungen und Pläne. Sie stand bewegungslos da und sagte kein Wort. Sie hatte aber auch keine Zeit dazu.

Denn die erste Kugel hätte ihr beinahe den Kopf weggerissen.

DREIUNDZWANZIG

Die Kugel fuhr durch die Windschutzscheibe, nur eine Handbreit neben Angela, die dahinterstand. Sie hinterließ einen spinnennetzförmigen Riss und ließ pulverisiertes Glas um uns herumfliegen. Einen Schuss hatte ich nicht gehört, und deshalb begriff ich erst, was passierte, als die zweite Kugel dicht neben mir in die Bordwand schlug.

Jemand schoss auf uns.

Ich riss die Pistole aus der Schultertasche, drehte mich um und suchte durch Regen und Nebel nach einem Ziel. Woher zum Teufel kamen die Schüsse? Aber bevor ich etwas sehen konnte, packte Angela mich beim Kragen und riss mich auf das Deck hinunter. Ich ließ die Pistole fallen, und sie rutschte unter die Sitze. Drei weitere Kugeln schlugen Löcher in die Mittelkonsole, wo ich gerade noch gestanden hatte. Ich hörte keine Schüsse, nur das Klatschen der Einschläge im Boot. Glasfasersplitter prasselten um uns herum herab. Heilige Scheiße. Ich legte einen Unterarm über meine Augen und tastete mit der anderen Hand sinnlos nach meiner Waffe.

Während ich noch versuchte, mich zu orientieren, kroch Angela über mich hinweg zum Cockpit. Eine Kugel traf den Fahrersitz nur wenige Zollbreit neben ihrem Kreuz, aber sie zuckte nicht einmal zusammen. Sie schob sich weiter auf das Steuer zu und drückte den Gashebel nach vorn. Die Motoren heulten auf. Angela achtete nicht darauf, wohin wir fuhren – dazu war keine Zeit. Das Boot setzte sich mit einem Ruck in Bewegung, erst nur langsam, und sie duckte sich unter das Steuer.

Woher zum Teufel kamen die Schüsse?

Ich brauchte eine Waffe. Schon das Geräusch des gegnerischen Feuers kann jemanden hindern, weiterzuschießen, doch ich sah meine Pistole nirgends. Angelas Sporttasche lag nur zwei Schritte weit neben mir. Ich angelte mit dem Fuß danach und zog sie heran. Das AK-47 darin war trocken. *Tack!* Eine Kugel prallte vom Rumpf ab, und die nächste traf wieder die Windschutzscheibe. Während wir schneller wurden, rammte ich ein Magazin in die Waffe und lud sie durch. Ich hörte, wie mehrere Kugeln nacheinander neben uns ins Wasser fuhren. Langgezogene weiße Fontänen sprühten in unserem Kielwasser auf. Ich schaltete das Gewehr auf Dauerfeuer und entsicherte es. In einer einzigen schnellen Bewegung drückte ich es an die Schulter und richtete mich schussbereit hinter der Bordwand auf.

Ich sah nichts.

Der Regen peitschte mir ins Gesicht, und der Nebel war so dicht, dass ich kaum zwanzig Meter weit sehen konnte. Inzwischen waren wir in die Gänge gekommen, und die *Siren* flog heftig auf und ab. Der Nebel ringsum wurde nicht weniger, und die Wolken hatten die Sonne verdunkelt. Ich hatte immer noch keine Ahnung, wer da auf uns schoss. Ich schwenkte das Gewehr hin und her und hoffte auf ein Ziel. *Komm schon, komm schon.* Ich sah nichts außer unserem eigenen, weiß schäumenden Kielwasser. Salzwasser sprühte mir ins Gesicht und brannte in den Augen. In der Ferne sah ich das dunkelgrüne Ufer mit den nebelhaften Wolkenkratzern. Zumindest das war eine gute Nachricht – wir mochten blindlings über das Wasser fliegen, doch zumindest rasten wir nicht mit achtzig Knoten in die Klippen.

Hinter den Bootsrand geduckt, kletterte ich hinüber nach Steuerbord, aber im nächsten Moment rauschten wir über eine hohe Welle, und ich wäre fast über Bord geschleudert worden. Ich rappelte mich auf und stemmte das Gewehr wieder an die

Schulter. Eine Salve von Kugeln, diesmal anscheinend aus einem automatischen Gewehr, ließ das Wasser um uns herum aufspritzen. Hören konnte ich immer noch nichts, doch irgendwoher musste es ja kommen. Ich gab zwei Schüsse ab, nur damit unsere Angreifer sie hörten und das Mündungsfeuer sahen. Ich wollte sie am Schießen hindern. Manchmal genügt das, ich bezweifelte allerdings, dass es auch diesmal etwas bewirken würde. Ich drehte mich nach Angela um, und da sah ich die verschwommene Silhouette eines verdunkelten Bootes an Steuerbord vor unserem Bug. Ich fuhr herum, als wieder zwei Kugeln neben mir ins Wasser fuhren. Ich hatte in die falsche Richtung geschaut. Die Leute, die auf uns schossen, waren nicht hinter uns, und sie kamen auch nicht von der Seite auf uns zu. Oh, *Scheiße.*

Sie waren vor uns.

Wir rasten ihnen geradewegs entgegen.

Das Boot war schwarz und teilweise verborgen von ein paar Klippen im Ufergewässer. Der Regen fing an, den Nebel dort zu vertreiben, viele Details konnte ich jedoch immer noch nicht erkennen. Es konnte ein Fischkutter sein, aber auch ein Schnellboot wie unseres. Ich sah die weiße Gischt seines Kielwassers, und daran erkannte ich, dass es schnelle Fahrt machte. An Deck blitzte etwas auf, und eine Kugel schwirrte an meinem Kopf vorbei. Wenn wir weiter pfeilgeradeaus durchs Wasser pflügten, würden wir einander mit höchstens zehn Metern Abstand passieren. Auf diese Distanz wäre es für den Schützen an Bord ein Kinderspiel, uns abzuknallen, oder sie könnten versuchen, uns mit Vollgas zu rammen. Aber Angela schwenkte nicht ab. Dazu war es zu spät. Wenn wir das Tempo zurücknähmen, um unseren Kurs zu ändern, würden wir uns zur Zielscheibe machen.

»Steuerbord voraus!«, schrie ich. »Ein schwarzes Boot, auf ein Uhr!«

»Ich sehe sie«, rief Angela.

Ich konnte sie kaum hören, denn Wind, Regen und Motorenlärm dröhnten in meinen Ohren. Ich feuerte noch zweimal in die ungefähre Richtung des entgegenkommenden Bootes. Wir waren nur noch Sekunden voneinander entfernt, und ich dachte mir, ich sollte den Schützen in Deckung treiben. Ich sah jetzt, dass es ein schwarzer Zigarettenschmuggler war, mindestens vierzig Fuß lang. Als ich versuchte zu erkennen, wie viele Leute an Deck waren, ließ ein Schuss das Wasser vor mir aufsprühen und riss mich so aus meiner Konzentration. Zwei weitere Kugeln schlugen in den Rumpf. Ich warf mich zu Boden, erhob mich dann langsam über den Bootsrand und machte mich schussbereit.

Noch fünf Meter Abstand.

Ich feuerte eine Salve Kugeln ab. Unser Tempo war so hoch, dass ich kaum sehen konnte, wohin ich schoss. Ich versuchte, mein Feuer auf das Cockpit zu konzentrieren, wo der Skipper sitzen würde, aber ich konnte das Gewehr nicht ruhig halten. Ein paar hitzige Sekunden lang fühlte ich mich wie auf einem Schießstand. Mündungsblitze. Splitterndes Glas. Funken. Prasselnder Regen. Eine Kugel traf neben mir ins Boot und wirbelte Hundert-Dollar-Scheine auf. Meine Kalaschnikow bäumte sich auf wie der Teufel, und Messinghülsen flogen aus der Kammer. Angela riss das Steuer herum. Mein Magazin war leer, und ich ging in Deckung.

Und dann kreuzten wir das Kielwasser des anderen Bootes.

Der Aufprall warf mich auf den Arsch. Ich packte den Bootsrand und hielt mich fest, als ginge es um mein Leben. Hoffentlich würden wir nicht kentern. Das Schießen hörte auf. Unser Boot kam wieder ins Lot, und Angela spähte über das Armaturenpanel. Ich sah, wie sie sich am Skippersitz festklammerte. In einer scharfen Kurve bogen wir um die Felsen am hinteren Ende der Insel herum und verschwanden aus dem Gesichtsfeld unseres Angreifers. Die Windschutzscheibe war großenteils zu nass und zu zersplittert, um hindurchzuschauen, aber das war okay. Auf der Skipperseite war die Scheibe völlig herausgeflogen, und das Deck war von Scherben übersät.

Ich zog mich auf den Sitz neben Angela, doch ich war noch nicht weit gekommen, als ich etwas Nasses, Heißes am linken Arm spürte. Ich berührte die Stelle. Blut. Merkwürdig – ich empfand keinen Schmerz, sondern fühlte mich kalt und distanziert, als passiere alles in Zeitlupe. Ich schaute hinunter und sah, dass mein Hemdärmel sich langsam rot färbte, aber ich wusste nicht, wie ich darauf reagieren sollte. Das Einzige, was ich registrierte, waren die Nadelstiche der Regentropfen, die mir mit fünfzig Meilen pro Stunde ins Gesicht flogen. Es dauerte ein paar Sekunden, bis der Schmerz mich schließlich erreichte – eine stechende Qual, die mich mit den Zähnen knirschen ließ und an die ich mich nur allzu gut erinnerte. Ich starrte auf das Blut.

Eine hohe Welle riss mich aus meiner Schockstarre, und ich schaute auf das Gewehr. Das Magazin war leer. Ich ließ es herausfallen und suchte in der Tasche nach einem vollen. Angela schrie etwas, doch ich verstand es nicht. Ich drehte mich um.

Das schwarze Boot hatte eine scharfe Wende vollführt und folgte uns.

Verdammt. Anscheinend würde dies zu einem Kampf bis zum bitteren Ende werden. Fummelnd bemühte ich mich, ein frisches Magazin einzuschieben, aber mein Arm wollte nicht recht gehorchen. Wir hatten jetzt ein ziemlich hohes Tempo erreicht, und deshalb war es auch nicht so leicht, die Hände ruhig zu halten. Ein paar Sekunden später eröffneten sie von Neuem das Feuer. Ich hörte das zischende Geräusch, mit dem die Kugeln hinter uns ins Wasser schlugen. Als ich das Magazin endlich eingesetzt hatte, lud ich das Gewehr durch und legte an. Ich schrie vor Schmerz auf, als der Rückstoß des ersten Schusses in meinen verletzten

Arm fuhr, und gab einen kurzen Feuerstoß auf das Boot in unserem Kielwasser ab.

Unterdessen saß Angela am Steuer wie eine Rennfahrerin. Nur wenige Sekunden waren vergangen, aber unser Vorsprung nahm zu. Der schwarze Zigarettenschmuggler surfte ein gutes Stück weit hinter uns auf der Welle unseres Kielwassers. Als wir die Klippen hinter uns gelassen hatten, drehte Angela sich nach mir um. Ich umklammerte die Armlehnen meines Sitzes und wollte aufstehen, wir fuhren jedoch zu schnell.

»Bist du getroffen?«, rief Angela.

»Bring uns hier raus!«

»Wer sind diese Leute?«

»Bring uns nur raus aus Hongkong, verdammt!«, schrie ich.

In einer sanften Kurve entfernten wir uns von der Küste und fuhren hinaus auf die offene See. Wir nahmen Kurs auf die kleineren Inseln im Kanal nach Macau. Das Schießen hörte auf. Vielleicht war unserem Angreifer die Munition ausgegangen, oder er sparte sie für später. Ich wusste es nicht. Der Archipel war ein Labyrinth, und wenn wir die äußeren Inseln erreichen könnten, würden wir unsere Verfolger wohl schnell abhängen. Die Maschinen brüllten auf, als wir auf Geradeauskurs gingen. Ich sah die hellen Lichter eines großen Schiffes in der Ferne. Bei diesem Wetter war hier nur sehr wenig Verkehr. Ich hörte ein Nebelhorn. Die massigen, dunklen Gipfel von Lantau Island kamen schnell näher. Wir schwenkten in weitem Bogen ab, damit man uns vom Ufer aus nicht sehen konnte, und nahmen dann Kurs auf eine kleine Insel.

Das war, wie sich herausstellte, ein Fehler.

Bis jetzt hatten wir Glück gehabt. Zwischen der Schlechtwetterfront und der abgelegenen Stelle, wo Sabo Park die Beute versenkt hatte, hatten wir nicht viele andere Schiffe gesehen. Das nahe Ufer war zu steil und zu felsig für Straßen und Gebäude, und deshalb hatte uns von dort niemand sehen können. Der Nebel hatte alles verborgen, was passiert war. Aber das tat er nicht mehr. Wir ließen die Abgeschiedenheit zusehends hinter uns. In einer Steilkurve fuhren wir um die Insel herum und in den Kanal, und dann sah ich das, was ich zu allerletzt sehen wollte.

Ein Patrouillenboot.

VIERUNDZWANZIG

Das Patrouillenboot kam in Sicht, als wir um die Insel bogen. Fluchend machte ich Angela darauf aufmerksam. In den Gewässern um Hongkong patrouilliert eine Spezialabteilung der Polizei namens Marine Region. Ihr unverwechselbares blaues Blinklicht stach etwa hundert Meter weit entfernt durch den Nebel. Sie befanden sich in der Nähe der kommerziellen Fährstrecke und somit genau auf unserem Kurs. Sie versperrten uns die Durchfahrt zwischen den beiden Inseln. Für eine Kursänderung hatten wir keine Zeit mehr. Wir mussten an ihnen vorbei, und das bedeutete, dass wir sehr dicht an sie herankommen würden. Ich nagte an der Unterlippe, als das Blaulicht heller wurde und näher kam. Allmählich konnte ich auch die Umrisse des Bootes erkennen. Es war ein kurzer, breiter Vierzig-Fuß-Kreuzer mit einer geschlossenen Glaskajüte in der Mitte. Er lag still im Wasser. Auf dem Achterdeck stand ein Polizist mit einem Suchscheinwerfer und einem Megafon. Als er uns mit sechzig Knoten heranfliegen sah, fing er an, auf Chinesisch zu schreien. Ich hob die Kalaschnikow und gab einen warnenden Feuerstoß ab.

Sein Geschrei brach ab.

Der Suchscheinwerfer leuchtete auf, und der Lichtstrahl schwenkte über das Wasser und blieb für eine Sekunde an uns hängen. Das Licht blendete mich. Ich hob die Hand vor das Gesicht, und Angela duckte sich über das Steuer. Ich hob die Kalaschnikow noch einmal und schoss gezielt auf das Licht, doch es war zu weit weg. Der Scheinwerfer blieb noch einen Augenblick lang bei uns und schwenkte dann weiter zu dem Boot, das uns verfolgte.

Das nachtschwarze Boot war auf diese Entfernung noch kaum zu erkennen. Es lag ziemlich weit zurück, aber als der Suchscheinwerfer es erfasste, sah ich den Mann, der am Steuer stand wie ein altmodischer Schiffskapitän. Er sah unauffällig aus. Ein Weißer in einer Lederjacke. Blondes, vielleicht weißes Haar. Als das Scheinwerferlicht ihm in die Augen schien, zog er eine Maschinenpistole aus dem Hosenbund und verschoss das ganze Magazin im Dauerfeuer auf das Patrouillenboot. Aber er war so weit weg, dass es sinnlos war.

Ich stemmte mein Sturmgewehr an die Schulter und visierte ihn an, so gut es ging. Die Gelegenheit war perfekt. Wegen des Patrouillenbootes vor uns mussten wir beide unsere Fahrt verringern und das Steuer unter Kontrolle halten, wenn wir es nicht rammen wollten. Der Suchscheinwerfer verschaffte mir ein klares Ziel, und mein Magazin war noch fast voll. Eine bessere Chance würde ich nicht bekommen.

Ich drückte den Abzug und sprühte Blei in den Zigarettenschmuggler. Zwei Kugeln rissen Löcher in den Rumpf, doch es war, als feuerte ich blindlings los. Bei dieser Geschwindigkeit war es fast unmöglich, das Gewehr ruhig zu halten. Ich konnte noch ein paar Mal schießen, bevor eine Hülse quer stecken blieb und den Verschluss blockierte. Ich fluchte, aber ich ging nicht in Deckung, sondern zog das Magazin heraus und betätigte den Durchladehebel, um die klemmende Hülse auszuwerfen. Anschließend stieß ich das halb volle Magazin wieder hinein, lud das Gewehr durch und stemmte es gegen die Schulter.

Dann schoss ich das Magazin leer.

Ich ließ einen langen automatischen Feuerstoß los, bis keine Patrone mehr übrig war – sicher fünfzehn Schuss. Die Kugeln ließen Fontänen aufspritzen und rissen Löcher in den Rumpf des schwarzen Bootes. Eine zerschmetterte die Windschutzscheibe, eine andere zertrümmerte die Armaturen und ließ einen Schauer von Fiberglas und Metallsplittern über das Boot regnen. Der Kerl ließ die Pistole fallen und riss die Hände ans Gesicht. Viel war es nicht, aber ein Treffer ist ein Treffer. Reines Glück. Mein Sturmgewehr war leergeschossen; also ging ich wieder in Deckung und ließ das Magazin herausfallen. Ich griff nach der Reisetasche, um das dritte und letzte Magazin herauszuholen. *Komm schon.* Ich konnte die Sache zu Ende bringen.

Aber im nächsten Moment riss Angela das Steuer herum.

Wir legten uns so stark nach Backbord, dass wir uns beinahe überschlagen hätten. Einen Augenblick lang fühlte es sich an, als ob wir flögen oder wie ein flacher Kiesel über einen Teich schnellten. Wir fuhren nur hundert Meter weit von dem Patrouillenboot entfernt mit hohem Tempo über das Wasser – ich nahm an, sie wollte es weiträumig umfahren, oder sie wollte uns umbringen. Ich ließ das Gewehr fallen und hielt mich irgendwo fest, klemmte mich zwischen Beifahrersitz und Bootswand, um nicht über Bord zu gehen. Nur mit Mühe bekam Angela das Boot wieder unter Kontrolle und brachte uns so nah wie möglich ans Ufer. Der Scheinwerferstrahl irrte über das Wasser. Sie suchten uns, konnten uns jedoch nicht finden. Das Licht wanderte über unser Kielwasser hinweg. Als wir die scharfe Wende geschafft hatten, drückte sie den Gashebel wieder nach vorn.

Wir rauschten an der Patrouille vorbei. Eine laute Sirene heulte los, und das Boot erstrahlte in grell blitzendem Blaulicht. Ich sah, wie die Propeller das Wasser am Heck aufbrodeln ließen, aber als das Boot sich in Bewegung setzte, hatten Angela und ich schon einen Abstand von der Länge mehrerer Fußballplätze zu ihnen hergestellt. Noch einmal rasten wir um eine Ansammlung von Felsen herum. Wir konnten die Polizei sehen, sie sahen uns jedoch nicht – jedenfalls noch nicht. Nicht weit vor uns ragte eine

Steilküste auf, hinter der wir vollends verschwinden könnten. Aber bis wir dort wären, müssten wir im Regen Deckung suchen.

Der Suchscheinwerfer schwenkte herum und erfasste das schwarze Schnellboot, das an Fahrt verlor. Die Patrouille versuchte, unseren Verfolger abzufangen, und der schwenkte ebenso scharf ab wie wir, um das Polizeiboot nicht breitseits zu rammen. Doch es war zu spät. Er war der Polizei in die Falle gegangen. Um jetzt noch zu entkommen, müsste er eine komplette Wende fahren und Kurs auf die andere Seite der Insel nehmen. Das würde ein paar Minuten dauern, falls er es wirklich schaffen sollte, so weit zu kommen. Polizisten mögen es nicht, wenn man auf sie schießt. Manchmal schießen sie zurück, sogar in Hongkong.

Einen Augenblick später hatte ich beide Boote aus den Augen verloren. So schnell wie möglich umrundeten wir das steile Küstengebirge, und wieder zogen wir eine mächtige, weiß schäumende Welle hinter uns her. Dass wir aus dem Gesichtsfeld entkommen waren, bedeutete allerdings noch nicht, dass wir schon aus dem Schneider waren. Angela trieb die Motordrehzahl über die rote Linie hinaus und blieb im Sichtschatten der Felsen. Ich verstehe nicht viel von Radartechnik auf See, aber ich nahm doch an, dass die Polizei versuchen würde, uns damit im Auge zu behalten. Wir konnten nur hoffen, so schnell wie möglich außer Reichweite zu kommen, damit wir nur noch einer von vielen Punkten auf ihrem Radarschirm wären. In der Ferne hörte ich wieder ein Nebelhorn, und dann ertönten weitere Sirenen, alle waren jedoch weit weg und entfernten sich immer weiter. Ich umklammerte den Bootsrand, und Gischt brannte in meinem Gesicht. Eine Meile weiter änderte Angela den Kurs, damit die Polizei nicht vorhersehen konnte, wohin wir fuhren.

Niemand folgte uns. Wir hatten sie abgehängt.

Angela sah sich nach mir um. Ich kauerte zwischen dem Schott und einem Haufen Hundert-Dollar-Scheine. Ein Zucken an ihrem Mundwinkel verwandelte sich langsam in ein schiefes Lächeln. Sie fuhr sich mit den Fingern durch die nassen Locken und warf mir einen schelmischen Blick zu – fiebrig, schön und wild. Das war die abenteuerhungrige Fremde, die mich unter ihre Fittiche genommen hatte. Die verrückte Diebin, die mir beigebracht hatte, mir zu nehmen, was ich haben wollte, und zu leben wie ein König. Das war die Angela, die ich kannte.

Sie lachte, und das Haar peitschte ihr Gesicht, als sie mich auf die Beine zog.

FÜNFUNDZWANZIG

Kaum stand ich aufrecht, als ich das kleine elektronische Gerät sah, das wir in dem Geldpaket gefunden hatten. Es lag hinten auf dem Deck, und ich trampelte darauf herum und zertrat es wie einen Käfer. Mit einem Zwitschern brach das kleine Ding auseinander. Wütend und frustriert trat ich wieder und wieder zu, und wenn ich nicht geblutet hätte, hätte ich es wohl zu Staub zertreten.

»Das ist ein verdammter Peilsender!«, sagte ich. »Wir sind in eine Falle gegangen.«

»Alles okay mit dir?«, fragte Angela.

»Ich atme noch«, sagte ich und kletterte auf den Beifahrersitz. Ich betastete die Wunde an meinem Arm und sah, dass meine Finger voller Blut waren. Gewalt ist wie eine Droge. Wir wären fast getötet worden, und ich hatte eine Schusswunde, aber aus irgendeinem seltsamen Grund war ich aufgedreht, und das Herz schlug mir bis zum Hals. Ich schaute zu Angela hinüber. Sie strahlte von einem Ohr zum andern.

Das Boot war völlig zerschossen. Überall hatten die Kugeln Löcher gerissen, und das ganze Deck war von Glasfasersplittern übersät. Die Windschutzscheibe war in Stücke gegangen. Aber zum Glück lief das Boot nicht voll, und die Motoren funktionierten noch. Meine Verletzung würde allerdings bald zu einem Problem werden. Sie blutete stark, doch in diesem Zustand konnten wir keinen Jachthafen anlaufen. Wenn unsere Beschreibung an die Küstenpolizei verteilt wäre, würde jeder Bootsanleger im Umkreis von hundert Meilen nach uns Ausschau halten.

Andererseits konnten wir das Boot auch nicht einfach irgendwo auf den Strand setzen. Die Gegend hier war dicht bevölkert, an Land drängten sich die Wolkenkratzer aneinander. Ich wusste nicht, wie viel die Polizisten gesehen hatten, wahrscheinlich war es genug. Wie viele Renn-Katamarane, blau wie ein Zaunkönigsei, konnten hier draußen unterwegs sein? Einer, vielleicht?

Ich fing an, meine Wunde zu versorgen. Angela steuerte das Boot, und sie fuhr so schnell, wie es möglich war, ohne Verdacht zu erregen. Wir blieben dicht vor der Küste der kleineren Inseln und hielten Abstand von den großen Schiffen in der Ferne. Der Regen war hilfreich. Am Horizont sah ich Blitze flackern, solange die See jedoch halbwegs ruhig blieb, war alles in Ordnung. Ich drückte eine Mullkompresse auf meine Wunde und tastete unter meinem Sitz nach dem Erste-Hilfe-Kasten. Der musste während der Schießerei allerdings irgendwo anders hingerutscht sein.

»Wie geht's dir?«, fragte Angela. »Sprich mit mir.«

»Ich könnte ein Pflaster gebrauchen«, sagte ich. »Wie schnell können wir wieder in Macau sein?«

»Ich habe mich für die lange Strecke entschieden. Vielleicht in einer halben Stunde. Hältst du durch?«

»Nur wenn ich diesen verdammten Erste-Hilfe-Kasten finde.«

»Lass mich mal sehen«, sagte sie.

Ich lächelte gezwungen und zog langsam meine Jacke aus. Vor Schmerz verzog ich das Gesicht, als ich hochkrempelte, was von meinem Hemdärmel übrig war. Der Stoff war von Seewasser getränkt, und deshalb brannte es unangenehm. Sprichwörtliches Salz in der Wunde. Aber alles in allem war es nicht allzu schlimm. Die Kugel war durch das Fettgewebe meines Oberarms gefahren und hatte ein Stück Haut und Gewebe mitgerissen. Ein nennenswerter Muskelschaden war nicht entstanden, der Riss war jedoch sicher sieben Zentimeter lang und anderthalb breit, zu groß also, um mit Zahnseide genäht und mit einem Spritzer Scotch desinfiziert zu werden. Es würde schwierig werden, die Wunde zu säubern, und ein kleiner Plastik- und Metallsplitter steckte darin und glänzte im Zwielicht. Vielleicht war es ein Stückchen Glasfaser, aber es konnte auch das Fragment einer Kugel oder etwas anderes Übles sein. Was immer es war – jedes Mal, wenn ich die Wunde berührte, riskierte ich, die Verletzung zu verschlimmern. Wenn ich den Splitter herauszöge, liefe ich Gefahr, ein Gefäß zu zerreißen und die Blutung zu verstärken.

Zumindest tat es nicht allzu sehr weh. Ich hatte schon Schlimmeres erlebt, und ich hatte Glück gehabt. Ein paar Handbreit weiter rechts, und ich würde jetzt mit dem Gesicht nach unten im Hafen treiben. Das hier war ein Streifschuss. Nichts Lebensbedrohliches. Der Knochen war unverletzt. Jeder Arzt konnte diese Wunde behandeln. Solange ich die Blutung stoppen und den Splitter in Ruhe lassen konnte, wäre alles in Ordnung.

Vielleicht. Hoffentlich.

Angela stieß einen Pfiff aus, als sie das Blut sah. Sie nahm Gas weg, wischte sich die Hände an ihrem Kleid ab und half mir bei der Suche nach dem Erste-Hilfe-Kasten. Bald hatte sie ihn gefunden; er klemmte irgendwo unter dem Steuerpanel. Sie klappte ihn auf und streifte sich ein Paar blaue Latexhandschuhe über die Hände. Dann warf sie die leeren Jodpäckchen über Bord. »Hast du das ganze Desinfektionsmittel verbraucht?«

»Ehrlich gesagt, ich dachte nicht, dass wir es brauchen würden.«

Angela schüttelte den Kopf. Ich wusste, sie konnte mir nicht helfen, aber ich verstand, warum sie es trotzdem versuchen musste. Ich sah es in ihrem Blick. Es war Teil einer wortlosen Übereinkunft, die wir vor Jahren getroffen hatten, als wir noch Partner gewesen waren: Niemals würde einer den anderen sterben lassen, selbst wenn es bedeutete, dass er dabei selbst ums

Leben kam. Ohne mit der Wimper zu zucken, würde ich alles für sie tun. Und wenn Angela nichts weiter tun konnte, als die Wunde zu säubern und die Blutung zu stillen, dann war es das, was sie tat. Ich schloss die Augen und versuchte, den Schmerz auszublenden.

Sie goss ein bisschen Trinkwasser aus einer Flasche über den Arm, um das Blut abzuwaschen. Das Verbandsmaterial auf dem Boden des Kastens war noch einigermaßen trocken. Sehr behutsam verband Angela mir den Arm so fest, wie es ging, ohne den Splitter zu verschieben. Sie befestigte den Verband mit Heftpflasterstreifen und schob eine Plastikhülle darüber, um ihn trockenzuhalten. Ich lehnte mich zurück, als sie fertig war. Es blutete wohl immer noch, aber wenigstens hatten wir den Strom gebremst. Angela wühlte in ihrer Tasche, bis sie eine trockene Zigarette gefunden hatte, und zündete sie an. »Glaubst du, du hältst noch zwanzig Minuten durch?«, fragte sie dann.

»Ich schaff's schon.«

»Du darfst mir jetzt nicht umkippen.«

»Was, wegen dieses Kratzers?« Ich zwang mich zu einem Lächeln. »Ich habe mich beim Rasieren schon schlimmer verletzt.«

Sie warf mir einen vernichtenden Blick zu. »Du blutest jetzt schon den Verband durch. Vielleicht sind da Splitter – das heißt, noch mehr Splitter –, die ich nicht gesehen habe. Du musst damit zum Arzt, Kid.«

»Das geht schon«, sagte ich. »Ich finde einen, der keine Fragen stellt.«

»Kennst du einen?«

»Ich finde einen«, wiederholte ich. »Ich kenne Leute, die Leute kennen. Du brauchst dir um mich keine Sorgen zu machen. Setz mich an der Küste ab. Irgendwo an einem stillen Plätzchen. Ich komme allein zurecht. Unterdessen versteckst du das Geld und lässt das Boot verschwinden, denn wenn es gefunden wird, ist mein Arm nicht mehr so wichtig. Dann wird die Wunde in einem chinesischen Arbeitslager genäht.«

»Du kennst Leute, die Leute kennen«, wiederholte Angela.

»Yeah«, sagte ich. »Tu nicht so überrascht. Als du weg warst, habe ich gelernt, ohne deine Hilfe zu überleben. Inzwischen kann ich es ganz gut.«

Angela schnaufte und schaute weg.

Unser Boot näherte sich im Kriechtempo dem Ufer am Nordrand von Macau. Anfangs machte es mich nervös, so dicht heranzufahren. Macau ist nicht groß, und die Küste der Stadt ist gut bewacht. Aber eigentlich hatte ich kaum eine andere Wahl. Ich konnte entweder hier aussteigen und ans Ufer waten, oder Angela konnte an den Docks vorbeifahren, und ich konnte es dort riskieren. Doch solange die Polizei uns überall suchte, war es vermutlich weniger auffällig, hier an Land zu waten. Gern tat ich es trotzdem nicht. Das Ufergewässer war schmutzig und voller Müll. Fluchend umfasste ich meinen verletzten Arm.

Angela stellte die Motoren ab, als wir uns den Slums näherten, und wir glitten weiter, bis wir nur noch ein paar Meter weit vom Ufer entfernt waren. Ganz kurz ließ ich den Blick über die Umgebung wandern. Anscheinend waren keine anderen Boote in der Nähe. Der größte Teil des kommerziellen Schiffsverkehrs lief südlich von hier vorbei, und der Regen hatte die Vergnügungsboote vertrieben. Am Wasser lagen mehrere stillgelegte Fabriken. Die meisten waren mit Brettern vernagelt, aber ein paar dienten jetzt auch als illegale Behausungen: Ich sah Zelte, auf den Dächern standen Fernsehantennen, und vereinzelt brannte Licht. Das nächstgelegene Gebäude sah aus, als wäre es früher ein Frachtlager gewesen. Betonpfähle ragten vor dem Ufer aus dem Wasser. Wenn ich es schaffte, die steinige Böschung hinaufzuklettern, würde ich zwischen zwei alten Fabrikanlagen hindurch auf die Straße dahinter laufen können. In diesem Regen würde mich kein Mensch bemerken.

»Mach dich bereit«, sagte Angela. »Ich kann hier nicht lange herumtrödeln. Die Küstenwache passt auf, dass keiner illegal über die Grenze kommt. Bist du sicher, dass du es allein schaffst?«

»Es geht schon«, sagte ich.

Angela nickte. Sie holte ihre Zigarettenpackung aus der Tasche und schüttelte eine Zigarette heraus, aber bestürzt sah sie, dass sie durchnässt war und auseinanderbröselte. Fluchend warf sie die Packung ins Meer.

»Ich versuche, mich nach Möglichkeit zu beeilen«, sagte ich. »Es dürfte nicht mehr als zwei Stunden dauern. Höchstens vier. Wenn ich fertig bin, rufe ich eins deiner Wegwerftelefone an. Ich werde versuchen, mich zum Grand Lisboa durchzuschlagen, aber wenn ich das nicht schaffe, musst du Johnnie schicken, damit er mich abholt.«

»Dann sehen wir uns in vier Stunden, Kid.«

»Bis dann.« Ich lächelte, und dann kletterte ich über Bord und ließ mich ins flache Wasser fallen. Meine Tasche hielt ich über den Kopf, damit nichts nass wurde. Als das Salzwasser durch den Verband drang und meine Wunde erreichte, musste ich einen Aufschrei unterdrücken, und beinahe hätte ich das Gleichgewicht verloren, aber dann fasste ich Tritt und watete auf das Ufer zu. Angela ließ das Boot ein kleines Stück weitertreiben, bis sie weit genug entfernt war, um die Motoren zu starten. Sie fuhr davon, und als ich die Uferböschung erreicht hatte, war sie weg.

Sehr langsam kroch ich über die Steine hinauf. Die Böschung war steil und schlüpfrig. Eine trübe Brühe floss aus einem offenen Abflussrohr neben mir. Ich griff nach dem Rohr, aber mein linker Arm war nicht zu gebrauchen. Ich musste mich mit den Beinen hinaufschieben, und so oft es ging, setzte ich mich auf die schwarzen, glitschigen Steine.

Es dauerte ein paar Minuten, bis ich oben ankam, und nach ein paar Schritten stand ich vor einem niedrigen Maschendrahtzaun. Ich sah keinen Weg, der darum herumführte, und so nahm ich einen kurzen Anlauf und schwang die Beine hinüber. Der Sprung gelang, aber auf der anderen Seite landete ich auf lockerem Kiesboden, rutschte einen kleinen Geröllhang hinunter und prallte gegen die Mauer einer Fabrik. Die ganze Rutschpartie ging über höchstens drei oder vier Meter, es tat jedoch höllisch weh. Ich unterdrückte einen Schmerzensschrei und rollte mich auf den Rücken. Ich zog mir einen Strang Algen aus dem Haar und fluchte. *Atmen, Jack.*

Ich rappelte mich auf und sah mich um. Die alte Fabrik war ohne Zweifel verlassen. Alle zum Meer hin gelegenen Fenster waren mit Brettern vernagelt, und nur ein paar, die zerbrochen waren, hatte man mit undurchsichtiger Plastikfolie verklebt. Ich ging bis zur Ecke und kam zu einem schmalen Durchgang, der zur Straße führte. Eine trübe Neonschrift warf lange rote Schatten über die Mauern. Ich schob mich seitwärts hindurch zur Straße, die bis auf ein paar geparkte Autos leer war. Ich sah mich nach irgendeinem Schild in englischer Sprache um, fand jedoch keins. Die Ampeln an der nächsten Straßenkreuzung blinkten gelb. In der Ferne sah ich ein paar Geschäfte, aber alle hatten die Rollläden heruntergelassen. Ich hatte keine Ahnung, wo ich war. Mein Herz raste wegen des Blutverlustes und nach der Kletterei, und plötzlich wurde mir schwindlig und schwarz vor Augen. Ich krümmte mich vornüber und umklammerte meine Knie.

Verdammt. Ich fühlte, wie das Blut über meine Hand tröpfelte. Ich richtete mich auf und lehnte mich für einen Moment an die Mauer, um durchzuatmen. *Konzentration. Du musst dir einen Plan machen.* Ich angelte die schlichte weiße Visitenkarte aus meiner Brieftasche. Sie enthielt nichts als die Telefonnummer und die Lotosblüte, blass wie ein Wasserzeichen. Ich nahm eins meiner Wegwerftelefone aus der Tasche und gab langsam die Nummer ein. Es klingelte. Und klingelte. Und klingelte.

Dann meldete sich Bautista. Ich hörte das leise Stampfen elektronischer Musik im Hintergrund. Er war in einem Nightclub.

»Hallo«, sagte er. »Wer ist da?«

»Ihr Kunde«, sagte ich. »Besorgen Sie mir einen Metzger.«

SECHSUNDZWANZIG

Victoria Harbour, Hongkong

Vierzig Meilen weiter nordöstlich öffnete Laurence in diesem Augenblick die Türen seines Schiffscontainers und warf die Sporttasche auf den Boden. Er ging zu dem Schreibtisch am hinteren Ende und fegte die Tischplatte mit einer Armbewegung leer. Nur sein Computermonitor wollte nicht gehorchen. Er packte ihn mit beiden Händen, riss das Stromkabel aus der Verlängerungssteckdose und schmetterte das Gerät frustriert gegen die Wellblechwand. Laurence war in seinem ganzen Leben noch nie so wütend gewesen.

Denn in seinem linken Auge saß ein Glasfasersplitter.

Es blutete jetzt seit mehr als vierzig Minuten. Nach der Schießerei auf der anderen Seite des Hafens hatte Laurence noch keine Zeit gehabt, die Verletzung zu versorgen. Verdammt, er war nur um Haaresbreite mit dem Leben davongekommen. Es hatte von Polizei gewimmelt. Irgendwann hatte er sie abschütteln können, aber es hatte ein Weilchen gedauert. Er spürte, wie der Splitter sich mit jeder Minute tiefer in seinen Augapfel bohrte. Jede kleine Bewegung des Auges bereitete ihm Höllenqualen, und ein Lidschlag brannte wie Feuer. Gedeckt von zwei antiken Dschunken war er um Hongkong Island zurückgefahren, und dann hatte er das gestohlene Schnellboot vor der Küste versenkt. Jeder zweite Polizist in der Region würde nach ihm suchen, und deshalb konnte er nicht in eine Klinik gehen. Eine ordentliche medizinische Behandlung musste noch warten. Vorläufig musste er sich selbst darum kümmern.

Laurence nahm den Spiegel von der Wand und stellte ihn auf den Schreibtisch. Er musste sehen, was er tat. Das Auge begann zu schwellen, und sein Kopf fühlte sich an, als sei er voller Steine. Eine Hornhautperforation. Er versuchte, sich an seine Ausbildung zu erinnern. Ruhe bewahren. Die Wunde säubern. Stillhalten. Den Fremdkörper entfernen. Die Wunde verbinden. Die Blutung stillen. Das nennst du eine Wunde, du Weichei? Das ist gar nichts.

Laurence schaltete die Leuchtstoffröhre ein, die von der Decke herunterhing, zog sie mit einem Ende zu sich und legte eine Glühlampe neben den Spiegel. Er brauchte so viel Licht, wie er bekommen konnte. Er nahm einen Beutel Kokain aus seinem Koffer, legte ihn auf den Tisch und riss ihn mit den Zähnen auf. Das weiße Pulver quoll heraus. Er machte sich nicht die Mühe, das Zeug zu Lines zusammenzuschieben. Dazu war keine Zeit. Er beugte sich über den Stoff und sog ihn heftig in beide Nasenlöcher. Als er sich nach Luft schnappend aufrichtete, war sein Gesicht gefühllos. Die Welt war plötzlich kristallklar. Kokain ist ein lokales Anästhetikum wie Novocain. Es würde den Schmerz lange genug betäuben, um zu tun, was jetzt nötig war.

Was er jetzt noch brauchte, lag in der obersten Schreibtischschublade: ein kleines Päckchen Rasierklingen. Er kippte es aus, nahm eine Klinge und schälte die schützende Pappe von der Schneide. Er wusste, was er zu tun hatte, und es würde seine ganze Willenskraft erfordern. Was er tun musste, würde einen schwächeren Mann vor Qual schreien lassen. Was er tun musste, konnte nur ein Mann tun, der so hart war wie er.

Er musste sich operieren.

Laurence drehte die Lampen so, dass sie ihm direkt ins Gesicht leuchteten, und schaute dann in den Spiegel. Es war schlimmer, als er dachte. Von der Augenbraue bis zum Kinn war seine Haut blutüberströmt, und das Auge selbst war so rot, dass er die Iris kaum noch erkennen konnte. Seine Wange hatte ein paar kleinere Schnittwunden davongetragen, und der gesamte Bereich färbte sich allmählich schwarz. Er legte den Kopf zurück und bewegte das Auge auf und ab, um zu sehen, ob er es konnte. Als er sich davon überzeugt hatte, dass er dabei nicht auf nennenswerte Hindernisse stieß, zog er sehr behutsam das untere Lid herunter, um den Schaden abzuschätzen.

Unmittelbar unter der Iris steckte ein Glasfasersplitter. Er war weniger als einen Millimeter breit.

Es hätte schlimmer sein können. Wäre der Splitter knapp zwei Millimeter weiter oben eingedrungen, hätte er die Pupille zerschnitten und ihn ganz sicher erblinden lassen. So aber saß das Glas im Weißen seines Augapfels, und der Schaden war zum größten Teil bereits angerichtet. Laurences Augen hatten sich reflexartig geschlossen, als die Kugel die Windschutzscheibe zerschmetterte, nur der kleine Splitter war dabei durch das Augenlid gedrungen. Was er mit dem Auge sehen konnte, war verschwommen und blutrot gefärbt, aber das würde im Laufe der Zeit verheilen. Nur darauf kam es an.

Er fasste die Rasierklinge mit Daumen und Zeigefinger und zog das untere Augenlid noch weiter herunter. Er atmete aus und führte die Klinge langsam ans Auge. Der Schnitt musste genau an der richtigen Stelle sitzen, denn sonst würde er sein Augenlicht verlieren.

Mit einer schnellen Bewegung schob er die Klinge unter den Glassplitter und schnitt aufwärts.

Schmerz. Unbeschreiblich. Fingernägel auf einer Schiefertafel. Ausgerissene Fußnägel. Atomexplosionen. Er versuchte, den Blinzelreflex zu unterdrücken, aber das konnte er nicht. Tränen. Grenzenlose Qual. Der Glassplitter, der jetzt frei auf der Oberfläche des Augapfels schwamm, schob sich langsam über die Iris.

Statt laut zu schreien, legte er die Rasierklinge aus der Hand und konzentrierte sich darauf, in langen, tiefen Zügen zu atmen. Jetzt war der Splitter wenigstens frei. Der erste Schritt war getan.

Jetzt musste er ihn noch herausholen.

Laurence nahm sich einen Augenblick Zeit zur Erholung. Er rückte den Spiegel zurecht und versuchte, einen klaren Kopf zu bekommen. Der nächste Teil würde der schmerzhafteste sein. Er drehte den Kopf hin und her, dass die Halswirbel knackten, und dann zog er das Lid wieder herunter und griff nach der Rasierklinge. Mit etwas Glück könnte er den Splitter herausangeln, ohne weiteren Schaden anzurichten.

Aber ehe er loslegen konnte, fing sein Satellitentelefon an zu klingeln.

Es war noch in seiner Sporttasche, drüben an der Tür. Er legte die Rasierklinge auf den Tisch und wischte sich mit einem Papiertaschentuch das Blut vom Gesicht. Er hatte nicht mit einem Anruf gerechnet, am Klingelton erkannte er jedoch, dass es sein Auftraggeber war, und der würde nicht warten. Er fischte das Telefon aus der Tasche. Der Zerhacker war immer noch mit dem Audio-Port verbunden, und deshalb brauchte er nur das Headset aufzusetzen und die Antenne herauszuziehen. Er bückte sich, hob einen Notizblock und einen Stift vom Boden auf, und dann drückte er auf die Sprechtaste und klemmte sich das Telefon zwischen Schulter und Wange.

»Einsatzleitung«, sagte er. »Haben Sie was für mich?«

»Lotus Vale Apartments«, sagte die Stimme. »North Macau. Eine Zielperson. Filipino, Ende dreißig.«

»Der Name der Zielperson?«

»Adrian Bautista«, sagte die Stimme. »Finden Sie ihn unverzüglich und machen Sie ihm so viel Druck, wie Sie können.«

SIEBENUNDZWANZIG

Taipa Island, Macau

Angela sah Johnnie sofort, als sie hinter den Klippen hervorkam. Er lehnte oben auf der Uferböschung an der Limousine unter einem aufgespannten Regenschirm. Sie rief ihn beim Namen, aber der Regen rauschte so laut, dass er sie nicht sofort sah und hörte. Dann jedoch schwenkte er seine Taschenlampe. Angela lächelte erleichtert und stellte die Motoren ab. Rückwärts trieb sie an den Pier, und Johnnie kam herausgelaufen, um sie zu begrüßen.

»Bring mir die Koffer«, rief sie. »Und dann hilf mir, dieses Ding festzumachen. Wir müssen es versenken.«

Johnnie nickte, lief zurück zur Limousine und hob drei schlichte Kabinenkoffer aus dem Kofferraum. Er kam damit zur Uferböschung und warf Angela einen nach dem anderen zu. Sie legte sie auf das Deck und öffnete sie. Die Namensschilder waren abgerissen. Gut. Wenn die Polizei diese Koffer fände, sollten sie nicht als Beweismaterial dienen können. Sie sah sich aufmerksam um, ob jemand sie beobachtete, und packte dann das Geld in dicken Bündeln hinein.

»Nimm das Tau«, rief sie.

Johnnie ließ sich auf die Knie fallen und angelte nach der Anlegerleine. Es dauerte eine Minute, aber dann hatte er das Boot an dem Poller am Ende des Anlegers festgemacht. In der Ferne leuchtete ein Blitz. Donner grollte. Angela blickte auf und fühlte, wie die Regentropfen auf ihrem Gesicht brannten. Sie wusste allerdings, sie durfte das Boot nicht einfach hier liegen lassen. Jemand würde es finden und der Polizei melden. Das Boot starrte von belastenden Spuren. Als ob Einschusslöcher und die Messinghülsen der Sturmgewehr-Patronen nicht genügten, war das Steuer auch noch von ihren Fingerabdrücken bedeckt, und überall waren Blutspuren von Jack. Angela hatte zwar ihre Fingerkuppen verbrannt, aber an den Fingerspitzen hatte sich ein einzigartiges Narbenmuster entwickelt, das anstelle von Abdrücken Hautfettspuren hinterließ. Die meisten Polizisten konnten jedoch mit solchen Spuren nichts anfangen, und das Meerwasser wusch eine Menge Sünden ab. Jacks Blut war das größere Problem. Seine Verletzung war alles in allem nicht so schlimm, doch mit Blut konnte die Polizei heutzutage erstaunliche Dinge anstellen. Ein bisschen Ammoniak an einem Tatort konnte Wunderdinge tun, aber Angela wollte kein Risiko eingehen. Das Boot mit Industriereiniger abzuwaschen und dann im Hafen zu versenken wäre keine gute Idee.

Wenn sie wirklich auf Nummer sicher gehen wollte, musste die *Siren* so weit wie möglich von hier entfernt untergehen.

Als das Geld wohlbehalten an Land war, ging Angela zum Heck und hob das AK-47 auf. Sie fischte das letzte Magazin aus der Sporttasche und schob es in den Magazinschacht. Dann lud sie die Waffe durch. Ungefähr fünf Zentimeter unter dem Bootsrand, war eine kleine Metallplakette mit einer langen Nummer befestigt. Davon hat jedes Boot zwei – die Rumpfidentifikationsnummer. Diese Schilder sind so angebracht, dass es sehr schwer ist, sie zu entfernen, genau wie die Fahrgestellnummer an einem Auto. Wenn den Behörden ein Schmuggler ins Netz geht, können sie das Boot zum rechtmäßigen Eigentümer zurückverfolgen. Das war Angela nicht, aber das machte nichts. Die Nummer musste weg. Sie jagte drei Kugeln durch das Schild, um die Nummer unlesbar zu machen. Die zweite Rumpfnummer war am anderen Ende des Bootes, vor dem Bug und unter dem Steuerpanel. Angela ging in die Hocke und zerschoss auch dieses Schild.

Die Motoren hatten eigene Nummern, aber sie hatte keine Zeit, sie zu suchen und zu zerstören. Ohne die Rumpfnummer würde die Polizei schon Mühe genug haben, das Boot zu identifizieren.

Wenn sie es fanden.

Mit dem Gewehrkolben zertrümmerte Angela den EPIRB und warf die Stücke in den Hafen. Dann schaltete sie das Gewehr auf Dauerfeuer und schoss in die beiden Rümpfe, bis das Magazin leer war. Das Rauschen des Regens und der ferne Donner waren so laut, dass das Rattern der Schüsse davon fast übertönt wurde. Kleine Fontänen sprudelten durch die Einschusslöcher herauf. Ohne aus dem Takt zu geraten, zerlegte Angela das Sturmgewehr. Die Kalaschnikow war so alt und schlecht gewartet, dass sie ein wenig Kraft aufwenden musste, um die Verkleidung des Magazinschachtes herunterzuhebeln, aber als es ihr gelungen war, ließ der Rest der Waffe sich leicht auseinandernehmen. Sie warf Feder, Schlagbolzen und Bolzenlager ins Wasser. Gasrohr und Magazin warf sie in eine andere Richtung. Jetzt waren nur noch Schaft und Magazingehäuse übrig. Sie wischte die beiden Teile gründlich ab und klemmte sie zwischen Steuerpanel und Gashebel.

Das Boot machte einen Satz nach vorn, wurde aber nach weniger als zwei Metern von den Haltetauen gestoppt. Haben Sie bei Ihrem Auto schon einmal den Fahrgang eingelegt und dann einen Ziegelstein auf das Gaspedal geworfen? Das gleiche Prinzip galt auch hier. Die dicken Taue strafften sich, als die starken Motoren das Boot in den Hafen hinaustreiben wollten, das Boot hatte allerdings noch nicht genug Schwung, um sie zu zerreißen. Die Motoren heulten und dröhnten und wirbelten nutzlos das Wasser auf. Angela ging vorsichtig zum Heck, wo durch die Lecks schon so viel Wasser eingedrungen war, dass sich eine Pfütze bildete, und von dort kletterte sie auf den Anleger. Sie strich ihre Kleidung glatt und schaute rasch umher, um sich zu vergewissern, dass die Schüsse keine Aufmerksamkeit erregt hatten. Nein – sie war nicht in Gefahr.

Sie nahm ihre Pistole aus der Handtasche und zerschoss die Dockleinen.

Sofort raste die *Siren* los, anfangs noch taumelnd, aber als sie am Ende des Piers angekommen war, hatte sie sich gefangen. Nach weniger als einer Minute war sie im Nebel verschwunden. Die Zwillingsmotoren waren dazu gedacht, das kleine Boot mit atemberaubender Geschwindigkeit voranzutreiben. Natürlich konnte es auf dem offenen Meer nicht mit voller Kraft fahren. Selbst bei ruhiger See würde das kleine Boot auseinanderbrechen, wenn es bei Höchstgeschwindigkeit auch nur auf eine winzige Welle prallen sollte. Aber im Sturm würde es zerschellen, lange bevor die Motoren ihre Spitzenleistung erreichen konnten, und selbst wenn es dazu nicht käme, wären die Kugellöcher im Rumpf mehr als ausreichend, um es zu versenken. Es war nur noch eine Frage der Zeit. Und niemand konnte wissen, wo es seine letzte Ruhe finden würde.

Angela wischte ihre Pistole ab, ließ das Magazin herausfallen, zog den Schlitten herunter und warf alles in den Hafen. Als sie sich umdrehte, sah sie, dass Johnnie auf sie wartete. Lächelnd hielt er ihr eine trockene Packung Zigaretten entgegen. Sie nahm sie, schüttelte eine Zigarette heraus und zündete sie mit ihrem Feuerzeug an. Nach einem langen, tiefen Zug setzte sie sich auf den Rücksitz der Limousine und sah auf die Uhr. Kurz vor sechzehn Uhr.

»Fahren wir«, sagte sie. »Wir haben zu tun.«

ACHTUNDZWANZIG

Nördliche Halbinsel, Macau

Unmittelbar nach meinem Anruf schickte Bautista ein Taxi los, das mich abholen sollte. Als ich zur nächsten Straßenecke kam, erwartete mich ein schwarz-weißer Corolla mit alten Taxischildern. Der Fahrer kam langsam heran, drehte das Fenster herunter und fragte, ob ich *der Kunde* sei. Ich nickte, brach mein Telefon mitten durch, warf es in den Durchgang hinter mir und setzte mich auf den Rücksitz.

Alles ganz einfach.

Bautista hatte mich nicht enttäuscht. Er könne mich mit einem *Metzger* zusammenbringen, hatte er gesagt, einem Schwarzmarktarzt, der meine Schussverletzung versorgen würde. Solche Ärzte gibt es in jeder Stadt. Manche Leute können nicht in eine Klinik gehen, und für sie sorgt der Metzger, ohne Fragen zu stellen. Wenn es einen gab, der mir so jemanden schnell vermitteln konnte, dachte ich, war es Bautista. Ich war sparsam mit Details und bot ihm ein ansehnliches Honorar für seine Vermittlung. Bautista stellte mir keine Fragen, deren Beantwortung er nicht benötigte, und half mir sogar herauszufinden, wo ich mich befand. Er kenne einen korrupten Doc, der Hausbesuche mache, sagte er, und der könne in einer halben Stunde im Lotus Vale sein.

Auf dem Rücksitz des Taxis wischte ich mir den Dreck aus dem Gesicht und atmete tief durch. Der Fahrer schaute mich immer wieder im Rückspiegel an, und ich sah, dass er wütend war. Vermutlich sah ich merkwürdig aus – nicht jeden Tag liest ein Taxifahrer einen Fahrgast mit einer Kugel im Arm auf. Taxifahrer mögen keine nassen Fahrgäste, und blutige schon gar nicht. Meine Kleidung war durchtränkt von Salzwasser und Schlick. Ich starrte ihn im Spiegel an, bis er wegschaute. Wenn ich merkwürdig genug aussähe, würde er sich an nichts anderes erinnern, und wenn ich erst geduscht und mich umgezogen hätte, würde er mein Gesicht nicht wiedererkennen. Das Taxi holperte sanft über das Kopfsteinpflaster, und ich hielt meinen Arm und kämpfte gegen den Schmerz. Fünf Minuten später waren wir da. Bautista erwartete mich mit einem Regenschirm am Straßenrand.

»Ich dachte mir, dass Sie wiederkommen«, sagte er, als ich ausstieg. Er lächelte, was ich seltsam fand. Es dauerte einen Moment, bis ich begriff, was los war. Er berührte dauernd seine Nase. Als ich vor ihm stand, sah ich ein paar Koksflöckchen an seinen Nasenlöchern. Wahrscheinlich hatte er in einem Nightclub ein bisschen Geld ausgegeben. Das würde sein abscheuliches Hemd erklären – ein rot gestreiftes Buttondown-Hemd mit Manschettenknöpfen aus Strass. Sein Haar war ölig nach hinten gekämmt, und er roch stark nach billigem Eau de Cologne. Er drückte den Daumen an die Nase und streckte mir die Hand entgegen. Aber ich nahm sie nicht, denn ich wollte den Druck auf meiner Wunde nicht unterbrechen.

»Es freut mich, dass Sie zu mir gekommen sind«, sagte Bautista. »In dieser Stadt können Sie niemandem vertrauen. Wenn die falschen Leute Sie mit einem blutigen Arm an Fisherman's Wharf herumstolpern sehen, enden Sie vielleicht als Fischfutter vor der Küste von Kanton.«

»In dem Fall freut es mich auch, Sie zu sehen.«

»Alles für einen reichen Kunden.« Bautista lachte und klopfte mir auf den Rücken, und dann führte er mich ins Gebäude, als wären wir alte Freunde. Wieder drückte er den Daumen an die Nase und sagte dann: »Habe ich Sie nicht davor gewarnt, mit dieser Kanone herumzufuchteln?«

»Doch.«

»Aber keine Sorge. Der Metzger ist schon unterwegs.«

»Gut«, sagte ich. »Gibt es außer Ihrer Höhle da oben noch einen Ort, wo ich warten kann?«

»Im dritten Stock ist ein leeres Apartment«, sagte Bautista. »Es gehört mir; also wird Sie niemand dort stören. Wir können da warten.«

In den Lotus Vale Apartments war noch genauso viel Trubel wie am Morgen. Ein Drogenhaus schläft nie. Heroin hält den Junkie vierundzwanzig Stunden am Tag auf Trab. Ein Schuss hält nur ungefähr vier Stunden, und jemand, der stark abhängig ist, wird alle acht Stunden Entzugssymptome bekommen. Wenn er einen Schuss auslässt, wird er krank. Folglich braucht er mindestens drei Schuss pro Tag, und damit hat er gerade genug Zeit, um zu schlafen und zu stehlen, was er für den nächsten Hit braucht.

Wasser tröpfelte aus den Rissen in den Wänden, aber wenigstens war es hier ein bisschen kühler als draußen. Die beiden Junkies, die ich am Morgen bestochen hatte, waren immer noch hier. Der eine schlief unter einer alten Wolldecke, und der andere starrte die Wand an und kratzte seine Einstichnarben. Wahrscheinlich hatte er sich das Geld, das ich ihm gegeben hatte, schon in die Vene geschossen. Ich sah sie an, doch sie erwiderten meinen Blick nicht. Es war, als wäre ich unsichtbar.

Bautista führte mich die Treppe hinauf. Ich weiß nicht, ob es am Blutverlust lag oder daran, dass ich den ganzen Tag in dieser Hitze verbracht hatte – jedenfalls wurde mir schwindlig, und wieder wurde mir schwarz vor Augen. Bautista griff nach meinem gesunden Arm und stützte mich auf den letzten Stufen. Ich hörte energische Beischlafgeräusche durch die Wände.

Im dritten Stock brachte Bautista mich ans Ende des Korridors und schloss ein Apartment auf. Die nackte Doppelmatratze in der Ecke war voller Flecken. Daneben, dem Fenster zugewandt, stand eine verschlissene Couch, und zwischen beidem sah ich einen Couchtisch mit einer zerkratzten Glasplatte. Wasser tropfte aus einem gebrochenen Rohr unter der Decke in einen Eimer neben der Tür. Eins der Fenster war mit Plastikfolie verklebt, doch zumindest gab es hier eine Klimaanlage. Der Regen klatschte in Böen an die Fenster.

»Es ist nicht das Tammany Hall«, sagte Bautista, »aber wenigstens müssen Sie keine Angst haben, sich an einem Junkie-Besteck zu stechen, nicht wahr?«

Ich nickte und setzte mich auf die Couch. Er machte die Tür zu, und ich schloss die Augen und versuchte, meinen wilden Herzschlag zu bändigen.

»Sie müssen mir ein paar Sachen kaufen«, sagte ich. »Ich zahle den doppelten Ladenpreis.«

»Sie sind der Boss«, sagte Bautista.

»Ich brauche eine neue Garderobe. Anzug und Krawatte. Größe M.«

»Ja, okay. Ich kann die Sachen holen, wenn der Metzger da ist.«

Ich nahm ein Bündel Tausend-Dollar-Scheine aus meiner Schultertasche und zog die Banderole herunter. Ich zählte fünfzig Riesen ab, ungefähr fünftausend US-Dollar, und gab sie ihm. Er zählte das Geld kurz durch und steckte es in die Tasche. Er sah glücklich aus, und ich fragte mich, wie viel von dem Geld er sich durch die Nase ziehen würde.

»Woher kommt dieser Metzger?«

»Es ist eine Sie. Sie hat eine Praxis unten auf Taipa«, sagte er. »Ein alter Profi. Als Abmurkserin eine der besten, die ich kenne. Keine Sorge, Sie werden in guten Händen sein.«

Ich nickte. Ich merkte, dass er schon eine ganze Weile im Geschäft war – nur die alte Garde sagt noch *Abmurkser.* Diesen Spitznamen haben sie, weil in den Bandenkriegen in Hongkong Mitte der neunziger Jahre viele Gangster in ihrer Obhut zu Tode gekommen sind. Leute meines Alters nennen sie *Metzger* oder sogar *Autoren,* denn die meisten sind auf den Missbrauch verschreibungspflichtiger Drogen spezialisiert. Ein Autor schreibt jedem auf, was er will. Dexedrin? Aber gern. Oxycontin? Bitte sehr. Lorazepam? Wie du willst. Viele von ihnen sind selbst süchtig und deshalb für einen Job im Krankenhaus oder für eine ärztliche Praxis ungeeignet. Manche sind auch nicht approbiert, oder sie waren es und haben ihre Approbation verloren. Tierärzte sind auch dabei. Die meisten Ärzte verdienen so viel, dass sie es nicht nötig haben, für Kriminelle zu arbeiten. Ein Arzt wird nur dann zum Metzger, wenn es unbedingt sein muss.

Bautista erzählte mir alles über sie. Sie war eine ehemalige Lazarettärztin der Roten Armee, und ihre Familie hatte Beziehungen zu einer der kleineren Triaden. Sie war hierhergekommen, um traditionelle chinesische Arzneien zu verkaufen, aber mit all den anderen Elfenbeinpulver- und Schlangenölverkäufern auf Taipa hatte sie nicht konkurrieren können. Als er mir ihren Namen nennen wollte, winkte ich ab. Ich musste nur wissen, wie sie arbeitete.

Ihren medizinischen Bedarf bezog sie von einem unsauberen Veterinärlieferanten. Wenn die örtlichen Bosse einem Gangster die Finger abhackten, pumpte sie ihn mit Katzen-Tranquilizern voll, kauterisierte die Wunde und verpasste ihm eine Ladung Antibiotika, die ein Pferd umgehauen hätte. Sie war diskret und bezahlbar. In einer Stadt voller Gangster und Junkies hatte sie reichlich zu tun. Jetzt saß ich auf dieser durchgesessenen Couch und kämpfte gegen den Schmerz, und ich fragte mich, wie lange ich würde warten müssen.

Es wurden zwanzig Minuten.

Die Ärztin kam mit einem großen schwarzen Rollkoffer zur Tür herein. Sie hatte ein verwittertes Gesicht und eine ernste Miene. Ich mochte sie sofort. Ihr Alter konnte ich nicht genau schätzen, aber sie war mindestens sechzig. Das war gut, denn alte Metzger haben viel Erfahrung. Ihr uralter brauner Hosenanzug war an mehreren Stellen geflickt, und sie trug eine Brille mit dicken Zwei-Stärken-Gläsern an einer Kette um den Hals. Sie sah sich kurz im Zimmer um und nickte mir zu, ohne etwas zu sagen. Als sie Bautista sah, blieb sie wie angewurzelt stehen.

Ich nahm meine Pistole aus der Tasche.

Ich legte sie neben mir auf die Armlehne. Nur zur Vorsicht. Mein Finger berührte nicht einmal den Abzug. Bautista und diese Frau erschienen mir allzu geübt bei diesem Auftritt. Sie sah durchaus professionell aus, aber ich wollte kein Risiko eingehen. Ich hatte das Gefühl, wenn ich um eine neue Niere gebeten hätte, hätte sie eine mitgebracht, in einer Kühlbox. Das weckte kein großes Vertrauen, und ich hatte nicht vor, einem der beiden mein Leben anzuvertrauen. Ich lasse mich nicht ohne Rückversicherung von jemandem aufschneiden, wer immer es sein mag. Ich zog den Schlagbolzen zurück, bis ich es klicken hörte.

Die Ärztin stand bewegungslos da. Sie verzog keine Miene.

Mit der anderen Hand zog ich ein dickes Bündel Tausender hervor und legte es auf den Couchtisch. Orange- und rosafarbene Geldscheine fächerten sich auf wie Spielkarten. Wahrscheinlich war das mehr Geld, als ein regulärer chinesischer Arzt in einem Monat verdiente. Die Frau starrte es an. Ich schnippte mit den Fingern, um ihre Aufmerksamkeit von der Pistole und dem Geld abzulenken.

»Sprechen Sie Englisch?«

»Ja«, sagte sie.

»Gut. Werden Sie jemandem erzählen, von wem Sie dieses Geld haben und wofür Sie es bekommen haben?«

»Nein.«

»Werden Sie sich mein Gesicht merken? Oder jemandem erzählen, was hier passiert ist?«

»Nein.«

»Wollen Sie meinen Namen wissen?«

»Nein.«

»Gut.« Ich nickte. »Ich will Ihren auch nicht wissen. So ist es besser. Ich bin am Oberarm verletzt und kann nicht ins Krankenhaus. Mehr brauchen Sie nicht zu wissen. Lassen Sie uns anfangen.«

Ohne zu zögern, machte sie sich an die Arbeit. Zuerst musste ich mein Hemd ausziehen, damit sie sich die Wunde ansehen konnte. Mein Verband war blutgetränkt, und rote Streifen zogen sich an meinem Arm entlang. Missbilligend schüttelte sie den Kopf und befahl mir, auf die Wunde zu drücken. Sie stellte ihren Koffer auf den Tisch und zog den Reißverschluss auf. Ich sah Skalpelle, Verbände, Spritzen, Medikamente und Desinfektionsmittel. Ganz unten war eine kleine Kühlbox. Ich starrte sie an.

Mit einer Hand fühlte sie meinen Puls, und mit der anderen nahm sie den Schirm von der alten Lampe neben mir. Als sie mit dem Pulsfühlen fertig war, ging sie zu einem Wandschrank und nahm einen Drahtkleiderbügel heraus, knickte ihn in der Mitte zusammen und hängte ihn an die Lampe. Dann klappte sie die Kühlbox auf. Darin lagen mehrere Beutel mit Blut. Sie nahm einen mit der Aufschrift »0 negativ«. Das war die Universalspendergruppe. Sie hängte ihn an den Kleiderbügel, der als behelfsmäßiger Infusionsständer diente. Dann stach sie eine Nadel in meinen gesunden Arm, was ihr mit dem ersten Versuch gelang, und befestigte sie mit einem Pflasterstreifen.

»Betäuben Sie mich nicht«, sagte ich. »Und keine Opiate. Wenn Sie mich mit Heroin vollpumpen, werde ich Sie finden und umbringen. Verstanden?«

»Okay«, sagte sie, »dann gebe ich Ihnen etwas anderes. Aber es wird wehtun.«

»Egal«, sagte ich. »Machen Sie nur schnell.«

Die Ärztin nickte. Sie nahm eine Spritze aus dem Koffer, zog die orangegelbe Kappe mit den Zähnen ab und suchte eine kleine Ampulle heraus. Ich sah zu, wie sie die klare Flüssigkeit aufzog und mit dem Finger gegen die Nadel schnippte, um die Luft herauszulassen.

»Ketamin« stand auf der Ampulle.

Ich hatte noch nie Ketamin bekommen, aber ich hatte gehört, dass es die neue Lieblingsdroge der Clubszene war. Zugelassen ist es nur als Tranquilizer für Katzen, doch illegale Fabriken in Indien bringen das Zeug kiloweise auf den Markt. Die reichen Kids in China können nicht genug davon kriegen. Sie ziehen sich in Hinterzimmern ihrer Karaoke-Bars den Stoff in fetten Lines in die Nase, und oft mischen sie ein bisschen Kokain hinein, sodass sie die ganze Nacht Partys feiern können, ohne Müdigkeit oder Langeweile zu empfinden. Im Rausch fühlt man sich schmerzlos, ausgelassen und losgelöst, ähnlich wie bei PCP oder Lachgas. In richtiger Dosierung würde das Mittel sicherstellen, dass ich praktisch keinen Schmerz spürte. Zu viel, und ich würde in ein Ketaminloch fallen – regelmäßige User nennen es *k-hole,* und es fühlt sich an, als schieße man sein Gehirn in ein anderes Universum.

Ich nahm den Gürtel ab, schlang das eine Ende um meinen Arm, um die Blutung zu stoppen, und klemmte mir das andere Ende zwischen die Zähne. Wenn diese Operation so schmerzhaft werden würde, wie ich es erwartete, wollte ich mir dabei wenigstens keinen Zahn abbrechen. Durch Leder kann man nicht beißen. Ich ließ mich auf der Couch zurücksinken und versuchte, mich zu entspannen.

Sie stach mir die Injektionsnadel in den Arm und drückte den Kolben herunter.

An das, was danach kam, erinnere ich mich kaum. Alle meine Muskeln entspannten sich, und ich zerschmolz auf der Couch. Ich wurde nicht bewusstlos oder so etwas – ich weiß, ich war wach und bekam alles mit, was passierte, aber es war sehr weit weg. Es war, als sähe ich die Welt im Fernsehen. Meine Augen waren offen, doch eigentlich war ich nicht da.

Die Ärztin begann mit der Arbeit an meinem Arm. Sie begoss ihn mit Desinfektionsflüssigkeit und injizierte dann kleine Dosen Kokain in den Muskel, damit ich das Skalpell nicht spürte. Ich biss auf den Gürtel, um nicht zu schreien, und dann verblasste alles um mich herum. Es war, als fiele ich rückwärts in einen tiefen, dunklen Schacht. Ich sah nur noch das Einschussloch in meinem Arm, und selbst das war klein und weit weg. Der Schmerz war vorbei. Meine Augen waren offen, aber ich sah nur ein weißes Rauschen.

Als ich das letzte Mal angeschossen worden war, wäre ich beinahe gestorben. Es war bei einer Schießerei in Bogotá, nicht lange nach dem Job in Kuala Lumpur. Angela war verschwunden, und der Rest der Crew war tot, im Gefängnis oder untergetaucht wie ich. Ich hatte keine Lust mehr, zu leben, und so verbrachte ich ein paar Wochen in einer kleinen Bar in der Nähe der Cemex-Fabrik in Soacha und ertränkte dort meine Trübsal. Ich suchte Ärger und fand ihn in Gestalt zweier Gorillas vom Kartell. Dem einen gelang es, mir mit einer Pistole, die er im Stiefel versteckt hatte, eine Kugel in die Schulter zu schießen. Im Kino wird den Kerlen dauernd in die Schulter geschossen, und sie tun es ab, als hätten sie sich an einem Stück Papier geschnitten. Aber ich sage Ihnen gleich, so ist es nicht. Ich hätte sterben können. Ich hatte nur Glück. Wenn da nicht ein paar Pfund Rohkokain in der Luft herumgeschwebt wären, hätte ich verbluten können. Es dauerte fast ein halbes Jahr, bis die Wunde verheilt war. Plastische Chirurgie ließ das Narbengewebe verschwinden, aber ab und zu kommt es immer noch vor, dass ich die Schulter nicht richtig bewegen kann. In gewisser Weise gefällt mir das. Ich erkenne mich selbst nicht immer im Spiegel – doch jedes Mal, wenn meine Schulter wehtut, weiß ich wieder, wer ich bin.

Und wer ich früher war.

Im Drogendunst wurde ich den Gedanken an Angela nicht los. Sechs Jahre lang hatte ihre Abwesenheit mein Leben definiert. Ich hatte allein gelebt, allein gegessen und niemandem vertraut, und doch hatte ich immer das Gefühl, sie sei bei mir. Wenn ich die Kleidung wechselte, hörte ich im Kopf ihre Stimme. Ich malte mir aus, wie sie mir bei jeder neuen Identität, die ich annahm, als Coach zur Seite stand. Ich hörte ihre Stimme, die mir sagte, wie ich aussehen, wie ich stehen und wie ich liegen sollte. Immer, wenn ich Zigarettenrauch roch, drehte ich mich um und suchte nach ihr. Ich sah ihr Lächeln auf den Reklametafeln in der U-Bahn und spürte ihren Atem im Nacken, wenn ich aufwachte.

Und jetzt, nachdem ich sie lebend wiedergesehen hatte, wusste ich nicht, was ich tun sollte. Die leibhaftige Frau hatte nichts zu tun mit dem Symbol, zu dem sie in meiner Vorstellung geworden war. Sie hatte mich verlassen, als ich sie am nötigsten brauchte. Sie hatte mich glauben lassen, sie sei tot. Warum nur? Sie war meine Partnerin. Meine Lehrerin. Meine Freundin. Es war gut gewesen mit uns. Wir hatten einander reich machen wollen. Warum hatte das alles enden müssen?

Als die Ärztin mit der Operation begann, versuchte ich mich zu erinnern, was eigentlich schiefgegangen war.

NEUNUNDZWANZIG

Kuala Lumpur, Malaysia, sechs Jahre zuvor

Schau niemals zurück. Das war das Letzte, was Angela zu mir gesagt hatte, bevor sie verschwand. Als die Anästhesie zu wirken begann, hallten diese Worte in meinem Kopf umher. Sie hatten mich verdammt lange begleitet. Ich hatte nie wirklich gewusst, was sie meinte, und dann war sie weg gewesen.

Aber ich konnte nicht verhindern, dass ich zurückschaute. Ich glaube, in den ersten paar Monaten hielt ich mich an einer Art von vergiftender Hoffnung fest. Ich saß unversehens am helllichten Tag vor dem Computer und klickte auf den »Check Mail«-Button. Nach ungefähr einem Jahr fing die Erinnerung an unsere gemeinsame Zeit an zu verblassen. Angela wurde zu einer Story in meinem Kopf. Zu einer Legende. Einem Mythos. Allmählich vergaß ich Dinge. Wie hieß noch das Restaurant im 1. Arrondissement, das sie so gemocht hatte? Woher hatte sie ihren Lieblingsschal mit den blau gebatikten Flecken? Was war noch das Lied, das sie bei der Arbeit immer gesummt hatte?

Je länger sie weg war, desto schwerer wurde es, mich zu erinnern. Ich dachte an die langen Nächte, in denen wir zusammen im Auto unterwegs gewesen waren. Wir hatten Musik gehört, und ich hatte zugesehen, wie die Äste über uns hinwegzogen und das Licht unserer aufgeblendeten Scheinwerfer durch den Wald schnitt. Ich erinnere mich an ein gewisses Gefühl, das ich damals hatte, eine Zufriedenheit, die so tief reichte, dass es mich traurig machte zu wissen, sie konnte nicht ewig dauern. Ein einziges Mal in meinem Leben war alles ganz einfach. Wir waren Partner, und nichts konnte uns aufhalten.

Zwischen unseren Jobs hatten wir viel Freizeit. Mit das Beste am Leben als Ghostman sind die Arbeitszeiten. Wir mussten nur ein paar Monate im Jahr arbeiten. Wenn wir klug gewesen wären, hätten wir mit dem Geld länger auskommen können, aber so clever waren wir nicht. Wir gaben alles aus und sahen uns die Welt an. Einmal fuhren Angela und ich tausend Meilen weit mit dem Auto, um uns in Arizona ein Konzert anzuhören. Wir tanzten, bis uns die Füße wehtaten, und dann campierten wir gegenüber der Hauptbühne auf einer Anhöhe und tranken billiges Bier aus einer Kühlbox. Wir saßen auf dem Dach ihres Mietwagens, teilten uns einen Joint und schauten zu den Sternen hinauf, bis wir einschliefen. Am nächsten Morgen stellten wir uns an den Rand des Grand Canyon und schrien, so laut wir konnten, in den Abgrund hinunter. Wenn das kitschig klingt, ist es mir egal. Wir waren zusammen, und in diesem Augenblick waren wir wirklich frei.

Ein andermal waren wir eine Woche in Tokio. Wir gingen den Michelin-Führer durch und versuchten, in möglichst viele Drei-Sterne-Restaurants zu gehen, bis wir das teure Essen so satthatten, dass wir zum Tsukiji-Markt gingen und bei einem Straßenhändler gegrillte Salamander und Buchweizennudeln aßen. Ich erinnere mich noch an den Ausdruck auf Angelas Gesicht, als sie sah, wie ich den ersten Bissen nahm. Ich erinnere mich noch so gut an den Geschmack – Hühnchen und Haifischflosse –, dass ich ihn sicher nie wieder vergessen werde.

Dann kam der Job in Dubai. Angela ging in eine Privatbank bei Jumeirah, und ich musste ihr folgen wie ein Schatten. Sie gab sich als Ehefrau eines reichen Scheichs aus, und ich spielte wieder den Leibwächter, während ein Gauner namens Moreno im Fluchtauto auf uns wartete. Ich weiß nicht mehr genau, wie, aber sie schaffte es, ungeschliffene Diamanten im Wert von einer Viertelmillion Dollar aus dem Tresor mitgehen zu lassen. Auf der Flucht wurde meine alte Digitaluhr von einem elektromagnetischen Puls ausgeschaltet. Als wir mit den Taschen voller Geld in Macau ankamen, ging Angela als Erstes los und kaufte die beiden identischen Patek Philippes. Etwas Schöneres hatte ich nie gesehen. Ich trage meine heute noch.

»Pass gut darauf auf«, sagte sie. »Jetzt sind wir keine Sekunde mehr getrennt.«

Ich habe zärtliche Erinnerungen an jene Zeit, obwohl meine Fingerkuppen damals noch nicht verheilt waren. Wir türmten sämtliche Kissen auf dem Boden vor dem Fußende des Bettes auf und setzten uns darauf. Wir ließen den ganzen Tag das Bezahlfernsehen laufen und bestellten Cocktails aufs Zimmer. Angela half mir bei den chinesischen Filmen und flüsterte mir die Übersetzung ins Ohr. Es machte mich verlegen, so hilflos zu sein, aber sie gab mir nie das Gefühl, ihr zur Last zu fallen. Niemand hatte je zuvor so sehr auf mich achtgegeben, jedenfalls nicht seit meiner Kindheit. Nie hatte ich eine Freundin gehabt, die das für mich tat, aber hier war sie und sorgte dafür, dass es mir gut ging. Als es Zeit wurde zu gehen, stand ich vor dem Spiegel, und sie half mir, meine Krawatte zu binden. Ich musste es wieder lernen, denn die Seide glitt mir zwischen den Fingern hindurch.

Am Abend vor unserer Abreise spielten wir Mini-Baccarat auf dem Dach des Venetian. Ich weiß noch, wie die Spielchips sich anfühlten. Die glatten Prägestempel in der Mitte. Der raue Ton. Die feinen Kerben der Schrift. Sie waren das Erste, was ich mit meinen neuen Fingerspitzen wieder fühlen konnte, und ich habe nie wieder etwas berührt, das sich so gut anfühlte. Wir blieben die ganze Nacht auf und stolperten mit Flitter in den Haaren in die Limousine zum Flughafen. Zumindest für kurze Zeit fühlte es sich so an, als würde alles gut werden.

Dann kam Kuala Lumpur.

Diese Erinnerungen sind die lebhaftesten von allen. Immer wieder lasse ich sie mir durch den Kopf gehen, als könnte ich irgendwann endlich etwas sehen, das mir entgangen war. Es ist immer das Gleiche. Angela war bei diesem Job ein anderer Mensch. Sie blieb wachsam, selbst wenn wir allein waren. Sie lächelte oder lachte nicht wie sonst. Es war, als habe sie eine Mauer zwischen uns hochgezogen. In ihren Rollen war sie immer so, aber nie bei mir. Noch heute frage ich mich, ob ich sie je wirklich gekannt habe oder ob das, was ich sah, auch nur eine ihrer Rollen war – noch ein Spiegelbild eines Spiegelbildes, das Kunstprodukt meines unvollkommenen Gedächtnisses. Nicht, dass sie mich belogen hätte, aber ich hatte Angst, in meiner Einsamkeit könnte ich mir das alles nur ausgedacht haben. Ich hatte Angst, die Frau, die ich vor mir sah, könnte der Frau, die ich in meiner Fantasie erschaffen hatte, niemals gerecht werden.

Als der Job schiefging, riskierte Angela ihr Leben, um mich hinauszubringen. Ich werde nie vergessen, wie ich sie das letzte Mal gesehen habe. Wir lagen auf dem Boden des gepanzerten Transporters, den wir gestohlen hatten, und fuhren im Kugelhagel die Jalan Ampang hinunter. Ich hatte soeben drei Kugeln in meine schusssichere Weste bekommen, und die Wucht des Aufpralls hätte mir fast die Rippen gebrochen. Ich konnte nicht atmen und hatte das Gefühl zu sterben. Angela hielt mich in den Armen und beruhigte mich. Wir fuhren im Zickzack durch den Verkehr, die Polizei war uns auf den Fersen, aber sie richtete ihre ganze Aufmerksamkeit auf mich. Sie strich mir Kokain ins Gesicht, damit ich kämpfen konnte, und dann sah sie mir in die Augen und versprach mir, dass alles gut gehen würde.

Als der Truck verunglückte, gab es einen plötzlichen Ruck, und ich verdrehte die Augen. Eine Sekunde lang war alles dunkel. Als ich wieder zu mir kam, waren Angela und ich allein. Wir waren gegen irgendeine Hauswand gefahren. Ich konnte nicht hinausschauen, aber ich wusste, weiter würden wir nicht kommen. Um uns herum hörte ich Schüsse. Angela packte mich bei der Schulter und zwang mich, hochzukommen.

»Jetzt musst du rennen wie der Teufel«, sagte sie. »Konzentrier dich, Kid. Du kannst es. Wenn ich die Tür aufmache, musst du über die Straße in den Hausdurchgang laufen. Lauf zum Markt – da kannst du die Polizei zu Fuß abhängen. In deiner Bude wechselst du deine Identität, und dann entkommst du dem Schleppnetz. Vergiss nicht, was ich dir beigebracht habe, okay? Vertraue niemandem. Hör auf deinen Bauch. Bleib nicht stehen, aus keinem Grund, und schau nicht zurück. Ich werde dicht hinter dir sein.«

Ich nickte, konnte jedoch nichts sagen.

»Ich gebe dir Deckung«, sagte Angela.

Sie hob eine Schrotflinte vom Boden auf und schob Patronen ins Magazin. Aus allen Himmelsrichtungen näherten sich Sirenen, und Kugeln prallten schwirrend von den Wänden des gepanzerten Trucks ab. Jemand brüllte etwas durch ein Megafon, aber ich verstand kein Wort. Angela lud das Schrotgewehr durch, sah mich mit ihrem schiefen Lächeln an und machte sich bereit, die Tür aufzutreten.

»Du musst laufen, Kid«, sagte sie. »Was immer du tust, vergiss nicht, was ich gesagt habe. Schau niemals zurück.«

DREISSIG

Lotus Vale Apartments, Macau, heute

Ein Klopfen an der Tür brachte mich zu mir.

Sofort griff ich hinter meinen Kopf. Ich schlafe meistens mit einer Waffe unter dem Kopfkissen, und deshalb brauchte ich ein paar schlaftrunkene Sekunden, um mich daran zu erinnern, dass die Pistole schon neben mir auf der Armlehne lag. Ich lag noch auf der Couch. Ich war nicht eingeschlafen, da bin ich sicher, aber die Drogen hatten mich auf alle Fälle außer Gefecht gesetzt. Das Ganze kam mir vor wie ein Traum. Ich fuhr mir mit den Fingern über das Gesicht. Wie lange war ich hier gewesen? Wie viel Zeit hatte ich verloren?

Ich wartete darauf, dass meine Augen sich an die Dunkelheit gewöhnten. Das einzige Licht, das durch die Rollos hereinfiel, kam von einer roten Neonschrift draußen. Die Sonne war offenbar schon untergegangen. Wenigstens hatte es aufgehört zu regnen. Im Haus war es jetzt still bis auf das Scheppern und Brummen der Klimaanlage. Die Ärztin war nicht mehr da, und ihr Koffer war auch weg. Ich sah auf die Uhr. Neun Uhr abends. Verdammt! Mein Treffen mit Angela hatte ich jetzt schon um zwei Stunden verpasst.

Es klopfte immer weiter.

Vermutlich war es Bautista, der mich loswerden wollte. Das Koks dürfte inzwischen seine Wirkung verloren haben, und er würde mies gelaunt sein. Ich kämmte mir mit den Fingern durch das Haar und sah mich um. Ich hatte eine Dusche nötig, aber ein Badezimmer schien es hier nicht zu geben. Neben mir auf dem

Boden stand eine Tasche mit Kleidung. Ein schwarzer Brioni-Anzug, eine schwarze Strickkrawatte von Gieves & Hawkes und ein weißes Oberhemd von Dunhill. Er hatte mir sogar ein Paar schwarze Lederschuhe besorgt, von einer Marke, die ich nicht kannte, und sämtliche Quittungen waren auch in der Tasche. Er musste die Sachen während meiner Abwesenheit in einem der Casino-Outlets gekauft haben. Gut, der Mann. Boxershorts und ein weißes Unterhemd waren auch dabei. Zu Hause in den Staaten trägt man einen schwarzen Anzug mit gleichfarbiger Krawatte zu einer Beerdigung, und wenn man kein Bestattungsunternehmer ist, sieht man in dieser Kleidung auf der Straße eher merkwürdig aus. Aber hier nicht. Wenn ich wollte, konnte ich damit aussehen wie ein Verkäufer von Luxusuhren, wie ein Hotel-Concierge oder wie ein britischer Chauffeur. Um auf der Straße unterzutauchen, brauchte ich jede Unterstützung, die ich bekommen konnte.

Ich zog mich aus und stieg in die neuen Sachen. Mein Arm fühlte sich verändert an. Einfaches weißes Klebepflaster hielt Gaze und Verbandmull auf der Wunde. Meine linke Seite war taub. Als ich das Hemd anzog, spürte ich den Schmerz wie aus weiter Ferne. Unter den Kleidern lagen noch ein paar Geschenke – Gaze und Pflasterstreifen, sodass ich den Verband wechseln konnte, und zwei weiße, undurchsichtige Arzneifläschchen. Die Etiketten waren abgerissen, und stattdessen waren Klebebandstreifen herumgewickelt, die mit einem Filzstift unordentlich beschriftet waren. Auf dem ersten stand *Antibiotikum. 3x täglich.* Ich schob eine Tablette in den Mund, zerkaute sie und steckte das Fläschchen in meine Schultertasche. Auf dem anderen stand *Schmerzmittel. 1-2 alle vier Stunden.* Ich betrachtete es eine ganze Weile. Wenn die Wirkung des ersten Betäubungsmittels nachließe, würde ich wieder starke Schmerzen haben. Ich hatte keine Ahnung, was für Tabletten das waren, aber Aspirin war es nicht, das konnte ich mir denken. Ich warf das Fläschchen in die Ecke.

Als ich mich angezogen hatte, stopfte ich meine alten, nassen Sachen in die Einkaufstasche und ging zum Fenster. Fünf Etagen unter mir war eine schmale Gasse voller Müllsäcke. Ich schälte die Plastikfolie von dem kaputten Fenster herunter und warf die Tasche hinaus. Sie prallte von einer Feuerleiter ab und landete in einem Müllcontainer. Gut. Niemand musste meine blutigen Sachen in dieser Junkiebude finden.

Es klopfte wieder.

Ich hob meine Schultertasche auf und nahm die Pistole vom Sofa. Ich vergewisserte mich, dass sie immer noch geladen und schussbereit war, und ging dann zur Tür. Ich wollte sie öffnen und Bautista bezahlen, was ich ihm schuldete, aber dann erstarrte ich plötzlich.

Warum sollte Bautista sich die Mühe machen, an seine eigene Tür zu klopfen?

Mein Blick ging zum Schloss. Die Kette war natürlich nicht vorgelegt, doch der Riegel, der mit einem Schlüssel zu öffnen und zu schließen war, war vorgeschoben. Als Bautista losgegangen war, um meine Sachen zu kaufen, musste er hinter sich abgeschlossen haben. Mindestens einmal war er danach noch hier gewesen, denn wie sonst waren die Kleider hereingekommen? Es ergab keinen Sinn, dass er jetzt auf einmal anfing zu klopfen, nur weil ich wieder zu mir gekommen war. Das hier war schließlich seine *Falle,* sein *Loch.* Er würde einfach hereinkommen, wie er es immer tat. Wer also klopfte da?

Ich lehnte mich lautlos an die Tür. Es bestand immer noch die Chance, dass nichts dahintersteckte. Vielleicht war irgendein x-beliebiger Junkie auf der Suche nach Bautista. Aber das bezweifelte ich. Es klopfte jetzt seit zwei Minuten regelmäßig, leise und höflich die ganze Zeit. Ein Junkie hätte entweder aufgegeben oder angefangen, lauter zu hämmern. Das war kein Zufall. Verdammt, da war jemand anders. Jemand Neues.

Ich drückte die Mündung meiner Pistole mitten an die Tür, knapp anderthalb Meter über dem Boden. Falls ich abdrückte, sollte die Kugel durch das Holz fahren und mit etwas Glück die Person auf der anderen Seite treffen. Wieder klopfte es ein paar Mal. Ich spähte durch das Guckloch.

Auf der anderen Seite stand der kläglichste Mann, den ich je gesehen hatte.

Es war ein hagerer Asiate, wahrscheinlich Mitte zwanzig, man hätte ihn jedoch für einen halbwüchsigen Teenager halten können. Ich kannte ihn nicht. Er war mager, fast unterernährt, und er trug einen Armani-Anzug von der Stange, der ihm schätzungsweise zwei Nummern zu groß war. Seine Krawatte baumelte bis zum Schritt hinunter, und zwischen Hals und Hemdkragen war gut ein Fingerbreit Platz. Zu sagen, er sah nervös aus, wäre eine Untertreibung – der Kerl zitterte am ganzen Leib. Und er hatte allen Grund dazu. Er sah aus, als könnte ein starker Windstoß ihn umwerfen.

Er klopfte wieder an die Tür.

Ich spannte den Hahn meiner Pistole. Wer war dieser Typ?

Er war offensichtlich nicht gekommen, um mich umzubringen. Das sah ich ihm an. Er konnte kaum größer als eins sechzig sein und nicht schwerer als hundert Pfund. Sicher, auch ein kleiner Mann kann eine Waffe halten, aber dieser Hänfling ein Mörder? Das leuchtete nicht ein. Ich musterte ihn gründlich und achtete auf alle üblichen Stellen. Unter seinen Achseln war nichts, das war klar. Ein Schulterhalfter hätte an ihm lächerlich ausgesehen. An seinem Gürtel war auch kein Holster, und seine Hände waren leer. Sein Jackett hing so schlaff von den Schultern, wie man es erwarten konnte: Also war auch nichts in den Taschen. Der Gürtel war hoch und stramm um den Bauch geschnallt, und es sah nicht aus, als ob da im Kreuz eine Waffe steckte. Es bestand die entfernte Möglichkeit, dass er ein Messer oder so etwas am Fußknöchel trug, aber so weit unten konnte ich nichts sehen. Selbst wenn eins da gewesen wäre, hätte ich ihm das Genick brechen können, bevor er danach greifen könnte. Wenn er versuchen sollte, mich zu überrumpeln, wäre er tot, bevor er auf dem Boden läge. Ich schob die Kette in den Schlitz und öffnete die Tür einen Spaltbreit.

»Ja?« Ich bemühte mich, verschlafen zu klingen.

»Hallo«, sagte der Junge in perfektem Englisch. »Ist das Mr Outis' Zimmer?«

»Wer will das wissen?«

Er verbeugte sich, zog eine Visitenkarte aus der Tasche und reichte sie mir durch den Türspalt. Die weiße Karte roch schwach nach Parfum, und darauf stand nichts als die Zahl 432 in großen schwarzen Ziffern und auf der Rückseite ein kaum sichtbares Wasserzeichen, das eine schlichte weiße Sandale darstellte.

»Was ist das?«, fragte ich.

»Mein Auftraggeber bittet um Ihr Erscheinen.«

»Und wer zum Teufel ist Ihr Auftraggeber?«

»Das kann ich hier nicht sagen, aber ich soll Ihnen ausrichten, er habe keine bösen Absichten gegen Sie, und es werde Ihnen nichts geschehen, wenn Sie unverzüglich und friedlich mitkommen.«

»Bedaure«, sagte ich. »Sie haben den falschen Mann. Ich bin Jack Fisher. Ich kenne niemanden namens Outis.«

»Bitte verzeihen Sie, Sir«, sagte der Junge. »Aber ich bin ganz sicher, dass Sie der Mann sind, zu dem ich wollte.«

»Ach ja?«

»Einer unserer Geschäftspartner hat sie heute im Tammany Hall gesehen. Sie haben sich dem Portier als Mr Outis vorgestellt. Dann sind Sie in eine der Premiumsuiten des Hotels eingebrochen, um sie zu durchsuchen. Danach sind Sie sehr schnell weggegangen, bevor unser Partner sich ordnungsgemäß vorstellen konnte. Wenn Sie einen anderen Namen bevorzugen, Sir, will ich Sie gern so anreden, wie Sie es wünschen.«

Ich antwortete nicht.

»Bitte, Sir«, sagte der Junge. »Draußen wartet mein Taxi.«

»Wie zum Teufel haben Sie mich gefunden?«

»Darüber darf ich nichts sagen. Bitte, Sir. Kommen Sie.«

Ich überlegte. »Was ist, wenn ich mich weigere?«

»Ich werde meinen Auftraggeber von Ihrer Entscheidung in Kenntnis setzen. In jedem Fall wird Ihnen nichts geschehen. Jedenfalls nicht sofort.«

»Dann lasse ich es drauf ankommen«, sagte ich und wollte die Tür schließen.

Der Junge griff in seine Jackentasche.

Instinktiv packte ich ihn bei den Haaren und zog seinen Kopf in die Lücke zwischen Rahmen und Tür. Die Sicherheitskette spannte sich. Es gibt jede Menge kleine Pistolen, die in eine Jackentasche passen. Ich zog seinen Kopf noch ein Stück weiter herein, so heftig, dass ich ihm beinahe die Haare ausgerissen hätte. Aber wichtiger war, dass ich ihn weit nach unten krümmte und seine Hände in eine ungelenke Stellung brachte. So konnte er unmöglich schießen. Um ihm die Lage restlos klarzumachen, drückte ich ihm meine Pistole in den Nacken.

Der Junge erstarrte. Er leistete keinen Widerstand, sondern wand sich nur ein bisschen.

»Was zum Teufel haben Sie da in der Tasche?«, fragte ich.

»Bitte verzeihen Sie, Sir«, sagte er. »Man hat mir aufgetragen, Ihnen etwas zu zeigen, wenn Sie unsere Einladung zurückweisen sollten.«

»Was sollen Sie mir zeigen?«

»Es ist in einem Umschlag«, sagte er. »Ich weiß nicht, was es ist, aber ich schwöre Ihnen, Sir, ich bin unbewaffnet.«

Sehr langsam und unbeholfen schob der Junge die Hand in

die Jackentasche und suchte darin herum, bis er einen kleinen weißen Umschlag herauszog. Er riss ihn auf, drehte ihn um und schüttelte ihn, bis ein sehr kleiner blauer Saphir herausrollte. Er hielt ihn hoch, damit ich ihn besser sehen konnte.

»Bitte, Sir«, sagte er. »Kommen Sie mit, und vielleicht können Sie ein Geschäft machen.«

EINUNDDREISSIG

Wie der Junge gesagt hatte, wartete unten ein Taxi. Als ich einstieg, hielt er sich ein Taschentuch an den Mund und schloss die Augen, als müsse er einen Brechreiz unterdrücken. Halb hatte ich Mitleid mit ihm – wahrscheinlich war er nur irgendjemandes Prügelknabe. Jeder Gangster mit einem Hauch von Verstand dürfte gewusst haben, dass ich den Boten möglicherweise umbringen würde. Verdammt, es gab Leute, die hätten den Bengel nur aus Prinzip halb totgeschlagen. Der Fahrer drehte die Klimaanlage bis zum Anschlag auf, aber dem Jungen lief immer noch der Schweiß über das Gesicht. Er hatte aber auch gute Gründe. Ich hielt meine Pistole für andere unsichtbar in meiner Tasche auf ihn gerichtet.

Eine falsche Bewegung, und ich würde ihn wegputzen.

Als wir abfuhren, taxierte ich ihn kurz. Die Tatsache, dass wir in einem Taxi saßen, ließ vermuten, dass er in seiner Organisation keinen besonderen Status besaß. Zweitens, er war mit großer Sicherheit einheimisch, denn er schaute nicht aus dem Fenster und schien den Weg zu kennen. Dazu kam, dass er mit dem Taxifahrer Kantonesisch gesprochen, aber portugiesische Ortsnamen benutzt hatte. Das tun nur einheimische Macanesen. Einwanderer vom Festland verwenden ausschließlich die kantonesischen Namen. Sogar manche Taxifahrer kennen die portugiesischen Ortsbezeichnungen nicht. Drittens war er unbewaffnet. Er hatte nicht mal ein Taschenmesser bei sich, und sein Boss schickte ihn in eine Rauschgifthöhle, um mich zu holen. Das bestätigte meinen Verdacht, dass er absolut entbehrlich war.

Ich senkte den Blick und tat, als müsste ich mir Staub von der Hose klopfen. Dabei sah ich, dass die Hosentaschen des Jungen so voll waren, dass sie sich wölbten, und zwar zu eigenartigen Formen: lange, dicke Rechtecke, die eigentlich nur Old-School-Handys sein konnten, mindestens vier Stück. Wahrscheinlich hatte er so viele aus dem gleichen Grund wie ich. Er würde jedes nur einmal benutzen und dann wegwerfen, damit die Polizei ihn nicht verfolgen konnte.

Unterwegs zog er ein altes Klapphandy aus der Tasche und drückte ein paar Nummerntasten. Das Gespräch dauerte nicht sehr lange, und er sagte nicht viel, aber ich wusste, es ging um meine Ankunft. Ich hörte eine gedämpfte Stimme am anderen Ende, die Chinesisch sprach, aber ich erkannte nur zwei Worte: *dai lo.* Verdammt. Das war das Letzte, was ich hören wollte. *Dai lo* bedeutet wörtlich »Großer Bruder«, aber es wird oft auch mit »Onkel« übersetzt und dient als Anrede für höherrangige ältere Männer, und in diesem Fall konnte es in jedem Sinne des Wortes »Pate« bedeuten.

Der Kleine arbeitete für eine der Triaden.

Ich hatte in der Vergangenheit ein oder zwei Mal mit ihnen zu tun gehabt. Als Angela und ich das erste Mal nach Macau kamen, herrschte in der chinesischen Unterwelt noch Chaos. Der alte Drachenkopf war eben umgebracht und die Onkel des Big Circle waren ins Gefängnis gesperrt worden; als Folge dessen war ein Machtvakuum entstanden. Die drei größten Banden zersplitterten zu kleineren, enger miteinander verflochtenen Gruppen. Sie behielten zwar ihre alten Namen, tatsächlich waren es jedoch bald ganz andere Organisationen. Mitglieder, die in der Ummauerten Stadt von Kowloon geboren waren, mochten die Leute aus Kanton nicht. Ein Unterboss der 14K-Triade von Hongkong Island war auf dem nur wenige Kilometer weit entfernten 14K-Territorium in Tsim Sha Tsui nicht willkommen, denn die

Bande dort wurde von ganz anderen Leuten geführt. Die neuen Gangster hielten sich immer noch an die alten Traditionen, aber sie betrieben ihre Geschäfte diskreter. Die Mitgliederzahlen waren immer noch beeindruckend, die Handvoll Leute, die tatsächlich etwas zu sagen hatte, bevorzugte jedoch kleine, abgesicherte Cliquen. Alles in allem waren die Triaden den Freimaurern inzwischen ähnlicher als der Mafia. Einige Gruppen stellten ihre illegalen Geschäfte überhaupt ein, und die, die es nicht taten, verkleinerten sich. In alten Zeiten konnte eine Gang in Macau allein aus vier- bis fünftausend Männern und Jungen bestehen. Aber das hat sich geändert. Seit die Ummauerte Stadt 1987 abgerissen wurde, sind diese Zahlen beträchtlich geschrumpft, und sie haben sich nie wieder erholt. Ich nahm an, dass ich es jetzt mit einer dieser Splitterbanden zu tun hatte.

Ich nahm die Visitenkarte, die der Junge mir gegeben hatte, in die Hand. Noch nie hatte ich von einer Triade gehört, die so etwas benutzte, aber irgendwie war es plausibel. Chinesische Banden sind anders organisiert als ihre amerikanischen Kollegen, doch in einem Punkt gleichen sie einander: Jeder Mann hat einen Job, und jeder Job hat einen Namen. Und in Hongkong hat jeder Job eine Nummer, die dem I Ching entnommen wird. Der Big Boss, der Drachenkopf, hat immer die Nummer 489. Ich zermarterte mir das Hirn, um mir die anderen Nummern wieder einfallen zu lassen. Wenn mein Gedächtnis mich nicht täuschte, war die 432 auf der Karte der numerische Code für das, was die Triaden als *Strohsandale* bezeichnen und was bei den Amerikanern *Lipman* heißt. Jedenfalls keine besonders wichtige Position. Der Lipman hat die unglückselige Aufgabe, im Namen der Gang zu sprechen, damit die höheren Ränge nicht das Risiko eingehen müssen, sich öffentlich zu präsentieren. Strohsandalen sind im Grunde das öffentliche Gesicht einer Gang. Sie schreiben Lösegeldforderungen und erinnern Ladenbesitzer daran, ihr

Schutzgeld zu zahlen. Und wenn die Gang einem Außenseiter eine Nachricht zu übermitteln hat, schickt sie zuerst eine Sandale. Wenn dem Außenseiter nicht gefällt, was die Gang ihm zu sagen hat, und er den Boten umbringt, ist das meist kein schwerer Verlust. Der Lipman ist entbehrlich.

Die Rolle passte zu dem Kleinen.

Wir fuhren westwärts durch den dichten Verkehr der alten Kolonie. Ich versuchte, mir die Strecke einzuprägen, damit ich zurückfinden würde. Es gab zahlreiche Kurven und Windungen, aber dem Boten schien es nichts auszumachen, dass ich darauf achtete – falls er es überhaupt bemerkte. Ich schob die Lippen vor und sah zu, wie die Slumhochhäuser vorbeizogen.

Wir kamen am Grand Lisboa Casino vorbei und erreichten schließlich die Docks am Tor zum Festland. Die Straßen hier waren verstopft von Autos. Um die planlos zusammengewürfelten Betonbauten herum wimmelte es von Fahrrädern und Motorrollern. Dann bogen wir in eine verlassene Seitenstraße ein, die einen oder zwei Blocks weiter auf einen kleinen, europäisch anmutenden Platz mündete. Neben einem verfallenen Springbrunnen kam das Taxi langsam zum Stehen.

Der Bote sagte etwas auf Kantonesisch zu dem Fahrer, und ich schaute zwischen den beiden hin und her. Nach einer kurzen Unterredung waren sie sich offensichtlich einig. Der Junge reichte dem Fahrer ein bisschen Geld hinüber. Ich wartete darauf, dass er zuerst ausstieg, damit ich ihn im Auge behalten konnte, und behielt die ganze Zeit den Finger am Abzug. Als ich auch ausgestiegen war und die Tür geschlossen hatte, fuhr das Taxi sofort ab und rumpelte auf der Straße davon. Der Fahrer hatte anscheinend genauso wenig Lust auf diese Gegend wie ich.

Die Slumgegend hier war anders als die anderen. Sie war älter und sah noch verlassener aus. Müllsäcke türmten sich rings um den Springbrunnen herum. Bei mehreren Wohngebäuden waren die Eingänge mit Sperrholzplatten verschlossen, und zwischen den Häusern spannten sich Leinen mit Wäsche, die man anscheinend vergessen hatte. Kein Mensch war zu sehen. Der einzige Lichtschein kam von der gegenüberliegenden Ecke des Platzes. Eine weiße Neonschrift über einem kleinen Restaurant leuchtete flackernd auf und erlosch wieder. Den Namen konnte ich nicht lesen, aber ein Wort kannte ich. Ich spreche zwar kein Portugiesisch, hatte das Wort jedoch schon an den Wänden von Bars in São Paulo gesehen und in Südfrankreich gehört. *Boate.* Es bedeutet überall dasselbe.

»Folgen Sie mir, Mr Outis«, sagte der Kleine. »Willkommen im Nightclub.«

ZWEIUNDDREISSIG

Verdammt, »Nightclub« war kaum die richtige Bezeichnung für diesen Laden. »Restaurant« konnte man auch nur mit gutem Willen durchgehen lassen. Es sah aus wie der Stand eines Straßenhändlers mit vier Wänden und einer Tür. Ein Loch in der Mauer. Oberflächlich betrachtet glich es einem Fischladen mit schmutzig weißen Fliesen auf dem Boden und grellen Leuchtstoffröhren unter der Decke. Die Kasse stand hinter einer langen Glastheke, in der normalerweise wohl das Speisenangebot ausgestellt wurde. Aber jetzt waren die Warmhalteschüsseln leer. Der Raum war so eng, dass ich seitwärts zwischen den Tischen hindurchgehen musste.

Ich sah niemanden an der Kasse, keinen Kellner und keine Gäste im Lokal. Das Licht brannte, aber das hatte nichts zu bedeuten. Das Einzige, was sich bewegte, war eine Keramikuhr an der hinteren Wand. Sie sah aus wie eine anthropomorphe Katze, die grüßend eine Pfote erhoben hatte und mit jeder Sekunde einmal hin und her winkte. Ich hatte so etwas auch schon in Japan gesehen. Es galt als Glücksbringer.

Aber irgendwie hatte ich nicht das Gefühl, besonders viel Glück zu haben.

Der Kleine führte mich nach hinten. Durch einen knallroten, mit Schriftzeichen bedeckten Vorhang kamen wir in eine Küche. Ein Mann in einer fleckigen weißen Kochmontur spülte in der Ecke Geschirr. Er nahm keine Notiz von uns. Auf der einen Seite saßen vier Großväter in Straßenkleidung an einem Tisch und tranken Bier, rauchten Zigaretten und schoben Mah-

Jongg-Steine hin und her, als säßen sie in ihrem Wohnzimmer. Keiner von ihnen war jünger als sechzig, und alle waren schlampig gekleidet. Einer trug eine Fischermütze und eine Sonnenbrille, ein anderer ein Hawaiihemd über einer Jeans. Die beiden andern hatten schmutzige weiße T-Shirts und Shorts an. Alle blickten auf, als ich hereinkam. Mein Führer verbeugte sich, doch niemand sprach ein Wort. Einer von ihnen ließ seine Zigarettenasche in eine leere Yanjing-Flasche fallen, und dann wischte er sich die Finger an seinem T-Shirt ab und spuckte aus. Auf seinen rechten Arm war ein verblasster roter Drache tätowiert.

Wenn ich raten sollte, waren das die Onkel. Ein Gangster zu sein, ist in diesem Teil der Welt von der Wiege bis zur Bahre ein Familiengeschäft, das über Generationen hinweg vom Vater auf den Sohn vererbt wird. Die Jungen werden vereidigt, wenn sie achtzehn werden, und von da an sammeln sie Verhaftungen. Viele lassen sich Tattoos wie diesen roten Drachen stechen, um ihre Zugehörigkeit zu symbolisieren. Zum Beweis ihrer Loyalität lassen die Gangs sie Rauschgift durch den Hafen schmuggeln, und die meisten werden dabei sofort geschnappt. Jeder verbringt drei bis fünf Jahre in einem Straflager auf dem Festland, aber wenn sie zurückkommen, sind sie für den Rest ihres Lebens gemachte Leute. Bei einer Zeremonie werden für gewöhnlich Räucherstäbchen abgebrannt und etliche Eide geschworen, und danach gibt es kein Zurück. Sie gehören zu ihrer Gang, bis sie sterben. An Freelancer wie mich ist man hier nicht gewöhnt.

Wir waren in der Mitte der Küche angekommen, als der kleine Bote die Hand hob und mich stehen bleiben ließ. »Bevor wir weitergehen, Mr Outis«, sagte er, »geben Sie mir bitte Ihre Waffe.«

Ich antwortete nicht.

Die Onkel unterbrachen ihr Spiel und starrten mich neugierig an. Man hätte eine Stecknadel fallen hören können. Wahrscheinlich hatten sie noch nie erlebt, dass jemand sich ihnen widersetzte. Einer nahm einen tiefen Zug an seiner Zigarette und blies den Rauch in meine Richtung. Alle saßen da und starrten mich an, als hätte ich drei Köpfe. Ich hatte es nicht gleich gesehen, aber jetzt fiel mir auf, dass der Kerl im Hawaiihemd einen kleinen silberglänzenden Revolver hinten im Gürtel stecken hatte. Alte Gangster hatten vielleicht nicht mehr die ruhigste Hand und die schärfsten Augen, aber darauf kam es nicht an. Sie waren in der Überzahl. Wenn ich anfinge zu schießen, würde diese Küche sich innerhalb von Sekunden in ein Alamo verwandeln.

»Bitte, Mr Outis«, sagte der Kleine. »Ihre Waffe.«

Der »Koch« hinter mir trat von der Spüle zurück und wischte sich die Hände ab. Im Spiegel sah ich, wie er unter seine Schürze griff und ein großes Kochmesser hervorzog. Er hielt es an seiner Seite, und anscheinend dachte er, ich könnte es nicht sehen. Nicht sehr clever, du Schwachkopf.

»Ich bin aus freien Stücken hier, verstanden?«, sagte ich und schob meine freie Hand in die Tasche. »Das bedeutet, wenn ich einen gewissen Schutz haben will, werde ich ihn auch behalten.«

»Wir sind nicht hier, um Ihnen etwas zu tun«, sagte der Kleine.

»Das will auch hoffen«, sagte ich. »Denn wenn Sie es sich anders überlegen sollten, wird es Verletzte geben.«

»Wollen Sie wegen einer Pistole sterben?«

»Das weiß ich nicht«, sagte ich. »Aber ich zähle hier sechs Leute, und ich habe sieben Patronen.«

Es war still.

Er musterte mich nervös, und sein Blick ging immer wieder zu meiner Schultertasche. Der Alte mit dem Revolver lehnte sich auf dem Stuhl zurück.

»Ich bin sicher, wir können eine Ausnahme machen«, sagte der Kleine.

Er wandte mir den Rücken zu, sodass ich sein Gesicht nicht sehen konnte, und führte mich zur Hintertür hinaus. Wahrscheinlich war er verlegen. Ich wäre es ganz sicher gewesen. Er hielt mir die Tür auf, und dahinter war ein schmales Betonsims, vielleicht einen Meter breit, und unmittelbar darunter lag das Meer. Eine steile Böschung führte hinunter zum Wasser. Die Wand hinter mir war grün überwuchert. Einen halben Meter neben mir sprudelte Abwasser aus einem Rohr. Rechts ragte ein Wellenbrecher aus dicken, mit Beton übergossenen Steinbrocken im Neunzig-Grad-Winkel vom Ufer ins Meer hinaus.

Die See war seltsam ruhig. Nachdem der Regen abgezogen war, hatte der Wind sich schließlich gelegt. Das schwarze Wasser dehnte sich endlos. Die Grenze zwischen Ozean und Himmel konnte ich nicht erkennen. Es wurde allmählich stockfinster, und nur ein Scheinwerfer war zu sehen. Ein neuer Gangster lehnte neben einem Haufen Müllsäcke an der Wand und rauchte eine Zigarette. Er glotzte mich an. Vermutlich war es ungewohnt, einen Fremden so weit kommen zu sehen. Der Junge winkte mich weiter und blieb zurück.

Zwei Männer erwarteten mich auf der Mole. Der eine saß auf einem Klappstuhl, und der Typ, der hinter ihm stand, war so groß wie ein Pferd. Er trug ein schwarzes ärmelloses T-Shirt und eine schwarze Jeans, und er konnte nicht älter als fünfundzwanzig sein. Die Tattoos an seinen Armen sahen neu aus. Er sah aus wie ein typischer Bodyguard.

Der auf dem Stuhl saß, war der Drachenkopf.

Ich konnte sein Gesicht aus diesem Blickwinkel nicht sehen, aber er war deutlich kleiner und älter als die Onkel, die drinnen saßen. Er trug einen breitkrempigen Anglerhut und eine Jeansjacke, und er hielt eine lange Angel in den Händen. Ich kletterte über die Steinblöcke, um ihn zu begrüßen, aber er drehte sich nicht um. Er starrte ins Weite und bewachte seine Angelschnur, die ins Meer baumelte.

Ich schaute zurück und sah, wie der Kleine im Restaurant verschwand. Das machte mich nicht eben zuversichtlich. Wenn seine eigenen Lakaien so viel Angst vor ihm hatten, was würde dieser alte Angler dann mit einem fremden Teufel wie mir anfangen?

Meine Hand umklammerte die Pistole in meiner Schultertasche.

Auf der Fahrt hierher hatte ich gedacht, man schleppe mich zu einem Treffen mit einem Hardcore-Gangster, zu einem gut gekleideten Typen in einer Villa unten auf Taipa, umringt von Leibwächtern, oder wenigstens zu einem großspurigen jungen Boss in einem Penthouse-Apartment in Kotai. Aber dieser Mann sah aus wie ein Fabrikarbeiter in Rente. Wie ein Großvater. Er war Ende siebzig, und sein Gesicht war lang und wettergegerbt. Er trug eine Brille mit dicken Gläsern, und an seinem Stuhl lehnte ein Stock. Noch immer sah er mich nicht an und nahm auch keine Notiz von meiner Anwesenheit. Er saß einfach da und angelte, als habe er nicht die geringsten Sorgen.

Als ich bis auf zwei Schritte an ihn herangekommen war, blieb ich stehen und wartete auf die Aufforderung, näher zu kommen. Dabei behielt ich den Leibwächter im Auge. Er sah *tougher* aus als die meisten, die ich bisher je gesehen hatte, gut eins neunzig groß und mit einer Bodybuilder-Figur, bei der vermutlich ein Blick genügte, um einen Kampf zu gewinnen. Er würde mir das Genick brechen können, ohne sich anzustrengen. Er brauchte nur auf eine kleine Unachtsamkeit zu warten, und plötzlich wäre er hinter mir. Eine schnelle Drehung, und er würde meine Leiche ins Meer werfen. Die Küstenwache würde mich in ein, zwei Tagen herausfischen, und niemand würde wissen, was passiert war.

Der Bodyguard hob einen Strandstuhl von den Steinen hoch und stellte ihn vor seinem Boss wieder hin. Ich starrte den Stuhl an. Um mich hinzusetzen, würde ich diesem Gorilla den Rücken zuwenden müssen.

Ich schwieg.

Der alte Mann schwieg.

Ich stand da und sah zu, wie er die Schnur hochzog, als sein Schwimmer sanft im Wasser zu dümpeln anfing. Ein kühler Wind kam auf, und der Alte tat einen langen, tiefen Seufzer. Dann endlich fing er an zu sprechen. Er hatte einen starken Hongkong-Akzent, aber sein Englisch war sehr gut. Er sprach langsam und bedächtig, ohne sich zu mir umzudrehen.

»Sie brauchen Ihre Pistole nicht«, sagte er. »Wenn ich Sie umbringen wollte, könnte ich es jederzeit tun.«

Ich nahm die Waffe aus der Schultertasche und hielt sie neutral an meiner Seite. Den Finger nahm ich vom Abzug, damit ich nicht bedrohlich aussah. Die Karten auf den Tisch. Der Drachenkopf sollte wissen, dass er mir keine Angst machte. Wenn es darauf ankäme, würde ich ihm in die Stirn schießen, bevor sein Aufpasser mir das Genick brechen und mich ins Wasser werfen konnte.

»Bei allem Respekt, Sir«, sagte ich, »ich glaube, ich behalte sie trotzdem.«

Der Leibwächter griff nach seiner eigenen Waffe hinten im Gürtel, aber sein Boss hob die Hand und winkte ab. Jetzt setzte ich mich zu ihm und legte die Pistole auf meinen Schoß, wo sie nicht zu übersehen war. Zwischen uns stand eine kleine rote Kühlbox. Zwei langhalsige Flaschen eines hiesigen Biers und eine kleine Dose mit Köder ragten heraus. Unten im Eis sah ich den kopflosen Körper eines Fisches und die Machete, mit der ihm der Kopf abgeschlagen worden war.

»Behalten Sie das Ding«, sagte der Alte. »Sie werden es nicht brauchen.«

»Wer sind Sie?«, fragte ich. »Und warum bin ich hier?«

»Mein Name tut nichts zur Sache«, sagte er. »Nur eins an mir ist wichtig. Das wissen Sie schon. Darum sind Sie hier.«

Ich schwieg.

»Verstehen Sie, was ich meine, Mr Outis?«

Ich nickte, und nach kurzem Schweigen nahm ich den weißen Umschlag aus meiner Brusttasche und öffnete ihn vorsichtig, damit der Saphir nicht herausfiel. Ich nahm den kleinen Stein zwischen Daumen und Zeigefinger und hielt ihn hoch, damit sie beide ihn sehen konnten. Der Leibwächter sagte etwas auf Kantonesisch zu dem alten Mann, und der lächelte.

»Mein Saphir, Mr Outis«, sagte er. »Aber es gibt noch viele außerdem. Dieser da wurde mir vor mehreren Wochen geliefert, wie jeden Monat. Gestern habe ich wieder welche erwartet.«

Ich sagte nichts.

»Wie ich höre, hat Ihre Frau sie«, sagte er. »Ist das wahr?«

Auf diese Frage war ich nicht vorbereitet. Ich erstarrte und dachte kurz nach. Natürlich hatte *ich* die Saphire nicht. Ich hielt einen in der Hand, und ein zweiter war in einer Zigarettenschachtel in meiner Tasche. Den Rest hatte ich nicht. Doch das würde ich ihm nicht sagen. Es gab offensichtlich einen Grund, weshalb man mich hierhergebracht hatte. Wenn ich ihm erzählte, dass ich seine Saphire hätte, würde er mich womöglich an einen Stuhl fesseln und mir einen Zahn nach dem anderen ziehen, bis ich ihm sagte, wo sie waren. Wenn ich ihm andererseits die Wahrheit sagte, würde er seinem Bodyguard vielleicht mit einem Kopfnicken erlauben, mir trotzdem eine Kugel in den Kopf zu jagen. Und wenn er feststellte, dass ich überhaupt nichts zu bieten hatte, würde er mich umbringen, weil ich seine Zeit verschwendet hatte. Ich musste mich jetzt schnell entscheiden. Also bemühte ich mich um ein gutes Pokerface und eine diplomatische Antwort.

»Ich weiß nicht, wo sie sind«, sagte ich. »Aber ich kann sie für Sie auftreiben.«

»Gut«, sagte er. »Sie wollen mich also nicht belügen. Wir können zivilisiert miteinander reden.«

Ich schwieg.

Der Alte schaute hinaus aufs Meer und rückte seine Brille zurecht. »Angeln Sie, Mr Outis?«

»Nein«, sagte ich. »Ich bin in der Wüste aufgewachsen.«

»Sie sollten es lernen«, sagte er. »Es tut Ihnen gut.«

Ich nickte.

»Man sitzt«, fuhr er fort. »Man wartet. Man beobachtet das Wasser. Kühle Luft weht vom Meer herein. Man schwitzt nicht so sehr. Man trinkt Bier und vergisst. Und wenn der Fisch bereit ist, zupft er an der Schnur. Wer weiß? Vielleicht fangen Sie einen großen Fisch? Erzählen es allen? Machen Ihre Frau glücklich?«

Ich schwieg.

»In Guangxi haben wir die Fische auf eine spezielle Art gefangen. Eine alte Tradition. Tausend Jahre alt. Nicht mehr so verbreitet, außer um sie Ausländern vorzuführen. Wir haben mit einem Vogel gefischt. Kennen Sie das?«

Ich schüttelte den Kopf.

»Ein Mann fährt nachts mit einem Floß hinaus und nimmt eine Papierlaterne mit«, erzählte er. »Er wartet, bis es still und dunkel und er weit draußen ist. Das Wasser ist tief, und die Fische schlafen. Doch er ist nicht allein. Auf seinem Floß ist auch ein großer Fischervogel. *Yúying* nennen wir ihn. Früher kannte ich seinen englischen Namen, aber den habe ich vergessen. Es sind große Vögel, hübsche Vögel, mit langem Hals. Wenn es wirklich dunkel ist, bindet der Mann dem Vogel eine Schnur um den Hals, ganz locker, damit der Vogel atmen kann. Dann reißt er ihm die langen Federn aus und hält sie an das Floß. Der Vogel sträubt sich, doch der Mann ist sein Herr, und der Vogel ist der

Sklave. Das muss der Vogel begreifen. Der Vogel kann ohne den Fischer nicht leben, und ohne seine langen Federn kann er nicht fliegen. Im richtigen Augenblick nimmt der Mann seine Stange und drückt den Vogel unter Wasser. Der Vogel wehrt sich, aber der gute Fischer gibt nicht nach. Er wird den Vogel eher ertränken, als ihn freizulassen.

Bald hört der Vogel auf, sich zu wehren, und geht unter. Und als er da unten schwimmt, verändert sich etwas. Sein Instinkt übernimmt das Kommando. Er taucht tiefer und tut das Einzige, was er kann. Er jagt. Er vergisst den Herrn. Er vergisst die Schnur an seinem Hals, und er vergisst die Stange, die ihn unter Wasser hält. Er vergisst die ausgerissenen Federn und taucht bis auf den Grund des Flusses und schnappt nach jedem Fisch, den er findet, als wäre er frei. Er jagt die Fische, bis er einen im Schnabel hat, und ohne nachzudenken, schluckt er ihn herunter und taucht auf. Der Fischer zieht den Vogel mit seiner Stange an Deck. Der Vogel kann nicht atmen, denn der Fisch ist noch lebendig und steckt in seiner Kehle. Die Schnur um seinen Hals hat den Vogel daran gehindert, den Fisch ganz zu verschlucken. Ohne den Fischer wird der Vogel an seiner Beute ersticken, die er nicht fressen kann. Er muss sie dem Fischer geben oder sterben. Der Fischer ist barmherzig. Er biegt den Schnabel des Vogels auf und zieht den Fisch heraus. Das ist sein erster Fang. Er drückt den Vogel wieder unter Wasser. Und noch einmal. Tag für Tag, Monat für Monat. Nach vielen Monaten lernt der Vogel, den Fischer zu lieben. Er glaubt, der Fischer wird ihn immer retten. Also fängt er immer größere und größere Fische. Er ist hungrig, aber er kann nicht fressen. Er fischt den ganzen Tag, kann jedoch nur ganz kleine Fische verschlucken. Der Hunger treibt ihn zum Wahnsinn. Er fängt die größten Fische, die er finden kann. Nicht lange, und er hat einen Fisch gefangen, der so groß ist, dass der Fischer ihn nicht herausziehen kann. Der Fisch sitzt fest. Der Fischer tut das Einzige, was ihm bleibt: Er nimmt sein Messer und schneidet dem Vogel die Kehle auf, um den zappelnden Fisch herauszuziehen.

Sehen Sie, Mr Outis, ein Vogel wird tun, was in seiner Natur liegt«, sagte der alte Mann. »Wenn der Vogel nur die kleinen Fische jagen wollte, könnte er die Schnur um seinen Hals ignorieren und fressen, so viel er will. Aber sein Hunger ist zu mächtig. Der Instinkt ist zu stark, um ihn zu ignorieren. Er jagt nach immer besseren Fischen, bis er einen findet, der so groß ist, dass er ihn nicht mehr schlucken kann. Genauso ist es bei Männern wie uns, meinen Sie nicht auch? Wir wollen mehr und immer mehr, bis wir etwas gefunden haben, das uns umbringt.«

Ich schwieg.

»Sie sind wie der Vogel, Mr Outis«, sagte der alte Mann. »Sie haben die Schnur vergessen und zu viel verschluckt. Sie wissen es vielleicht noch nicht, aber Sie werden daran ersticken. Ich kann es Ihnen nicht verdenken. Ich nehme es Ihnen nicht übel, dass Sie genommen haben, was mir gehört. Sie sind ein Dieb, und Sie haben nur getan, was Ihre Natur Ihnen befiehlt. Aber ich bin der Fischer, Mr Outis, und auch ich muss tun, was meiner Natur entspricht.«

Er drehte sich um und sah mich zum ersten Mal an. Seine Pupillen waren so trüb, dass sie fast weiß waren. Er schaute durch mich hindurch, als wäre ich gar nicht da. Ich erkannte, dass er zumindest halb blind war. Ich schluckte heftig und schaute hinaus aufs Meer.

Die Angelschnur baumelte zwischen uns.

»Wie also soll es weitergehen, Mr Outis?«, fragte er. »Geben Sie mir den Fisch heraus, oder muss ich Ihnen die Kehle aufschneiden?«

DREIUNDDREISSIG

»Sie hatten eine Abmachung mit den Schmugglern«, sagte ich.

Der alte Mann schwieg einen Moment lang. Er rückte seine Brille zurecht, lächelte schmal und wandte sich wieder seiner Angelrute zu. Ja, verdammt. Ich hatte mich gefragt, was er wollte, und jetzt wusste ich es. Die Schmuggler und diese lokale Gang waren Geschäftspartner. Mit dem Überfall auf das Juwelenboot hatte Angela unabsichtlich eine Triade beraubt und ihre Nachschubkette zerstört.

Ich wollte eine Frage stellen, aber dann ließ ich es. Sein Gesichtsausdruck sagte alles. Es wunderte mich, dass Angela ihn nicht erwähnt hatte, vielleicht wusste sie ja auch nichts von ihm. Ein geschmuggelter Edelstein wandert durch viele Hände, bevor er in der Schmuckschatulle einer reichen Frau landet, und Angela konnte sie nicht alle kennen. Der Mann hier war nur ein Glied in einer langen Kette. Im Rückblick war es natürlich klar: Um Saphire von so unglaublicher Größe und Qualität zu verkaufen, mussten die Schmuggler mit anderen zusammenarbeiten. Sie brauchten an diesem Ende der Route einen Käufer, um die Steine auf den Markt zu bringen. Schließlich kann ein abgerissener burmesischer Grenzschmuggler nicht einfach in ein hochkarätiges Juweliergeschäft in Hongkong spazieren und einen ganzen Beutel ungeschliffene Saphire auf den Ladentisch legen. Das wäre eine Dummheit. Man würde ihn verhaften. Außerdem – wie viele Juweliere haben ein kleines Vermögen herumliegen, mit dem sie eine Truppe von paramilitärischen Freelancern bezahlen können? Solche Geschäfte machen sie nicht. Ein Schmuggler akzeptiert keinen Barscheck. Um die Edelsteine auf dem Kartellmarkt zu verkaufen, brauchten die burmesischen Schmuggler jemanden vor Ort, der ihnen den Weg ebnete.

Dieser Angler war der Mann, zu dem sie gingen.

Es gab ein Dutzend Möglichkeiten, wie er arbeiten konnte. Vielleicht war er ein Makler, der die Steine über einen Strohmann verkaufte, einen Juwelier, von dem er einen bestimmten Prozentsatz des Gewinns kassierte. Vielleicht war er ein Käufer. Er konnte die Steine direkt von den Schmugglern beziehen und sie über einen halbseidenen Großhändler auf den grauen Markt werfen. Verdammt, vielleicht gehörte ihm das gesamte Unternehmen. Er konnte die Steine in Burma gekauft und die Schmuggler für den Transport engagiert haben. Letzten Endes war es egal, welches Geschäftsmodell er betrieb. Dieser alte Angler bekam einen Anteil von jedem Saphir, der durch diese Stadt ging.

Bis Angela ihm in die Quere gekommen war.

Der alte Mann presste die Lippen aufeinander und tappte mit einem Fuß auf den Stein. Ich hörte das Plätschern der Wellen an der Mole. Er sah mich nicht an, er lächelte nicht und sagte auch nichts. Aber ich sah, dass ein Mundwinkel kaum merklich zuckte.

»Was wollen Sie von mir?«, fragte ich.

»Ich glaube, das wissen Sie«, sagte er. »Sie haben jetzt die Wahl. Geben Sie mir den Fisch, oder Sie ersticken bei dem Versuch, ihn zu schlucken.«

»Sie wollen Ihre Saphire zurückhaben? Ist es das?«

»Ich will mehr als das«, sagte der Alte. »Ich will, dass Sie sich vor mir verneigen und mir Respekt erweisen. Ihr Diebstahl hat mich mehr als nur Geld gekostet. Ich habe einen Geschäftspartner verloren, der mir viel wert war. Ich war der Einzige, der seine Steine verschieben konnte. Sie haben mich nicht nur den Gewinn eines Monats gekostet, Mr Outis. Sie haben mich jahrelange Arbeit gekostet.«

»Und was soll ich jetzt tun?«

Der Alte schwieg.

»Vergessen Sie die Vergangenheit«, sagte ich. »Was geschehen ist, ist geschehen. Reden wir über die Zukunft. Was soll ich *jetzt* tun?«

»Legen Sie Ihre Waffe weg«, sagte er.

»Noch nicht«, sagte ich.

Er legte den Kopf schräg.

»Sie haben gehört, was ich gesagt habe«, fuhr ich fort. »Wissen Sie, im ersten Moment wusste ich nicht, warum Sie mich haben herbringen lassen. Warum soll ein Old-School-Gangster wie Sie sich mit einem unbedeutenden *gweilo* wie mir unterhalten? So erledigt die Triade doch ihre Geschäfte nicht. Wenn Sie wirklich dächten, ich hätte Sie bestohlen, hätten Sie mir nicht Ihre Strohsandale mit dem Taxi geschickt – nein, Sie hätten eine Horde von Gorillas mit Macheten und Müllsäcken beauftragt, mich zu eliminieren. Mag sein, dass Sie Ihren Betrieb im Hinterzimmer eines Fischladens führen, aber Sie machen mir nichts vor. Sie haben Mittel. Sie haben jemanden, der den ganzen Tag nur herumsteht und Ihnen beim Angeln zusieht. Wenn ich Ihnen wirklich etwas schuldig wäre, eine Blutschuld, dann wäre ich jetzt schon in sechzehn Teile zerlegt. Also, warum bin ich hier? Warum führen wir dieses Gespräch, und warum zum Teufel habe ich immer noch meine Pistole in der Hand?«

Ich hob die Waffe, richtete sie auf den Kopf des Alten und zielte genau zwischen seine Augen. Aber er sagte kein Wort.

»Ich wusste es nicht sofort«, sagte ich, »aber jetzt habe ich es kapiert. Sie brauchen mich.«

Er schüttelte den Kopf.

»Das ist Ihre große Chance, nicht wahr?«, sagte ich. »Sie können leere Drohungen ausstoßen, so viel Sie wollen, aber das ändert nichts an den Tatsachen. Sie haben mich kommen lassen, weil Sie glauben, Sie kriegen etwas umsonst. Kostenlose Saphire, geradewegs aus den Sklavenbergwerken. Als die burmesischen Generäle an der Macht waren, wie hoch war da Ihr Anteil am Gewinn? Zehn Prozent? Fünfzehn? Jetzt, da sie nicht mehr da sind, können Sie den ganzen Kuchen haben. Sie glauben, Sie können mir so viel Angst einjagen, dass ich Ihnen die Steine umsonst gebe, damit Sie sich umdrehen und sie auf dem Schwarzmarkt verkaufen können. Aber diesmal können Sie das ganze Geld für sich behalten. Ich habe Sie nicht verarscht. Ich habe Ihnen eine goldene Gelegenheit präsentiert. Ich habe Ihren Zwischenhändler ausgeschaltet. Darum bin ich hier, nicht wahr? Was immer Sie hier über Fische und Angler und aufgeschnittene Kehlen erzählen, ich bin nicht Ihr Feind. *Fuck,* ich bin Ihre Goldkarte.«

»Sie haben Glück, Mr Outis.«

»Wieso?«

»Weil Sie recht haben«, sagte er. »Ich habe die Saphire, die Sie gestohlen haben, nicht gekauft. Ich habe nichts verloren.«

»Und wieso habe ich deshalb Glück?«

»Weil Sie noch leben.«

Ich schwieg.

»Sie haben recht, Mr Outis«, sagte er. »Wenn Sie mich bestohlen hätten, würde ich Sie umbringen. Ihnen die Kehle durchschneiden und Sie an die Fische verfüttern. Das macht die Fische stark. Ich würde Ihre Frau finden, Ihre Freunde, Ihre Kinder. Ich würde sie in Ihrem Haus verbrennen. Ich würde es allen zeigen.«

»Aber ich sitze hier und habe eine Pistole in der Hand.« Ich spannte den Hahn, um zu zeigen, dass ich es ernst meinte.

»Bringen Sie mir die Saphire noch heute Nacht, Mr Outis«, sagte er. »Ich gebe Ihnen Zeit bis ein Uhr. Das sind noch drei Stunden. Kommen Sie her und bringen Sie zwanzigtausend Euro in bar mit. Sie werden mich um Vergebung bitten, und dann werden Sie meine Stadt für immer verlassen. Haben Sie das verstanden?«

»Warum sollte ich das tun?«

»Sie haben vielleicht eine Pistole in der Hand«, sagte der alte Mann. »Aber ich bin mehr als nur ein Angler. In meiner Hand habe ich die ganze Stadt.«

VIERUNDDREISSIG

Ehe ich mich versah, hatte der Bodyguard eine Schrotflinte in den Händen. Ich weiß nicht, wo sie herkam. Vielleicht hatte er sie hinter einem der Steinblöcke versteckt, aber darauf kam es nicht an. Plötzlich starrte ich in die Mündung einer Zwölfer Schrotflinte, und ich konnte nichts dagegen tun. Es war eine alte Pumpgun, auf das Nötigste verkleinert. Der Schaft war abgesägt, der Griff mit Isolierband umwickelt, der Lauf um die Hälfte gekürzt. Die ganze Waffe war kaum länger als der Unterarm des Leibwächters. Er zielte nicht genau auf mich, aber das brauchte er auch nicht. Auf diese Distanz wäre es ein Wunder, wenn er danebenschießen würde. Zwei Ladungen von diesem schweren Rehposten würden mir glatt den Kopf abreißen. Und er war schnell. Ich hörte das *tschack-tschack* des Verschlusses, als er die Flinte durchlud.

Der Alte und ich sagten einen Moment lang kein Wort. Wir saßen einfach da, beide mit einer Schusswaffe vor dem Kopf, und die Wellen plätscherten gegen die Mole und verwandelten sich in weißen Schaum. Einen Augenblick später lächelte ich, und dann fing ich an zu lachen. So viel Spaß hatte ich schon seit Ewigkeiten nicht gehabt. Ich ließ den Schlagbolzen langsam zurückfedern und senkte die Waffe.

»Okay«, sagte ich, »ich verstehe. Wenn ich nicht tue, was Sie wollen, hetzen Sie mir die ganze verdammte Stadt auf den Hals.«

»Das ganze Land, Mr Outis«, sagte er. »Wissen Sie, wie viele Kinder hier einen eigenen Motorroller haben möchten? Wie viele Väter Geld brauchen, um ihre Miete zu bezahlen? So viele Leute habe ich. Und so viele Leute werden Ihr Gesicht kennen.«

»Haben Sie wirklich vor, die Sache so zu regeln?«

»Sie sind jetzt in Macau, Mr Outis. Sie müssen sich damit abfinden, nach *meinen* Regeln zu spielen.«

»Also schön«, sagte ich. »Wie Sie wollen. Ich bringe Ihnen Ihre Steine, sobald ich kann. Hierher. Ich akzeptiere sogar Ihre kleine Zahlungsgebühr. Aber Sie müssen mir versprechen, dass wir quitt sind, wenn ich gezahlt habe.«

»Quitt?«

»Ja«, sagte ich. »Quitt. Es bedeutet, dass wir miteinander fertig sind. Ohne weitere Verbindlichkeiten. Ich schulde Ihnen nichts, Sie schulden mir nichts. Das Konto ist ausgeglichen, bis zur letzten Kugel, okay? Wenn alles erledigt ist, spaziere ich hinaus und verschwinde für immer. Wir sind wieder Fremde. Sie kriegen Ihr Geld, und ich kriege ein einfaches Ticket zur Ausreise aus Ihrem Territorium.«

Der alte Mann lächelte und schaute seine Angel an.

»Ist das abgemacht?«, fragte ich.

»Ja«, sagte der Alte. »Wie auch immer.«

»Yeah. Wie auch immer.«

Der Alte winkte seinem Bodyguard, und der trat einen Schritt vor und drückte die Mündung seiner Pumpgun hart gegen meine Schläfe, so hart, dass mein Kopf sich auf die Seite legte. Wahrscheinlich mochte der Boss es nicht, wenn man ihm widersprach.

»Ich habe eine Frage«, sagte ich. »Wie haben Sie mich gefunden?«

»Ganz leicht«, sagte er. »Der Portier im Tammany Hall ist ein Bruder von mir. Die Ärztin, die Ihren Arm operiert hat, gehört uns auch. In meiner Stadt tut niemand etwas ohne Erlaubnis. Es war nur eine Frage der Zeit, wann wir uns begegnen würden.«

»Das meine ich nicht«, sagte ich. »Das wusste ich schon – wie Sie mich gefunden haben, nachdem ich einen Metzger gesucht hatte. Das ist klar. Ich will wissen, was vorausgegangen ist. Wie haben Sie von dem Saphir-Unternehmen erfahren? Woher wissen Sie von der Frau?«

Vielleicht mochte der Bodyguard es auch nicht, wenn man eine Lippe riskierte. Er stieß mit seiner Flinte zu und hätte mich beinahe vom Stuhl geworfen. Aber bevor er noch mehr tun konnte, hob der Alte die Hand.

Er schaute mir mit seinen blinden Augen ins Gesicht. »In dieser Stadt werden viele Lügen erzählt, Mr Outis. Ich habe eine einzigartige Begabung dafür, die Wahrheit zu hören.«

»Jemand hat es Ihnen erzählt.«

»Was sonst?«, sagte der alte Mann. »Es gibt keine Ehre unter Dieben, Mr Outis. In meiner Stadt sind Sie völlig, ganz und gar, allein.«

Ich sagte nichts.

»Auf Wiedersehen, Mr Outis. Sie finden den Weg allein, glaube ich.«

Ich wusste nicht, was ich antworten sollte. Der Alte stand nicht auf. Er schaute weiter seine Angel und den Schwimmer an, der da in den kleinen Wellen tanzte. Der Leibwächter trat einen Schritt zurück, ließ aber seine Flinte nicht sinken, sondern hielt sie auf mich gerichtet, als ich mich vom Stuhl erhob. Ich wollte mich abwenden, doch dann fiel mir etwas ein. »Ein Kormoran!«

»Wie bitte?«

»So heißen diese fischenden Vögel«, sagte ich und ging davon. »Mit der Schnur um den Hals. Sie heißen *Kormoran.*«

Der Alte antwortete nicht. Ich ging bis zum Anfang des Wellenbrechers und durch den kleinen Laden zurück. Alles schwieg. Ich hörte nur das Geheul ferner Sirenen. Ich sah auf die Uhr. Acht Minuten vor zehn. Angela fragte sich bestimmt voller Sorge, wo ich blieb. Der Countdown des blinden Anglers fing jetzt an.

Noch drei Stunden.

FÜNFUNDDREISSIG

Lotus Vale Apartments, Macau

Zur selben Zeit, zehn Blocks weit entfernt, hielt Laurence mit seinem Motorrad vor dem Lotus Vale Apartments Building. Er zog sein Smartphone aus der Tasche, um sich zu vergewissern, dass er am richtigen Ort war, und dann trat er den Ständer herunter und parkte vor dem Eingangstor. Er stieg ab und nahm eine flach zusammengefaltete Pappschachtel aus der Satteltasche.

Das Tor war nicht verschlossen. Er trat ein. Wasser tropfte von der Decke und sammelte sich rundherum in Pfützen auf den Fliesen. Laurence kannte solche Häuser; er hatte selbst genug Zeit in Absteigen dieser Sorte verbracht, hatte im Dreck geschlafen und Wasser geschlürft, das jeden anderen ins Krankenhaus gebracht hätte. Er strich mit den Fingern über die Gipskartonwände und fühlte die Risse und Kerben, als er die Treppe hinaufging. Die Graffiti der verschiedenen Gangs waren anders, aber Rauschgifthöhlen sahen auf der ganzen Welt gleich aus.

Im vierten Stock war ein Junge mit einem Rucksack voller Spraydosen und einem Taschentuch vor dem Gesicht dabei, die hintere Wand zu besprühen. In großen, blasenförmigen Lettern schrieb er: *Vergesst alle Gedanken.*

»Junge«, sagte Laurence auf Kantonesisch. »Weißt du, wo ich Adrian Bautista finde?«

Der Junge hörte kurz auf mit dem Sprayen und starrte ihn an. Wortlos zeigte er nach oben.

»Zeig's mir«, sagte Laurence, und als der Junge nicht reagierte, zog er ein Bündel Scheine aus der Tasche, streifte das Gummi ab und fächerte die Scheine auseinander.

Der Junge riss die Augen auf und führte ihn die Treppe hinauf in den elften Stock. Aufmunternd deutete er auf eine Tür. Laurence schälte ein halbes Dutzend Geldscheine von seinem Bündel, ging zur Treppe und warf sie über das Geländer. Die Scheine flatterten hinunter wie Herbstlaub, und der Junge rannte im Laufschritt die Treppe hinunter.

Laurence war allein.

Er klopfte an die Tür und blieb so stehen, dass Bautista ihn durch das Guckloch sehen konnte. Ein Mann öffnete die Tür, ohne aber die Sicherheitskette abzunehmen.

»Adrian Bautista?«, fragte Laurence.

»Yeah. Wieso?«

»Ich suche jemanden«, sagte Laurence. »Er war vielleicht heute hier.«

Bautista musterte ihn von oben bis unten. Ein großer Mann, mehr oder weniger ansehnlich in seinem schwarzen Rollkragenpullover und den schlammbeschmierten Lederstiefeln. Das einzig Verstörende war der dicke, blutige Verband auf dem linken Auge. Es sah aus, als sei jemand mit dem Messer auf ihn losgegangen. Die ganze linke Gesichtshälfte wurde von Pflaster zusammengehalten. Bautista gefiel das nicht. Der Kerl sah nach Ärger aus.

»Hauen Sie ab«, sagte er. »Ich kenne Sie nicht.«

Er wollte die Tür zuschlagen, aber Laurence hatte seinen Fuß in den Spalt geschoben. Bautista öffnete den Mund und wollte losschimpfen, doch Laurence war schneller. Er hielt ein zwei Zentimeter dickes Bündel Tausender hoch, wedelte damit vor Bautistas Gesicht herum und warf es dann durch den Türspalt.

»Ich brauche nur ein paar Minuten von Ihrer Zeit. Mein Name ist Laurence.«

Bautista sah ihn argwöhnisch an. Dann hob er das Geld auf, steckte es ein und öffnete die Tür ganz. »Okay«, sagte er. »Sie haben fünf Minuten.«

Er führte Laurence durch den Perlenvorhang in sein hinteres Zimmer. Laurence nahm sein Handy heraus und blätterte durch seine Fotos, bis er zu dem verschwommenen Farbfoto des Mannes kam, den er suchte. Es war auf dem Flughafen aufgenommen und ziemlich unscharf, aber es genügte. »Haben Sie diesen Mann heute gesehen?«

»Ja«, sagte Bautista. »Was wollen Sie von ihm?«

»Wissen Sie, wo er ist?«

»Im Moment nicht, nein«, sagte Bautista. »Ich habe mich selbst schon gefragt, ehrlich gesagt. Er ist abgehauen, ohne seine Rechnung zu bezahlen. Ich habe ihm neue Kleider gekauft, aber als ich sie abgeliefert habe, war er bewusstlos. Als ich später aus dem Nightclub zurückkam, war er weg. Das leere Zimmer unten, das ich ihm gegeben hatte, war leer. Tür offen, Kleider und alles andere weg. Ich habe die beiden Junkies da unten gefragt, und sie haben gesagt, ein Wicht in einem beschissenen schwarzen Anzug hat ihn abgeholt. Sind mit einem Taxi weggefahren.«

»Polizei?«

»Nein, ausgeschlossen«, meinte Bautista. »Die Blauroten kommen hier nicht hin. Wenn's nach denen geht, kann der ganze Block abbrennen. Dann können sie sich das Land nehmen und noch ein paar Casinos draufknallen. In zehn Jahren sieht die Stadt aus wie Disneyland.«

»Wer war es dann, der ihn abgeholt hat?«, fragte Laurence.

»Ich weiß es nicht.«

»Beschreiben Sie ihn. Amerikaner, Chinese, Europäer …«

»Chinese«, sagte Bautista. »Ein Mann, vielleicht fünfundzwanzig. Dünn wie ein Handtuch. Mehr haben die Junkies mir nicht erzählt. Sie müssen unten weiterfragen, wenn Sie mehr wissen wollen. Wenn sie nicht unterwegs sind, um Motorroller zu klauen oder Dealer anzubetteln, hängen die Typen wahrscheinlich noch irgendwo hier herum. Hey, wer ist dieser Scheißtyp? Wissen Sie, als er hier aufkreuzte, wusste ich gleich, dass er mir Ärger bringt.«

»Hat er irgendwas zurückgelassen?«

»Nur eine Flasche Schmerztabletten. Er hat einer Ärztin, die ich ihm besorgt hab, zwei Riesen bezahlt, damit sie ihm ein Schrapnell aus dem Arm holte, aber Morphin wollte er nicht nehmen. Er hat das ganze Fläschchen in den Müll geworfen, bevor er abgehauen ist.«

»Wie sieht's mit einer Frau aus?«, fragte Laurence. »Eine Weiße. Vielleicht zehn Jahre älter als der Mann.«

»Nein. Er war allein.«

»Sind Sie sicher?«

»Hey, ich sage Ihnen, was ich weiß. Da war keine Frau bei ihm. Da war *niemand* bei ihm.«

»Hatte er etwas bei sich?«, fragte Laurence. »Etwas Schweres? Eine Kiste oder ein paar Koffer?«

»Nur eine kleine Schultertasche. Leichtes Gepäck.«

»Hatte er einen Wagen?«

»Auch nicht. Ich musste ein Taxi zu den Docks schicken, um ihn abzuholen.«

»Okay«, sagte Laurence.

»Okay?«, wiederholte Bautista. »Das war's?«

»Ja.«

»Wirklich?«, fragte Bautista. »Sind Sie sicher, dass Sie sonst nichts brauchen? Dieser Augenverband sieht neu aus. Haben Sie sich geschnitten?«

Laurence antwortete nicht.

»Das muss doch höllisch wehtun. Wenn Sie wollen, kann ich

Ihnen ein bisschen guten Stoff besorgen. Kennen Sie Hydromorphon? Neben dem Zeug ist Morphin wie M&Ms. Ich habe sechzehner, vierundzwanziger, dreißiger …«

»Nein.«

»Wie wär's dann mit Ketamin? Ich habe mit das beste White Ice in der Stadt. Der Stoff haut Sie aus den Schuhen …«

»Ich habe alles, was ich brauche.« Laurence streckte seine behandschuhte Hand aus.

Bautista starrte schweigend auf die angebotene Hand. Er konnte nicht genau sagen, was es war, aber dieses Geld war zu leicht verdient. Irgendetwas stimmte nicht. Dieser Fremde hatte etwas vor, und Bautista wusste nicht, was. Die Sache musste einen Haken haben. Dann dachte er an das Geld in seiner Tasche. Es war mehr, als er in einer guten Woche verdiente. Für so viel Geld konnte es ihm egal sein, was dieses Arschloch vorhatte. Schüchtern trat er einen Schritt vor und nahm die Hand.

Laurence legte ihm eine Auto-Garrotte um den Hals.

Als der Draht an der Gurgel lag, riss er Bautista nach vorn und zog die Starterschnur. Mit lautem Schwirren erwachte das Gerät zum Leben. Es dauert sechzig Sekunden, bis genug Kraft aufgebaut ist, um einem Menschen den Kopf abzuschneiden, aber Laurence konnte diese Zeit halbieren, indem er den schlaffen Draht mit der Hand straffzog. Er stieß Bautista zurück und zog mit aller Kraft an dem Draht.

Bautista riss die Augen auf, als die Schlinge sich um seine Kehle spannte, und hilflos versuchte er, das Gerät mit beiden Händen abzureißen. Als der Motor startete, stolperte er vorwärts und packte Laurence beim Kragen. Gleichzeitig gelang es ihm, einen Daumen zwischen Hals und Draht zu schieben, doch das nützte nichts. Das Gerät arbeitete bereits. So sehr er sich auch sträubte, die Auto-Garrotte würde nicht aufgeben. Bautista zerrte an dem Draht, um ihn über sein Kinn heraufzuziehen, aber es war zu spät. Die Garrotte war nicht zu stoppen.

»Du *motherfucker*«, würgte er hervor.

Laurence sagte kein Wort. Er schaute mit krankhafter Faszination zu und wollte einen Schritt zurückweichen, um nicht vom Arterienblut bespritzt zu werden, doch Bautista hielt ihn fest. Der Draht schnitt durch seinen Daumen wie durch Butter. Blut spritzte, und der Daumen flog davon. Bautista versuchte, Luft in die Lunge zu saugen, bevor seine Atemwege blockierten, aber der Draht schnitt sich in seinen Hals, und er konnte nur noch gurgeln. Laurence stieß ihn gegen die Wand und sah zu, wie er starb.

»Ganz ruhig«, sagte er. »Sie können nichts mehr tun. Versuchen Sie sich zu entspannen, und lassen Sie es geschehen.«

Jemand, dem die Kehle durchgeschnitten wird, stirbt nicht sofort, wie man es im Film sieht. Es dauert ein paar lange Sekunden, bis das Gehirn am Blutmangel erstickt. Und in den meisten Fällen ist dem Opfer die ganze Zeit bewusst, was passiert. In den letzten Sekunden seines Lebens schaute Bautista nach unten und sah einen Wasserfall von Blut aus seiner Kehle strömen. Dann sah er das Vergnügen in Laurences lächelndem Gesicht. Er schlug nach dem Dreckschwein, aber es gelang ihm nur, dem Kerl ein bisschen Blut auf die Wange zu schmieren. Danach war es zu spät. Bilder blitzten vor ihm auf. Erinnerungen aus seiner Kindheit. Ein Baseballspiel. Ein kühles Soda. Ein Sonnenuntergang über Tsim Sha Tsui. Seine letzten Augenblicke vergingen unter Qualen. Und dann, fast so schnell, wie es angefangen hatte, war alles vorbei. Der Schmerz hörte auf. Seine Augen zuckten ruckhaft hin und her, sein Körper wurde schlaff, und er sackte zusammen. Dann war er tot.

Die Maschine brummte und knurrte weiter und arbeitete sich durch Fleisch und Knochen. Laurence setzte sich hin und sah still zu. Nach ein paar Sekunden gab das Gerät ein leises Zirpen von sich. Es war fertig. Laurence schob den Körper zur Seite und stand auf.

Er ging durch das Zimmer und faltete seine Pappschachtel auseinander.

SECHSUNDDREISSIG

Nördliche Halbinsel, Macau

Sowie ich außer Hörweite war, zog ich ein Prepaid-Handy aus der Tasche und wählte Angelas Nummer. Ich sah mich um, als ich das Rufzeichen hörte. Ich befürchtete, der alte Angler könnte einen seiner Gorillas hinter mir herschicken. Er hatte nicht besonders nachsichtig ausgesehen. Im Gegenteil, er war mir vorgekommen wie einer, der aus Spaß Kniescheiben zertrümmerte. Ich fragte mich, wie lange er brauchen würde, um meinen Bluff zu durchschauen. So schnell ich konnte, ging ich davon.

Das Telefon klingelte immer weiter.

Wieder sah ich mich um und suchte die Straße ab. Noch sah ich niemanden hinter mir, aber das hieß gar nichts. Ich war immer noch weniger als einen Block weit von dem Laden des Alten entfernt, und wenn er mir einen unauffälligen Beschatter an den Hals hetzte, würde es nur ein paar Minuten dauern, bis er da wäre. Verdammt, selbst wenn nicht, würden seine Leute mich beobachten. Dieser blinde Mann hatte Augen in der ganzen Stadt. Wie hatte er mich überhaupt gefunden? Durch einen Hotelportier? Scheiße. Das bedeutete, jeder konnte für ihn arbeiten. Wahrscheinlich hörten auch Taxifahrer auf sein Kommando.

Angelas Telefon klingelte. Und klingelte.

Nach dem sechsten Klingeln nahm sie ab. »Hallo?«

»Ich bin's«, sagte ich. »Hör gut zu. Ich habe nicht viel Zeit.«

»Wo zum Teufel bist du gewesen?«

»Habe mich zusammenflicken lassen.«

»Ich hatte Angst, du wärest tot.«

»Mir geht's gut. Tut mir leid, dass ich noch nicht zur Bude kommen konnte. Der Metzger hat länger als erwartet gebraucht, um meine Steaks zu schneiden.«

»Was ist passiert?«

»Es ist ein bisschen kompliziert geworden.«

»Ist alles okay bei dir?«

»Ich werde überleben«, sagte ich. »Ich bin wach und auf den Beinen, immerhin. Aber ich habe nicht viel Zeit zum Reden. Hör gut zu. Ich habe auf dem Heimweg noch ein bisschen Milch geholt.«

Angela stockte für einen Augenblick der Atem. In dem Verzeichnis der Panikwörter, das wir vor Jahren für den Fall zusammengestellt hatten, dass wir unter Überwachung oder in einer Zwangslage miteinander kommunizieren mussten, war *Milch* die Abkürzung für *Milch-und-Butter-Mann,* und das wiederum ist eine Jargonbezeichnung für Schwarzmarkthändler. Der Ausdruck stammt aus dem Zweiten Weltkrieg, aus der Zeit, als Milch und Butter rationiert waren. Ein Milch-und-Butter-Mann verkaufte diese Waren illegal. Heute benutzt diesen Ausdruck niemand mehr, und deshalb ist es ein gutes Codewort.

Angela schwieg kurz und fragte dann: »Milch? Wie viel hat sie gekostet?«

»Das weiß ich noch nicht genau«, sagte ich. »Aber ich weiß, dass der Milchmann im Hotel war und nach einer existierenden Lieferung gesucht hat. Verstehst du? Und er meint, wir sind mit der Bezahlung im Rückstand.«

»Kid …«

»Hör einfach nur zu«, sagte ich. »Ich bin jetzt auf der Halbinsel, und ich bin zu Fuß unterwegs. Ich muss *sofort* weg von hier. Der Milchmann hat mich eben aus dem Laden gehen lassen, und ich möchte nicht so lange hier herumhängen, bis er begriffen hat, dass ich ihn über den Tisch gezogen habe.«

»Okay«, sagte Angela. »Du warst bei …«

»Ja«, unterbrach ich. »Im Moment ist alles in Ordnung, steig nur ins Auto und komm zum Grand Lisboa. Du musst mich abholen.«

»Folgt dir jetzt jemand?«

»Wahrscheinlich.«

»Was hat er dir geboten?«

»Die Chance, wegzugehen«, sagte ich. »Sein Angebot war alles in allem ziemlich großzügig. Wir müssen seine Rechnung bezahlen, plus eine Gebühr. Andernfalls – na ja, andernfalls trinken wir Salzwasser.«

»Du glaubst ihm?«

»Ja«, sagte ich. »Ich denke schon.«

»Hat der Milchmann etwas von der anderen Sache erwähnt, die wir im Hafen gefunden haben?«

»Kein Wort«, sagte ich. »Sieht so aus, als müssten wir uns da mit jemand anderem auseinandersetzen.«

»Kennt er den Mann mit dem Schnellboot?«, fragte Angela.

»Nein«, sagte ich.

»Bist du sicher?«

»Ja.«

Ich schaute nach links und rechts und suchte nach einem Taxi. Fehlanzeige. Aber in dieser Gegend würde sich auch kein Taxifahrer blicken lassen. Zum Teufel, die größeren Taxis würden hier wahrscheinlich nicht mal in die Straßen passen. Sie waren alle viel zu schmal. Ich suchte die Skyline nach dem Hochhaus des Grand Lisboa ab und nahm Kurs auf das Hotel. Wenn ich mich richtig erinnerte, gab es auf dem Weg dorthin einen Open-Air-Nachtmarkt, und dort würde ich wahrscheinlich ein Taxi finden. Ich trabte über das Kopfsteinpflaster und drückte das Telefon ans Ohr.

»Wie viel Zeit haben wir?«, fragte Angela.

Ich sah auf die Uhr. »Nicht viel. Um eins lässt er die Hunde los.«

»Verdammt.«

»Yeah. Aber da wir gerade von Problemen sprechen – was ist mit der *Siren?*«

»Sie liegt im Moment dreißig Meter tief unter Wasser.«

»Und die Ware, die wir gefunden haben?«

»Ist in Sicherheit«, sagte Angela. »Niemand wird sie finden.«

»Lass dein Telefon eingeschaltet«, sagte ich. »Ich muss auf die Sekunde genau wissen, wann du am Grand Lisboa bist. Ich werde schnell verschwinden müssen.«

Durch eine Gasse, die kaum breit genug war, um mich durchzuzwängen, kam ich auf einen kleinen Platz. Auf der anderen Seite war der Markt. Ich schob mich in das Gedränge der nächtlichen Kundschaft und drückte mich hinter einen Stand, an dem ein Dutzend gebratene Enten am Hals vor einer Heizlampe hingen.

»Ich brauche nicht lange«, sagte ich. »Ich bin in der Nähe der Docks, aber ich sehe nirgends ein Taxi. Also laufe ich jetzt zu Fuß in den Casino-Bezirk. Ich kann die Hochhäuser von hier aus sehen. Weck Johnnie. Ich bin in einer Viertelstunde da. Versprochen. Sei du auch da.«

»Wie ist der Plan?«

»Der Plan?« Ich warf einen Blick hinter mich. »Na, als Erstes muss ich den Kerl loswerden, der mich beschattet.«

SIEBENUNDDREISSIG

Ich drehte das Telefon um, nahm den Akku heraus und warf alles in eine Mülltonne. Als ich mich wieder umschaute, sah ich meinen Beschatter: Er war zwanzig Meter hinter mir und kam schnell näher. Es war derselbe Idiot, der mich vom Tammany Hall aus verfolgt hatte. Ich erkannte seine dämliche, golden umrandete Designer-Sonnenbrille, als er den Kopf über die Menge reckte und einen älteren Mann zur Seite stieß, um mir zu folgen. Auch jetzt benahm er sich nicht sehr unauffällig. Aber ich konnte ihn verstehen. Ich hatte ihn am Morgen in Verlegenheit gebracht. Er würde mich nicht noch einmal so leicht entkommen lassen. Diesmal nicht.

Ich lief eine kurze Zeitlang im Zickzack durch die Menge, und als ich mich das nächste Mal umschaute, kam er aus einer Horde furchtloser Touristen. Er trug jetzt ein Sweatshirt mit abgeschnittenen Ärmeln, und ich sah, dass seine starken Arme mit roten Drachen tätowiert waren. In einem sportlichen Wettkampf würde er mich in zehn von zehn Runden niederwalzen. Und was noch schlimmer war, er war mir gegenüber geographisch im Vorteil. Schön, ich hatte einen Stadtplan im Kopf, aber ich war hier nicht aufgewachsen. Ich hatte keine Ahnung, wo verschlossene Hausdurchgänge, Sackgassen und eingestürzte Brücken waren. Wenn der Bengel von hier war, kannte er die Gegend in- und auswendig. Verdammt, selbst wenn nicht, war er im Vorteil. Er konnte die Straßenschilder lesen. Ich nicht.

Nicht gut.

Ich rannte durch die Menge, so schnell ich konnte, und zog mir dabei meine Lederhandschuhe an. Eine Frau mit einem Korb Wäsche duckte sich zur Seite, und hinter ihr kam ein Mann mit einer dicken Zigarre im Mund. Am Ende der Reihe sah ich einen kleinen Supermarkt. Vor der Tür standen zwei Kisten mit Zwei-Liter-Flaschen Sprudelwasser übereinander. Im Vorbeilaufen schnappte ich mir eine Flasche und drehte den Deckel ab, ohne aus dem Tritt zu kommen. An der nächsten Kreuzung schüttete ich das Wasser in die Gosse. Jetzt hatte ich eine leere Flasche – genau das, was ich brauchte.

Vor dem nächsten Stand war ein kleiner Zeitungsständer. Ich riss eine *South China Morning Post* heraus und klemmte sie unter den Arm. Während ich um die Ecke lief, riss ich Streifen von den ersten Seiten ab und schob sie in die leere Flasche. Bald hatte ich sie bis obenhin mit leicht feuchtem Zeitungspapier vollgestopft. Wenn es so weit wäre, sollte das Papier nicht allzu schnell Feuer fangen.

Die Ampel auf der anderen Seite des Platzes war rot, aber als ich eine Lücke im Verkehr sah, rannte ich über die Straße. Ein Wagen kam mit kreischenden Reifen zum Stehen und hupte, als ich über die Motorhaube rutschte und auf der anderen Seite auf den Überweg hinunterfiel. Gehwege gab es in diesem Teil der Stadt nicht. Entweder Auto oder Fußgänger – für beide war auf den Straßen kein Platz. Weiter vorn parkte ein Lastwagen. Ich sprang auf die Ladefläche, zwängte mich durch das Gitter an der Seite und stolperte in eine enge Gasse voller Müll, in der es nach Pisse und faulem Fisch stank. Ich musste über Berge von Müllsäcken klettern und mich unter dem Kasten einer Klimaanlage hindurchducken. Als ich mich nach meinem Beschatter umsah, konnte ich ihn nicht entdecken, aber er würde nicht lange brauchen, um mich hier zu finden. Am Ende der Gasse warf ich den Rest der Zeitung weg und lief nach links auf die Straße hinaus.

An der nächsten Ecke führte eine Treppe zu einer Fußgängerbrücke hinauf. Ich nahm immer zwei Stufen auf einmal. Mit etwas Glück hatte ich noch ungefähr zwanzig Sekunden Vorsprung. Dieser Überweg war meine Abkürzung. Die Brücke selbst führte quer über eine geschlossene Shopping Mall und war leer. Ich war als Einziger hier unterwegs. Alle zehn Meter hing eine Kamera, und am anderen Ende standen mehrere Verkaufsautomaten. Ich ging schnell und mit gesenktem Kopf. Ich rannte nicht – aus Rücksicht auf die Kameras und für den Fall, dass jemand mich beobachtete. Unvermittelt drückte ich mich zwischen zwei Getränkeautomaten und blieb stocksteif stehen.

Ein paar Sekunden später hörte ich eilige Schritte. Das war schnell gegangen. Offenbar hatte der Kerl aufgeholt. Nach den Schritten zu urteilen, die über den Linoleumboden hallten, war er nur fünfzehn Meter weit entfernt. Ich rührte mich nicht.

Er lief an mir vorbei, ohne mich zu bemerken.

So einfach war es. Vermutlich war er in Eile, denn wahrscheinlich hatte er angenommen, ich sei losgerannt, sobald er mich aus den Augen verloren hatte. Als er vorbei war, kam ich wieder aus meinem Versteck, gerade so weit hinter ihm, dass er meinen Schatten nicht sehen konnte. Ich ging im Takt seiner Schritte und so leise, dass er mich auch nicht hören konnte. Solange ich nicht in sein Blickfeld geriet, war alles okay. Aber früher oder später würde er sich umdrehen. Jeder tut das.

Ein paar Augenblicke später war er unten an der Treppe angekommen. An der leeren Straßenecke blieb er stehen und schaute nach rechts und nach links. Er hatte keine Ahnung, wohin ich verschwunden war. Als ich hinter ihm herankam, zog ich die Pistole aus meiner Schultertasche und drückte die Wasserflasche auf die Mündung. Ich hatte soeben den primitivsten Schalldämpfer der Welt gebaut. Er funktioniert nur für einen einzigen Schuss, und das nicht sehr gut, aber bei dem Verkehrslärm würde er genügen. Das feuchte Zeitungspapier in der Flasche würde die heißen expandierenden Gase des Schusses absorbieren, und die machen den meisten Lärm. Es ist, als schieße man durch ein Kissen. Das Resultat ist eine langsamere Kugel und ein leicht gedämpfter Knall wie von einem Presslufthammer oder der Fehlzündung eines Autos. Von den physikalischen Aspekten verstehe ich nicht viel, aber solange der Schuss nicht sofort die Polizei anrollen ließ, war ich zufrieden. Ich legte dem Kerl die Hand auf die Schulter wie ein Fremder, der ihn nach dem Weg fragen wollte.

»Hey, Mister«, sagte ich, »könnten Sie mir vielleicht sagen …«

Als er sich umdrehte, packte ich ihn beim Kragen und zog ihn weiter. In den ersten zwei Sekunden wusste er nicht, wie ihm geschah, und deshalb sträubte er sich nicht. Ich hielt ihn beim Genick und stieß ihn in den Schatten unter der Treppe. Er stolperte und verlor das Gleichgewicht, und deshalb taumelte er dahin, wo ich ihn hinschob – an die Wand unter der Brücke. Seine Sonnenbrille rutschte über das Pflaster. Es dauerte einen Moment, bis er mich erkannte. Ich sah die Überraschung in seinem Gesicht, als ich ihm die Pistole an das Brustbein drückte.

»Komisch, dass wir uns hier treffen«, sagte ich.

ACHTUNDDREISSIG

Im dunklen Schatten unter der Treppe presste der Mann die Hände an die Backsteinmauer. Offenbar war ihm klar, dass ich ihn hatte, denn er erstarrte und wehrte sich nicht, als ich die Pistole zu seinem Hals heraufwandern ließ. Ich wollte, dass er sich über die Lage im Klaren war und nicht auf dumme Ideen kam. Ich hatte ihn erwischt.

Aber wir waren immer noch im Blickfeld der Öffentlichkeit. Jeder, der von der Brücke herunterkäme, könnte uns sehen. Eine dunkle Gasse zwischen zwei Gebäuden wäre viel besser gewesen. So musste ich mich beeilen. Ich hob sein Sweatshirt hoch und zog sein Schießeisen aus dem Schulterhalfter. Es war eine große, rostige chinesische Halbautomatik. Sie sah ein bisschen aus wie eine Sig Sauer, aber sie hatte einen Verschluss wie eine Glock, und am Griff war der große Stern der Roten Armee. Als ich den Sicherungshebel gefunden hatte, legte ich ihn um und schob die Kanone in meinen Gürtel. Zwei sind besser als eine.

»Bleib ganz ruhig stehen«, sagte ich. »Eine falsche Bewegung, und ich schieße dir das ganze Magazin in den Kopf, verstanden?«

Er rührte sich nicht. Ich tastete ihn ab, so schnell ich konnte. In seiner Tasche waren ein mit einem Gummiring zusammengehaltenes Bündel Hongkong-Dollars und eine kleine Brieftasche mit einem Einwohner-Personalausweis für Macau. Ein Handy hatte er nicht bei sich, und das war merkwürdig, wenn nicht gar völlig ungewöhnlich. Das Telefon, mit dem ich ihn gesehen hatte, war vermutlich ein Wegwerfhandy gewesen, das er nicht mehr hatte.

»Wie viele außer dir folgen mir noch?«, fragte ich.

Er funkelte mich trotzig an. Das genügte mir als Antwort. Ich drückte ihm den Boden meiner Schalldämpferflasche ein wenig fester an die Kehle. Er verzog höhnisch das Gesicht, sagte aber kein Wort.

»Wie nimmst du Kontakt zu deinem Führungsmann auf?«

Wieder gab er keine Antwort. Es war möglich, dass er mich einfach nicht verstand, aber auf meine Begrüßung vor ein paar Augenblicken hatte er instinktiv reagiert; also verstand er zumindest ein bisschen Englisch, wie die meisten Leute hier. Sein Schweigen, nahm ich an, war einfach seine Art, die Dinge zu erledigen. Ehre. Treue. All die Tugenden. Vielleicht dachte er auch, er könnte mich anstarren, bis ich wegschaute.

»Verstehst du, was ich sage?«, fragte ich. »Sprichst du Englisch?«

»*Fuck you*«, sagte er.

Ich runzelte die Stirn, und dann zog ich seine Pistole aus dem Gürtel und schlug sie ihm ans Ohr. Er schrie auf, geriet ins Wanken und wäre beinahe hingefallen. Offenbar hatte ich ihm ein Loch ins Trommelfell geschlagen, denn er wackelte herum wie ein auslaufender Kreisel. Ein perforiertes Trommelfell ist sehr übel. Verletzungen dort gehören zu den schmerzhaftesten, die es gibt, und sie können das Innenohr vermurksen, in dem der Gleichgewichtssinn sitzt. Man gerät durcheinander, ist verwirrt, konfus. Ich stieß ihm die Wasserflasche gegen die Brust und drückte ihn an die Wand, damit er nicht umfiel.

»Das war nicht sehr nett«, sagte ich. »Versuchen wir es noch einmal. Wie nimmst du Kontakt zu deinem Führungsmann auf?«

Er schwieg weiter, aber sein Blick ging plötzlich an mir vorbei, und im selben Moment hörte ich, wie zwei Leute die Treppe herunterkamen und laut auf Kantonesisch miteinander redeten. Einkaufstüten raschelten. Ich ließ meinen Colt sinken und drückte ihm dafür die chinesische Pistole an den Kopf. Nur ein Piep, und ich würde ihn auf der Stelle erschießen. Zur Hölle mit den Zeugen. Ich konnte nur hoffen, dass er gescheit genug war, um das zu wissen.

»Keine Bewegung, okay?«, zischte ich.

Die beiden Fußgänger waren unten angekommen und wandten sich ab, um die Straße hinunterzugehen. Es waren zwei junge Frauen, die schwere Lebensmitteltüten schleppten. Sie waren zu sehr in ihr Gespräch vertieft, um uns zu bemerken. Ich beobachtete sie mit einem Auge und mit dem anderen meinen Gefangenen, und wir warteten stumm, bis sie einen halben Block weit weg waren. Ich wollte ihn ein letztes Mal fragen, aber da tat er etwas, womit ich nicht gerechnet hatte.

Er spuckte mir ins Gesicht.

Ich schoss ihm in die Brust, ehe ich mich versah. Es war ein reiner Reflex. Ich hatte keine Zeit, abzuwarten, ob er vielleicht etwas unternehmen wollte. Die Wasserflasche verwandelte den Schuss in ein Wispern, doch die Kugel fuhr durch sein Herz und bemalte die Wand hinter ihm mit seinem Blut. Es dauerte ein paar Sekunden, bis er tot war. Er sackte gegen mich, als könnte ich ihn noch retten, und ich stieß ihn weg und wollte ihn loswerden, aber sein Griff wurde stärker, als er langsam an der Ziegelmauer herunterrutschte. Ein überraschter, panischer Ausdruck trat in seine Augen, und eine Sekunde später war er tot.

So hatte es nicht laufen sollen.

Ich brauchte einen Moment, um zu Atem zu kommen. Ich habe genug Kämpfe erlebt, um zu wissen, dass jemand, der dir ins Gesicht spuckt, meistens noch etwas anderes tun wird. Wäre der Mann clever gewesen, hätte er einen schnellen Haken oder einen Tritt mit den Knien zwischen die Beine folgen lassen. Ich hatte ihm gesagt, er solle sich nicht bewegen, aber vielleicht hatte er das für einen Bluff gehalten. Der gottverdammte Idiot hatte sich seinen Tod selbst zuzuschreiben. Ich hatte alles richtig gemacht, auch wenn es eine Augenblicksentscheidung gewesen war. Langsam und tief atmete ich aus. *Atmen, Jack. Vergiss das Atmen nicht.*

Ein guter Mensch soll etwas fühlen, wenn er jemanden getötet hat, aber das tue ich nicht. Ich fühlte nichts als einen stetigen Druck, der sich hinter meinen Augen aufbaute. Ich hatte nie ein Problem damit gehabt, jemanden zu töten, aber es ist nichts, was einem geistig gesunden Menschen Spaß macht. Der Erste, den ich umgebracht habe, stand gut drei Meter weit vor mir. Ich schoss ihm eine Kugel zwischen die Augen, und er ging aus wie ein Licht. Jetzt hatte ich den gleichen Kupfergeschmack von Blut im Mund.

Ich zog mein Taschentuch heraus und wischte mir den Speichel vom Gesicht.

Viel Zeit zum Nachdenken hatte ich nicht. Ich hatte soeben in aller Öffentlichkeit einen Mann erschossen, und ich konnte die Leiche nirgends verstecken. Bevor die Polizei kam, musste ich einen möglichst großen Abstand zwischen mich und den Toten bringen. Zum Glück hatte ich nicht viel Blut abbekommen. Wieder hörte ich Leute, die von der Fußgängerbrücke herunterkamen. Verdammt. *Zeugen.*

Ich drehte mich um und ging in normalem Tempo davon.

Ich zog die Schalldämpferflasche von der Pistole, wischte das, was davon noch übrig war, mit meinem Taschentuch ab und warf sie in einen Abfalleimer. Zwar trug ich Handschuhe, aber auf der Mordwaffe waren meine narbigen Abdrücke, und ich durfte nicht mehr auffallen, als unvermeidlich war. Die Pistole musste verschwinden.

Ich ließ das Magazin herausfallen und schob mit dem Daumen die übrig gebliebenen Patronen eine nach der anderen heraus. Die Messinghülsen fielen in die Gosse oder rollten in die

Regenpfützen zwischen den Pflastersteinen. Als das Magazin leer war, wischte ich es ab und warf es in einen Hausdurchgang. Ich drückte auf die Entriegelung unter der Mündung, um die Rückstoßfeder herauszunehmen, und dann hebelte ich den Laufhalter herunter und ließ die beiden Teile vorsichtig in eine Klimaanlage fallen. Kein Hinweis, keine Spur. Ich schob den Verschlussfang heraus, zog Schlitten und Rohr ab und warf alles in den Gully am Ende des Blocks. Als das erledigt war, wischte ich noch den Magazinschacht ab und warf ihn auf das nächste Dach. Die ganze Arbeit dauerte ein paar Sekunden, aber die Polizei würde wahrscheinlich Stunden brauchen, um alle Einzelteile zu finden und die Waffe zu rekonstruieren. Bis dahin wäre ich woanders. Und *jemand* anders.

Ich konnte sein, wer immer ich sein wollte.

Wenn ich mein Äußeres veränderte, vergrößerte ich meine Chancen, aus diesem Schlamassel herauszukommen, erkannte ich. Dazu kam, Jack Fisher war sowieso zu alt für diesen Job, und seit ich dem Portier im Tammany Hall den falschen Namen gegeben hatte, nannte alle Welt mich Mr *Outis.* Um zu überleben, musste ich jünger werden, mutiger und stärker. Ich brauchte eine Identität, mit der ich andere durch einen bloßen Blick einschüchtern konnte. Ich musste jemand werden, der sich immer an die Regeln hielt, sich nie vor einem Kampf drückte, und immer das Gleiche zum Frühstück aß. Jemand, der nicht ins Fitness-Studio zu gehen brauchte. Ein Soldat musste ich werden.

Ich vergrößerte meine Schrittlänge und hielt die Hände beim Gehen weiter von den Beinen weg, damit der Eindruck entstand, unter dem Jackett verberge sich ein muskulöser Oberkörper. Ich zog die Krawatte ab und warf sie in einen Mülleimer, und dann knöpfte ich die beiden obersten Hemdknöpfe auf.

Ich machte Schultern und Rücken gerade. Nach jahrelangem Militärdienst wusste ich nicht mehr, wie man eine nachlässige

Haltung einnahm. Ich ballte im Gehen die Fäuste – ein neuer nervöser Tic –, aber der Grund war nicht Wut oder Frustration: Ich genoss lediglich dieses neugefundene Gefühl von Macht. Ich ließ die Fingerknöchel knacken, dann die Nackenwirbel. Ich wich dem Gedränge nicht mehr aus. Wohin ich auch ging, man würde mir Platz machen.

Am nächsten Stand auf dem Markt wurden Baseballkappen verkauft. Im Vorbeigehen tat ich, als stolperte ich über einen losen Pflasterstein, und griff nach dem Gestell mit den Mützen, um nicht das Gleichgewicht zu verlieren. Ich nahm eine und ging weiter. Der Händler sah nichts. An der Ecke setzte ich die Kappe auf und zog mir den Schirm tief in die Augen. Es war eine »New York Yankees«-Mütze, unauffällig und allgegenwärtig selbst hier in China.

Ich nahm die Schultertasche ab und warf sie mir am Riemen auf den Rücken wie einen Rucksack. Sie war mein einziger Besitz. Ich hatte jetzt einen neuen Blick auf die Dinge. Ich hatte das Nötigste gepackt, als sei ich bereit für den Einsatz, denn ich war sechsundzwanzig Jahre alt und eben aus dem Marine Corps entlassen worden, und jetzt würde ich mir die Welt ansehen, mit Bahnfahrkarten Zweiter Klasse und Tickets für überfüllte Busse. Mein frisches Lächeln war voller Zuversicht, und in meinem Tonfall lag das Näseln der Südstaaten. Ich sprach vor mich hin, bis die Worte ganz natürlich klangen.

»Mein Name ist Weber«, sagte ich, »Jackson Weber. Aber Sie können mich Jack nennen.«

Der nächste Schritt war es, mich so gut wie möglich unter die Leute zu mischen. Ich ging die Straße hinunter, schlug den Kragen hoch und setzte meine Sonnenbrille auf. Nachts mit Kappe und Sonnenbrille herumzulaufen, sah ein bisschen merkwürdig aus, aber ich konnte damit einen großen Teil meiner identifizierbaren Züge verdecken. Bankräuber und Prominente tragen diese

Kombination nicht ohne Grund. Natürlich würde ich niemanden zum Narren halten können, der nach mir suchte, aber ein zufälliger Augenzeuge würde sich nicht an mein Gesicht erinnern. Mehr war nicht nötig. Bei einer polizeilichen Gegenüberstellung wollte ich so verändert und so langweilig wie möglich aussehen.

Doch im nächsten Augenblick fing eine Frau hinter mir an zu schreien.

Scheiße. Das hatte nicht lange gedauert. Ich drückte mich in eine Gasse und lief eilig hinüber zur nächsten Straße, die voll war von Geschäften und Neonschriften und hupenden Autos. Ich kannte diese Straße sogar. Es war die Hauptverkehrsader zwischen North Macau und dem Festland. Überall sah ich dampfende Kloßbuden und minderwertige Juwelierläden. Sehr behutsam zog ich meine Handschuhe aus und warf sie in einen Müllcontainer. Ich wischte die Handflächen an der Hose ab, schob die Hände in die Jackentaschen und senkte den Kopf. Auf dem Gehweg wimmelte es von Fußgängern. Ich trat aus der Gasse heraus und tauchte im Gedränge unter. Hoffentlich schaute mich niemand allzu genau an.

Auf der anderen Straßenseite saßen zwei Polizisten auf ihrem Motorrad. Einer von ihnen sprach ins Funkgerät. Als ich an der nächsten Straßenecke angekommen war, schalteten sie ihre Sirene an. Anscheinend hatte jemand den Gorilla gefunden, den ich erschossen hatte. Deshalb wahrscheinlich das Geschrei.

Ich ging weiter, bis ich einen jungen, kräftig aussehenden Mann auf einem Motorrad sah, der einen Block weiter anhielt. Das Motorrad war eine kleine Suzuki-Arschrakete, und der Fahrer war eindeutig von hier. Er trug eine weiße Atemschutzmaske und eine Ray-Ban-Sonnenbrille. Ich wartete, bis er abstieg und den Helm abnahm, bevor ich weiterging. Wenn ich Glück hatte, würde er es mir leicht machen und mir entgegenkommen. Er ließ sich Zeit mit dem Absteigen und nahm dann etwas aus der

Satteltasche. Ich trödelte, damit ich bei ihm wäre, wenn er auf dem Gehweg käme. Als wir uns begegneten, rempelte ich ihn mit der Schulter an, legte ihm eine Hand an die Brust und murmelte eine kurze Entschuldigung. Er schob mich beiseite, als sei nichts passiert. Meine Hand, die ihm den Schlüssel aus der Tasche zog, spürte er gar nicht.

Taschendiebstahl ist nicht schwer. Mit etwas Übung und viel Selbstvertrauen kann jeder auf diese Weise stehlen. Ein Trick besteht darin, dass man Zeige- und Mittelfinger benutzt wie ein Paar Essstäbchen, sodass das Opfer den stumpfen Druck des Daumens nicht in der Tasche spürt. Wenn Sie Ihre Beute erfasst haben, ziehen Sie sie nicht gleich heraus. Lassen Sie die natürlichen Bewegungen des Opfers dafür sorgen, dass der Gegenstand aus der Tasche hinausgeführt wird. Auf diese Weise spürt das Opfer gar nichts und wird auch nicht misstrauisch. In diesem Fall hatte ich zusätzlich noch ein kleines Ablenkungsmanöver eingesetzt. Man empfindet es normalerweise als unbehaglich, wenn einem ein Fremder die Hand auf die Brust legt. In manchen Ländern ist es zwar eine alltägliche Geste der Entschuldigung, aber es wird auch als zudringlich empfunden. Während meine ungehörige Gebärde den Mann ablenkte, hatte ich in seiner linken Jackentasche den Schlüssel erfasst, und als er sich von mir entfernte, blieb sein Schlüssel bei mir.

Ich ging gelassen davon, bis ich sah, wie er auf der anderen Straßenseite einen Laden betrat, durch dessen Fenster man das Motorrad nicht sehen konnte. Ich schaute nach links und nach rechts. Die Polizei war weg, wahrscheinlich unterwegs zu dem Mann, den ich getötet hatte. Ich setzte mich in Bewegung, bog um die Ecke und trabte zurück zu der Suzuki. An manchen Orten muss man abwarten, bevor man ein Motorrad von der Straße weg stiehlt, weil vielleicht irgendein guter Mensch den Eigentümer kennt, der es abgestellt hat. Die Menschen geben immer gut

Acht aufeinander. Aber nicht hier. Niemand würdigte mich auch nur eines zweiten Blickes, als ich mich auf die Maschine setzte, den Schlüssel ins Zündschloss schob und den Gang einlegte. Ich ließ den Motor an und rollte hinaus in den Verkehr. In weniger als fünf Minuten könnte ich am Grand Lisboa sein. Ich sah auf die Uhr. Zehn nach zehn. Ausnahmsweise würde ich mich nicht verspäten.

Zeit zum Abflug.

NEUNUNDDREISSIG

Ich schlängelte mich durch den Verkehr wie ein Selbstmordkandidat. In der Ferne hörte ich Sirenen. Bald würde überall Polizei sein. Vielleicht würden sie sogar Kontrollen an den Brücken einrichten. All den Banden und der Drogengewalt in Macau zum Trotz gibt es hier nicht viele Mordfälle. Wenn jemand mitten in der Altstadt auf offener Straße abgeknallt wird, nimmt die Polizei das ernst. Sogar Drogendealer können schnelle Gerechtigkeit erwarten. Es war nur eine Frage der Zeit, wann jemand meine Beschreibung weitergäbe. Wenn sie mich an einer Straßensperre kontrollierten, würde ich niemals durchkommen.

Ich kurvte um die Autos herum, bis ich ganz vorn in der Schlange ankam. Zu dieser Nachtzeit waren alle Kreuzungen verstopft, so weit das Auge reichte. Leute stiegen aus ihren Autos und brüllten. Ich holperte auf den Gehweg, um hinüberzukommen, bevor die Ampel rot wurde, und ein Mann mit einer Kiste Lebensmittel warf sich zur Seite.

Hupend überquerte ich die nächste Kreuzung und bog in eine Fußgängergasse ein. Wenn ich in den Seitenstraßen blieb, dachte ich, konnte ich den Überwachungskameras aus dem Weg gehen. Die Gasse endete an einer gepflasterten Treppe, die zu einem kleinen Platz aus Kolonialzeiten hinunterführte. Ich nahm das Gas weg und fuhr geradewegs die Stufen hinunter, überquerte den Platz und fädelte mich auf der anderen Seite wieder in den Verkehr ein.

Zwei Minuten später ragte das Grand Lisboa über dem Labyrinth der kopfsteingepflasterten Straßen auf. Lichterstreifen zwischen den goldgetönten Fensterscheiben ließen das Hochhaus aussehen wie ein mächtiges Feuerwerk. Unmittelbar daneben standen das Wynn und das Mandarin Oriental, und so mischten sich die Gäste aller drei Hotels auf der Straße. In den Schaufenstern der Juweliergeschäfte und Pfandleihen liefen bunte, lärmende Videos. Ganz in der Nähe parkte eine Flotte von identischen, silber-schwarzen Rolls-Royce-Fahrzeugen.

Ich musste vorsichtig sein. Den Valet Service in Anspruch zu nehmen, konnte ich nicht riskieren, denn sicher war der ganze Bereich mit Überwachungskameras gespickt. Ein cleverer Kriminalpolizist würde das gestohlene Motorrad mit dem Mord in Verbindung bringen, ohne dabei in Schweiß zu geraten – erst recht, wenn er schon ein Foto von meinem Gesicht hatte. Also hielt ich neben einem Hydranten auf der anderen Straßenseite an, ließ den Schlüssel im Zündschloss stecken und legte das Motorrad auf die Seite. Wenn ich Glück hatte, würde irgendein vom Glück verlassener Punk das Ding sofort wieder klauen. Dann konnte die Polizei *ihm* den Mord anhängen.

Ich wieselte durch den Fußgängerverkehr auf dem Überweg und nahm Kurs auf den Valet-Posten neben dem Casino-Eingang, wo ein Dutzend schwarze Stretch-Limos mit laufendem Motor warteten. Anscheinend hatten sie einen eigenen Fahrstreifen, genau wie die Taxis. Als ich Johnnies Limo hinten herankommen sah, winkte ich und lief hinüber, so schnell ich konnte. Angela stieß mir die Tür auf. Auf meinem alten Sitzplatz lagen Angelas große Gerätekoffer, dreifach über- und zweifach nebeneinander gestapelt. Zum Glück war es in der Mitte der Limo nicht ganz so voll. Ich rutschte den Koffern gegenüber auf den Platz neben Angela. Die Lücke neben ihrem Computer war gerade groß genug für mich. Ich klopfte an die Trennscheibe, und wir fuhren ab.

Sie sah mich an. »Was zum Teufel ist passiert?«

»Ich musste jemanden umbringen.«

»Die Sirenen sind wegen dir?«

»Ja.«

»Mit dir alles okay?«

»Mir geht's gut«, sagte ich. »Wo sind die Supernoten?«

»In Sicherheit«, sagte Angela. »Du siehst verändert aus. Was genau ist passiert?«

»Ich hatte einen Zusammenstoß mit einem Triadenboss«, sagte ich. »Er hat einen Kerl hinter mir hergeschickt, und dem musste ich auf offener Straße eine verdammte Kugel in die Brust schießen.«

»Hat dich jemand gesehen?«

»Nicht direkt. Aber die Cops werden nicht lange brauchen, um zwei und zwei zusammenzuzählen. Wir haben nicht viel Zeit. Ich bin praktisch von oben bis unten voll von Spurenmaterial. Ich muss sofort raus aus diesen Sachen.«

»Was ist mit deiner Pistole?«

»Abgewischt, zerlegt und überall verteilt«, sagte ich. »Ein paar Dinge weiß ich noch.«

»Sie werden an sämtlichen Verkehrsdrehscheiben nach dir suchen. Deine Identität ist verbrannt.«

»Das weiß ich auch. Aber im Moment haben wir größere Probleme.«

Ich lehnte mich zurück und zog mein Jackett aus. Die Schussverletzung an meinem Arm war wieder aufgegangen. Der Verband war blutgetränkt, und der rote Fleck in meinem Hemdärmel wurde größer. Anscheinend hatte ich bei dem Handgemenge die Naht aufgerissen. Unwillkürlich verzog ich das Gesicht. Die Betäubung war längst verflogen, und wenn ich meinen Arm bewegte, tat es höllisch weh. Angela gab mir einen dicken Plastikbeutel. Ich stopfte das Jackett hinein und fing an, mir das Hemd aufzuknöpfen. Die Limousine holperte über eine Serie von Bodenwellen.

»Größere Probleme als das hier?«, fragte Angela.

»Ja«, sagte ich. »Jemand muss mich bei dem Besuch im Tammany Hall heute Morgen identifiziert haben. Als ich heute einen Metzger in eine Junkiebude stadtauswärts habe kommen lassen, erwartete mich eine Begrüßungsabordnung von einer Triade, als ich aus der Narkose erwachte.«

»Von welcher?«

»Keine Ahnung. Niemand hat seinen Namen genannt, und ich kenne die Ikonographie nicht gut genug, um sie zu deuten. Aber ich nehme an, es war eine Art Splittergruppe. Eine richtige Triade hätte mir inzwischen die Kehle durchgeschnitten.«

»Erzähl mir Einzelheiten.«

»Vor ungefähr einer Stunde haben sie eine Strohsandale in die Junkiehütte geschickt, die mich abholen sollte. Der Typ hat mir einen Saphir gezeigt, um mein Interesse zu wecken, und dann hat er mich quer durch die Stadt zum Drachenkopf geschleift. Ihre Zentrale ist eine Art Fischladen am Außenhafen. Der Drache war richtig alt. Und blind. Sprach ziemlich gut Englisch. Er sagte, er käme aus Guangxi, falls das irgendwie hilft.«

Angela schüttelte den Kopf. »Guangxi ist so groß wie Großbritannien. Da hätte er auch sagen können, er ist Chinese.«

»Er hat mir alles erzählt«, sagte ich. »Er sollte die Saphire kaufen, die du gestohlen hast. Er war der Hehler der Schmuggler.«

»Scheiße«, sagte Angela. »Wir haben den Zwischenhändler beklaut.«

»Schlimmer«, sagte ich. »Wir *sind* der Zwischenhändler. Die glauben, du hast ihre Saphire, und wir haben weniger als zweieinhalb Stunden Zeit, sie herauszurücken. Das hat er sehr ernst gemeint.«

Ich steckte mein Hemd zu meinem Jackett in den Müllbeutel, und Angela öffnete einen ihrer Halliburton-Koffer. Er enthielt Latexhandschuhe, Schuhüberzieher aus Nylon und Plastikduschhauben, damit wir weder Finger- noch Fußabdrücke oder Haare hinterließen. Außerdem waren da mehrere Reinigungsflüssigkeiten auf Alkohol- und Ammoniakbasis. Aber ganz hinten lag das ernsthafte Zeug: schnittbeständige Plastikfolie, Desinfektionsspray, Aceton, Flusssäure und eine große Flasche Industrie-Chlorbleiche. Unverdünnte Bleiche vernichtet nicht nur biologisches Spurenmaterial jeder Art beinahe sofort. Nach längerem Einwirken löst sie auch Naturfasern wie Wolle und Baumwolle auf. Mit genügend Zeit würde sie mein Hemd und mein Jackett in eine dicke Suppe verwandeln. Angela reichte mir eine Aerosoldose, damit ich meine Hose und meine Schuhe besprühen konnte. Irgendwann würde ich auch diese Sachen wegwerfen müssen, aber im Moment hatte ich nicht vor, barfuß herumzulaufen.

»Es ist meine Schuld«, sagte ich. »Ich habe dem Drachenkopf verraten, dass wir die Saphire haben. Ich konnte nicht anders. Ich dachte, wenn ich etwas anderes sage, jagt er mir an Ort und Stelle eine Kugel ins Hirn.«

»Zerbrich dir deshalb jetzt nicht den Kopf«, sagte Angela.

»Der Kerl ist völlig größenwahnsinnig«, sagte ich. »Er wollte, dass ich auf den Knien vor ihm rutsche. Und er hat mich mit einem Vogel verglichen, der Fische fängt. Hast du irgendetwas, wo wir untertauchen können?«

»Wir sind schon unterwegs dahin«, sagte Angela. »Hast du Kleider zum Wechseln in der Tasche da?«

Ich schüttelte den Kopf.

»Ich habe auch nichts«, sagte Angela. »Wenn du nicht auf einem trägerlosen Ballkleid bestehst, hätte ich höchstens ein Sweatshirt, das dir passen könnte. Extralarge. Willst du es?«

»Gib her«, sagte ich.

Sie öffnete einen anderen Koffer und wühlte in ihren Kleidern nach einem Kapuzen-Sweatshirt mit der Aufschrift NEVADA. Als ich mit dem Sprühen fertig war, zog ich es langsam und vorsichtig an, ohne meinen verletzten Arm zu strapazieren. Ein ideales Kleidungsstück war es nicht, aber es musste genügen. Schuhe und Hose passten nicht zusammen, doch wenn man nicht allzu genau hinschaute, sah ich aus wie einer, der gerade aus dem Waschsalon kam.

»Hast du Ersatz für deine Kanone?«, fragte Angela.

»Ja«, sagte ich. »Und du?«

»Die Kalaschnikow ist mit der *Siren* untergegangen«, sagte Angela. »Meine Handtaschenpistole habe ich sicherheitshalber auch weggeworfen. Ich habe noch eine in meiner Fluchttasche in Hongkong, aber ich möchte jetzt lieber nicht hinfahren und sie holen.«

»Willst du meine borgen?«

Ich nahm die chinesische Pistole aus der Schultertasche und gab sie ihr. In ihren kleinen zierlichen Händen sah sie merkwürdig aus. Angela schaute sie kurz an, und dann ließ sie das Magazin herausfallen und zog den Schlitten zurück, um das Innere zu begutachten. Die Seriennummern an Lauf und Gehäuse waren weggefeilt, die Züge zur Mündung hin ebenfalls, sodass die Projektile keinem registrierten ballistischen Profil zugeordnet werden konnten. Das Ding war ein bisschen verrostet, aber es würde genügen.

Wortlos steckte sie die Waffe in ihre Handtasche. Sie selbst benutzte nie gern Schusswaffen. Ich weiß nicht, warum – sie war unter allen Umständen ein besserer Schütze als ich. Doch obwohl sie Waffen nicht missbilligte, hatten sie etwas an sich, das sie irgendwie störte. Sie rückte das Gewicht der Tasche an der Schulter voller Unbehagen zurecht und sah mich beklommen an.

»Halt das Ding griffbereit«, sagte ich. »Ich glaube, du wirst es noch brauchen.«

VIERZIG

Zwei Minuten später hielten wir vor »Old World Gemstones«. Es war nicht die Sorte Geschäft, in der ich Angela als Kundin vermutete, aber in der Eile würde es reichen. Der kleine Laden lag in einer heruntergekommenen Gegend unter einer Brücke auf der anderen Seite von Taipa, eine Bruchbude selbst nach macanesischen Maßstäben. Die Neonschrift über den Fenstern flackerte alle paar Sekunden, und sämtliche Glasscheiben waren mit Eisengittern gesichert. In einem Fenster sah ich das Bild eines Diamanten und ein paar Schilder, die günstige Preise versprachen, aber wenig sonst. Die meisten Gebäude in der Nachbarschaft wurden gerade abgerissen, und ich sah, warum. Immer wenn ein Bus über die Brücke fuhr, klapperten überall in der Straße die Fensterscheiben.

Johnnie brachte die Limo zum Stehen, und Angela legte mir eine Hand aufs Knie. Dann schob sie mir den kleinsten Halliburton-Koffer herüber.

»Hier arbeitet unsere Hehlerin«, sagte sie. »Elischewa kennt keinen Ladenschluss und wohnt über dem Geschäft. Erzähl ihr nichts, was sie nicht wissen muss. Ich bin die Frau eines ukrainischen Milliardärs, und du bist mein Leibwächter. Bleib hinter mir.«

Ich nickte.

»Willst du mir noch was erzählen?«

»Ich heiße Jackson Weber«, sagte ich. »Und ich spreche kein Wort Ukrainisch.«

»Das kriege ich hin«, sagte sie und sah mich mit einem schiefen Lächeln an. »Übrigens, der Name gefällt mir. Er passt zu dir.«

Johnnie kam um die Limousine herum und hielt uns die Tür auf. Als Angela ausgestiegen war und ihre leichte Jacke zugeknöpft hatte, war sie vollständig in ihrer Rolle aufgegangen. Aus ihrem raffinierten Lächeln war ein in aristokratischem Spott verzogener Mundwinkel geworden. Ich sah gleich, warum sie sich für diese Figur entschieden hatte: Sie strahlte auf den ersten Blick Autorität aus. In ihrer Haltung mischten sich Selbstsicherheit und Zerbrechlichkeit, und sie zog mühelos Aufmerksamkeit auf sich, denn es verlieh ihr etwas Sanftes und unterstrich ihre gepflegte Schönheit. Ich blieb ein paar Schritte hinter ihr und hielt den Kopf gesenkt. Ich konnte nur hoffen, dass niemand mich allzu aufmerksam betrachten würde, aber deshalb musste ich ja als Bodyguard auftreten. Niemand schenkt Dienstboten allzu viel Aufmerksamkeit. Hier jedenfalls nicht.

Als wir eintraten, kam uns die Frau hinter der Verkaufstheke sofort entgegen.

»Ich habe Ihre Nachricht bekommen«, sagte sie. »Was schreiben Sie da von einem Gasleitungsbruch?«

»Ja, ich habe ein ziemlich peinliches Problem«, sagte Angela. »Aber eins nach dem andern. Elischewa, das ist Jackson Weber, mein persönlicher Leibwächter. Jackson, das ist Elischewa Cohen. Sie wird die neuen Saphire für die Sammlung meines Mannes schleifen, sobald der Kurier kommt.«

Ich streckte die Hand aus. »Freut mich, Ma'am.«

Sie war jünger als wir, höchstens dreißig, und sie hatte lange schwarze Locken und außergewöhnlich helle Haut. Sie war sehr *stylish* – erst recht, wenn man bedachte, wie müde sie aussah. Ihre Brille war von Prada, und sie trug eine goldene Uhr mit dem Zifferblatt an der Innenseite des Handgelenks. Sie drückte ihre Zigarette in einem Aschenbecher aus und gab mir die Hand.

»Ja«, sagte Angela, »wie Sie schon wissen, gab es in meinem Hotel ein Gasleitungsleck. Die Behörden haben die ganze Umgebung abgesperrt und lassen niemanden hinein. Anscheinend besteht ein hohes Brandrisiko. Wirklich – nicht einmal die Hotelangestellten schienen zu wissen, was los war, aber sie haben mir versprochen, sich darum zu kümmern. Sie wissen nur nicht, wie lange es dauern wird. Der arme Jackson hier hatte nicht einmal Zeit, sich ordentlich anzuziehen. Er kam eben aus dem Fitness-Studio. Stimmt's, Jackson?«

»Ja, Ma'am«, sagte ich.

»Selbstverständlich versucht das Hotel, uns anderswo unterzubringen, aber jetzt ist es nach zehn Uhr an einem Samstagabend, und in der Stadt herrscht Hochbetrieb. Deshalb meinten sie, es könne ein paar Stunden dauern. Schlimmer noch, alle meine Sachen sind oben in der Suite geblieben, und ich weiß nicht, ob ich mich der Dusche in einem Null-Sterne-Hotel auf der Halbinsel anvertrauen möchte. Glauben Sie, wir könnten hierbleiben und uns frischmachen? Ich wäre Ihnen sehr dankbar, und ich würde Sie gar nicht darum bitten, wenn es nicht wichtig wäre.«

»Natürlich«, sagte Elischewa. »Welches Hotel?«

»Wie bitte?«

»Aus welchem Hotel kommen Sie jetzt?«

»Oh, verzeihen Sie«, sagte Angela. »Aus dem Tammany Hall. Wir waren in der privaten Sky Villa im obersten Stockwerk. Ich weiß nicht, ob der normale Hotelbereich dasselbe Problem hat, aber die Villa-Suiten sind alle evakuiert worden, so viel weiß ich. Es war ein totales Durcheinander. Könnten wir denn auch Ihre Garage benutzen? Ich habe hier nirgends Parkplätze gesehen.«

»Ja, ich glaube, wir haben hinten genug Platz.«

»Vielen Dank. Ich sage meinem Fahrer Bescheid. Ich bin Ihnen wirklich dankbar.«

Langsam schob sie die Hand in ihre Handtasche, angelte ein Bündel Tausend-Dollar-Scheine heraus und fing an, Geld abzuzählen.

Als Elischewa sah, was sie tat, streckte sie die Hand aus und schüttelte den Kopf. »Behalten Sie das. Es ist mir wirklich ein Vergnügen. Und Sie würden für mich das Gleiche tun, nicht wahr?«

»Selbstverständlich.« Angela lächelte plötzlich breit. »Und wenn Sie je nach London kommen, würden wir Sie sehr gern als Gast begrüßen. Wir haben eine schöne Wohnung mit Blick auf den Hyde Park, und wir freuen uns immer über Gäste.«

Sie verstrickte Elischewa weiter in Smalltalk, während ich versuchte, mir ein Bild von dem Laden zu machen. Er war klein. Das ganze Gebäude hatte nur drei Geschosse, und wahrscheinlich gehörte es Elischewa. Das Juweliergeschäft füllte das Erdgeschoss aus, im ersten Stock war eine Edelsteinschleiferei, und wahrscheinlich wohnte sie im zweiten. Nach einigem Geplauder führte Elischewa uns nach oben. Das Apartment war schmutzig, aber charmant. Ihr Wohnzimmer war von Bücherregalen umgeben. Zwischen zwei Sofas stand ein Couchtisch. Ihre Schuhe stapelten sich im Flur neben der Eingangstür, und mitten im Zimmer lag ein Berg einzelner Strümpfe. Auf den Fenstersimsen standen leere Schnapsflaschen. Versehentlich stieß ich mit dem Fuß gegen ein Schüsselchen Sahne. Ich verschüttete nichts, aber ihre Katze streifte fauchend an meinem Bein vorbei.

Während Angela sich weiter damit beschäftigte, Elischewa Honig ums Maul zu schmieren, spazierte ich möglichst lässig umher und zählte die Möglichkeiten, schnell aus der Wohnung herauszukommen. Vor den Fenstern zur Straße waren Eisengitter angebracht. Sie waren so alt, dass Ranken an ihnen heraufwuchsen. Das war ein zweifelhafter Segen. Durch diese Fenster würde niemand hereinsteigen, aber wir konnten auch nicht hinaus. Es gab keinen direkten Weg auf die Straße.

An der Rückseite des Hauses sah es nicht viel besser aus. Das einzige Fenster dort führte auf eine Feuertreppe, was normalerweise gut ist. Es ist zwar ziemlich schwierig, von der Straße hinaufzuklettern, dafür kommt man leicht hinunter. Nur endete diese Feuertreppe nicht in einem Hausdurchgang, sondern in einem geschlossenen Hinterhof. Das merkte ich mir. Wenn Treppe und Vorderfenster nicht infrage kamen, würde uns der Hinterhof auch nicht viel nützen. So ein Hof war gut und schön, wenn man nicht im Haus verbrennen wollte, wenn jemand jedoch auf uns schießen sollte, säßen wir dort in der Falle.

Ich streckte den Kopf aus dem Fenster. Das Gebäude nebenan hatte ebenfalls eine Feuertreppe. Wenn wir schnell verschwinden müssten, könnten wir dort zu dem Gerüst auf dem Dach kommen. Wenn hier etwas schiefgehen sollte und wir die Treppe nicht benutzen könnten, würden wir über das Dach entkommen und zur Brücke flüchten müssen. Ich nagte an der Unterlippe.

Johnnie klopfte höflich an die Tür und kam herein. Anscheinend hatte er den Wagen hinter dem Haus parken können. Er sah inzwischen ein bisschen mitgenommen und müde, aber sonst unverändert aus. Wenn er vorgehabt hätte, uns zu verkaufen, dann hätte er es gleich getan, als wir von Hongkong zurückgekommen waren, sagte ich mir. Dann hätte er zugeschlagen, als wir schwach und desorganisiert waren. Wir hatten ihm jede Menge Gelegenheiten geboten, uns zu verraten, doch er war immer noch hier. Angela nickte ihm zu. Er gehörte jetzt zu uns. Er war Teil der Crew. Außerdem war ich nicht restlos davon überzeugt, dass er wirklich begriff, was los war. Jedenfalls hörte ich keine Klagen von ihm. Er nickte zurück, setzte sich auf eine Couch und zündete sich eine Zigarette an.

»Wenn Sie etwas brauchen«, sagte Elischewa jetzt, »dann finden Sie mich unten.« Auf diese Worte hatte ich gewartet.

Angela lächelte sie strahlend an, bis sie die Tür hinter sich geschlossen hatte. Sie wartete, bis wir hörten, dass sie die Treppe hinunterging, und dann ließ sie ihre Rolle fallen und sah mich an. »Wie sieht's aus?«

»Nicht gut.« Ich schüttelte den Kopf. »Die Vordertür ist der einzige Weg ins Freie. Die Fenster zur Straße sind vergittert, und die Feuerleiter führt in eine Sackgasse. Vielleicht können wir das Dach des Nachbarhauses erreichen, aber leicht ist das sicher nicht.«

»Macht nichts. Wir bleiben nicht lange«, sagte Angela. »Sieh dich um und stell fest, ob wir allein sind. Dieser Milchmann geht mir auf die Nerven. Wenn du was findest, müssen wir wieder verschwinden. Falls nötig, finde ich eine andere Bude.«

»Wenn hier etwas ist, sage ich es dir.«

Sie musterte mich von oben bis unten. Vermutlich hatte sie die Nervosität in meiner Stimme gehört. »Gibt's ein Problem?«

»Ich bin mir nicht sicher, was dieses Haus angeht«, sagte ich. »Drei Geschosse, ein Ausgang. Wie gut kennst du diese Hehlerin? Bist du sicher, dass du ihr vertrauen kannst?«

»Sie ist ehrlich«, sagte Angela.

»Das ist ein Wort, an das ich nicht gewöhnt bin.«

»Was beunruhigt dich denn?«

»Etwas, das der blinde Angler gesagt hat. Jemand aus deiner unmittelbaren Umgebung hätte ihm alles über den Raubüberfall erzählt. Er hat gesagt, in dieser Stadt sei ich vollständig allein.«

»Du glaubst, Elischewa ist eine Informantin der Triade?«

»Ich weiß es nicht«, sagte ich. »Aber ich hab's nicht eilig damit, mein Leben in ihre Hände zu legen.«

Angela winkte ab, und wir gingen zusammen ins Wohnzimmer. Ich setzte mich Johnnie gegenüber auf die Couch und holte meine Brieftasche heraus. Hinter den Kreditkarten steckte ein kleiner RF/GPS-Multifrequenz-Wanzenscanner, den ich im Internet gekauft hatte. Getarnt als Kreditkarte, hatte er eine kleine Teleskopantenne, und betrieben wurde er mit zwei

Hörgerätebatterien. Auf der Rückseite befanden sich verborgene Schalter und kleine LED-Leuchten, die blinkten, wenn das Gerät eine Wanze entdeckte. Es fand nahezu jedes verborgene Radiosignal im Umkreis von einem halben Meter und lokalisierte die Quelle wie ein Metalldetektor mit einer Serie von Pieptönen. Unbezahlbare Technik für jemanden in meiner Position. Nachdem ein Drecksack in Atlantic City mir ein Jahr zuvor eine Wanze angehängt hatte, war es mir zur Gewohnheit geworden, nach elektronischen Überwachungsgeräten zu suchen, wo ich gehe und stehe. Ich zog die Antenne heraus, schaltete das Ding ein und hatte nach wenigen Minuten das gesamte Apartment abgesucht, ohne einen Piepser zu hören.

»Die Bude ist sauber«, sagte ich.

»Aber du bist dreckig.« Angela warf mir ein Handtuch zu. »Mach dich frisch. In zwanzig Minuten fährst du zurück zum Tammany Hall.«

EINUNDVIERZIG

Im Bad lehnte ich mich an die Wand, drehte die Dusche so heiß auf, wie es ging, und ließ das Wasser über meine Schultern fluten. Seit Oregon hatte ich mich nicht mehr richtig gewaschen, und so knirschte ich praktisch von Spurenmaterial – Sand zwischen den Zehen, Kordit an den Händen, Blut in den Haaren und anderswo, Jod unter den Fingernägeln, Salzwasser auf der Haut. Ein Kriminaltechniker hätte seine helle Freude an mir gehabt. Ich war so schmutzig, dass meine Haut sich allmählich klamm angefühlt hatte, und die Hitze hatte mir auch keinen Gefallen getan. Ich stank nach alten Socken, Schweiß und Waffenöl.

Der Adrenalinrausch war inzwischen verflogen. Ich stand mit geschlossenen Augen unter der rauschenden Dusche, bis der Raum sich mit Dampf füllte. Ein Adrenalin-Crash ist ein elendes Gefühl – als ginge eine Koksparty unmittelbar in einen miesen Kater über. Es gibt kein Entkommen. Mir dröhnte der Schädel, und es war, als bewegte ich mich in Zeitlupe, aber mein Herz schlug wie rasend. Selbst unter dem heißen Wasserstrahl war meine Haut kalt. Ich konzentrierte mich darauf, lange und tiefe Atemzüge zu machen. Seit Tagen hatte ich keine Nacht mehr richtig geschlafen, und seit meiner Ankunft hatte ich nichts mehr gegessen. Blutverlust und Dehydration erledigten den Rest.

Ich stieg in Hose und Schuhe, und als ich aus dem Bad kam, schüttelte ich mein Haar und zog das NEVADA-Sweatshirt wieder an. Angela saß mit gekreuzten Beinen auf der Couch und suchte irgendetwas in dem Koffer, den sie mich hatte tragen lassen.

»Johnnie macht den Wagen fertig«, sagte sie. »Ich schicke ihn dann auch los, damit er dir neue Sachen holt.«

»Wir fahren auf keinen Fall zurück zum Tammany Hall, verdammt«, sagte ich. »Das Hotel ist eine Todesfalle.«

»Ich weiß.« Sie blickte nicht auf.

»Der Kerl mit dem Klavierdraht behält es ganz sicher im Auge. Entweder er oder ein Komplize – sie werden es mit Adleraugen bewachen. Ich glaube nicht, dass er nach der Schießerei im Hafen noch Lust auf ein vertrauliches Gespräch hat. Nach allem, was wir wissen, ist er jetzt vielleicht da, mit einer Automatik in der Hand und einer großen Plastikplane auf dem Teppich. Wir haben nur dieses rostige alte chinesische Schießeisen, das ich dir gegeben habe. Wenn wir in diese Suite spazieren, sind wir die Maus, die den Käse aus der Falle zieht.«

»Und genau deshalb gehst du hin«, sagte sie. »Es ist der einzige Ort, an dem er nach allem, was wir wissen, bestimmt sein wird. Je länger wir hier draußen bleiben, desto verwundbarer werden wir. Er jagt uns. Wir müssen den Spieß umdrehen.«

»Ich bin jederzeit für ein Spiel zu haben«, sagte ich, »aber nicht, wenn ich geradewegs in einen Kugelhagel marschieren soll. Er wird mich umbringen, sowie ich zur Tür hereinkomme.«

»Das glaube ich nicht«, sagte Angela. »Diesmal nicht. Beim letzten Mal hat er auf uns geschossen, weil er wusste, wo das Geld war. Er hatte es praktisch vor Augen. Aber jetzt haben wir es versteckt, und das gibt uns Macht. Wir haben, was er will.«

»Wir spielen also um Macht.«

»Nein. Wir spielen um Zeit. Wir haben immer noch die Chance, ohne Totalverlust aus der Sache herauszukommen. Der Angler bekommt sein Geld, und wir schaffen uns den Klavierstimmer vom Hals. Du musst mir einfach vertrauen.«

»Das ist nach sechs Jahren ziemlich viel verlangt.«

»Ich weiß. Aber ich werde dich nicht zweimal im Stich lassen. Nicht noch einmal.«

»Ich brauche eine Ausstiegsstrategie.«

»Die kann ich dir geben«, sagte sie. »Wenn die Sache schiefgeht, brauchen wir sowieso einen Fluchtweg. Mein alter Schleichweg ist versperrt, und nach dem, was heute Abend passiert ist, bin ich nicht erpicht darauf, einfach durch den Zoll zu gehen. Die Polizei wird unser Foto überall verteilt haben, und selbst bei deinen Fähigkeiten würde ich dieses Risiko lieber nicht eingehen. Kennt Onkel Joe den Schlangenkopf noch, der Leute durch den Hongkong Harbour schmuggelt?«

Ich schüttelte den Kopf. »Die Route über Hongkong habe ich vor drei Jahren ausprobiert. Die Polizei hat den ganzen Betrieb dichtgemacht. Irgendetwas ist verraten worden. Ist dein Kontakt in Hanoi noch zu gebrauchen?«

»Ich glaube schon«, sagte Angela. »Anständig aussehende Diplomatenpapiere kann ich uns wahrscheinlich besorgen, aber ich muss ein bisschen telefonieren. Deshalb musst du an meiner Stelle gehen, denn das wird mich ein wenig Zeit kosten. Mindestens zwei Stunden. Kannst du so lange Probleme machen?«

»Probleme kann ich den ganzen Tag machen.«

»Gut«, sagte sie. »Wir werden beide eine Waffe brauchen. Du brauchst vielleicht sogar zwei. Und sie sollten zuverlässiger sein als diese chinesische Straßenkanone, die du mir gegeben hast. Dann Klebstreifen. Saubere Handschuhe. Ach ja, und die Schlüsselkarte für meine Suite.«

»Kann ich besorgen.«

»Kennst du einen Laden dafür?«

»Rein und raus. Ohne Fragen.«

»Die ganze Halbinsel wird wimmeln von Polizisten, die nach dir suchen.«

»Dann ist es gut, dass ich bei dir in die Schule gegangen bin«, sagte ich. »Wie nehme ich Kontakt mit dir auf? Wo treffen wir uns?«

Angela sah auf die Uhr. »Es ist jetzt nach elf. Das heißt, wir haben noch neunzig Minuten, bevor der Blinde ein Kopfgeld auf uns aussetzt. Aber mach dir deswegen vorläufig keine Sorgen. Ich kümmere mich darum. Wir treffen uns, sobald du aus dem Hotel kommst, wann immer das ist. Wenn ich dann nicht schon da bin, erwarte mich um ein Uhr dreißig am Macau Maritime Terminal. Bis dahin haben wir jetzt noch zweieinhalb Stunden. Wenn es mit meiner Fluchtroute klappt, kannst du den letzten Turbojet nach Hongkong nehmen. Ich nehme den nach Shenzhen. Wir tauchen für einige Zeit unter. Verschwinden in der Menge. Wenn die Gelegenheit günstig ist, kommen wir wieder zusammen.«

»Okay. Was ist mit den Supernoten?«

»Um die kann ich mich kümmern«, sagte sie.

»Wo sind sie?«

»In mehreren anonymen Bordcases, die ich überall in der Stadt versteckt habe.«

»Das ist keine Antwort.«

»Mehr kann ich dir nicht sagen. Noch nicht. Aber glaub mir, ich bemühe mich, das Geld so schnell loszuwerden, wie ich kann. Zeit, nicht Macht – weißt du noch? Der Killer wird annehmen, dass wir versuchen, ihn übers Ohr zu hauen. Der Angler ebenfalls. Das können wir ausnutzen. Benutz das Geld als Köder.«

»Du redest von einem Kansas City Shuffle. Von einem Ablenkungsmanöver.«

»Sozusagen. Aber die Ablenkung bist *du.* Du musst den Klavierdrahtkiller lange genug beschäftigen, um mir Gelegenheit zu geben, einen Deal mit dem Blinden auszuhandeln. Wenn wir alles richtig machen, können wir das Falschgeld beiden Interessenten gleichzeitig andrehen. Wenn sie es dann abholen wollen, fallen sie übereinander her. Sie halten den Kopf hin, und wir verschwinden mit den gestohlenen Steinen. Zwei Fliegen mit einer Klappe.«

»Das bedeutet, wir können das Geld abschreiben.«

»Wir wollen das Geld nicht«, sagte Angela. »Diese Blüten bedeuten nichts Gutes. Sie führen in ein amerikanisches Geheimgefängnis, bestenfalls. Je schneller wir sie an einen dieser Penner oder an alle beide loswerden können, desto besser. Ich will nur meine Saphire. Habgier ist tödlich.«

»Okay, dann werde ich aber beweisen müssen, dass ich sie bedienen kann«, sagte ich. »Wenn ich da nicht mit zwei schweren Koffern reinkomme, wird der Klavierstimmer Zweifel kriegen. Selbst wenn er glaubt, ich kann das Geld ranschaffen, wird er gewisse Sicherheiten haben wollen. Orte, Zeiten, Details. Vielleicht ein Foto. Wenn ich so etwas nicht vorweisen kann, halte ich keine fünf Minuten durch.«

»Darum kann ich mich ebenfalls kümmern«, sagte sie. »Spiel einfach deine Rolle. Lass es gut aussehen. Das Geld ist in Sicherheit. Vorläufig brauchst du nichts weiter zu wissen.«

»Mir ist nicht wohl dabei, mit verbundenen Augen da hineinzugehen, Angela.«

»Darum musst du mir vertrauen, Kid. Du darfst nicht wissen, wo das Geld versteckt ist. Jedenfalls jetzt noch nicht. Wenn ich es dir sage, kompromittiere ich deine Verhandlungsposition. Der Klavierdrahtkerl könnte die Situation falsch interpretieren und versuchen, die Information aus dir herauszuprügeln. Er könnte dir jeden einzelnen Zahn ziehen, bis du ihm sagst, wo du es versteckst hast.«

»Das versucht er vielleicht sowieso, nur zum Spaß.«

»Deshalb nimmst du eine Kanone mit«, sagte sie. »Und noch ein paar andere Sachen.«

Angela hörte auf, in ihrem Halliburton-Koffer zu wühlen, und förderte eine Jutetasche zutage. Sie schob die Hand hinein und nahm eine lederne Schmuckschatulle heraus, nicht größer als eine Brieftasche. Sie gab sie mir. Ich wollte sie aufmachen, aber Angela hinderte mich daran.

»Noch nicht«, sagte sie. »Mach sie erst auf, wenn du im Tammany Hotel in die Suite kommst. Und dann zeig sie dem Klavierdrahttypen. Sie enthält alles, was er als Beweis braucht.«

ZWEIUNDVIERZIG

Ich ging die Treppe hinunter, so schnell ich konnte. Hoffentlich war Angelas Plan gut. Als ich auf die Straße hinaustrat, wurde ich beinahe von einem Auto überfahren. Hupend raste es an mir vorbei. Diese verdammten Irren. Irgendwo hier musste es ein Taxi geben. Unten an der Ecke sah ich einen der schwarz-creme-weißen Wagen vor der Ampel anhalten. Ich ging hin, stellte mich vor die Haube und hob die Hände, damit der Fahrer nicht einfach losfahren konnte. Ich stieg ein, gab ihm ein Bündel Scheine und nannte ihm die Adresse. In weniger als fünf Minuten waren wir da. Ich gab dem Fahrer noch zwei Scheine und ließ ihn eine Runde um den Block fahren.

Lotus Vale Apartments.

Es war dumm von mir, hierher zurückzukommen, aber mir blieb nichts anderes übrig. Wir brauchten Waffen und andere Dinge. Zwei Pistolen, mindestens. Neue Handschuhe. Vielleicht ein Handy. Außer Bautista kannte ich niemanden, der mir das alles beschaffen konnte. Mit etwas Glück war ich drin und wieder draußen, bevor jemand wusste, dass ich überhaupt da war.

Drinnen war es gespenstisch still. Die Junkies aus dem Treppenhaus waren verschwunden, und keine Musik dröhnte durch die Wände. Obwohl die Türen papierdünn waren, hörte ich keinen Piep. In einer Rauschgifthöhle wird eigentlich nonstop Party gemacht, am Tag und in der Nacht, doch das hier war wie eine Geisterstadt. Im vierten Stock war frische Sprühfarbe an der Wand. *Vergesst alle Gedanken an* – Der Rest fehlte. Anscheinend hatte der Sprayer mittendrin abgebrochen. Eine Dose lag in der Ecke; also war ihm vielleicht nur die Farbe ausgegangen, aber darauf hätte ich nicht wetten mögen.

Was zum Teufel war hier passiert?

Was immer es gewesen war, alle waren sehr schnell verduftet. Einige der Apartmenttüren standen sperrangelweit offen. Auf dem Boden lag ein kleiner Gummiball. Ich reckte den Hals, um durch das Treppenhaus nach oben zu spähen, falls ich hier etwas übersah, aber die ganze Falle schien leer zu sein. Keine Hausbesetzer, keine Junkies. Niemand. Wenn ich angestrengt lauschte, hörte ich mein eigenes Atmen, das rhythmische *plunk plunk* des Wassers, das aus einem verrosteten Rohr tropfte, und das gelegentliche Ächzen des alten Gebäudes, das auf seine Fundamente sackte.

»Bautista?«, rief ich so laut, dass es bis ins oberste Stockwerk hallte. »Jemand zu Hause?«

Keine Antwort. Ich wartete einen Moment lang und hoffte, dass sich doch noch jemand meldete, aber ich hörte nur ferne Polizeisirenen. Ich nagte an der Unterlippe. Irgendetwas stimmte hier nicht. Allmählich bekam ich ein ungutes Gefühl bei der Sache. Normalerweise hätte ich mich verdrückt, doch ich stand unter Zeitdruck. Ich sah auf die Uhr. Zwanzig Minuten vor Mitternacht.

Noch achtzig Minuten.

Ich stieg die Treppe hinauf und suchte nach Lebenszeichen oder Hinweisen, aber da war nichts. Einen Moment lang nahm ich an, die Polizei habe eine Razzia veranstaltet, auch wenn ich nirgends ein gelbes Absperrband sah, keine eingeschlagenen Türen, keine Spuren von Handgreiflichkeiten. Bei einer Razzia in einer Rauschgifthöhle geht die Polizei normalerweise brutal und schnell vor, damit die Dealer keine Zeit haben, das Beweismaterial in der Toilette herunterzuspülen. Für ein Haus in dieser Größe wären zehn oder zwanzig Polizeibeamte in voller Montur nötig gewesen. Sie hätten die Haustür eingeschlagen und vielleicht zur Sicherheit noch zwei Blendgranaten hineingeworfen. Die meisten Junkies wären friedlich abgezogen, aber ein paar der Bewohner hätten ganz sicher nicht freundlich reagiert. Überall gäbe es zertrümmertes Mobiliar, zerbrochenes Glas und eingerannte Türen. Auf einen solchen Angriff deutete hier nichts hin.

Als ich schließlich bei Bautistas Höhle ankam, stand dort die Tür einen Spaltbreit offen. Ich schob sie mit dem Fuß auf und schaute hinein.

Nichts. Niemand.

Die Hütte war noch genauso dreckig wie bei meinem letzten Besuch. Der Boden war übersät von alten Bierdosen, leeren Fastfood-Schachteln, orangegelben Injektionsnadelkappen und kleinen Zellophantüten. Ohne ein Dutzend Junkies, die auf dem Fußboden saßen, wirkte das Zimmer viel größer, doch davon abgesehen hatte sich wenig verändert. Ein paar der Müllsäcke vor den Fenstern waren weg, aber das war's. Die kühle Nachtluft wehte herein.

Durch den Perlenvorhang ging ich in Bautistas privates Hinterzimmer. Ich blieb wie angewurzelt stehen und drückte instinktiv eine Hand auf den Mund. Das Zimmer sah aus wie der Drehort eines Horrorfilms. Ein langer Blutfleck an der Wand gegenüber reichte bis zum Boden und endete in einer kleinen Pfütze. Ich starrte sie einen Augenblick lang an. Überall waren große Blutspritzer zu sehen, manche fast zwei Meter weit entfernt. Man braucht kein großer Fachmann zu sein, um Blutspritzer zu erkennen. Diese hier waren nur ein paar Stunden alt. Frisch.

Hier war jemand gestorben.

Niemand konnte so etwas überlebt haben. Die Wände waren mit Arterienblut bespritzt. Ein normaler Mensch kann ungefähr anderthalb Liter Blut verlieren, bevor er ins Koma fällt. Das ist nicht viel – es ist gerade das, was in eine große Cola-Flasche passt. Man spricht dann von einem hypovolämischen Schock. Die Flecken sahen aus, als habe jemand die Leiche weggeschleift. Ich sah Spuren, die zum Perlenvorhang zurückführten.

Himmel. Kein Wunder, dass der Laden verlassen war. Hier war ein Mord passiert, und die Polizei wusste noch nichts davon.

Für genauere Untersuchungen hatte ich keine Zeit. Vermutlich hatte irgendein Arschloch einem anderen Arschloch die Kehle durchgeschnitten, und Bautista war dabei, die Folgen zu beseitigen. Wenn es in einer Falle zu einem Mord oder einem Tod durch Überdosis kommt, verschwinden alle sehr schnell. Bei Süchtigen und Verzweifelten kommt so etwas nur allzu oft vor, und ich hatte keinen Grund zu der Annahme, Bautista sei nicht abgehauen wie alle anderen.

Das hoffte ich wenigstens.

Ich sah mich ein letztes Mal um und vergewisserte mich, dass ich allein war, und dann ging ich vorsichtig um die Blutlachen herum zu der Theke, in der er seine Waffen gebunkert hatte. Zuerst warf ich einen Blick in den Wandschrank, um sicher zu sein, dass darin keine Leiche versteckt war, und dann suchte ich nach seiner Ware. Die meisten Schubladen hinter der Theke waren leer, aber unter dem Spülbecken fand ich ein paar alltägliche Putzmittel. Hinter einer Flasche Ammoniaklauge klemmte eine alte Schachtel mit blauen Gummihandschuhen. Ich hatte gehofft, Bautista würde mir neue Lederhandschuhe kaufen, doch vermutlich hatte er zu viel zu tun. Ich stopfte zwei Paar in meine Schultertasche. Jetzt brauchte ich nur noch Klebstreifen und eine Kanone. Ich wollte gerade weitergehen, als ich hinter der Spüle ein in graue Folie gewickeltes Paket fand.

Jackpot.

Ich rollte das Paket auf der Theke auseinander. Es waren Bautistas Waffen. Die meisten erkannte ich wieder, aber ein paar hatte ich beim ersten Mal nicht gesehen. Die größte war eine

Uzi, die in Zeitungspapier gewickelt war und aussah, als wäre sie eine Nacht lang in einer Steinpoliermaschine gewesen. Das Verschlussgehäuse war von langen, tiefen Schrammen überzogen, und der Rahmen war leicht verbogen. Eine Maschinenpistole war verlockend, aber dieses Ding sah aus, als würde es mir in den Händen explodieren.

Ich stöberte weiter im Angebot, bis ich etwas fand, das mir besser gefiel – eine Walther P22 mit einem langen schwarzen Schalldämpfer am Lauf. Die P22 ist weder besonders schnell noch besonders durchschlagsstark, aber mit dem Schalldämpfer ist sie ziemlich leise. Ich ließ das Magazin herausfallen. Es war voll, und in der Kammer steckte noch eine Patrone. Ich schob das Magazin wieder ein und packte die Pistole in meine Schultertasche. Wenn Bautista noch einmal auftauchen sollte, würde ich ihn bezahlen. Doppelt, wenn es sein musste. Ich wollte diese Stadt nicht mit Schulden verlassen. Ich holte seine Karte aus meiner Brieftasche und wählte seine Nummer. Dann klemmte ich das Telefon zwischen Schulter und Ohr und sah mir die anderen Pistolen an.

Es klingelte.

Ich nahm einen kleinen, verchromten kurzläufigen Revolver mit abgefeiltem Sporn in die Hand. In der Trommel steckten fünf .22er Magnum-Patronen. Ich hielt ihn einen Moment lang in der Hand und übte ein paar Mal, ihn aus der Tasche zu ziehen, um sicher zu sein, dass er sich gut anfühlte. Er war mir ein bisschen zu klein, aber heute war das ein Vorteil, denn so würde er nicht so leicht auffallen. Wie es aussah, war er vor Kurzem gereinigt worden, und auch das konnte man von den übrigen Schießeisen nicht sagen. Er war klein und leicht und hatte Power. Genau das, was ich brauchte.

Nach dem dritten Klingeln meldete sich jemand. Ein paar Augenblicke lang rauschte es nur, doch dann hörte ich jemanden atmen.

»Hallo?«, fragte ich. »Ist da jemand?«

»Hallo«, sagte eine Stimme, die ich nicht kannte. Tief, männlich, mit einem Akzent, der schwer zu definieren war. Ich konnte nicht erkennen, ob der Sprecher Amerikaner, Engländer oder sonst etwas war.

»Ich suche Bautista«, sagte ich. »Sagen Sie ihm, der Kunde.«

»Er kann nicht«, sagte die Stimme.

Ich schälte ein Stück Isolierband von dem Müllsack vor dem Fenster, zog mein Hemd hoch und klebte mir den kleinen Revolver an den Bauch. Das Isolierband haftete nicht besonders gut, aber so lange, wie ich es brauchte, würde es halten. Ich achtete darauf, dass ich den Klebstreifen nicht über den Schlagbolzen oder die Trommel spannte, damit ich sofort schießen könnte, wenn ich mir den Revolver vom Leib reißen müsste.

»Ich bin in seinem Apartment«, sagte ich. »Was zum Teufel ist los? Was ist hier passiert?«

»Bautista musste verschwinden.«

»Wann kommt er zurück?«

»In diesem Leben nicht mehr«, sagte der Mann.

Mein Magen krampfte sich zusammen. Mir ging plötzlich ein Licht auf. Sabos Kopf. Die Schießerei im Hafen. Das schwarze Schnellboot.

»Wer spricht da?«, fragte ich vorsichtig.

»Ich bin der Mann, der ihm den Kopf abgeschnitten hat.«

DREIUNDVIERZIG

Tammany Hall Casino, Cotai, Macau

Laurence saß auf der anderen Seite der Stadt im Dunkeln in Angelas Suite und schaute hinunter auf den Cotai Strip. Die Videodisplays an den Hotelfassaden gegenüber tauchten sein Gesicht in tiefblaues Licht. Taxis. Fußgänger. Lichter. Straßenschilder. Reklametafeln. Es war, als schaute er in einen Canyon oder in einen sehr tiefen Schacht. Hier oben, hoch über der Welt, war die Straße sehr weit weg.

»Ich habe mich gefragt, wann Sie anrufen«, sagte er.

»Sie sind der Mann, der Sabo Park umgebracht hat. Sie haben uns diese Nachricht geschickt.«

»Stimmt.«

»Sie hätten Bautista nicht umbringen müssen«, sagte der Anrufer. »Er wusste nichts. Ich habe ihn nur zweimal gesehen, als er etwas für mich besorgt hat.«

»Ich weiß«, sagte Laurence. »Es hat mir Spaß gemacht, ihn umzubringen.«

»Ich möchte Sie sehen. Jetzt gleich.«

»Gut«, sagte Laurence. »Ich möchte Sie auch sehen. Ihnen eine Kugel in den Schädel jagen.«

»Vorher müssten Sie sich anhören, was ich zu sagen habe.«

»Ich glaube, ich habe schon genug gehört.«

»Ich möchte Ihnen einen Tausch anbieten.«

Laurence schüttelte den Kopf. »Sie haben mir nichts anzubieten. Wenn Sie weglaufen, finde ich Sie. Wenn Sie zu kämpfen versuchen, besiege ich Sie. Glauben Sie, nach dem, was Sie im Hafen mit mir gemacht haben, lasse ich Sie davonspazieren? Sie waren in dem Augenblick tot, als ich Sie zu Gesicht bekommen habe. Ich muss nur noch die Leiche einsammeln.«

»Ich weiß, dass Sie mich nicht laufen lassen. Ich bin eine wandelnde Leiche. Trotzdem werde ich mich mit Ihnen treffen.«

»Weshalb?«

»Wegen der Frau.«

Es war kurz still. Rauschen. Laurence stand auf. Er ging zum Wasserfall und hielt die Finger hinein. Ruhig und warm wie das Wasser in einer Badewanne. Wie mochte das funktionieren? Warum machte das Wasser so wenig Lärm? Er nahm einen Streifen Kaugummi aus der Packung, wickelte ihn aus und schob ihn in den Mund. Fing an zu kauen.

»Wegen der *Frau*«, wiederholte er.

»Ich will Ihnen einen Deal anbieten. Im Tammany Hall, in zehn Minuten. Ich komme allein und erzähle Ihnen von dem Geld, und Sie bringen die Saphire. Sie können immer noch davonspazieren und Ihr ganzes Geld mitnehmen. Ich will nur sicher sein, dass sie gehen kann, ohne Schwierigkeiten zu bekommen. Ich will, dass diese Sache zwischen Ihnen und mir geregelt wird.«

»Warum soll ich Sie nicht erschießen, wenn Sie zur Tür hereinkommen?«, fragte Laurence. »Warum soll ich Ihnen nicht das Geld abnehmen und der Frau eine Kugel in den Kopf schießen?«

»Weil Sie das Geld dann nicht bekommen. Ich habe es so versteckt, dass Sie es niemals finden werden. Wenn Sie es haben wollen, werden Sie sich mit mir einigen müssen. Und das werden Sie tun, denn Ihnen liegt an dem Geld mehr als an Rache.«

»Sie wissen, was man über Rache und Augen sagt?«, fragte Laurence.

»Auge um Auge. Wenn es das ist, was Sie wollen, tue ich Ihnen den Gefallen gern. Ich schneide Ihnen das andere Auge kostenlos heraus.«

»Aber das ist nicht der Grund, weshalb Sie kommen.«

»Nein.«

Laurence warf einen Blick hinüber zu den Saphiren auf dem Couchtisch. Im matten blauen Licht sahen sie aus wie kleine schwarze Kieselsteine. Fünfundzwanzig kleine Edelsteine lagen schimmernd auf dem Tisch, keiner größer als ein Vierteldollar. Kaum zu glauben, dass sie so wertvoll waren.

»Sie wollen sich gegen sie eintauschen.«

»Nein. Aber ich bin bereit, Ihnen Gelegenheit zu einem Versuch zu geben. Wenn Sie mir versprechen, die Frau aus der Sache herauszuhalten, werde ich in Ihre Falle spazieren. Sie muss da nicht mit hineingezogen werden. Die offene Rechnung haben Sie mit mir. Ich bin es, der abgedrückt hat, also bin ich es auch, der bezahlen sollte. Ich weiß, Sie werden mir nicht erlauben, um mein Leben zu feilschen, aber um Ihres kann ich es tun. Ich werde also vor Ihrer Tür stehen. In Geschenkverpackung mit Schleife.«

Laurence schüttelte den Kopf. »Und das Geld? Die Steine?«

»Wir tun das, was in Ihrer Nachricht gestanden hat. Sie kriegen, was Sie haben wollen, und wir auch. Ein simpler Tausch. Ich werde den Deal von Angesicht zu Angesicht mit Ihnen vereinbaren. Wir können darüber reden wie Männer.«

Laurence schwieg einen Moment lang. Er schaute aus dem Fenster und betrachtete die riesenhaften Wolkenkratzer an der Küste.

»Sie wissen, Sie werden dieses Zimmer niemals lebend verlassen«, sagte er. »Sind Sie wirklich bereit, für die Frau zu sterben?«

»Ja«, sagte der Anrufer. »Das ist eine Entscheidung, die ich schon vor langer Zeit getroffen habe.«

VIERUNDVIERZIG

Lotus Vale Apartments, Macau

Ich trennte die Verbindung, nahm den Akku aus dem Telefon und zerrieb die SIM-Karte mit der Schuhsohle auf dem Boden. Dann rannte ich die Treppe hinunter und auf die Straße, wo ich sofort ein Taxi anhalten konnte – ein echter Glückstreffer. Ich sagte dem Fahrer, er solle Gas geben, und wir brauchten nur zehn Minuten bis zum Tammany Hall. Ich sah auf die Uhr. Kurz vor Mitternacht. Noch eine Stunde.

Das Taxi hielt vor dem VIP-Eingang, und ich schloss die Augen und versuchte mich zu erinnern, wo die Überwachungskameras waren. Vier waren auf den Eingang gerichtet, das wusste ich, und weitere sechs deckten die Gehwege ab, aber vielleicht gab es noch andere, die ich übersehen hatte. Wie es aussah, waren noch mindestens zwei auf den Valet-Posten und noch einmal zwei auf den Vordereingang gerichtet. Ich musste mir sie und ihre Perspektiven einprägen. Wenn ich mir vor Augen rufen konnte, wie sie angeordnet waren, konnte ich auch sehen, was sie sahen, und mich entsprechend verhalten. Waren es moderne Kuppelkameras oder die altmodischen Allwettermodelle? Rotierten sie, oder waren sie fest montiert? Blinde Flecke würde es natürlich nicht geben – dafür war das Hotel zu prächtig –, ich dachte mir jedoch, wenn ich aufpasste und den Kopf gesenkt hielt, würden sie kein klares Bild von meinem Gesicht bekommen. Mit etwas Glück würde die Hotel-Security mich gar nicht kommen sehen. Ich gab dem Taxifahrer sein Geld, und ein Türsteher in weiter Uniform öffnete mir die Wagentür.

Ich senkte den Kopf und griff nach seinem Arm, sodass er das Blickfeld der Kamera versperrte. Er war ein bisschen verblüfft, aber ich ließ ihn erst los, als wir den Eingang erreicht hatten. Er war gewissermaßen mein menschlicher Schild.

»Willkommen im Tammany Hall«, sagte der Türsteher. »Bedaure, Sir. Dieser Eingang ist nur für Villa-Gäste. Unsere anderen Gäste benutzen den Haupteingang beim Springbrunnen auf der Estrada do Istmo. Neben der goldenen Tigerstatue.«

»Ich bin aber hier Gast«, sagte ich.

»Verzeihung. Sir. Ich habe Sie nicht erkannt. Darf ich Sie nach Ihrem Namen fragen?«

»Mr Outis«, sagte ich, und ich nahm seine Hand und drückte einen zerknüllten Tausender hinein. »Sie können Ihrem Boss sagen, dass ich da bin.«

Die Rezeptionistin winkte, als ich am Check-in vorbeikam, aber ich hielt den Kopf weiter gesenkt, zog mein Telefon aus der Tasche und tat, als läse ich eine SMS. Auf dem Weg zu den Aufzügen ließ ich den Blick durch die Lobby wandern. Wenn jemand mich erwartete, wäre er wahrscheinlich hier. Eine Lobby ist ein erstklassiger Ort für so einen Posten. Es gibt genug bequeme Sessel, in denen man sitzen und Zeitung lesen kann, und wenn jemand fragt, was Sie hier machen, können Sie die Wahrheit sagen: Sie warten auf jemanden. Man braucht sich nicht mit Speisekarten oder Kellnerinnen abzugeben, es gibt kein Zeitlimit, keinen Feierabend. Einen besseren Ort kann man sich nicht wünschen.

Zu meinem Glück war die Lobby fast leer. Um diese Nachtzeit war nichts anderes zu erwarten, aber es bedeutete nicht, dass ich allein war. Die einzige diensthabende Rezeptionistin hatte mich bereits gesehen. Ein weiterer Casino-Angestellter stand hinter dem Concierge-Pult, aber er telefonierte und war beschäftigt. Als ich an der goldenen Statue des Mannes mit dem Schnurrbart vorbeiging, stieß ich mit einem Pagen zusammen, der mit gelangweiltem Gesicht zwei Bordcases hinter sich herzog. Ohne aufzublicken, entschuldigte er sich knapp auf Chinesisch. Merkwürdige Gäste waren nirgends zu entdecken. Die eleganten Sofas und Sessel waren verwaist. Wie gesagt, ich hatte Glück.

Ich zog die Schlüsselkarte, die ich von Angela bekommen hatte, aus der Tasche und drückte die Knöpfe für alle fünf oberen Etagen, sodass jemand vor den Überwachungsmonitoren nicht wissen konnte, in welcher ich ausstieg. Er würde zwar sehen, dass ich in einem der oberen Stockwerke war, aber da die Kamera die beleuchteten Aufzugknöpfe nicht erreichte, müsste die Security die Bilder mit dem Aufzugsteuerungsprogramm gegenchecken, um zu erfahren, wo ich hinfuhr. Das konnte ein paar Minuten dauern. Als ich an der Suite ankam, blieb ich mit dem Gesicht dicht vor der Tür stehen, damit die Kamera mich nicht erkennen konnte. Wenn sie mich so identifizieren wollten, mussten sie sehr clever sein.

In China sind die Stockwerke eines Gebäudes anders nummeriert als im Westen. Die 59. Etage ist in Wirklichkeit nicht die 59., sondern die 49. In Amerika haben manche Gebäude keinen 13. Stock, weil die 13 als Unglückszahl gilt. Bei den Chinesen gibt es etwas Ähnliches, aber hier ist es nicht nur ein Stockwerk, sondern alle, die mit einer 4 anfangen. Abergläubische Gäste akzeptieren kein Zimmer auf den Etagen 40 bis 49, weil sie glauben, das bringe Unglück. Manche wollen auch nicht auf Etagen wohnen, die mit einer 4 enden, also nicht auf der 14. oder der 24. Etage. Leute, die im großen Stil spielen, sind oft sehr abergläubisch, und chinesische Casinos lassen diese Zahlen weg, wo sie können. Aus gutem Grund: Auf Chinesisch hat das Wort für 4 große Ähnlichkeit mit dem Wort für Tod.

Wie passend.

Als die Tür sich öffnete und ich aus dem Aufzug trat, zog ich ein paar blaue Nitril-Handschuhe an und nahm die schallgedämpfte P22 aus meiner Schultertasche. Da in der Lobby niemand auf mich gewartet hatte, musste ich damit rechnen, dass hier oben jemand Position bezogen hatte. Zum Teufel mit der Lobby – wenn ich in einem Hotel jemanden erschießen wollte, würde ich hinter der Tür der Suite auf ihn warten, ich würde eine Plastikplane auf dem Boden ausbreiten und meine Pistole an das Guckloch drücken. Sobald ich den Türschlüssel hörte, würde ich zwei Kugeln durch das Guckloch feuern, die Tür öffnen und die Sache erledigen: noch eine Kugel in den Kopf und zwei in die Brust. Das Opfer würde es nicht einmal kommen sehen.

Ich hielt die Pistole unten an meiner Seite für den Fall, dass jemand aus einem der Zimmer kommen sollte, und ging geradewegs bis zum Ende des Korridors. Vor Angelas Suite blieb ich stehen: 5904. Ich sah mir den Türknauf genau an. Da war keine Wischspur, kein Fingerabdruck.

Jemand hatte den Knauf poliert.

Ein Dieb sollte niemals an einen Tatort zurückkehren. Das gehört zu den gefährlichsten und dümmsten Dingen, die man tun kann. Ich hatte ein nervöses Kribbeln in der Magengrube, und ich schaute durch den Korridor. Irgendwo hier musste der Klavierstimmer sein. Eine andere Möglichkeit gab es für ihn nicht. Ich lehnte mich mit dem Rücken an die Wand und hoffte, der massive Türrahmen würde mir ein bisschen Schutz bieten. Ich hielt die Pistole in der einen Hand, und mit der anderen zog ich Angelas Schlüsselkarte langsam durch den Schlitz.

Ich hörte ein leises Geräusch, und das Licht am Schloss wurde grün.

Ich bewegte mich langsam und leise, um keine Aufmerksamkeit zu erregen. Ich schob mich durch die Tür, hob die Pistole und schaute mich im Zimmer um. Hinter der Tür oder im Atrium war niemand, doch weiter konnte ich nicht hineinsehen. Es war zu dunkel. Ich streckte die Hand nach den Lichtschaltern aus, aber nichts passierte. Verdammt, das war gerissen. Das Arschloch hatte die Lampen zerstört. Ohne sie war der Raum von Dunkelheit erfüllt, so tiefblau wie das Meer. Ich sah nichts.

Langsam gewöhnten meine Augen sich an die Finsternis, und ich blinzelte ein paar Mal, um den Prozess zu beschleunigen. Das einzige Licht kam durch die Fenster zum Strip, die vom Boden bis zur Decke reichten. Ein großes Reklamevideodisplay an der Fassade des Wolkenkratzers gegenüber ließ alle paar Sekunden mattweißes Licht ins Zimmer fallen. Ich sah eine schöne Frau, die ein akrobatisches Kunststück zeigte, während eine Gruppe von lachenden Leuten in Abendkleidung am Baccarat-Tisch saß. *The Atlantic Regency Macau,* verkündete eine Leuchtschrift in englischer Sprache. *A World Away.* Einen Moment lang fiel das Licht des Videos in die Suite, aber meine Augen waren noch nicht so weit. Immerhin konnte ich erkennen, dass der Raum noch in dem Zustand war, in dem ich ihn verlassen hatte: ein Schlachtfeld. Mit dem Fuß schob ich die Tür hinter mir langsam zu und drückte mich im Eingangsflur an die Wand.

Langsam schlich ich mich in den Wohnraum, und dann trat ich auf eine Glasscherbe.

Scheiße.

Das Geräusch war laut, und hier drin ganz besonders. Ich zog den Kopf ein. Einmal, auf der Flucht, musste ich mich für volle drei Tage in einem miesen Hotel in Bogotá verstecken. Als Alarmanlage zerknüllte ich ein paar Zeitungen und verteilte sie rund um mein Bett herum. Sollte sich jemand ins Zimmer schleichen, würden seine Schritte ihn verraten, und das Rascheln würde mich aufwecken. Die Glasscherben hier erfüllten den gleichen Zweck.

Jetzt wusste der Klavierstimmer, dass ich hier war.

Ich musste schnell sein. Meine Deckung war aufgeflogen, und die besten Chancen hatte ich, wenn ich die Suite im Blitzangriff eroberte. Den Raum säubern. Die Ecken sichern. Ich sprang in den Wohnraum und fasste meine Pistole mit beiden Händen im Weaver-Anschlag. So schnell und lautlos wie möglich schaute ich hinter Sofas und Esstisch. Nichts. Ich stieß die Badezimmertür mit der Schulter auf. Nichts. Ich spähte die Treppe hinauf und lief zum Wasserfall. Wenn sich etwas bewegte, würde ich sofort darauf schießen.

Aber dann sah ich ihn.

Besser gesagt, ich sah seinen Schatten. Ich konnte ihn nicht deutlich erkennen, doch ich wusste, dass er da war. Seine Silhouette hob sich schwarz vor dem hohen Fenster ab. Er saß in dem Sessel vor dem Couchtisch, dem Strip zugewandt, in der Ecke hinter dem Wasserfall. Immer wenn das Videobild an der Hotelfassade gegenüber sich veränderte, konnte ich die Umrisse seines Kopfes erkennen. Er saß abgewandt und konnte mich nicht sehen. Es war so dunkel, dass ich den Hals nicht von den Schultern unterscheiden konnte. Ich nahm den Hinterkopf ins Visier und schlich mich lautlos heran. Irgendetwas an ihm stimmte nicht. Warum zum Teufel saß er einfach da und schaute hinaus auf den Strip? Hatte er mich nicht gehört? War er eingeschlafen?

Das Videobild wechselte wieder. Ich sah einen gut gekleideten Chinesen, der an einem Glas Scotch nippte. Dann versank der Raum wieder im Dunkeln. Mit angehaltenem Atem tat ich noch einen lautlosen Schritt auf den Mann im Sessel zu. Leuchtende chinesische Schriftzeichen strahlten über den Fußboden. Ich hörte nur das kaum wahrnehmbare Rieseln des Wasserfalls. Keine Atemzüge. Keine Schritte. Er reagierte immer noch nicht, als mein Schatten über sein Gesicht fiel. Ich drückte ihm meine Pistole in den Nacken und gab ihm einen sanften Stoß.

Im selben Moment erkannte ich meinen Fehler.

Denn dieser Mann schlief nicht. Es war überhaupt kein Mann. Es war Bautistas Kopf. Er stand auf mehreren Kissen, die übereinandergestapelt ungefähr die Umrisse eines menschlichen Oberkörpers hatten und in eine Lederjacke gehüllt waren. Die Beine waren Kopfkissen aus dem Schlafzimmer. Als ich dagegenstieß, fiel das ganze Ding auseinander, und der blutige Kopf rollte auf den Boden. Eine raffinierte Attrappe. Ein Trick aus Licht und Schatten. Eine abscheuliche Vogelscheuche, extra für mich.

Denn in diesem Augenblick trat der echte Mann hinter dem Wasserfall hervor und richtete seine Waffe auf meinen Hinterkopf.

Er stand direkt hinter mir.

FÜNFUNDVIERZIG

Der Nightclub, nördliche Halbinsel, Macau

Angelas Limousine hielt vor dem Laden des blinden Anglers, und sie schaute zu der Leuchtschrift hinauf. Richtig – *Boate.* Nightclub. Die Beleuchtung im vorderen Raum war abgeschaltet, und die Stühle standen auf den Tischen, aber ein bisschen Licht drang durch den Vorhang in der Tür zum Hinterzimmer. Zweifellos waren die Gangster dort hinten. Sogar hier draußen roch sie den Zigarettenrauch. Wie viele warteten dort auf sie – zwei? Drei? Das Küchenpersonal dürfte inzwischen nach Hause gegangen sein, aber in Anbetracht dessen, dass Kid auf dem Markt einen ihrer Soldaten umgenietet hatte, dürfte bei der Triade Alarmstufe Rot herrschen. Zumindest dürfte jemand die Artillerie aus dem Schrank geholt haben. Nach allem, was Angela wusste, konnten in dem Hinterzimmer vier trainierte Berufskiller sitzen, schwarzen Kaffee trinken und darauf warten, dass sie zur Tür hereinkam.

Sie nahm die chinesische Pistole heraus, die Kid ihr gegeben hatte, ließ das Magazin herausfallen, warf die Patrone in der Kammer aus und prüfte den Abzug. Es würde gehen. Die Patronen selbst waren merkwürdig geformt. Die Hülsen hatten einen Flaschenhals, und die sehr spitz zulaufenden Projektile erinnerten sie an Jagdpfeile. Wenn sie richtig gezählt hatte, waren zwanzig Patronen im Magazin. Plus die in der Kammer. Sie lud das Ding wieder und schob es unter ihren Gürtel. Einundzwanzig Schuss dürften genügen.

Neben ihr stand eine große schwarze Louis-Vuitton-Tasche. Sie hängte sie über die Schulter und befahl Johnnie, sich nicht von der Stelle zu rühren. Sie stieg aus und nahm ihre neue Rolle an.

Die ukrainische Milliardärsgattin konnte sie nicht mehr sein. Jedenfalls nicht hier. Sie musste stärker sein. Weniger kultiviert. Selbstbewusster und primitiver. Eine Frau, die wütend, gewalttätig und verrückt genug war, um jeden einzuschüchtern. Eine ihrer ältesten Rollen war so. Sie hatte sie vor fast fünfzehn Jahren gefunden, als sie mit einer Skimaske vor dem Gesicht in eine Bank gegangen war und zwei Kugeln in die Decke gefeuert hatte. Sie hatte diesem Alter Ego keinen Namen gegeben, aber es hatte sie nie mehr verlassen. In Gedanken nannte sie es gern *Bitch*.

Sie schüttelte die Hände, um sie zu lockern. Die Zerbrechlichkeit ihrer bisherigen Erscheinung verschwand und wurde sofort durch eine beinahe anmutige Kraft ersetzt. Ihre betörend sanften Augen wurden dunkel. Sie zog die Jacke aus und krempelte sie um, und aus dem modischen weißen Leder wurde wieder olivgrüne Camouflage. Rock und hochhackige Louboutins waren auch verschwunden. Hierfür trug sie Jeans und schwarze Sneaker. Sie drehte den Diamantring vom Finger und steckte ihn ein. Stark musste sie sein, schnell und schmucklos. Zu allem bereit. Die Tür war nicht verschlossen, sie betrat das Lokal.

Bevor sie die Fischtheke halb hinter sich hatte, sprang ein Typ mit einem schwarzen Rollkragenpullover aus dem Schatten hinter der Bar hervor. Er war gut einen Kopf größer als Angela und wog schätzungsweise zweieinhalb Mal so viel wie sie. Er hielt eine Kurzversion des AR15-Gewehrs mit ausgestreckten Armen vor sich, als wolle er sich mit einem Speer auf sie stürzen. Sie ließ die Tasche fallen und hob die Hände.

Aber sie hatte nicht die Absicht, sich zu ergeben.

Als er vor ihr war, wirbelte sie herum und stieß den Lauf mit dem linken Arm zur Seite. Mit einem Satz war sie auf Nahkampfdistanz an ihn herangekommen, wo der Schussradius des

Gewehrs sie nicht mehr erreichte. Gleichzeitig packte sie die Picatinny-Schiene oben auf dem Gewehr mit der rechten Hand und stieß die Waffe mit aller Kraft zurück. Der Mann schrie auf, als sein Finger im Abzugbügel nach hinten geknickt wurde. Ein Schuss löste sich. Im nächsten Moment rammte Angela ihm den Gewehrkolben ins Gesicht und trat ihm gleichzeitig in die Weichteile, sodass er sich nicht mehr wehrte. Er kippte hintenüber, und sie riss ihm das Gewehr aus den Händen. Eine Sekunde lang richtete sie es auf ihn, um sicherzustellen, dass er keine Dummheiten machte. Dann ließ sie das Magazin herausfallen, warf die Patrone aus der Kammer und schleuderte das Gewehr zur Seite.

»Wo haben sie euch Nieten denn gefunden?«, fragte sie. »Die geben dir ein Gewehr, und du kannst es nicht mal halten.«

Angela zog ihn mit beiden Händen vom Boden hoch und drehte ihm den Arm auf den Rücken. Er wollte um Hilfe rufen, aber sie zog die Pistole aus dem Gürtel und schlug sie ihm an den Kopf. Er wurde lammfromm und versuchte nicht mal, sich zu wehren, denn er hatte zu viel damit zu tun, sich vor Schmerzen zu winden. Ein gebrochener Finger, zwei ausgeschlagene Zähne und eine leichte Gehirnerschütterung können diese Wirkung haben. Sie übte ein wenig Druck auf den gebrochenen Finger aus und nahm den Kerl dann in den Hammerlock. Dieser Ringkampfgriff ist nicht schwierig, wenn man ihn einmal beherrscht. Man biegt die Finger des Gegners zurück und drückt gleichzeitig den Ellenbogen so hoch an der Wirbelsäule entlang nach oben, wie es geht. Damit sind alle Gelenke bis hinauf zur Schulter blockiert, und es tut beschissen weh – deshalb wendet die Polizei diesen Griff gern an. Der Mann wurde ganz still und verwandelte sich in ihren Händen in Gummi. Sie hob mit der freien Hand ihre Louis-Vuitton-Tasche auf und hängte sie wieder über die Schulter.

Dann blieb sie stehen und wartete.

Ein paar lange Sekunden vergingen. Wenn seine Komplizen angreifen wollten, würden sie es jetzt tun. Der Schuss dürfte jedes Triadenmitglied in der Nachbarschaft auf ihre Anwesenheit aufmerksam gemacht haben. Sie drehte den Mann zur Küchentür um. Wenn weitere Gangster durch den roten Vorhang kämen, würde sie diesen hier als menschlichen Schild benutzen. Sie beugte die Knie und bereitete sich auf den Angriff vor.

Aber nichts geschah.

Volle dreißig Sekunden lang blieb alles still. Angela hörte nichts. Noch zwei Sekunden, und dann stieß sie den Mann durch den Raum und durch den Vorhang in die Küche. Zwei Männer saßen einfach am Tisch, als hätten sie auf sie gewartet. Der eine war ein alter Mann mit dicken Brillengläsern, und neben ihm saß ein massiger Kerl mit einer abgesägten Schrotflinte. Ein dritter stand neben der Hintertür, ein ziemlich kleiner Mann in einem schlecht sitzenden Anzug.

Die Waffen hoben sich, als Angela die Küche betrat. Der Bodyguard drückte den Kolben der Schrotflinte an den Körper, um den Rückstoß aufzufangen. Zu zielen brauchte er nicht. Die Streuung wäre groß genug, um Angela und jeden anderen in ihrer Nähe zu erledigen.

Angela musterte ihn und stieß dann ihre Geisel zu Boden. »Wer von euch hat denn dieses Arschloch angeheuert?«

»Ich«, sagte der alte Mann.

»Gut«, sagte Angela. »Dann gehören die hier Ihnen.«

Sie zog einen Samtbeutel, nicht größer als ihre Faust, aus der Jackentasche und warf ihn auf den Tisch.

Zwei Dutzend wunderschöne, meerblaue Saphire rollten heraus.

SECHSUNDVIERZIG

Tammany Hall Casino, Cotai, Macau

Sie können es spüren, wenn eine Waffe auf Ihren Kopf zielt. Das ist ein Instinkt, ganz so, wie Sie spüren, dass jemand im Zimmer ist, wenn Sie in der Tür stehen, oder dass jemand auf der anderen Straßenseite Sie beobachtet. Es ist wie ein Kribbeln im Nacken. Ich spürte, dass der Klavierstimmer dastand, obwohl ich ihn nicht sehen konnte. Ich hörte seine vorsichtigen Atemzüge, und ich ließ meine Pistole sinken, rührte aber sonst keinen Muskel. Er hatte mich erwischt.

Ich fluchte innerlich. Er war verdammt clever. Lenkt meine Aufmerksamkeit mit einem Zweitkopf auf die andere Seite des Zimmers? Die Glasscherben und die kaputten Lampen? Das hatte er alles gründlich geplant. Schlicht und elegant. Er brauchte nur darauf zu warten, dass ich ihm in die Falle ging.

Ich hob die Hände. Die P22 war jetzt nutzlos. Ich hatte den Finger nicht mal am Abzug. Selbst wenn es mir irgendwie gelingen sollte, mich in Deckung zu werfen, ohne erschossen zu werden, würde ich einen Sekundenbruchteil brauchen, um ihn im Dunkeln anzuvisieren, und in einer Schießerei ist ein Sekundenbruchteil so viel wie ein ganzes Leben. Meine Pistole würde mir so viel helfen wie ein Spielzeug.

»Sie sind der Mann am Telefon«, sagte ich. »Natürlich.«

»Und Sie sind der, der auf mich geschossen hat«, sagte er. »Eine Zeitlang dachte ich, Sie könnten zu einem Problem werden, aber anscheinend habe ich mich geirrt.«

»Ich bin hier, um mit Ihnen zu reden.«

»Natürlich sind Sie das«, sagte er. »Ich halte Ihnen eine Pistole an den Kopf, und da würden Sie lieber reden. Sie sollten sich öfter mal umschauen. Ihnen auszuweichen war einfach. Sie sind hereingekommen und haben sich kaum richtig umgesehen.«

»Ich bin kein Idiot«, sagte ich.

»Trotzdem sind wir jetzt hier.«

Das Bild auf dem Display gegenüber wechselte und durchflutete den Raum wieder mit bläulichem Licht. Ich konnte das Spiegelbild des Mannes im Fenster sehen, aber viele Details konnte ich nicht erkennen. Seine Pistole war eine Automatik, und auf dem Lauf saß ein Schalldämpfer. Er war groß und hellhäutig und hatte eine gute Figur. Blondes Haar. Europäer. Seine Gesichtszüge konnte ich nicht erkennen, doch das brauchte ich auch nicht. Über dem linken Auge klebte ein weißer Verband.

»Ich will diesen Deal machen«, sagte ich.

Er antwortete nicht, aber er ließ auch die Waffe nicht sinken.

»Sie haben also eine Wahl«, sagte ich. »Sie können jetzt abdrücken, und ich bin tot, bevor ich am Boden liege, oder Sie warten noch und hören sich an, was ich zu sagen habe. Mir ist es egal, wie Sie sich entscheiden. Ich laufe schon mein ganzes Leben lang dicht vor einer Kugel her, und es würde mich nicht wundern, wenn sie mich heute Abend endlich einholt. Aber bis Sie abdrücken, werde ich reden. Verstanden?«

»Sie haben keine Tasche mitgebracht.«

»Ich habe das Geld immer noch. Es ist versteckt, und wenn Sie mich erschießen, werden Sie es niemals finden. Den genauen Ort hat ein Freund festgelegt. Deshalb können Sie mich ruhig foltern, und ich werde es Ihnen nicht sagen können. Sie haben nur eine Chance: Sie müssen tun, was ich vorschlage.«

Er schwieg.

»Wir können es so machen, wie wir es am Telefon besprochen haben«, fuhr ich fort. »Sie können als steinreicher Mann von hier weggehen. Sie bekommen genau das, was Sie haben wollen. Natürlich, wenn Sie mich lieber erschießen möchten – hey, nur zu. Ich bin hier. Ich warte.«

Er kam einen Schritt näher und zielte weiter auf mich.

»Reden Sie weiter«, sagte er.

»Die Leute hier nennen mich Outis«, sagte ich. »Wie nennt man Sie?«

»Das brauchen Sie nicht zu wissen.«

»Das ist kein guter Ausgangspunkt. Sie zielen auf mich, aber ich habe noch nicht mal Ihr Gesicht gesehen. Ohne einen Namen sind Sie nur ein Fleck in der Fensterscheibe. Ein Augenverband mit einem Schalldämpfer.«

Nach kurzem Schweigen sagte er: »Mein Name ist Laurence.«

»Nett, Sie endlich kennenzulernen, Laurence.«

Ich beobachtete sein Spiegelbild in der Scheibe. Er rührte sich nicht.

»Hören Sie«, sagte ich, »in meiner linken Jackentasche ist ein kleines Lederetui. Darin liegt der Schlüssel zu Ihrem Geld, aber es ist ein Schlüssel, den nur ich verstehe. Ich bin bereit, ihn herauszugeben, vorher müssen Sie mir jedoch die Saphire zeigen. Spielen Sie den harten Mann, so lange Sie wollen, aber ich hab's allmählich satt, hier herumzustehen. Also entscheiden Sie sich. Lassen Sie mich in Ruhe, oder erschießen Sie mich.«

Laurence schwieg.

»Legen Sie die Waffe weg«, sagte ich.

»Nein«, sagte er. »Sie zuerst.«

»Sonst ...? Sie haben mich doch im Visier. Wenn Sie meine Kanone haben wollen, müssen Sie sie mir schon abnehmen. Von Angesicht zu Angesicht, wie ein Mann.«

Laurence antwortete nicht. Aber einen Augenblick später setzte er sich in Bewegung. Seine Pistole kreiste um meinen Kopf, bis er vor mir stand, neben dem Sessel. Er sah nicht so aus, wie ich es erwartet hatte. Nein, er war noch kräftiger, mit starken, muskulösen Armen und einem entsprechenden Nacken. Er war massig, aber schlank. Kein Gramm Fett, nur Muskeln und Sehnen. Und groß. Weit über eins achtzig. Sein Haar war golden, und seine Haut hatte die Farbe alter Knochen. Die Kleidung war schwarz und funktional, ein Rollkragenpullover und eine lederne Bomberjacke. Am Handgelenk trug er eine Hightech-Taucheruhr. Der Verband über dem linken Auge sah selbstgemacht aus, doch er war okay. Offenbar hatte er Erfahrung darin, sich selbst mit Notverbänden zu versorgen, oder er kannte jemanden, der es für ihn erledigt hatte. Ich fragte mich, wo er herkam.

Er trat langsam zu mir und stieß mir den Schalldämpfer an die Stirn. Mit der anderen Hand packte er meine Pistole und nahm sie mir weg. Wir standen sehr dicht voreinander, und er schaute mir die ganze Zeit in die Augen. Er war geschmeidig und vorsichtig. Absolut professionell. Amateure begehen oft den Fehler, die Hände des Gegners zu beobachten, aber das ist falsch. Wenn man sehen will, was der andere vorhat, muss man ihm in die Augen schauen. Wo der Blick hingeht, folgt der Mann. Hätte Laurence zum Beispiel weggeschaut, um mir die Pistole aus der Hand zu nehmen, hätte ich in dem Moment, wo er vortrat, die Chance gehabt, seine Waffe zur Seite zu schlagen. Ich hätte mit einem schnellen linken Haken gegen den Ellenbogen angefangen, um seinen Griff zu lockern, und dann mit einem Kopfstoß oder einem Tritt mit dem Knie in die Weichteile nachgesetzt. Und wenn ich so weit gekommen wäre, hätte ich Gelegenheit gehabt, ihn zu erschießen. Laurence drückte mir jedoch die Pistole an die Stirn und unterbrach den Blickkontakt nicht für eine Sekunde. Wenn ich versucht hätte, ihn zu entwaffnen, hätte er mir das Gehirn weggepustet, bevor ich ihn berühren könnte.

Als er meine Pistole hatte, machte er zwei große Schritte rückwärts, und auch das war clever. Wenn man jemanden in Schach hält, sind anderthalb Meter die perfekte Distanz. Ist der Abstand kürzer, kann das Gegenüber versuchen, einen Schlag anzubringen. Ist er größer, schießt man vielleicht daneben. Laurence wusste das alles. Als er hinter dem Sessel stand, ließ er das Magazin aus meiner P22 fallen, zog den Schlitten zurück, um die Patrone aus der Kammer auszuwerfen, und warf die Pistole quer durch den Raum in den Wasserfall. Dann drückte er mit dem Daumen die Patronen eine nach der anderen aus dem Magazin, bis es leer war. *Klick, klick, klick.*

Ich sah ihn an. Er hatte sich entschieden. Er würde mich nicht erschießen. Jedenfalls noch nicht.

Also nahm ich die Hände herunter und holte mir etwas zu trinken.

Ich sah die Sache so. Entweder er würde mir das Hirn wegpusten, oder er würde es nicht tun. In diesem Augenblick konnte ich seine Entscheidung ohnehin nicht mehr beeinflussen, und der Teufel sollte mich holen, wenn irgendein Fremder mir das Licht ausknipste, ohne dass ich vorher noch einen Whisky bekam. Aus Prinzip. Es wäre Sünde, einem Mann seinen letzten harten Drink wegzunehmen.

Auf dem Boden lag eine unversehrte Miniflasche Johnnie Walker, die offenbar davongekommen war, als die Crew der Triade die Suite verwüstet hatte. Ich schob sie mit dem Fuß aus den Trümmern. Es ist eine Schande, guten Scotch zu vergeuden. Ich bückte mich, hob das Fläschchen auf und drehte den Deckel knackend auf. Dann ging ich an die Bar und suchte einen Tumbler. Drei Fingerbreit, zwei Eiswürfel und ein Spritzer Soda? Das ist Ambrosia. Aber ich hatte kein Glück. Sämtliche Gläser waren kaputt, und der Eiskübel war voll Wasser. Es gab nur noch den Kaffeebecher, der auf der Espressomaschine stand. Der musste genügen.

Ich nickte ihm zu. »Wollen Sie auch?«

Laurence reagierte nicht. Der Schweiß lief ihm über die Stirn, doch er wischte ihn nicht weg und blinzelte auch nicht. Er korrigierte seine Schusshaltung, das war auch schon alles. Anscheinend wurde die Pistole ihm schwer. Haben Sie schon einmal versucht, ein Wörterbuch zwei Minuten lang mit ausgestrecktem Arm vor sich zu halten? Selbst Bodybuilder haben Probleme mit solch einer Langzeitbelastung.

»Wie Sie wollen.« Ich zuckte die Achseln, ging quer durch den Wohnbereich und hob ein zerfetztes Polster vom Boden auf. Die umgekippte Couch vor dem Wasserfall war ruiniert, aber die Ledersessel neben dem Couchtisch waren noch fast unversehrt. Ich wischte das Glas von einem herunter, schob das Polster wieder auf den Sitz und machte es mir bequem. Ich stellte meinen Drink zur Seite und angelte eine von Angelas Zigaretten aus meiner Schultertasche. Laurence wurde nervös, als er sah, wie ich nach dem Feuerzeug suchte, aber ich bewegte mich langsam und achtete darauf, dass er sehen konnte, was ich tat. Ich zündete die Zigarette an und nahm einen langen, tiefen Zug.

»Also, wie geht's jetzt weiter?« Ich schlug die Beine übereinander. »Drücken Sie ab, oder muss ich an Langeweile sterben?«

SIEBENUNDVIERZIG

Laurence starrte mich lange an. Er sah aus wie die Verwirrung in Person. Er blieb ein paar Sekunden wie erstarrt in seiner professionellen Schießhaltung stehen und knickte dann schließlich ein. Selbst die kleinste seiner Bewegungen sah aus wie im Trainingshandbuch, und er ließ mich nicht aus den Augen, als er die Couch umdrehte und seinen Platz darauf ertastete. Als er sich niedergelassen hatte, ließ er die Waffe auf sein Knie sinken, er zielte jedoch weiter auf mein Herz.

»Haben Sie eine Ahnung, für wen ich arbeite?«, fragte er.

Ich schüttelte den Kopf. »Das brauche ich nicht zu wissen. Ich weiß, was Sie wollen. Falschgeld, und zwar eine Menge.«

»Nein. Ich will jeden umbringen, der diese Supernoten je zu Gesicht bekommen hat.«

Ich blieb stumm.

»Hier geht es nicht einfach um Geld, Mr Outis«, sagte er. »Geldfälscher gibt es seit der Frühzeit der Zivilisation. Schon die Ägypter haben Tonmünzen mit Gold überzogen. Heutzutage sitzen ein paar der besten Fälscher der Welt hier in Macau. Sie kooperieren mit den Triaden und schleusen packenweise Blüten durch die Kassen der Casinos, um am nächsten Tag sauberes Bargeld zu kassieren. Aber an denen bin ich nicht interessiert. Das amerikanische Geld, das sie produzieren, ist einen Dreck wert. Sie machen Hongkong-Dollars oder Yuan. Ein falscher US-Hunderter würde da auffallen wie ein bunter Hund. Ich frage Sie also noch mal: Wissen Sie, für wen ich arbeite?«

Ich schüttelte den Kopf.

»Schauen Sie sich an«, sagte Laurence. »Sie stehlen mehr als fünfzehn Millionen Dollar und wissen nicht mal, wem sie gehören. Es gibt auf der ganzen Welt nur zwei Gruppen, die in der Lage sind, Falschgeld von dieser Qualität herzustellen. Die eine ist die nordkoreanische Geheimpolizei. Sie bringt jedes Jahr Massen von solchen Banknoten in Umlauf. Das weiß jeder. Sie waschen das Geld über Moskau, und deshalb dauert es eine ganze Weile, bis es in den Staaten ankommt. Die Scheine sind so gut, dass sie monate- oder jahrelang im Tresor eines russischen Oligarchen liegen können, bevor jemandem etwas auffällt. Man sollte meinen, nach den Kriegsspielen hätten sie damit aufgehört, doch das haben sie nicht. Sie machen einfach weiter, weil niemand sie stoppt.«

»Aber hier geht es nicht um Nordkorea.«

Laurence lächelte. Er nahm einen Hunderter aus der Brieftasche und legte ihn zwischen uns auf den Tisch. Ich erkannte die Seriennummer: Es war dieselbe, die wir auf dem Falschgeld aus dem Hafen gesehen hatten. Woher hatte er sie bloß? Er drehte sie zu mir um, damit ich sie besser sehen konnte. Ben Franklin starrte mich ausdruckslos an.

»Sie kommen ganz woanders her«, sagte er. »Für den Rest der Welt sind sie ein Rätsel. Niemand weiß, wo sie gemacht werden. Ich habe schon alle möglichen Theorien gehört. Manche behaupten, sie werden im Iran gedruckt und sollen das Atomwaffenprogramm dort finanzieren. Andere meinen, sie kommen aus Syrien und finanzieren Terroristen, ohne eine Papierspur zu hinterlassen. Ein paar vermuten sogar Venezuela oder China dahinter, weil diese Länder ein Hühnchen mit Uncle Sam zu rupfen haben. Aber ich weiß es besser.«

»Wieso soll es mich interessieren, woher sie kommen?«

»Weil es der Grund ist, weshalb ich hier bin«, sagte er. »Weshalb wir beide hier sind.«

»Na, und für wen arbeiten Sie dann?« Ich hatte plötzlich eine trockene Kehle.

»Für die Regierung von Myanmar«, sagte er.

In der Stille zwischen uns hörte ich das ferne Heulen einer Polizeisirene. Das Videodisplay auf der anderen Seite wurde dunkel und tauchte den Raum in schwarze Finsternis.

»Sie sind ein Söldner«, sagte ich.

»Ich bin ein privater Militärunternehmer«, korrigierte Laurence. »Es gibt keine Regeln mehr, Mr Outis. Keine Grenzen. Keine Nationalitäten. Regierungen haben Wünsche und Bedürfnisse, und sie sind bereit, jedem, der Dinge für sie erledigt, Spitzenhonorare zu zahlen. In den letzten sechzig Jahren war Myanmar ununterbrochen im Kriegszustand. Die nördlichen Landesteile wollen mit den südlichen nichts zu tun haben. Unabhängige Narko-Armeen patrouillieren mit Lastwagen auf den Straßen. Die Chinesen tun ihr Bestes, um zu verhindern, dass die Gewalttätigkeiten sich über die Grenze ausbreiten. Aber es gelingt ihnen nicht. Und hier kommen Leute wie ich ins Spiel. Ich kann unentbehrliche Dienste leisten. Ich bin an keine Flagge gebunden.«

»Von wem bekommen Sie Ihre Befehle? Von einem Oberst? Einem General?«

»Von einer Stimme am Telefon«, sagte Laurence. »Und von einer Zahl auf einem Bankkonto.«

»Also geht es *doch* um Geld«, sagte ich. »Sie töten für den Meistbietenden.«

»Ja«, sagte er. »Aber würden Sie nicht lieber für eine Regierung töten, statt sie zu bestehlen?«

Ich antwortete nicht.

»Genau das haben Sie nämlich getan, Mr Outis. Sie haben ein *Staatsgeheimnis* gestohlen. Wenn es herauskäme, könnte es ganze Länder zu Fall bringen. Das Goldene Dreieck zerschlagen.

Eine internationale Krise auslösen. Die größte Streitmacht, die die Welt je gekannt hat, nämlich das amerikanische Militär, in einen Landkrieg in Asien verwickeln. Wissen Sie, wie viel amerikanisches Falschgeld zurzeit um die Welt geht? Der Secret Service schätzt, dass es insgesamt knapp achtzig Millionen Dollar sind. Das bedeutet, Sie sitzen auf rund zwanzig Prozent der existierenden Falschgeldsumme. Dieses Geld kann nur einem Zweck dienen. Es ist ein politisches Symbol, dazu gedacht, internationale Empörung hervorzurufen. Bevor es hierherkam, hat eine Gruppe von Männern es quer durch Myanmar gefahren, und sie haben auf dem ganzen Weg geplündert und gemordet. Warum? Weil dieses Geld nichts finanzieren soll. Es ist nicht mal ein Vermögen. Es ist eine *psychologische Waffe.*«

»Und wer hat es gemacht?«

»Woher soll ich das wissen? Chinesische Spione? Dissidenten aus einem Shan-Staat? Wen interessiert das? Wer immer sie sein mögen, sie wollen, dass Myanmar von amerikanischen Stiefeln zertrampelt wird. Und ich bin hier, um das zu verhindern.«

»Ihr Krieg ist mir egal«, sagte ich. »Ich bin hier, weil ich einen Deal machen will.«

»Nein«, sagte Laurence. »Sie sind hier, weil Sie eine Frau retten wollen.«

ACHTUNDVIERZIG

Der Nightclub, nördliche Halbinsel, Macau

Angela setzte sich dem alten Mann gegenüber, ließ ihre Tasche unter den Tisch fallen und legte gelassen ihre Pistole neben die Saphire. Seine Soldaten beobachteten sie aufmerksam und warteten auf eine falsche Bewegung. Der Kerl, den sie zu Boden gestoßen hatte, gab ein langgezogenes, qualvolles Wimmern von sich. Er hielt seinen Finger umklammert und wiegte sich vor und zurück.

»Ich nehme an, Sie wissen, wer ich bin«, sagte Angela.

»Ja«, sagte der Drachenkopf. »Wir versuchen schon seit Stunden, Sie zu finden.«

»Tja, jetzt bin ich hier. Sie haben im Laufe des vergangenen Abends eine Abmachung mit meinem Partner getroffen, nicht wahr?«

»Ja.«

»So arbeiten Sie? Wenn Sie keine saubere Vereinbarung hinkriegen, nehmen Sie jemanden als Geisel und drohen damit, ihn umzubringen?«

»Ich habe niemanden als Geisel genommen«, sagte der Alte. »Ich habe Ihren Mann hierher eingeladen, und er ist aus freien Stücken gekommen.«

»Und der Gorilla, den Sie hinter ihm hergehetzt haben? Der mit der Pistole im Gürtel? Was war das?«

»Ihr Mann hat ihn kaltblütig auf offener Straße erschossen. Das kann ich nicht verzeihen.«

»Was haben Sie erwartet, verdammt?«, fragte Angela. »Wir sind in Ihrer Stadt. Wir spielen nach Ihren Regeln.«

Der alte Mann antwortete nicht.

»Hören Sie.« Angela deutete mit dem Kopf auf den Mann, der sich am Boden wand. »Wie würden Sie es finden, wenn ich diesen Idioten jetzt erschieße? Wären Sie damit einverstanden?«

»Ich würde Sie an Ort und Stelle umbringen«, sagte der Alte.

»Dann weiß ich, wie Sie die Sache sehen«, sagte Angela. »Rache ist Ihr einziges Gesetz. Das Einzige, wofür Ihre beschissene kleine Triade sich interessiert, nicht wahr? Das Einzige, was die Leute respektieren. Wie ich es sehe, ist Ihr toter Soldat einen Scheißdreck wert. Sie hätten wissen müssen, welche Konsequenzen es hat, wenn Sie mich unter Druck setzen, so wie ich die Konsequenzen kenne, wenn ich diesem Arschloch eine Kugel in den Kopf schieße. Niemand setzt meine Leute unter Druck, ohne dafür zu bezahlen. Sie haben es getan, und wir haben den Druck zurückgegeben. Tun Sie es weiter, und es gibt noch mehr Tote. Wenn Sie das Spiel so spielen wollen, können wir es sofort ausschießen. Gleich hier, gleich jetzt. Also sagen Sie mir: Wollen Sie das? Ich wette, ich kann mindestens zwei von Ihrer Crew erledigen, bevor Sie mich niederschießen.«

Sie richtete ihre Pistole auf den Kopf des alten Mannes.

»Wir werden sehen, ob es dazu kommt«, sagte er. »Bis dahin: Reden Sie.«

»Gut.« Angela ließ die Waffe sinken, aber die Mündung blieb weiter auf ihn gerichtet. Mit der freien Hand nahm sie einen der kleineren Saphire, wischte ihn ab und hielt ihn ins Licht, sodass sogar der Alte mit seinen dicken Brillengläsern ihn sehen konnte. »Das ist es also. Ihr kleiner Schatz. Dreißig Karat ungeschliffen, würde ich schätzen. Einer der besten der Welt, geradewegs hierhergeschmuggelt aus einem Bergwerk in Mogok, in dem Kindersklaven arbeiten. Kinder müssen es sein, weil nur sie klein genug sind, um in den Schacht zu passen. Haben Sie das gewusst? Der hier war ein toller Fund. Sehen Sie, wie groß er ist? Im Brillantschliff hat er noch ungefähr zehn Karat, aber das ist immer noch reichlich. Ich erkenne die Qualität. Die Farbe ist bläulich violett, und der Stein ist fehlerlos. Angesichts von Größe, Farbe und Klarheit hat er einen Wert von siebentausend Dollar pro Karat. Mal zehn – das macht siebzigtausend Dollar für den Stein. Ziehen Sie einen Tausender für den Schleifer ab und vier für den Hehler, und Sie können immer noch fünfundsechzigtausend Riesen einstecken. Und das ist eine zurückhaltende Schätzung. Wenn Sie selbst als Hehler arbeiten, können Sie diesen Stein im Rohzustand an einen der Edelsteinhändler in Alameda verkaufen. Da bekämen Sie sechzigtausend, ohne dass jemand Fragen stellt.«

Der alte Mann schwieg weiter.

»Das hier ist nicht der Einzige, den ich von Ihrem Schmugglerboot geholt habe«, sagte Angela. »Den ich Ihnen *gestohlen* habe, wie Sie es meinem Partner am Abend so zutreffend gesagt haben. Sie haben ihm drei Stunden Zeit gegeben, um den Rest zurückzubringen. Andernfalls bekomme er eine Kugel für seine Mühen. Das ist der Stein, für den Sie töten wollten.«

»Nein, es ist der Stein, für den ich töten *werde*«, sagte der Alte.

»Wie Sie wollen«, sagte Angela. »Aber ich wünschte, ich hätte ihn nie genommen. Und wissen Sie, warum?«

Sie ließ ihre Worte für einen Augenblick im Raum schweben. Sie hielt den Stein noch einmal unter die Lampe, wo er im Licht schimmerte, und dann legte sie ihn auf den Tisch und zertrümmerte ihn mit einem einzigen Schlag mit dem Pistolenkolben. Zur Sicherheit schlug sie noch einmal zu, und was übrig blieb, war ein feiner, heller Staub, der über den Tisch wehte. Aber sie hörte nicht auf. Sie fing an, auf die anderen Steine einzuhämmern, um kein Missverständnis aufkommen zu lassen.

»Sie sind alle falsch«, sagte sie. »Nichts von dem, was ich Ihnen gerade erzählt habe, stimmt. Die Farbe ist wunderbar, weil jemand sie so gemacht hat. Sie sind klar und makellos, weil kommerziell hergestelltes Glas naturgemäß klar und makellos ist. Und mehr sind sie nicht – nur Glas. Diese Menge Flintglas ist weniger wert als der Beutel, in dem es transportiert wurde. Wissen Sie, was Flintglas ist? Wir nennen es auch Strass. Spottbillig. Und schlimmer noch: Strass ist als Fälschung nicht besonders überzeugend. Einen Edelsteinschleifer oder einen Juwelier würden Sie mit diesen Steinen keine zehn Sekunden lang täuschen können. Die werfen nur einen Blick darauf und wissen, dass sie falsch sind.«

»Warum sind Sie dann hier?«

»Weil diese Fälschungen nicht dazu gedacht waren, einen Juwelier zu täuschen«, sagte sie. »Sie sollten den halbwüchsigen Kurier eines dummen Gangsters täuschen, der echte Steine noch nie aus der Nähe gesehen hatte. Den Zwischenhändler sollten sie täuschen, und einen blinden alten Trottel, der Dreck nicht von Diamanten unterscheiden kann.«

Sie deutete auf die Splitter auf dem Tisch. »Die waren für Sie gedacht. Ein *Fuck you* von Ihrem Lieferanten. Ein Trick, um Sie um Ihren Einsatz zu betrügen und Ihnen alles zu nehmen, was Sie haben. Ein Betrug, speziell für Sie entworfen, weil Sie den Unterschied nicht erkennen können.«

»Schade«, sagte der alte Mann. »Diese Steine waren Ihre einzige Rettung. Jetzt habe ich keinen Grund mehr, Sie am Leben zu lassen.«

»Doch«, sagte Angela. »Sie haben eine Million Gründe. Sie sind in diesem Augenblick in meiner Tasche.«

NEUNUNDVIERZIG

Tammany Hall Casino, Cotai, Macau

Laurence schob die Hand in die Tasche, zog einen kleinen Samtbeutel hervor, öffnete ihn und ließ Saphire zwischen uns auf den Couchtisch rieseln. Sie funkelten wunderschön im Halbdunkel. Was ich da sah, war ein Vermögen.

Langsam griff ich in meine Brusttasche und holte das kleine Lederetui heraus, das Angela mir gegeben hatte. Darin lag ein schmales gelbes Stück Papier mit einer aufgedruckten Nummer. Es war zweimal gefaltet, und ein perforierter Rand ließ erkennen, dass es aus einem Notizblock gerissen worden war. Ein paar Schriftzeichen schimmerten durch das Papier, und als ich es vorsichtig auseinanderfaltete, sah ich, dass es ein Abholschein für drei Koffer in der Gepäckaufbewahrung des Hotels war. Ich hielt ihn Laurence entgegen, damit er ihn sehen konnte. Das Geld. Angela hatte es hier untergebracht.

Ich lehnte mich in meinem Sessel zurück. »Kennen Sie die Geschichte von Polyphem?«

Laurence antwortete nicht.

»Ganz bestimmt«, sagte ich. »Aber vielleicht kennen Sie den Namen nicht. Polyphem ist eine Gestalt in Homers *Odyssee*. Er war ein einäugiger Riese, ein Sohn des Poseidon, der auf einer Zyklopeninsel lebte. Er schmetterte Menschen mit den Köpfen an die Wände seiner Höhle, und dann fraß er sie. Sie kennen das – griechische Versepen.«

»Die Geschichte habe ich schon gehört«, sagte Laurence. »Odysseus und der Zyklop. Richtig?«

»Ja, richtig. Odysseus und der Zyklop.«

»Und was ist damit?«

»Wissen Sie noch, wie die Geschichte geht?«

Er schüttelte den Kopf. »Das ist Jahre her.«

»Okay, hier ist die Kurzfassung«, sagte ich. »Dieser griechische Held, Odysseus, will nach dem Trojanischen Krieg mit seinen Leuten nach Hause zurücksegeln. Er landet auf dieser Insel, und seine Männer finden eine Höhle mit ein paar Schafen. Wie sich herausstellt, gehört die Höhle dem einäugigen Zyklopenriesen, der so groß und stark ist, dass kein Grieche ihn im Zweikampf besiegen kann. Polyphem sperrt sie in die Höhle, rollt einen Felsen vor den Eingang und tötet und frisst zwei von Odysseus' Leuten, und dann noch zwei, und dann noch zwei. Sechs Mann zum Abendessen, einfach so. Polyphem ist in jeder Hinsicht eine unaufhaltsame Mordmaschine. In einem Kampf Mann gegen Mann hat Odysseus keine Chance. Der Kerl frisst Griechen wie ihn buchstäblich zum Frühstück.

Aber Odysseus bleibt freundlich. Die Griechen trieben einen großen Aufwand, um gute Gäste zu sein, und so bietet er dem Zyklopen erst einen Becher von seinem unverdünnten Wein und dann einen Handel an: Er wird Polyphem all seinen Wein geben, und dafür wird Polyphem ihn erst töten und fressen, wenn er als letzter Grieche übrig ist. Natürlich ist das ein beschissenes Geschäft, doch Polyphem nimmt an, er hat Odysseus in der Falle. Also akzeptiert er den Handel und fängt an zu trinken.«

Ich goss mir noch ein Minifläschchen Johnnie Walker ein. Laurence warf einen Blick auf den Becher und legte eine Hand auf die Pistole zwischen uns, nur um mich daran zu erinnern, dass sie noch da war. Dann fing er an, die Saphire einzusammeln und einen nach dem andern in seinen Filzbeutel zu werfen.

»Sie trinken also«, sagte ich und stellte meinen Scotch hin. »Und Polyphem fragt Odysseus nach seinem Namen. Denn, wissen Sie, es wird ja ein Weilchen dauern, bis er wieder hungrig wird. Odysseus sagt, sein Name sei Outis, und das bedeutet ›Niemand‹. Das ist, als ob sich jemand als ›Anonymus‹ oder als ›John Smith‹ vorstellt. Aber weil der Riese betrunken ist, hält er es für einen richtigen Namen. Sie reden und trinken bis tief in die Nacht hinein, und Odysseus' unverdünnter Wein ist von legendärer Stärke – ein Geschenk von Maron, einem Apollo-Priester. Als der Riese volltrunken ist, überwältigt Odysseus ihn und treibt ihm einen angespitzten Pflock ins Auge.«

»Und tötet ihn«, sagte Laurence.

»Nein – und das ist der springende Punkt«, sagte ich. »Er *blendet* ihn, und als Polyphem in seiner Panik den Felsblock vor der Höhle beiseiterollt, kann Odysseus entkommen. Polyphem schreit zum Himmel und bittet seinen Vater Poseidon, ihn zu rächen. Aber wen soll Poseidon töten? Outis. Niemand. Polyphem bittet Poseidon, niemanden zu töten. Und erst jetzt verrät Odysseus ihm seinen wirklichen Namen, damit er weiß, wer ihn besiegt hat.«

Ich nahm noch einen Schluck und betrachtete den Whisky, der die Wand des Kaffeebechers überzog. Laurence starrte mich ausdruckslos an.

»Das ist einigermaßen brillant«, sagte ich schließlich. »Odysseus kommt davon, weil der Zyklop nicht weiß, wer er ist. Er kennt Odysseus nur als Outis – als Niemand. Das könnte jeder sein. Für Polyphem hat Odysseus keine Vergangenheit, keinen Ruf. Keine Identität. Polyphem weiß nicht, dass dieser Mann nur mithilfe seiner Schläue das Heer Ithakas befehligt und die Mauern Trojas zum Einsturz gebracht hat. Weil er diesen Mann nicht kannte, glaubte der Zyklop, er könne mit ihm machen, was er wollte. Er behandelte Odysseus wie einen x-beliebigen Griechen – mit normalem Verstand, normalen Zielen, normalen Ängsten. Er behandelte ihn, wie er alle Sterblichen behandelte. Aber Odysseus war nicht irgendjemand. Er war *Outis*. Er wurde immer unterschätzt.«

Laurence schob die Lippen vor und starrte mich an.

»Das ist der Vorteil, wenn man niemand ist«, sagte ich. »Ich werde immer unterschätzt.«

Laurence lächelte plötzlich wie eine Cheshire-Katze. Er stand auf, sah mir in die Augen und streckte die Hand aus. Ich rührte mich nicht, sondern schaute nur auf seine Hand. Irgendetwas fühlte sich falsch an. Es war zu einfach. Er traute mir keine zwei Schritte weit über den Weg – also was sollte das jetzt? Ich musterte ihn von oben bis unten und fragte mich, ob ich etwas übersehen hatte. Sehr langsam stand ich auf.

»Ich möchte, dass Sie mir die Hand geben«, sagte er.

FÜNFZIG

Der Nightclub, Nördliche Halbinsel, Macau

»Das ist der Grund, weshalb ich hier hinausgehen werde.« Angela schüttete den Inhalt ihrer Louis-Vuitton-Tasche auf den Tisch: einen Riesenhaufen Hundert-Dollar-Scheine mit Banderolen. Ein paar flatterten auf den Boden. Alles in allem war es sicher eine Million Dollar, vielleicht mehr.

Der alte Mann starrte erschrocken das Geld an. Eine Million Dollar ist in jeder Form beeindruckend. Selbst fest in einen kleinen Rucksack gestopft, wiegt eine Million so viel wie eine von diesen großen Mülltonnen aus Blech. Zweiundzwanzig Pfund.

»Das war auf dem Boot«, sagte Angela. »Bargeld. Jede Menge. Viel mehr, als ich tragen konnte. Ich musste es mit Tauen heraushieven und über das Deck schleifen wie eine Ladung Ziegelsteine. Um es an Land zu bringen, musste ich es in Koffer packen. Drei große Reisekoffer. Ich konnte sie kaum tragen.«

Der Drachenkopf saß da und schwieg. Er nahm eins der Bündel, blätterte die Scheine durch und roch daran.

»Diese Schmuggler hatten jeden einzelnen Dollar bei sich, den Sie ihnen je bezahlt haben«, sagte Angela. »Das war ihre letzte große Beute.«

»Sie hatten Geld bei sich«, sagte der alte Mann.

»Sie hatten *mein* Geld bei sich«, sagte Angela. »Ich bin bereit, Ihnen jeden Dollar zu ersetzen, den Sie bei diesem Geschäft verloren haben, aber nicht einen Cent mehr. Die anderen Saphire, die Sie gekauft haben, waren vermutlich echt, und Sie haben etwas für Ihr Geld bekommen. Sauber und anständig. Den größten Teil dieses Geldes behalte ich, weil ich Ihnen einen Gefallen getan habe. Ich habe Ihre Schmuggler umgelegt, bevor sie Gelegenheit hatten, Sie zu bestehlen und mit ihren Millionen zu verschwinden. Sie glauben, Sie sind hier der Verlierer? Nein. Sie sind wie ich. Sie werden dabei als Gewinner herauskommen.«

Sie schob den Geldhaufen über den Tisch, und ein paar Scheine fielen ihm in den Schoß. »Nennen Sie es eine Erstattung. Ein Geschenk von mir an Sie, als Zeichen des guten Willens. Ich habe noch fünf Millionen in einem Casino in der Stadt, die ich Ihnen übergeben werde, sobald Sie das Zauberwort aussprechen. Ich habe alles geplant. Das Geld ist in einem Koffer, den ich unter einem Decknamen zur Aufbewahrung abgegeben habe. Wenn die Reservierung im Hotel ausläuft, wird der Rezeptionsmitarbeiter die Nummer anrufen, die ich bei meiner Rechnung hinterlassen habe – und das könnte die Nummer dieses Restaurants sein. Wenn er anruft, wird er Ihnen sagen, wann und wo Sie den Koffer abholen können. So werden Sie bezahlt, und ich brauche Sie nie wiederzusehen.«

»Warum soll ich Sie nicht einfach umbringen und auf den Anruf warten?«

»Weil Ihre Telefonnummer noch nicht auf der Rechnung steht. Wenn ich die Stadt unversehrt verlassen habe, werde ich dort anrufen und sie durchgeben. Dann warten Sie darauf, dass Ihr Geld kommt. Dieser Anruf kann morgen kommen oder nächsten Monat. Das spielt keine Rolle, denn bis dahin werde ich auf der anderen Seite der Erde sein. Wir werden wieder Fremde sein. Wenn ich tot oder in Gefangenschaft bin, wird dieser Anruf nie zustande kommen. Sie werden nie erfahren, in welchem Hotel der Koffer ist oder wie mein Deckname lautet.«

»Welche Garantie habe ich, dass Sie Ihren Teil der Abmachung einhalten? Dass Sie nicht einfach abfliegen und das ganze Geld mitnehmen?«

»Sie haben noch nicht verstanden, warum ich hier bin.«

»Warum sind Sie hier?«

»Um Frieden zu schließen«, sagte Angela. »Dieses Geld ist mein Totmannschalter. Wenn ich nicht anrufe, gehen die fünf Millionen Dollar geradewegs an den besten Auftragskiller, den ich kenne. Dabei wird eine Notiz sein, die ihn direkt zu Ihnen schickt. Wissen Sie, wie viele Tote ich für fünf Millionen Dollar kaufen kann? Ich kann damit Ihre ganze Familie unter die Erde bringen. Ich will es genauso wenig wie Sie, denn es würde bedeuten, dass ich dann entweder tot bin oder demnächst sein werde. Es ist meine Kernwaffenoption. Die sichere gegenseitige Vernichtung. Sterben meine Leute, sterben Ihre. In Massen. Wie das Gesetz es befiehlt.«

»Sie drohen mir?«

Sie hob die Pistole. »Ist das nicht offensichtlich?«

»Ich habe mehr als fünf Millionen für diese Glasscherben bezahlt.«

»Dann lege ich noch eine Million dazu«, sagte Angela. »Ach, verdammt, sagen wir zwei. Sie bekommen Ihr ganzes Geld zurück, wie ich es gesagt habe. Sehen Sie es als Geschenk an die Witwe Ihres toten Mannes oder als Tribut an die Größe Ihres Egos. Mir egal. Ich will nur, dass zwischen uns alles in Ordnung kommt. Keine Toten auf dem Markt mehr. Keine Kugeln.«

»Sie sind bereit, so viel Geld zu bezahlen, nur damit Sie davonspazieren können?«

»Ja«, sagte sie. »Und damit Sie weiter angeln können.«

Angela sah, wie die Zahnrädchen sich drehten. Er dachte sehr angestrengt über ihren Vorschlag nach. Eine Million Dollar machen einen verdammt starken Eindruck. Sie war nur froh, dass ein Blinder die Seriennummern nicht lesen konnte.

»Ich glaube, wir werden uns einig«, sagte der alte Mann.

EINUNDFÜNFZIG

Tammany Hall Casino, Cotai, Macau

Ich taxierte Laurence noch einmal, und dann nahm ich seine Hand und schüttelte sie. Sein Händedruck war unbehaglich fest, und er beugte sich weit zu mir herüber. Was ist los?, fragte ich mich. Tauschen wir jetzt Geheimnisse aus?

Dann stieß er mit einem Teppichmesser zu.

Der plötzliche Schmerz ließ mich zurückfahren. Offenbar hatte er das Messer in der Handfläche verborgen – ich hatte es jedenfalls nicht gesehen. Es ging blitzschnell – eine kurze Bewegung, und plötzlich ragte dieses Teppichmesser aus meiner Schulter. Anscheinend hatte er es auf meinen Hals abgesehen. Ein kleines Stück weiter rechts, und er hätte die Schlagader getroffen.

Ich reagierte rein instinktiv und schlug ihm mit der freien Hand auf die Nase. Das genügte, um ihn dazu zu bringen, meine unversehrte Rechte loszulassen. Ich stieß ihn weg, bevor er die Klinge aus meiner Schulter reißen und noch einmal zustechen konnte. Laurence taumelte rückwärts. Ich setzte mit einem rechten Haken nach und spürte, wie der Nasenknorpel brach und die Nasennebenhöhlen sich öffneten. Blut überall. Er stolperte weiter zurück, und ich nutzte meinen Vorteil. Der stechende Schmerz wurde übermächtig, und ich stürzte mich mit aller Kraft auf ihn. Offenbar hatte er damit gerechnet, dass ich nach dem Messerstich nach hinten kippen würde. Deshalb hatte ich ihn aus dem Gleichgewicht gebracht. Es ist nicht leicht, jemanden umzuwerfen, der unmittelbar vor einem steht, aber ein Faktor arbeitete zu meinen Gunsten: Wegen seiner Größe und seines Körperbaus lag sein Schwerpunkt rund drei Handbreit über meinem. Wenn ich ihn mit meinem ganzen Gewicht, mochte es noch so gering sein, an der richtigen Stelle traf, konnte ich ihn zu Boden werfen. Ich legte alles hinein, was ich hatte, packte ihn bei den Hüften und brüllte laut, als wir übereinander durch die Glasplatte des Couchtisches brachen.

Peng!

Seine Pistole ging los, als wir auf dem Boden landeten – sehr dicht neben mir. Ein heller Blitz, bevor die Welt still wurde und Glasscherben um uns herumprasselten. Laurence landete unter mir und fiel mit dem Kopf auf eine aufrecht stehende Glasscherbe. Sofort floss noch mehr Blut. Seine Pistole rutschte über den Boden unter das Sofa, auf dem er gesessen hatte.

Ich versuchte, sie zu erreichen, aber trotz der Glasscherbe, die aus seinem Kopf ragte, war Laurence noch im Spiel. Mit einem Ellenbogenstoß traf er meine Schädeldecke genau da, wo alle Knochennähte zusammenlaufen. Der Treffer muss mich betäubt haben, denn ehe ich mich versah, lag ich flach auf dem Rücken, und er lag auf mir und streckte die Hand nach der Waffe aus. Ich krallte eine Hand in sein Gesicht, und es gelang mir, ihm einen Finger in das blutige Auge zu bohren. Er schrie, ich hörte jedoch nur ein schrilles Pfeifen in den Ohren. Ein Faustschlag traf mich am Kinn, dass meine Zähne aufeinanderschlugen, und nach dem zweiten Schlag packte ich seine Handgelenke, damit er nicht weiter auf mich einprügeln konnte, aber er war zu stark für mich, und so griff ich nach einer großen Scherbe und stieß sie so fest, wie ich konnte, in seine Achillessehne. Das ließ ihn aufhören, doch mein Handschuh war so glitschig von Blut, dass ich die Scherbe nicht festhalten konnte. Er rollte von mir herunter, und ich kletterte über ihn hinweg.

Erschieß ihn. Deine einzige Chance.

Ich zog mein Hemd hoch und riss mir die kurzläufige .22er von der Brust. Ein paar Haare blieben am Klebstreifen hängen, ich spürte jedoch nur den Schmerz in der Schulter. Aber bevor ich zielen konnte, versuchte er, mir die Waffe aus der Hand zu winden. Wir rangen ein paar Sekunden, dann verpasste ich ihm einen Kopfstoß. Der Revolver ging los, rutschte mir dann aus der Hand und landete anderthalb Schritt neben uns. Ich musste ihn zurückholen. Ich drehte mich herum und warf mich hinüber.

Aber Laurence hatte noch ein Ass im Ärmel.

Er packte das Zimmertelefon, das auf dem Boden lag, und riss die Schnur aus der Wand. Bevor ich auch nur ein paar Zentimeter weit weg war, sprang er auf mich, schlang mir das Kabel um den Hals und zog es straff, so fest er konnte. Ich wollte ihn abschütteln, der Schmerz, mit dem die Schnur sich in meinen Hals schnitt, war jedoch unvorstellbar. Nur eine Armlänge vor dem .22er fiel ich auf die Knie. Der Draht blockierte meinen Blutkreislauf, und ich spürte, wie er meine Kehle zuschnürte.

»Sschhh, ganz ruhig jetzt«, sagte Laurence. »Gleich ist alles vorbei.«

Jeder Instinkt befahl mir, mich von diesem Kabel zu befreien, aber das war hoffnungslos. Ein Telefonkabel ist extrem zäh und lässt sich nicht zerreißen, und Laurence war viel stärker als ich. Mich gegen die Schlinge zu wehren, würde mir höchstens ein paar Sekunden einbringen, und wahrscheinlich würde ich mir dabei noch die Finger brechen. Ich konnte ihn auch nicht wegstoßen, denn er drückte mich zu Boden. Wenn ich ihn auf den Rücken rollte, würde er das Kabel an meinem Hals nur noch besser fassen können, und ich könnte meine Beine nicht mehr benutzen. Mir blieb nur noch eine Möglichkeit. Mit dem Revolver hätte ich vielleicht noch eine Chance.

Ich wand mich vorwärts, so gut es ging, Zentimeter um Zentimeter über den Teppich, doch Laurence zog das Telefonkabel so stramm, dass der Blutstrom zu meinem Gehirn unterbrochen wurde. Meine Halsschlagader pochte, in ein paar Sekunden würde ich bewusstlos werden. *Game over.* Ich bekam keine Luft mehr, und vor meinen Augen wurde alles weiß. Da! Bautistas kleiner Revolver lag nur einen halben Meter weit entfernt vor dem Mini-Kühlschrank. Ich streckte den Arm aus, so weit ich konnte, aber ich kam nicht heran. Mit dem letzten Rest meiner Kraft schob ich mich weiter, und dann bekam ich den Lauf zu fassen und zog die Waffe heran. Sie war geladen. Gespannt. Schussbereit. Ich brauchte sie nur noch zu benutzen.

Komm schon. Du schaffst das.

Ich hob den Revolver und zielte hinter meinen Kopf, direkt in Laurences Gesicht. Der Augenblick der Wahrheit war gekommen. Etwas Warmes tropfte von meinem Hals. In meinen Ohren rauschte es, und ein grelles weißes Licht strahlte vor meinen Augen.

Schau niemals zurück.

Dann drückte ich ab.

ZWEIUNDFÜNFZIG

Noch ein Licht blitzte auf, und das Dröhnen in meinen Ohren wurde lauter. Die Kugel fuhr durch Laurences Wange und schleuderte ihn weg von mir, aber sie tötete ihn nicht. Der Mündungsblitz versengte mir die Haut, die Telefonschnur schnellte zurück, und ein einzelner Draht peitschte um meinen Hals und schlug gegen meine Schulter. Als ich zu mir kam, lag ich auf dem Rücken und schnappte unter qualvollen Schmerzen nach Luft. Das Kabel hatte sich in meine Kehle geschnitten, doch noch nichts Lebenswichtiges geöffnet. Ich lebte, verdammt. Ich zerrte den Rest der Schnur von meinem Hals herunter und hustete, bis ich wieder atmen konnte. Jede Bewegung brannte wie Feuer.

Laurence kam torkelnd auf die Beine. Ich sah, dass Blut durch seinen Augenverband quoll. Der Pflasterstreifen löste sich, und frustriert riss er die Mullbinde ganz ab. Langsam fand ich die Kontrolle über meine Gliedmaßen wieder, und ich richtete den Revolver auf ihn und drückte ab. *Peng!* Aber der Raum drehte sich, und ich schoss fast einen Meter weit an ihm vorbei. Ich drückte noch einmal ab, jetzt blieb die Trommel am Klebstreifen hängen und drehte sich nicht weiter, sondern klemmte fest.

Laurence wusste, dass dies seine letzte Chance war. Er stürzte sich auf mich wie ein Löwe, duckte sich herunter und rammte die Schulter gegen mein Brustbein. Ich krümmte mich über ihn und schlug ihm den Revolverkolben auf den Schädel, so hart es ging, aber anscheinend war er immun gegen körperliche Schmerzen. Ich schlug wieder und wieder zu, doch er drängte mich weiter und trieb mir den Rest Atem aus der Lunge, während ich rückwärts auf den Wasserfall zustolperte. Zähneknirschend versuchte ich, einen letzten Schlag mit meiner Kanone zu landen. Ich zielte auf die weiche Stelle oben an der Nackenwirbelsäule, unmittelbar unter dem Schädelknochen, und schlug mit aller Kraft zu.

Er ließ von mir ab, aber es war zu spät.

Wir hatten das Wasserbecken erreicht und kippten über die Kante. Ich merkte, dass ich fiel, und streckte die Hand aus, bekam allerdings nur seinen Hemdkragen zu fassen. Der Kragen riss ab, und wir stürzten beide ins dunkle Wasser. Der Revolver rutschte mir weg, und ich suchte strampelnd Halt. Meine Hand berührte kurz die Beckenwand, glitt aber hilflos ab.

Stattdessen packte ich Laurence.

Ich legte die Hand um seinen Hinterkopf und bohrte ihm den Daumen in sein verletztes Auge. Noch nie hatte ich einen solchen Schrei gehört – ein schwarzes, unheiliges Geräusch, das direkt aus seiner Seele kam. Aber das war mir egal. Er geriet lange genug aus dem Gleichgewicht, um mir Gelegenheit zu geben, auf dem Grund des Beckens Tritt zu fassen. Der Wasserfall prasselte mir auf die Schultern. Laurence packte mich bei den Armen und wollte mich wegstoßen, doch ich würde nicht mehr loslassen, um nichts in der Welt. Kein Schmerz würde mich dazu bringen. Nicht der Teufel persönlich.

»*Fuck you,* Outis, *fuck you*«, gurgelte er, aber ich drückte seinen Kopf unter Wasser. Er schlug um sich, krallte die Fingernägel in meinen Arm und strampelte wütend im Wasser, als ich versuchte, ihn in den Würgegriff zu nehmen.

Ich drückte seinen Kopf noch tiefer und hielt ihn unten. Er ruderte weiter sinnlos hinter mir mit den Füßen und wurde immer schwächer. Ich ließ nicht locker, sondern stieß den Daumen tiefer in sein Auge. Er wand sich. Vor Schmerz riss er den Mund auf, und ich sah Luftblasen aufsteigen. Wasser strömte in seine

Lunge, und die Schreie des Ertrinkenden stiegen als Gurgeln an die Oberfläche. Wir waren einander so nah, dass ich das Blut aus seinem Auge quellen sah wie eine Blüte, wie Milch im Kaffee, und das Wasser im Becken färbte sich rot. Seine Brust rieb sich an meiner, als er an meiner Schulter zerrte. Kraft und Wut sickerten langsam aus seinem Körper, und sein Gesichtsausdruck veränderte sich. Einen Moment lang war er kein Monster mehr. Er hatte Angst. Er flehte mich an. Bettelte um Gnade. In diesem Augenblick war er wie jeder andere Mensch. Wie ich.

Ich hielt seinen Kopf unter Wasser, und ein kühler Druck baute sich hinter meinem Gesicht auf. Alle meine Gefühle versiegten, alle Farbe wich aus der Welt. Alles wurde ganz einfach. Schwarz und Weiß.

Nach ein paar Sekunden wurden Laurences Muskeln schlaff, und er hörte auf, sich zu winden. Langsam ließ ich los, und die Leiche trieb weg vom Wasserfall. Ich hielt das Gesicht in die warme Flut und schloss die Augen.

Es war vorbei.

DREIUNDFÜNFZIG

Ich stieß den Toten von mir weg, damit ich unter dem Wasserfall hervorkommen konnte. Dann watete ich zum Rand des Beckens und atmete ein paarmal tief und keuchend durch. Aber meine Kehle war immer noch zugeschnürt, und der Raum drehte sich um mich. Schlimmer noch, in meinem Schädel braute sich die Mutter aller Kopfschmerzen zusammen, und meine Hände waren gefühllos. Als ich mich endlich aus dem Becken gehievt hatte, konnte ich nicht aufhören zu husten und roten Schleim auszuspucken.

Ich zog mir das Teppichmesser aus der Schulter. Ein kleiner Schwall Blut kam hinterher, doch ich spürte es kaum. Das Adrenalin legte seine Nebelschleier über alles und ließ es weit entfernt und zugleich scharf aussehen. Als ich die Wunde berührte, waren meine Finger leuchtend rot. Aber jetzt konnte ich wenigstens wieder atmen. Wenn ich erst draußen wäre, würde alles gut werden. Ich packte einen umgestürzten Stuhl und stemmte mich leise fluchend auf die Beine.

Trotz der massiven Schallisolierung der Suite dürfte irgendein Guter Samariter die Schüsse gehört haben, und wahrscheinlich telefonierte er schon in diesem Augenblick mit der Security. Mit etwas Glück hätte ich noch zwei Minuten Zeit, mehr aber nicht.

Ich brauchte einen Fluchtweg. Also versuchte ich mir den Grundriss des Hotels vor Augen zu rufen. Normalerweise kann ich das so gut, dass ich praktisch einen Lageplan im Kopf habe, aber jetzt ließen die Kopfschmerzen alles verschwimmen. Ich ging die verschiedenen Möglichkeiten durch, angefangen bei der

Rettungstreppe am Ende des Korridors. Wenn man in einem Hotel in der Falle sitzt, ist das meistens der beste Weg. Nur wenige Leute benutzen diese Treppe, und deshalb gibt es dort kaum Überwachungskameras. Außerdem endet sie oft an einem Notausgang, der direkt auf die Straße führt. Doch diese Möglichkeit schloss ich sofort wieder aus. Selbst wenn ich rannte, würde ich wahrscheinlich mindestens zehn Minuten brauchen, bis ich unten angekommen wäre. Bis dahin würden selbst die langsamen Miet-Cops des Casinos herausgefunden haben, was passiert war, und sie würden mir den Weg abschneiden. Ich musste *sofort* verschwinden.

Als Nächstes zog ich die Aufzüge in Betracht – ein verführerischer, aber riskanter Weg. Natürlich würde ich mit dem Expresslift in weniger als einer Minute unten sein, doch in der Lobby wimmelte es möglicherweise von Wachpersonal. Und schlimmer noch: Die ganze Zeit würde eine hochauflösende Überwachungskamera auf mich gerichtet sein, und ein cleverer Wachmann, der vor den Monitoren saß, würde nicht lange brauchen, um mein Gesicht mit der gemeldeten Schießerei in den oberen Stockwerken in Verbindung zu bringen. Verdammt, selbst wenn ich der Kamera auswich, so gut es ging, sahen die Verletzungen an Hals und Schulter ziemlich scheußlich aus, auch wenn sie nicht lebensgefährlich waren, und mein Hemdkragen war blutgetränkt. Sie konnten die Aufzüge abschalten, und dann säße ich in der Falle. Wenn es mir dann nicht gelänge, die Notluke zu öffnen und in den Aufzugschacht zu klettern, könnte ich nur noch warten, bis die richtige Polizei anrollte.

Damit blieben die Serviceaufzüge.

Langsam, wie sie sind, haben sie oft keine Kameras und werden mit Schlüsselkarten bedient. Damit würde ich mit Hilfe des Entschlüsselungsprogramms auf einem meiner Telefone fertig werden. So spät in der Nacht war es unwahrscheinlich, dass ich einem Zimmermädchen oder einem Nachtportier über den Weg lief – und selbst wenn, würden sie mich wahrscheinlich ignorieren. Mein Zustand war eine Sache, aber wir waren immer noch in Macau, und in Hotels wie diesem benutzen VIPs gelegentlich die nicht öffentlichen Aufzüge. Ich sah auf die Uhr. Es war Viertel vor eins. Vom Wirtschaftsraum konnte ich mit dem Aufzug hinunter in die Küche fahren. Von dort gab es einen Weg in den Keller und weiter in die Tiefgarage. Ich konnte den meisten Überwachungskameras und dem Hauspersonal aus dem Weg gehen.

Ja, das war der beste Weg.

Meine Tasche lag unter dem umgestürzten Sessel neben dem zertrümmerten Couchtisch. Der kleine Beutel mit den Saphiren war unter die Couch gefallen, aber er war nicht schwer zu finden. Mein Revolver lag ebenfalls in der Nähe auf dem Boden. Ich beförderte ihn mit dem Fuß in das Wasserbecken. Ich hätte alles im Raum abgewischt, wenn ich mehr Zeit gehabt hätte, das Wichtigste war jetzt jedoch, dass ich von hier verschwand. Mehrere Dinge konnten mich mit diesem Tatort in Verbindung bringen, und die Kanone war das wichtigste. Das warme Chlorwasser würde es schwierig machen, noch Fingerabdrücke zu nehmen, und was die DNA in meinem Blut anging – ja, die konnten die Cops von mir aus finden. Solange sie mich nicht schnappten, würden sie damit keinen Schritt weiterkommen. Und wenn ich das Land verlassen und meine Identität gewechselt hätte, wäre es vollends gleichgültig, wie viel Beweismaterial sie gegen mich in der Hand hatten.

Laurences Lederjacke lag auf dem Boden neben den Überresten seiner grotesken Vogelscheuche, und ich brauchte eine Verkleidung. Die Jacke war ein bisschen zu groß, aber es würde gehen. Ich schlug den Kragen hoch, um meine Verletzungen zu verdecken. Ich war tropfnass, doch zumindest sah ich jetzt nicht mehr aus wie ein Serienkiller aus einem alten Splatter-Film. Ich trocknete meine behandschuhten Hände am Jackenfutter ab und ging zur Tür hinaus. Draußen auf dem Korridor zog ich ein Handy heraus und gab Angelas Nummer ein.

Es klingelte.

Ich schaute nach links und nach rechts. Wenn ich mich recht erinnerte, waren das Dienstmädchenzimmer und die Serviceaufzüge bei den Eiswürfelautomaten. Noch einmal spähte ich durch den Korridor, um zu sehen, ob die Schüsse vielleicht einen Gast aufmerksam gemacht hatten, aber zum Glück war ich allein.

Vorläufig.

Das Telefon klingelte und klingelte, und dann meldete Angela sich. Ich hörte Verkehrslärm im Hintergrund.

»Hallo?«, sagte sie.

»Ich muss hier weg.«

»Ich bin fast da. In knapp zwei Minuten draußen.«

Ich klemmte das Handy zwischen Ohr und Schulter und wühlte in meiner Schultertasche, bis ich mein Smartphone gefunden hatte. Ich stöpselte das USB-Kabel in das Schlüsselkarten-Lesegerät an der Servicetür, tippte auf ein paar Buttons und wartete, bis das Programm startete. Es dauerte ein paar Sekunden, aber dann leuchtete die grüne LED am Türschloss, und ich öffnete die Tür und zog den Stecker aus dem Schloss.

»Mir wird das Pflaster hier zu heiß«, sagte ich. »Die Sache mit dem Klavierstimmer habe ich zu Ende bringen können, aber es ist nicht glatt gelaufen. Ich musste unseren Vertrag canceln. Es hat viel Lärm gegeben, und die Security wird anrücken. Nicht lange, und hier wimmelt es von Bullen.«

»Wo soll ich dich abholen?«

»In der Tiefgarage«, sagte ich. »An der Feuertür, falls eine da ist. Wenn nicht, irgendwo davor. Schaffst du das?«

»Ich werde da sein, und wenn ich einen Valet überfahren muss.«

»Dich schickt der Himmel«, sagte ich.

Der Serviceraum war voll mit Putzmaterial und Sicherungskästen. Ich sah eine Pumpe, eine Notwasserheizung und weiter hinten einen Aufzug. Ich drückte ein paar Mal auf den Knopf. Ein Licht ging an, und ich hörte ein Surren und Brummen. An der hinteren Wand standen zwei Hauswirtschaftswagen, aber darauf lag nichts, was ich gebrauchen konnte. Shampoo? Nein danke. Schnell klemmte ich einen der Wagen zwischen Wasserpumpe und Tür. Einen Augenblick später ertönte die Aufzugglocke, und die Tür öffnete sich.

»Du musst wirklich Gas geben«, sagte ich. »Beeil dich. Ich steige jetzt in den Aufzug.«

»Johnnie fährt so schnell, wie er kann.«

Ich betrat die Kabine und drückte auf den Knopf für das Kellergeschoss. »Haben wir die Deadline eingehalten? Hat der Triadenboss das Falschgeld angenommen?«

»Alles erledigt.«

»Alles?«

»Genug«, sagte Angela. »Es ist alles in der Aufbewahrung, hier im Tammany Hall. Du hast die Abholtickets in deiner Tasche. Wir werden es verlieren, aber das ist okay. Es ist unter einem falschen Namen dort, also werden sie es nicht mit mir in Verbindung bringen können. Wenn wir Glück haben, wird die Polizei das Problem mit dem Klavierstimmer mit dem Falschgeld verbinden und sich dann die Triade vorknöpfen, weil die Telefonnummer auf dem Abholzettel zu einem ihrer beschissenen kleinen Nightclubs deutet. Zwei Fliegen, eine Klappe.«

»Willst du sagen, wir haben dasselbe Falschgeld an beide Parteien gleichzeitig verkauft?«

»Wie du es gesagt hast«, meinte Angela. »Ein Kansas City Shuffle. Die Polizei kann die ganze Sauerei dem blinden Angler anhängen, und wir verschwinden schleunigst aus dieser Stadt.«

»Was ist, wenn der Drachenkopf herausfindet, dass wir ihn verarscht haben?«

»Wen kümmert das? Das ist sein Problem.«

»Er kann immer noch hinter uns herkommen.«

»Kann er«, sagte Angela. »Aber das heißt nicht, dass er uns auch erwischt. Hast du die Saphire?«

»Wie versprochen.«

»Alle?«

»Sah aus, als wären es ungefähr zwei Dutzend«, sagte ich. »Aber ich habe mir nicht die Zeit genommen, sie zu zählen. Ich brauche sofort eine neue Identität.«

»Ich habe für alles gesorgt.«

Ich warf einen Blick auf die Etagenanzeige und sah erfreut, dass der Aufzug schneller war als erwartet. Jede Sekunde war kostbar. Die letzten Stockwerkszahlen tickten vorüber, und die Tür öffnete sich. Bevor ich ausstieg, drückte ich auf möglichst viele Knöpfe. Ein kindischer Streich, aber es funktioniert natürlich. Der Aufzug würde eine Zeitlang sinnlos nach oben unterwegs sein und deshalb ausfallen, was es der Security schwerer machte, mich zu verfolgen. Ich sah mich um. Ich war in einer Küche mit einem großen begehbaren Kühlschrank vor mir und zwei Grillplatten in der Ecke. Am anderen Ende war ein Koch der Nachtschicht mit einer Fritteuse beschäftigt, die seine ganze Aufmerksamkeit verlangte.

Leise ging ich an dem Kühlschrank vorbei auf das EXIT-Schild zu und kam in einen langen Korridor. Eine Treppe an seinem Ende führte hinunter zu einem Notausgang. Ich wollte die Tür öffnen, aber sie war mit einem Magnetschloss gesichert, damit niemand sich hereinschleichen konnte, und sie würde sich nur im Notfall öffnen lassen. Dann sah ich einen großen roten Alarmknopf an der Wand, neben einem Feuerlöscher und einer dicken Mappe mit dem ausgedruckten Titel HOTEL-EVAKUIERUNG

IM NOTFALL in mehreren Sprachen. Auf Englisch stand da: UM DIE EVAKUIERUNG ZU BEGINNEN, LÖSEN SIE DEN ALARM AUS.

Ich zertrümmerte die Glasscheibe mit dem Ellenbogen und drückte auf den Alarmknopf.

Es dauerte einen Moment, bis die Sirenen losgingen, aber sie waren verdammt laut. Acht Blitzlichter flackerten los. Der Alarm würde ein großes Durcheinander hervorrufen. Ein Feueralarm in einem Dreihundert-Zimmer-Hotel mit Zweihundert-Tisch-Casino in einer gut laufenden Sommernacht in Macau? Chaos. Über die Lautsprecheranlage sagte eine Tonbandstimme etwas Unverständliches auf Kantonesisch, dann öffnete sich die Tür hinter mir mit einem Klick, und ich drückte sie mit der Hüfte auf.

In der Tiefgarage drehte ich mich wieder um, warf einen Blick auf den Evakuierungsplan, der neben der Tür hing, und versuchte, so gut es ging, mir ein Bild vom Grundriss zu machen. Die Ausfahrt war auf der anderen Seite und führte eine Rampe hinauf. Ich zog die Plastikhandschuhe aus und warf sie in einen Mülleimer.

»Ich bin jetzt unten in der Tiefgarage«, sagte ich. »Wo bist du?«

Angela antwortete nicht, doch eine Sekunde später sah ich die Limousine die Rampe herunterrasen. Es war wie am Ende eines alten Westerns, wenn die Kavallerie über den Berg kommt. Ich winkte, damit Johnnie mich sah, und der Wagen hielt mit kreischenden Reifen an. Ich klappte das Telefon zu und klopfte an die Scheibe. Angela stieß die Tür auf.

»Lass uns von hier verschwinden«, sagte sie.

VIERUNDFÜNFZIG

Kaum saß ich im Wagen, gab Johnnie auch schon Gas. Die hintere Beifahrertür flog zu, und die Reifen quietschten in der nächsten scharfen Kurve. Ich hielt mich fest, wo ich konnte. Er fuhr wie ein Irrer, segelte über Temposchwellen hinweg und raste die Rampe hinauf, und dabei kämpfte er mit dem Lenkrad, als ringe er mit einem Bären. In der nächsten Kurve schrammten wir an einem Betonpfeiler vorbei, und ich wurde auf den Boden geschleudert. Als ich wieder auf den Sitz gekrochen war, hatten wir die Garage fast schon hinter uns. Johnnie fuhr mit Vollgas am Parkhauswächter vorbei, drückte auf die Hupe und schoss hinaus auf den Cotai Strip.

Um diese Nachtzeit herrschte auf der Hauptstraße Hochbetrieb. Betrunkene Touristen drängten sich auf den Gehwegen, und auf allen sechs Fahrstreifen krochen die Autos Stoßstange an Stoßstange voran, von der City of Dreams bis hinunter zum Monte Carlo. Fußgänger spazierten völlig unbekümmert mitten auf der Straße umher. Aber Johnnie war clever. Statt abzubremsen und sich einzufädeln, gab er Gas und fuhr quer über drei Fahrstreifen. Der Motor brüllte, als wir über den Mittelstreifen flogen. Johnnie trat das Pedal wirklich bis zum Bodenblech herunter. Wie der Blitz überfuhren wir eine rote Ampel und rasten weiter an den Kanälen des Venetian vorbei. Johnnie drückte wieder auf die Hupe, wir schwenkten auf die linke Fahrspur und kurz über den Gehweg, aber er brachte uns sofort wieder auf die Straße, bevor wir eine Horde betrunkener Japaner umpflügen konnten. Wir kamen zu einer Seitenstraße, und er schleuderte über die mittlere Spur und bog ab.

Wieder hörte ich Polizeisirenen in der Ferne. Ich verdrehte den Hals, um zu sehen, woher sie kamen, aber die Streifenwagen waren noch nicht in Sicht. Bei einer Flucht sind die ersten fünf Blocks immer die gefährlichsten. Hier hängt sich die Polizei an dich dran. Fast alle gescheiterten Banküberfälle enden innerhalb dieses Bereichs. Zum Teufel, viele Bankräuber kommen nicht mal zur Tür hinaus. Aber wenn man mehr als fünf Blocks weit kommt, ohne die Polizei auf den Fersen zu haben, werden die Aussichten besser. Noch konnte ich keinen Polizeiwagen hinter uns entdecken, aber das musste nichts heißen. Bei dem Verkehr konnte ich sowieso nichts entdecken.

Durch das Heckfenster konnte ich das Tammany Hall noch sehen. Die Hälfte des Hochhauses erstrahlte im Licht der blitzenden Alarmlichter, auf der anderen Hälfte flackerte immer noch die Video-Werbung. Einen Augenblick später bremste vor uns ein Polizeiwagen mit kreischenden Reifen, und eine Meute von betrunkenen Spielern und schläfrigen Touristen wälzte sich über die Straße. Zwei Sekunden später verschwand das Hotel hinter einer Wand aus Palmen. Ich atmete tief durch.

Als wir weg von den Casinos waren, sagte Angela etwas auf Kantonesisch zu Johnnie, und er nahm den Fuß vom Gas. Wir fuhren langsamer über die Brücke zur Nördlichen Halbinsel und verschmolzen wie ein Chamäleon mit dem übrigen Verkehr. Im historischen Viertel wurde es stellenweise eng für die Limousine, aber sie fiel auch hier nicht weiter auf. Die Straßen waren voll von übergroßen Limos und dicken Luxusautos. Wir fuhren sicher an einem Dutzend Juweliergeschäfte vorbei.

Meine Hände zitterten vom Adrenalin, und in meinen Ohren rauschte es. Ich wollte etwas sagen, aber Angela machte ein sorgenvolles Geräusch und legte mir die Hand auf die Schulter. Dann zog sie den Kragen herunter, um den Schaden zu begutachten.

»Verdammt, was ist passiert?«

»Der Klavierstimmer war nicht sonderlich gut.«

Vorsichtig streifte ich Laurences Jacke herunter und bemühte mich, möglichst nicht an die Wunde an meiner Schulter zu kommen. Ich zog das nasse Kapuzen-Sweatshirt über den Kopf, und zusammen inspizierten wir meine neue Teppichmesser-Verletzung. Sie war nicht allzu schlimm – ein zwei oder drei Zentimeter langer Schnitt, aber flach und oberflächlich. Sie blutete stark, doch große Venen oder Arterien waren nicht verletzt, zumindest nicht, soweit ich es erkennen konnte. Die Wunde würde wahrscheinlich genäht werden müssen, aber das hatte Zeit, bis ich irgendwo anders eine Klinik aufsuchen konnte. Angela half mir, den Schnitt zu säubern, und riss dann einen Streifen Stoff von meinen alten Sachen ab, um daraus einen Verband zu machen.

»Bis zu unserem Exit ist es nicht sehr weit«, sagte sie, »aber ich möchte nicht, dass wir uns trennen, wenn du es nicht allein schaffst.«

»Das geht schon«, sagte ich.

»Du hast in den letzten zwölf Stunden eine Menge Blut verloren.«

»Ich habe schon mehr verloren und überlebt«, sagte ich. »Ich suche mir einen Skip-out und tauche unter, bis der Rauch sich verzogen hat. Wie bist du mit dem blinden Angler klargekommen?«

»Ich bin einfach reinspaziert und habe ihm eine Pistole an den Kopf gesetzt.«

»Klingt, als hätte ich es genauso gemacht.«

»Siehst du?«, sagte Angela. »Wir können von unseresgleichen immer noch lernen.«

Als sie mir die Schulter verbunden hatte, nahm sie eine große Einkaufstüte vom Sitz neben ihr und reichte sie mir. Sie war voll mit Kleidung. Ich hatte keine Ahnung, wann sie Zeit gehabt hatte, einkaufen zu gehen, aber alles Wichtige war da – Hose, Schuhe, Strümpfe, Unterwäsche – und außerdem ein dünner schwarzer Rollkragenpullover und ein grauleinener Blazer. Ich trocknete mich ab, so gut es ging, und fing an, mich umzuziehen. Mit dem Pullover sah ich größer und schlanker aus, als ich war, und er verdeckte die Wunden an Hals und Schulter. Ein glücklicher Zufall. Zuletzt zog ich das Leinenjackett an, und dann wühlte ich eine Brille mit kleinen Gläsern und einem Drahtgestell aus meiner Tasche. Als ich jetzt in den Kosmetikspiegel schaute, sah ich aus wie ein Computerprogrammierer aus Silicon Valley, der soeben die schlimmste Tracht Prügel seines Lebens bezogen hatte. Es war nicht die überzeugendste Maske meines Lebens, aber mit einem sauberen Pass könnte ich wahrscheinlich durch den Zoll humpeln, ohne viel Aufmerksamkeit zu erregen. Ich wäre nicht der erste Tourist, der nach einer verrückten Nacht in der Stadt grün und blau wieder abreiste.

»Kannst du mir die Saphire zeigen?«, fragte sie.

»Natürlich.« Ich nahm den kleinen Samtbeutel aus meiner Schultertasche und warf ihn zu Angela hinüber. Sie ließ die Steine in ihre flache Hand rollen. Zum ersten Mal hatte ich wirklich Gelegenheit, sie aus der Nähe zu sehen. Sie waren kleiner und trüber, als ich sie in Erinnerung hatte. Echte Saphire sind nicht besonders hübsch, solange sie nicht geschliffen sind. Es erfordert eine Menge Arbeit, ihren charakteristischen Glanz hervorzubringen. Rohe Steine sehen im Vergleich dazu stumpf und gewöhnlich aus. Aber Angela hatte ein besseres Auge für so etwas. Ihr Vater war ein bedeutender Unternehmer in der Diamantenindustrie, und so wuchs sie von Edelsteinen umgeben auf und konnte eine Fälschung auf eine Meile erkennen. Sie nickte kurz und beifällig und machte eine schnelle Bestandsaufnahme. Als wir den Saphir dazulegten, der noch in ihrer Zigarettenpackung versteckt war, hatten wir alle sechsundzwanzig. Angela hielt einen ins Licht und drehte ihn langsam. Offenbar übertraf er ihre Erwartungen, denn sie sah mich an und lächelte.

»Sie sind verdammt gut«, sagte sie. »Auf dem Schwarzmarkt werden sie ein Vermögen einbringen.«

»Behalte sie«, sagte ich.

»Es wird ein Weilchen dauern, bis wir einen Abnehmer finden. Ich werde sie erst schleifen lassen können, wenn die Lage sich beruhigt hat. Deshalb weiß ich nicht, wann ich dich bezahlen kann.«

»Dir wird schon was einfallen«, sagte ich.

»Ganz sicher«, sagte Angela. »Hast du so viel Vertrauen zu mir?«

»Ich habe mehr Vertrauen zu dir, als du ahnst«, sagte ich. »Wie willst du die Steine außer Landes bringen?«

»Ich bin schon länger dabei als du, Kid«, sagte Angela. »Ein paar Dinge weiß ich noch.«

Lächelnd zog sie ihren Koffer zu sich heran und gab den Sicherheitscode ein. Der Halliburton klappte auf, und sie nahm den Computer heraus, der obenauf lag. Der Boden des Koffers war mit stoßdämpfendem Schaumstoff gepolstert, damit empfindliche Geräte nicht beschädigt werden konnten. Mit ein paar geschickten Bewegungen löste sie das Klettband ab und zog das Schaumstoffpolster heraus. Darunter befand sich ein zweites Fach, das aussah wie eine Köderbox mit dreißig oder vierzig kleinen, transparent verschlossenen Fächern. Jedes davon enthielt einen Stein. Aber es waren keine kostbaren Edelsteine, sondern schlichte, langweilige, gewöhnliche Mineralien, die man bei einem Spaziergang am Strand finden konnte. Auf Etiketten stand: GRANAT, GIPS, MUSKOVIT, GRANIT. Darauf lagen eine Broschüre über die geologische Geschichte Südchinas und ein laminiertes Namensschild der UNESCO-Kommission für die Geologische Kartografierung der Welt. Ich hatte noch nie von dieser

Organisation gehört, aber das Namensschild sah sehr offiziell aus. Angela hob den Deckel von dem Fach mit der Aufschrift ACHAT und ließ die Saphire hineinrieseln. Achate sind manchmal klar und blau wie Saphire.

Der ganze Kasten sah aus wie eine harmlose Steinsammlung. Angela konnte ihren Schatz durch die Flughafenkontrollen schmuggeln, ohne dass jemandem etwas auffallen würde. Hervorragend. Man müsste schon die Nadel im Heuhaufen suchen, um die Saphire zu finden. Kein Zöllner würde sich die Mühe machen, einen Koffer voller Steine aufmerksam zu durchsuchen, und schon gar nicht würde er sie alle einzeln identifizieren. Im Röntgengerät sehen alle Steine gleich aus, ob Granit oder Diamant. Und sollte die Zoll- und Passkontrolle an ihrem Zielflughafen den Wunsch haben, ihr Gepäck selbst in Augenschein zu nehmen, würden sie nichts als ein paar verdammte Kieselsteine finden. Wenn jemand misstrauisch werden sollte, könnte sie behaupten, es handele sich um eine Probensammlung für ihren Job bei der UNESCO. Wissenschaftlern sieht man vieles nach, und UN-Mitarbeitern noch mehr. Es war ein außergewöhnlich cleverer Trick. Argwöhnische Geister rechnen damit, dass Kriminelle billige Steine als Kostbarkeiten ausgeben, nicht umgekehrt. Zeigen Sie einem Fremden ein Stück Glas und behaupten, es sei ein Diamant, wird er Sie wahrscheinlich einen Lügner nennen. Zeigen Sie ihm einen Diamanten und sagen, das sei ein gut geschliffenes Stück Glas? Wahrscheinlich wird er Ihnen glauben. Das ist Psychologie.

Die Menschen sehen, was sie sehen sollen.

Angela klappte den Koffer zu und stellte ihn zu ihren Füßen hin. Dann fuhr sie sich mit den Fingern durch das Haar und grinste wie ein Kobold. Einen Augenblick später klopfte Johnnie an die Trennscheibe, und sie drückte auf den Knopf und ließ sie herunterfahren.

»Wir sind gleich da«, sagte er.

FÜNFUNDFÜNFZIG

Fünf Minuten später erreichten wir das Fährterminal am Hafen, nachdem wir auf Umwegen durch die Altstadt gefahren waren, um sicher zu sein, dass uns niemand verfolgte. Angela stellte ihren Koffer auf den Gehweg und besprach sich kurz auf Kantonesisch mit Johnnie. Natürlich verstand ich nicht, was sie sagten, aber am Ende gab sie ihm einen dicken weißen Umschlag. Er nickte und lächelte wie immer, und dann schob er den Umschlag in seine Innentasche.

Am Terminal herrschte trotz der späten Stunde immer noch Hochbetrieb. Die Geschäfte in der Halle waren geschlossen, aber Scharen von Reisenden wimmelten unter dem DEPARTURES-Schild. In einer Ecke wartete eine Meute zerzauster Spieler, und in einer anderen schrien ein paar besinnungslos betrunkene koreanische Geschäftsleute einander an. Weil Macau so nah bei Hongkong liegt, übernachten viele Touristen gar nicht hier. Die letzten Fähren würden bald ablegen, und der Wartebereich war voll von Pendlern. Ich drängte mich an einem Hausmeister vorbei, der den Fußboden putzte, und Angela zog zwei Tickets für die Fähre aus der Tasche und reichte mir eins.

»Hier trennen wir uns, Kid«, sagte sie. »Es ist zu gefährlich, zusammenzubleiben. Nach der Schießerei im Hafen wird die Polizei unsere Personenbeschreibungen haben. Mit unserem neuen Aussehen kommen wir wahrscheinlich durch die Sperre, aber es ist zu riskant, uns zusammen sehen zu lassen. Das Zeitfenster ist sehr klein.«

»Ich weiß.« Ich schluckte angestrengt.

»Hast du noch einen Pass?«

»Selbstverständlich«, sagte ich. »Wie viele hast du?«

»Mehr, als ich zählen kann«, sagte Angela. »Wenn du einen Hongkong-Pass hast, benutze ihn. Mit dem Ticket kommst du nach Tsim Sha Tsui. Von da aus kannst du überallhin weiterreisen. Inzwischen fahre ich aufs Festland. Ich habe diesen Pass, und mit meinen Diplomatenpapieren kann ich weiter nach Hanoi. Dort kenne ich einen Hehler, der uns die Steine abnehmen wird. Wenn das Geschäft gemacht ist, schicke ich dir deinen Anteil telegrafisch. Du hast jeden Penny davon verdient.«

»Das Geld interessiert mich nicht«, sagte ich. »Wann sehe ich dich wieder?«

»Bald. Versprochen. Wie kann ich dich finden? Und dir das Geld überweisen?«

»Über die blinde Email«, sagte ich. »Wie immer.«

»Weißt du, ich wünschte, ich könnte …«

»Schon kapiert«, sagte ich. »Tu deine Arbeit und verschwinde. Das ist die Devise.«

»Ich wünschte nur, wir hätten mehr Zeit zusammen«, sagte sie. »Es ist viel zu lange her.«

»Jetzt werde bloß nicht rührselig. Ich weiß, wie es läuft.«

»Wir sehen uns bald wieder. Goodbye, Kid.«

»Warte.« Ich hielt ihren Arm fest, bevor sie sich umdrehen und weggehen konnte. »Bevor du auf das Boot da steigst und wieder verschwindest, musst du mir erzählen, was du mir zu erzählen versprochen hast.«

Sie war verblüfft. »Was wäre das?«

»Wie bist du vor sechs Jahren aus Kuala Lumpur verschwunden?«

»Durch Ablenkung.« Sie lächelte. »Als die Polizei eine Blendgranate auf unseren gepanzerten Truck warf, habe ich mich hinter einen ihrer Streifenwagen geduckt. Da warst du schon auf den Beinen, und die Polizei war hinter dir her. Als sie nicht zu mir herschauten, habe ich meine Waffe weggeworfen und bin davonspaziert. Sie waren damit beschäftigt, dich zu verfolgen.«

Ich sagte nichts.

»Du bist meine Verschwindenummer, Kid«, sagte Angela. »Warst du immer.«

Sie winkte mir noch einmal zu und trat dann rückwärts in den Schwarm der ankommenden Touristen. Aus den Lautsprechern dröhnte eine chinesische Durchsage. Eine junge Frau mit einem Rollkoffer stieß mit mir zusammen. Ich wandte mich für einen Moment ab, und als ich wieder hinschaute, war Angela verschwunden. Ich spähte umher, aber sie war nirgends zu sehen. Sie war verschwunden im Meer der Gesichter.

Ich lächelte und warf mir die Tasche über die Schulter.

Jeder Knochen tat mir weh. Meine Beine schmerzten, und mein Hals brannte wie Feuer. Wenig später wechselte die Anzeige auf der DEPARTURES-Tafel, und ich sah, dass meine Fähre zum Einsteigen freigegeben war. Ich folgte den Wegweisern hinaus auf den Pier und ging an Bord. Als ich auf meinem Platz saß, überkam mich eine Woge der Erschöpfung. Ich hatte seit Tagen nichts Richtiges mehr gegessen, und noch länger war es her, dass ich eine Nacht durchgeschlafen hatte. Aber trotz allem fühlte ich mich großartig. Ich schloss kurz die Augen und ließ mich zurücksinken, und dabei grinste ich von einem Ohr zum andern. Während der Kapitän seine letzten Durchsagen machte, schaute ich hinaus und über das Wasser. Die Wellen klatschten gegen das Fenster und bedeckten die Scheibe mit Gischt. In weiter Ferne, dicht über dem Horizont, glänzten die Lichter der Stadt wie Gold.

Unsere Leseempfehlung

544 Seiten
Auch als E-Book erhältlich

Raven ist Profikillerin. Lautlos wie ein Schatten eliminiert sie ihre Opfer, bevor diese ihre Anwesenheit auch nur erahnen. Doch diesmal könnte sie das falsche Ziel im Auge haben: Victor. Ein Killer wie sie. Er spürt Raven rund um den Globus nach, nicht nur, um die Gefahr zu beseitigen, sondern um herauszufinden, wer ihr Auftraggeber ist. In New York treffen die beiden aufeinander – ausgerechnet, als dort ein Blackout die Stadt ins Chaos stürzt. Inmitten von Plünderungen und Gewalt kommt es zwischen Raven und Victor zu einem Katz-und-Maus-Spiel, das Manhattan nie mehr vergessen wird ...